작은 자비들

SMALL MERCIES

by Dennis Lehane

작은 자비들

데니스
루헤인

서효령 옮김

SMALL
MERCIES

DENNIS
LEHANE

황금가지

치사를 위해

자기 동족과 관계를 완전히 끊는 것은 불가능하다.
사막에서 살기 위해서는 성자가 되어야 한다.

— 조지프 콘래드, 『서구인의 눈으로』

차례

역사적 설명

1974년 6월 21일, 미국의 지방 법원 판사 W. 아서 개리티 주니어는 모건 대 헤니건 재판에서 보스턴 학교 위원회가 공립 학교 시스템에서 '조직적으로 흑인 학생들에게 불이익을 주었다'고 판결했다. 그러며 해당 도시의 공립 고등학교에서 인종 차별 정책을 폐지하기 위해서는 백인 거주 구역과 흑인 거주 구역 간에 학생들을 맞바꿔 버스로 서로 통학시키는 것이 유일한 해결책이라고 결론지었다. (이를 간략하게 버싱이라고 한다 ─ 옮긴이)

보스턴에서 아프리카계 미국인이 가장 많이 거주하는 곳에 있는 학교는 록스버리 고등학교였다. 백인이 가장 많이 거주하는 곳에 있는 학교는 사우스 보스턴 고등학교였다. 이 두 학교는 상당한 학생들을 맞바꾸어 통학시키기로 결정되었다.

이 명령은 1974년 9월 12일, 학년 초에 시행될 예정이었다. 학생들과 부모들이 판결이 난 날로부터 이에 대비할 시간은 90일도 되지 않았다.

그해 여름, 보스턴은 몹시 더웠고, 비가 좀처럼 오지 않았다.

일러두기
본문에서 고딕체로 표시된 부분은 원서에서 이탤릭체로 표현된 부분입니다.

1

동트기 전 어느 무렵 전기가 나가자 코먼웰스 공공 주택 단지의 모든 이는 더위에 시달리며 잠에서 깬다. 페네시 가족의 아파트에서는 창문에 설치된 선풍기가 돌아가다 멈췄고 냉장고에는 물방울이 송송 맺혀 있다. 메리 패트는 줄스에게 머리를 대고 시트에 누운 딸아이가 눈을 꼭 감고 입을 반쯤 벌린 채 축축한 베개에 가느다란 숨을 내뿜는 것을 확인한다. 그녀는 복도를 따라 부엌으로 가 그날의 첫 담배에 불을 붙인다. 싱크대 너머로 창밖을 응시하자 창을 감싼 벽돌에서 올라오는 열기의 냄새가 느껴진다.

그녀는 커피를 끓이려다가 그럴 수 없음을 깨닫는다. 가스스토브로 끓이려 했지만(오븐은 가스로 작동하니까), 지난주에 가스 회사는 그녀가 댄 여러 핑계에 넌더리를 내며 가스를 끊었다. 밀린 공과금을 내려고 메리 패트는 부업으로 일하는 신발 창고에서 교대 근무를 두 번 더 떠맡았지만, 앞으로도 교대 근무를 세 번 더 하고 가스 회사에 다녀와야 다시 물을 끓이거나 닭을 구울 수 있다.

그녀는 휴지통을 들고 거실로 가 맥주 캔을 그 안에 쓸어 담는다. 커피 테이블과 협탁에 있는 재떨이를 비우고 TV 위에서 찾은 재떨이도 비운다. 그러다 문득 텔레비전 화면에 비친 자신의 모습을 본다. 탱크톱과 반바지 차림의, 머리카락은 땀에 젖어 엉켜 있고 턱살은 축 늘어진 모습은 그녀가 평소 자기 자신에 대해서 생각하고 있는 이미지와는 조금도 비슷한 점 없이 동떨어져 있다. 편평한 회색의 브라운관 속에서마저 허벅지 바깥쪽의 푸른 정맥이 보이는데 어쩐지 그럴 수 있는 일이라는 생각이 들지 않는다, 아직은 아니다. 아직은. 메리 패트는 고작 마흔두 살이다. 그렇다. 열두 살 때는 이 나이가 되면 무슨 저승길 문턱을 넘어갈 줄 알았는데 막상 그 나이가 되자 별반 다른 것 같지도 않다. 그녀는 열두 살이고, 스물한 살이며, 서른세 살로 열두 살, 스물한 살, 서른세 살을 동시에 사는 듯하다. 하지만 그녀는 늙지 않는다. 그녀의 마음으로는, 마음의 눈으로는.

메리 패트가 TV 속 얼굴을 들여다보며 이마 주변에 엉겨 있는 축축한 머리카락을 훔칠 무렵 초인종이 울린다.

2년 전인 1972년 여름에 일어난 일련의 가택 침입 사건 이후 주택 당국은 집마다 도어스코프를 설치해 주었다. 지금 메리 패트는 그 구멍으로 품에 나무 막대기를 가득 안고 민트색 복도에 서 있는 브라이언 셰이를 본다. 마티 버틀러 밑에서 일하는 사람답게 브라이언은 부제(副祭)보다 더 단정히 옷을 입는다. 버틀러 패거리 사람들은 머리를 길게 기르지도, 무법자 느낌을 주는 콧수염을 기르지도 않는다. 덥수룩한 구레나룻이나 나팔바지, 높은 구두도 볼 수 없다. 페이즐리나 타이다이(미국 히피족들이 즐겨 입던 특이한 패턴―옮긴이) 패션도 당연히 없다. 브라이언 셰이는 10년 전 사람처럼 흰 티셔츠에 남색 바라쿠타 재킷을 입는다. (버틀러 패거리에게 바라쿠타 재킷은 교복과도 같다. 주로 남색이나 황갈색을 입고, 갈색도 가끔 입는다. 심지어 아침 9시에 온도가 27도 가까이 오른 오늘 같은 날에도 예외는 아니다. 겨울에는 코트나 안에 울 안감을 두툼하게 댄 가죽 반코트로 바꿔 입지만, 봄이 오면 모두 같은 날 옷장에서 바라쿠타 재킷을 다시 꺼낸다.) 브라이언은 바싹 면도를 했고 금발은 말쑥한 스포츠머리다. 그리고 흰빛이 도는 치노 바지를 입고 옆에 지퍼가 달려 있으며 닳아 있는 검은색 앵클부츠를 신고 있다. 눈은 윈덱스 유리 세정제처럼 파랗다. 그 두 눈이 그녀를 향해 반짝거리며 번득이는데, 마치 메리 패트 자신은 감추었다고 믿는 것들을 자신이 살짝은 알고 있다고 말하는 듯하다. 그리고 그 사실에 즐거워하는 것도 같다.

그가 입을 연다.

"메리 패트. 잘 지내?"

메리 패트는 불어 터진 스파게티처럼 땀에 젖어 엉겨 달라붙어 있을 자신의 머리카락을 눈에 그릴 수 있다. 피부 위 모든 반점도 느껴진다.

"전기가 나갔어, 브라이언. 잘 지내지?"

"전기는 마티가 힘쓰고 있어. 몇 군데 전화를 돌렸지."

메리 패트는 그가 안고 있는 가느다란 나무 막대기를 흘끗 본다.

"도와줄까?"

"그러면 좋지."

브라이언은 품 안의 것들을 돌려 문 옆에 똑바로 세워 놓는다.

"피켓을 만들려고."

어젯밤 탱크톱에 맥주를 쏟았던 일을 떠올린 메리 패트는 김빠진 밀러 하이 라이프 맥주 냄새를 브라이언이 알아챘을지 궁금하다.

"무슨 피켓?"

"집회에 쓰려고. 티미가 곧 갖고 올 거야."

그녀는 막대기들을 문 바로 안쪽에 있는 우산 바구니에 넣는다. 막대기들은 살이 부러진 외로운 우산과 공간을 같이 쓰게 된다.

"집회가 열려?"

"금요일에. 시청 광장으로 바로 갈 거야. 시끄럽게 굴어 보자고, 메리 패트. 우리가 약속했던 그대로. 여기 사는 사람들이 다 나서야 할걸."

"물론. 나도 가야지."

브라이언은 전단지 한 묶음을 건넨다.

"사람들에게 오늘 정오 전에 이것들을 나눠 달라고 부탁하고 있어. 알지, 미친 듯이 더워지기 전에 말이야."

그는 손날로 매끈한 뺨에 흐르는 땀을 닦는다.

"그러기엔 너무 늦은 것 같긴 하지만."

그녀는 전단지를 받아든다. 맨 위에 있는 종이를 흘끗 보니 이렇게 적혀져 있다.

보스턴이 공격받고 있다!!!!!!!!

**자식을 걱정하는 부모들과 자랑스러운 사우스 보스턴 주민들은
모두 8월 30일 금요일, 광장에 모여
사법 독재 종식을 위한 행진에 동참하라.**

**12시 정각!
버싱 반대! 결사 반대!**

저항하라!

보이콧하라!

"각자 구역을 맡아 달라고 부탁하는 중이야. 넌……."

브라이언은 바라쿠타 재킷 안에 손을 넣어 명단을 꺼낸 다음 그것을 손가락으로 훑어 내려간다.

"아. 8번가(街)와 도체스터가(街) 사이의 머서가(街)를 맡아 줬으면 좋겠어. 그리고 텔레그래프에서 공원까지도. 그래, 공원 주위의 집들도 다."

"엄청 많은데."

"대의를 위해서야, 메리 패트."

손을 벌리며 돌아다닐 때면 버틀러 패거리들은 여러 구실을 대지만 진짜 원하는 것은 보호에 대한 대가다. 하지만 결코 보호세라고 하지는 않는다. 고귀한 동기로 포장한다. 이를테면 IRA(아일랜드 독립을 요구하는 무장단체 — 옮긴이)를 위해, 빌어먹을 어디가 됐든 굶주린 아이들을 위해, 참전 용사 가족들을 위해 등등. 걷은 돈의 일부는 그런 곳에 제대로 갈지 모르겠다. 하지만 어쨌든 지금까지 버싱 반대라는 명분은 완전히 정당해 보인다. 진짜 대의를 위한 것 같다. 코먼웰스 주민들에게 돈은 한 푼도 요구하지 않기는 하니까. 발품만 팔면 된다.

메리 패트는 브라이언에게 대답한다.

"기꺼이 도와야지. 엉덩이든, 불알이든 부서지라 해야지."

브라이언은 지친 눈동자를 굴린다.

"여기 모두 그렇지. 일을 마칠 때쯤이면 난 내시가 돼 있을걸."

그는 쓰고 있지도 않은 모자를 기울이는 시늉을 하고는 민트색 복도로 향한다.

"만나서 반가웠어, 메리 패트. 전기가 빨리 돌아오길 바라."

"잠깐. 브라이언."

그는 돌아본다.

"시위가 끝나면 어떻게 될까? 잘 모르겠지만 만약 아무것도 바뀌지 않으면 어떻게 되지?"

브라이언은 양손을 내민다.

"두고 봐야지."

그냥 그 판사를 개같이 쏴 버리지 그래? 너희는 지랄맞은 버틀러 패거리잖아. 우리는 너희에게 '보호세'를 내고 있어. 지금 우리를 보호해 줘. 우리 아이들을 보호해. 이 상황을 막으라고.

하지만 메리 패트의 입에서 나온 말은 생각과 다르다.

"고마워, 브라이언. 도나에게 안부 전해 줘."

브라이언은 또다시 상상 속의 모자를 기울인다.

"그럴게. 케니에게 안부 전해 줘."

매끄럽던 브라이언의 얼굴이 잠시 굳는다. 최근 동네에서 도는 소문을 떠올린 모양이다. 순간 그녀를 향해 동그랗게 뜬 큰 눈이 보인다.

"내 말은, 그러니까⋯⋯."

메리 패트는 "그럴게."라고 간단히 답하여 그가 이 상황을 모면하게 해 준다.

브라이언은 딱딱한 미소를 지어 보이고는 떠난다.

문을 닫고 아파트 안으로 돌아가니 부엌 식탁에 앉아 담배를 피우는 줄스가 보인다.

"거지 같아요. 전기가 나갔어요."

"아니면 '좋은 아침'이 어떻겠니. '좋은 아침'이란 말이 먹히겠지."

"좋은 아침이에요."

줄스는 대강 태양처럼 밝고 달처럼 차가운 미소를 쏘아 보낸다.

"엄마, 나 샤워해야 하는데요."

"그럼 샤워해."

"물이 차가울 텐데."

"염병, 밖은 32도야."

메리 패트는 딸의 팔꿈치 근처에 있던 슬림스 담배 한 갑을 끌어당긴다.

줄스는 눈을 치켜뜨며 담배를 한 모금 빨아들이고는 길고 천천히 천장으로 연기를 내뿜는다.

"왜 왔대요?"

"브라이언?"

"네."

"브라이언 셰이를 네가 어떻게 알아?"

메리 패트는 그날의 두 번째 담배에 불을 붙인다.

줄스는 눈을 부라린다.

"엄마. 아는 사이는 아니에요. 동네 사람들 다 브라이언 셰이를 아니까 아는 거죠. 뭐래요?"

"행진한다던데. 집회가 있대. 금요일에."

"그래 봤자 뭐가 바뀐다고."

딸은 관심 없는 듯 무심한 목소리를 내 보지만 메리 패트는 아이의 눈에서 일렁이는, 처진 눈 밑을 어둡게 하는 두려움을 본다. 언제나 참 예쁜 아이였다, 줄스는. 늘 정말 예뻤다. 그런데 지금 나이들어 가는 게 확연히 보인다. 고작 열일곱에. 이유는 여러 가지일 것이다. 이를테면, 코먼웰스에서 자라서. (코먼웰스는 미인 대회 우승자나 패션모델을 배출하는 곳이 아니다. 아무리 예쁘게 태어났더라도 말이다.) 오빠를 잃어서. 함께 있어 주리라고 마침내 믿게 되었을 즈음 새아빠가 떠나서. 졸업반이 되었는데 연방 정부의 칙령 때문에 해가 지면 백인 아이들은 돌아다니지 못하는 지역에 있는 새 학교에 다녀야 해서. 막 열일곱이 된 줄스가 얼간이 친구들과 아무도 모를 짓거리를 하고 돌아다닌다는 점은 말할 필요도 없다. 요즘 주변에 마리화나와 LSD가 돈다는 것을 메리 패트는 안다. 술, 당연하다. 사우디(사우스 보스턴의 애칭 — 옮긴이) 아이들은 대부분 엄마 뱃속에서부터 슐리츠 맥주와 럭키스 담배를 움켜잡고 나왔다. 그리고 스커지. 건강한 아이들을 1년도 안 돼 시체나 초주검으로 만드는 그 끔찍한 갈색 가루와 쓰레기 같은 바늘도. 만약 줄스가 술 담배에 가끔 마리화나만 하고 거기서 더 나가지 않는다면 외모만 잃게 될 것이다. 공공 주택 단지의 사람들은 다들 그렇게 훅 갔다. 하지만, 그럴 리는 없지만, 스커지로 넘어간다면. 메리 패트는 또다시 죽게 될 것이다.

줄스. 메리 패트가 지난 몇 년간 깨달은 것이 있다면 이 애가 여기서 자라지 말았어야 했다는 것이다. 반면 아기였을 때랑 어린 시절의 사진만 봐도 메리 패트는 한눈에 봐도 찌푸린 얼굴과 넓은 어깨, 작지만 다부진 몸을 가져 롤러 더비(롤러스케이트를 타고 벌이는 단체 스포츠 — 옮긴이) 같은 것들의 오디션 따위나 볼 법하게 생겼다. 그녀는 억센 아일랜드 계집들을 찍어 내는 컨베이어벨트에서 나온 듯하다. 사람들은 대부분 공공 주택 단지에서 자란 사우디 계집과 떡을 치느니 차라리 사람 고기 맛을 본 떠돌이 개와 싸우는 쪽을 택할 것이다.

하지만 그게 메리 패트다.

줄스는 키가 크고 몸매는 늘씬한 근육질로 사과 빛깔의 머리는 길고 가지런하다. 구석구석 모든 부분이 부드럽고 여성적이다. 광부들이 진폐증에 걸려 자기 폐가 검어질 것을 알 듯이, 줄스도 자신이 언젠가 마음의 상처를 입게 되리라는 사실을 알고 있다. 그 일이 언젠가 닥치리라는 것을 그냥 아는 것이다. 줄스는 연약하다. 메리 패트의 자궁에서 나온 이것은 눈빛도, 육신도, 영혼도 연약하다. 말을 아무리 거칠게 하고, 담배를 피우고, 바닷사람처럼 욕을 지껄이고 부두 노동자들처럼 침을 뱉어 대도 그 사실을 완전히 가리지 못한다. 메리 패트의 어머니 루이스 위지 플래너건은 150센티미터에 약간 못 미치는 키에 추수감사절에 저녁 식사를 잔뜩 퍼먹은 뒤에도 43킬로그램이 조금 넘는 정도의 체구로도 강인한 아일랜드 여성의 명예의 전당에 오를 만한 사람이었다. 그녀는 메리 패트에게 이렇게 말하곤 했다. "넌 싸움꾼이거나 도망자일 거야. 그런데 도망자는 결국 막다른 길을 맞닥뜨린단다."

메리 패트는 때때로 줄스가 엄마의 정체를 알아채기 전에 그들이 코먼웰스를 벗어날 방법을 찾아낼 수 있기를 바라곤 한다.

"그래서 집회는 어디서 열려요?"

"도심으로 갈 거야."

"그래요?"

그 말에 딸아이는 담배를 비벼 끄며 씁쓸한 미소를 짓는다.

"다리 건너고 뭐 그런 지랄을 떤다는 거죠. 대단하네요."

그러고는 눈썹을 위아래로 올렸다 내린다.

메리 패트는 식탁 건너편으로 손을 뻗어 딸아이의 손을 토닥거려 자신을 보게 한다.

"우린 시청으로 갈 거야. 사람들은 우리를 무시하지 못해, 줄스. 우리를 보게 될 거고, 빌어먹을 우리 얘기도 듣게 되겠지. 너희들은 혼자가 아니야."

줄스는 희망이 깃든 동시에 상처 입은 미소를 지어 보인다.

"그럴까요?"

고개를 숙인 그녀가 입을 열어 촉촉한 목소리로 속삭인다.

"고마워요, 엄마."

"당연한걸. 당연히 할 일을 하는 거지, 애야."

메리 패트는 목구멍 뒤편에서 꽉 조이는 뭔가를 느낀다.

요 몇 달을 통틀어 지금처럼 딸과 그저 이야기만 나누며 오래 앉아 있던 적이 없었던 듯하다. 자기가 그런 시간을 얼마나 좋아하는지 잊고 있었다.

작게 천둥이 치는 듯한 소리가 나더니 발밑의 바닥이 흔들리고 벽이 덜컹거린다. 스토브 위의 전등에 불이 들어온다. 창문의 선풍기가 돌아가기 시작한다. 다른 아파트에서 라디오와 TV가 서로 일전을 벌이기 위해 돌아온다. 누군가가 와 하고 함성을 지른다.

줄스는 새된 목소리로 소리친다.

"샤워하러 갈게요!"

그러더니 빚쟁이가 도망치듯 의자에서 급히 달아난다.

메리 패트는 커피를 끓인다. 갓 비운 재떨이와 커피를 가지고 거실로 가 TV를 켠다. 온통 사우스 보스턴과 다가오는 개학에 대한 뉴스뿐이다. 곧 흑인 아이들은 사우디행 버스를 타고 백인 아이들은 록스버리행 버스를 탄다. 어느 쪽도 다가올 미래에 기뻐하지 않는다.

학교 위원회를 고소한 흑인 선동가들을 제외하면 말이다. 그 소송은 그 무엇도 충분히 괜찮지 않다는 이유로 9년째 이어지고 있었다.

메리 패트는 메도우 레인 매너 요양원과 신발 공장에서 너무 많은 흑인과 일하고 난 뒤 그들이 나쁘거나 천성적으로 게으르다고 생각하게 됐다. 착하고 근면하고 정직한 많은 흑인은 그녀와 같은 것을 원한다. 안정된 봉급, 식탁 위의 음식, 침대에 누운 안전한 아이들. 메리 패트는 두 자식들에게 그녀가 듣는 곳에서 '깜둥이'라고 말할 거라면 정직하지 않은 흑인들, 열심히 일하지 않는 흑인들, 결혼 생활을 유지하지 않는 흑인들, 단지 복지 혜택을 계속 받을 요량으로 아이를 낳는 흑인들을 두고 말하는 것임을 확실히 해야 한다고 일렀다.

노엘은 베트남으로 떠나기 직전 말했다.

"지금껏 만났던 녀석들 대부분 그렇던데요, 엄마."

"네가 그 사람들을 얼마나 많이 만났는데? 웨스트 브로드웨이에 많이 지나다니는 유색 인종을 본 정도지?"

메리 패트는 알고 싶었다.

"아뇨. 시내에서요. 지하철 타면 보죠."

노엘은 한 손으로 지하철 손잡이를 잡은 모양새를 흉내 내며 다른 한 손으로는 원숭이처럼 팔 아래를 긁었다.

"그 사람들 항상 포레스트 힐스로 가잖아요."

노엘이 침팬지 소리를 내자 그녀는 아들을 찰싹 때렸다.

"무례하게 굴지 마. 널 그렇게 키우지 않았어."

그는 미소 지었다.

세상에, 아들의 미소가 그립다. 비스듬하게 활짝 벌어지는 아들의 미소를 처음 보았던 것은 젖을 먹일 때였다. 그 미소가 마음의 방을 열어젖혔다. 그 방은 아무리 세게 밀어도 닫히지 않는다.

아들은 메리 패트의 정수리에 입을 맞췄다.

"엄마는 이 공공 주택 단지에 있기엔 너무 좋은 사람이에요. 그런 말 한 사람 없어요?"

그러고는 가 버렸다. 다시 거리로. 모든 사우디 아이는 거리를 좋아했지만 공공 주택 아이들만큼은 아니었다. 공공 주택 아이들은 부자들이 일을 싫어하듯 집에 있기를 싫어했다. 집에 있다는 것은 벽을 타고 넘어오는 이웃의 음식 냄새를 맡는다는 것이고, 그들의 다툼 소리, 섹스 소리, 변기 물 내려가는 소리를 듣는다는 것이며, 그들이 라디오와 레코드 플레이어에서 듣는 것, TV에서 보는 것을 같이 듣는다는 의미였다. 맹세코 가끔은 그들의 체취와 담배 냄새, 부은 발 냄새도 맡을 수 있었다.

줄스는 이제 최소 두 사이즈는 작아진 낡은 체크무늬 목욕 가운을 입고 머리를 말리며 거실로 돌아온다.

"가요?"

"간다고?"

"옙."

"어디를?"

"학기 시작되기 전에 뭣 좀 사 주겠다면서요."

"언제 가는데?"

"젠장. 오늘이요, 엄마."

"네 돈으로 사는 거지?"

"엄마, 제발, 장난치지 마요."

"장난 아니야. 우리 가스 끊긴 거 아니?"

"신경 쓸 사람이 있기나 해요? 엄마는 요리 안 하잖아요."

그 말에 메리 패트는 눈이 벌게져 소파에서 일어난다.

"염병, 내가 요리한 적이 없다고?"

"최근에는 안 했죠."

"가스가 끊겼으니까."

"음, 누구 덕택에 그렇게 됐을까요?"

"엄마한테 그딴 식으로 말할 거면 네 머리를 깨 버리기 전에 잘난 네가 가서 일해."

"나 일해요."

"아르바이트 말고, 얘야. 아르바이트로는 집세를 내지 못해."

"뭐 보니까 가스비도 못 대는 거 같긴 하네요."

"씨발. 맹세코 널 때려눕혀 주지."

줄스는 우스꽝스러운 가운을 입은 채로 링 안의 복서처럼 주먹을 들고 앞뒤로 춤을 추며 활짝 웃는다.

메리 패트는 자기도 모르게 웃음을 터트린다.

"그러다가 자기 머리 때리겠다. 평생 놀림받기 싫으면 그 손 내려."

줄스는 이를 드러내 놓고 웃으며 양손으로 가운뎃손가락을 날린다. 여전히 그 우스꽝스러운 가운을 입고 우스꽝스러운 춤을 계속 추고 있다.

"그럼 로벨에 데려가 줘요."

"돈 없어."

줄스는 춤을 멈춘다. 다시 머리에 수건을 얹는다.

"조금은 있잖아요. 가스비 낼 돈은 없을지 모르지만 로벨 갈 돈은 있잖아요."

"아니. 없어."

"검둥이 야만인보다 꼬질하게 입고 걔네 학교에 가라고요?"

줄스의 두 눈에 눈물이 차오른다. 그녀는 눈물이 더 흐르지 않게 수건을 머리 아래로 끌어 내린다.

"엄마, 제발요?"

메리 패트는 그곳에서 첫날을 보낼 줄스를 상상한다. 떨고 있는 백인 소녀와 그녀의 커다란 갈색 눈.

"조금은 있어."

메리 패트는 간신히 입을 연다.

줄스는 고맙다는 듯 굽실대며 몸을 조아린다.

"아, 다행이네요."

"하지만 그 전에 나랑 같이 다른 집 문 좀 두들기자."

"그게 무슨 개소리예요?"

모녀는 하이츠에서 시작한다. 공원과 기념탑을 에워싼 집들을 전부 두드린다. 사람이 없는 (또는 메리 패트와 줄스를 '복음'을 전파하는 크리스천 사이언스 교도라고 생각하고 없는 척하는) 집이 많지만 있는 집도 많다. 누군가를 설득할 필요는 거의 없다. 사람들은 격노, 정의감, 분개를 내보인다, 금요일에 올 것이라며.

"갈 거라는 데 내 모든 걸 다 걸죠. 약속해요."

숨에서 담배 냄새가 나는 노부인이 보행 보조기에 기댄 채로 말한다.

명단에 있는 집을 다 돌 때쯤 해가 저문다. 웨스트 브로드웨이의 끝자락에 있는 발전소에서 끊임없이 흘러나와 떠다니는 갈색 리본 같은 연기에 해가 가려진 정도는 아니다. 메리 패트는 줄스를 로벨로 데려가 공책과 펜 네 묶음, 파란색 나일론 책가방, 엉덩이 위로 높이 올라오는 부츠컷 청바지를 고른다. 마침내 신이 난 줄스는 엄마를 따라 피나스트 슈퍼마켓으로 향한다. 메리 패트는 자기가 먹을 레토르트 식품을 산다. 저녁에 뭘 먹을 거냐고 묻자 줄스는 럼과 데이트가 있다는 사실을 상기시킨다. 메리 패트는 레토르트 식품 하나와 『내셔널 인콰이어러』 잡지 한 부를 집어 계산대로 가며 외롭게 늙어 가는 땅딸보라고 이마에 써 붙이는 편이 낫겠다고 생각한다.

집으로 걸어가는 길에 난데없이 줄스가 묻는다.

"엄마는 다른 곳이 있지 않을까 생각해 본 적 있어요?"

"무슨 말이야?"

줄스는 열을 지어 가는 개미들을 밟지 않으려고 도로 연석에서 내려선다. 개미 떼는 깨진 달걀에 난 금처럼 보인다. 그녀는 어린 나무를 빙 돌아 다시 인도에 올라선다.

"그러니까 그런 거 있잖아요. 뭔가 일이 이렇게 되어야 하는데 그렇게 안 된 느낌? 근데 이유는 몰라요. 왜냐면, 음, 지금 눈에 보이는 거 빼고 알 수 있는 게 없으니까. 그리고 뭐 지금 엄마 눈에 보이는 건……."

줄스는 올드 콜로니로(路)를 향해 손을 흔든다.

"이런 거잖아요."

그녀는 엄마를 쳐다보며 서로 부딪치지 않게 울퉁불퉁한 인도에서 약간 몸을 기울인다.

"하지만 엄마는 알고 있죠?"

"뭘 알아?"

"엄마가 있어야 할 곳은 여기가 아니라는 거요."

줄스는 양가슴 사이를 두드린다.

"이 안에서는 엄마도 알죠?"

"글쎄다, 애야. 타고난 팔자 말하는 거야?"

메리 패트는 무슨 소리인지 도통 감을 잡지 못한다.

"그런 게 아니에요."

"그런 게 뭔데?"

"엄마가 말한 거 같은 거요."

"그럼 네가 말하고 싶은 게 뭐야."

"난 왜 다른 사람들처럼 느끼지 못하는지 이해가 안 된다고요. 그
말 하려던 거였어요."

"뭐에 대해서?"

"전부 다요. 그게 뭐든지 간에요. 젠장!"

딸아이는 양손을 든다.

"뭐? 무슨 소리야?"

메리 패트는 알고 싶다.

줄스는 세상을 향해 손을 흔든다.

"엄마, 난 그냥…… 그건……. 좋아요, 좋아."

그러더니 걸음을 멈추고 보스턴 경찰국 비상 전화(비상시 경찰
이 사용하거나 일반인이 경찰에 연락하기 위하여 공공장소에 설치된 전
화 — 옮긴이)의 밑동에 한 발을 걸친다. 목소리는 속삭이듯 작아
진다.

"일이 왜 이렇게 되는지가 이해 안 돼요."

"학교 말이야? 버싱?"

"뭔 소리예요. 아니에요. 네, 그것도 어느 정도는 맞을 수도 있어요. 근데 우리가 어디로 가는지 모르겠다는 말을 하고 싶었어요."

노엘 얘기인가?

"죽을 때 말하는 거야?"

"뭐, 그래요. 근데 알잖아요, 우리가…… 아니에요. 그만해요."

"아냐, 말해."

"싫어요."

"부탁할게."

딸이 그녀를 똑바로 바라본다. (6년 전 애가 첫 생리를 시작한 이후 거의 없던 일이다.) 그 시선에는 절망과 갈망이 동시에 담겨 있다. 잠시 메리 패트는 거기서 자신을 본다……. 하지만 어떤 자신이지? 어떤 메리 패트일까? 무언가를 갈망했던 때가 언제였을까? 스스로 말로 표현할 수도 없는 질문에 어딘가, 누군가는 해답을 가지고 있으리라는 어리석은 생각을 감히 믿었던 때가 언제였지?

줄스는 시선을 돌리며 입술을 깨문다. 눈물을 참으려고 할 때면 보이는 습관이다.

"내 말은 엄마, 우리가 어디로 가고 있냐고요. 다음 주? 내년? 그러니까 젠장. 씹, 우리 왜 이러고 있냐고요."

줄스는 빠르게 쏟아 낸다.

"이러고 있다니 뭐가?"

"돌아다니고, 쇼핑하고, 일어나고, 자고, 다시 일어나는 거? 알잖아요, 뭘 위해서 이렇게 사냐고요."

메리 패트는 호랑이를 기절시키는 데 쓰는 주사를 딸에게 놓고 싶다. 대체 무슨 개소리를 하는 건지.

"너 생리하려고 그러니?"

줄스는 거침없이 웃음을 터트린다.

"아뇨, 엄마. 절대 아니에요."

"그럼 왜 그래? 줄스, 엄마 여기 있어. 무슨 일이니?"

메리 패트는 딸의 두 손을 잡고 어릴 적 열이 날 때면 늘 해 줬듯이 엄지로 손바닥을 주물러 준다.

줄스는 슬프지만 다 안다는 듯한 미소를 짓는다. 하지만 무엇을 안다는 거지? 그녀가 입을 연다.

"엄마."

"응?"

"난 괜찮아요."

"그런 것 같지 않아."

"아뇨, 괜찮아요."

"아니, 넌 괜찮지 않아."

"단지……."

"뭔데?"

"신물이 나요."

"뭐에?"

줄스는 오랜 습관대로 볼 안쪽을 깨물며 거리를 내다 본다.

메리 패트는 계속해서 딸의 손바닥을 주무른다.

"뭐에 신물이 나니?"

줄스가 그녀의 눈을 들여다본다.

"거짓말들에요."

"럼이 상처 주니? 그 새끼가 너에게 거짓말을 해?"

"아뇨, 엄마. 아니에요."

"그렇다면 누구?"

"아무도요."

"방금 네가 그랬잖아."

"신물이 난다고 했죠."

"거짓말들에 신물이 난다고."

"그냥 엄마 입을 막으려고 한 말이에요."

"왜?"

"엄마한테 신물이 나니까."

음, 심장에 멋지게 도끼가 내리꽂힌다. 메리 패트는 딸의 손을 떨어트린다.

"씨발, 다음부턴 학교에서 쓸 건 네가 사. 너 나한테 12달러 62센트 빚졌어."

그녀는 인도를 따라 걷기 시작한다.

"엄마."

"꺼져."

"엄마, 들어 봐요. 엄마한테 신물이 난다는 게 아니에요. 내 말은 엄마가 꼬치꼬치 캐묻는 게 신물이 난다는 거죠."

메리 패트가 몸을 돌려 너무 빠르게 다가가는 바람에 줄스는 한 걸음 뒤로 물러난다. (넌 절대 그렇게 물러나선 안 돼. 메리 패트는 소리치고 싶다. 지금도 안 되고 앞으로도 안 돼.) 그녀는 딸의 얼굴에 대고 삿대질한다.

"니미럴, 내가 꼬치꼬치 캐묻는 건 널 걱정해서 그런 거야. 말 같지도 않은 얘기를 늘어놓고, 눈은 그렁그렁하고, 불안해 보이잖아. 나한텐 너밖에 없어. 모르겠어? 그리고 너한테도 나밖에 없고."

"음, 그래요. 하지만 난 어리잖아요."

줄스가 바로 미소를 짓지 않았더라면 메리 패트는 그녀를 때려눕혔을지도 모른다. 바로 그 올드 콜로니에서.

"괜찮니?"

"음, 아뇨."

줄스는 웃음을 터트린다.

"하지만 괜찮아요. 무슨 말인지 알겠어요?"

엄마는 딸에게서 눈을 떼지 못하고 기다린다.

줄스는 올드 콜로니를 향해 넓게 손짓해 보인다. '사우디는 가지 않을 것이다', '독재 치하의 보스턴에 오신 걸 환영합니다', '투표 없음 = 권리 없음'이라고 쓰인 피켓들과 스프레이 페인트로 '깜둥이는 집에 가라', '백인의 힘', '학교 말고 아프리카로 돌아가라'는 문구들이 쓰인 인도와 주차장의 낮은 담벼락을 향해. 잠시, 메리 패트는 전쟁을 준비하고 있는 것처럼 느껴진다. 모래주머니와 사격진지 포탑만 없을 뿐이다.

"나 이제 졸업반이에요."

"알아, 아가."

"그런데 말이 되는 게 하나도 없어요."

메리 패트는 인도에 선 딸을 안아 어깨에 기대 울게 한다. 지나가는 사람들의 시선은 무시한다. 그들이 쳐다보면 볼수록 자신이 낳은 이 연약한 아이에 대한 자부심이 더 커진다. 그들에게 말해 주고도 싶다. 코먼웰스가 적어도 이 애의 마음씨는 없애지 않았어. 앤 그거라도 계속 지키고 있다고. 이 멍청하고 냉혈한 아일랜드 개자식들아.

나는 너희와 같을지 몰라. 하지만 이 아이는 아니야.

포옹을 풀고 메리 패트는 엄지로 딸의 눈 밑을 닦아 준다. 괜찮다고 위로한다. 언젠가 이런 일들이 말이 될 때가 올 것이라고.

비록 메리 패트 자신도 그런 때를 기다리고 있지만. 비록 세상 모두가 그날을 기다리고 있는 것 같다고 생각하고 있지만.

2

집으로 돌아와 줄스는 샤워를 또 한다. 얼마 안 있어 남자 친구로 내놓기엔 변변찮은 로널드 '럼' 콜린스와 2학년 때부터 단짝 친구로 지내는 브렌다 모렐로가 줄스를 데리러 온다. 브렌다는 커다란 갈색 눈에 작은 키, 금발에다 아주 풍만하고 두툼한 몸매를 가지고 있어서 지나가는 곳마다 남자들의 정신을 빼놓게끔 만든 신의 창조물처럼 보인다. 브렌다 역시 이 사실을 알고 있고, 스스로도 그 점이 당혹스러운지 늘 선머슴처럼 입고 다닌다. 그리고 그래서 메리 패트는 브렌다가 마음에 든다. 줄스가 입을 것을 골라 달라고 브렌다를 방으로 데리고 간다. 그 바람에 메리 패트는 자기 아버지나 삼촌처럼 대화 기술이라곤 젬병인 럼과 부엌에 갇힌다. 그래도 럼은 사우디 고등학교의 여학생들과 친구들에게 거의 말을 하지 않는 기술을 익혔고, 천성적으로 아둔했던 눈을 나른하고 무언가 경멸하는 듯 보이게 바꾸었다. 많은 아이들이 럼의 그 눈을 멋지다고 생각한다. 그녀의 딸도 그 눈에 홀린 것이다.

"음, 오늘 좋아 보이네요, 에프 아줌마."

"고맙다, 로널드."

럼은 주방을 둘러본다. 수없이 여길 봤을 텐데도 본 적 없다는 듯 군다.

"엄마가 지난주에 슈퍼마켓에서 아줌마를 봤대요."

"정말?"

"네. 시리얼을 사고 계셨다고."

"너희 엄마가 그렇게 말했다면야."

"어떤 거 사셨어요?"

"시리얼 말이니?"

"네."

"기억 안 나는구나."

"전 프루트 루프를 좋아해요."

"그게 네가 제일 좋아하는 거구나?"

럼은 여러 차례 고개를 끄덕인다.

"우유에 만 지 너무 오래됐을 때는 빼고요. 그러면 우유가 달라지잖아요. 음, 색깔 같은 거요."

"안타까운 일이지."

"그래서 전 후딱 먹어 치워요."

그게 켈로그를 기만하는 자기의 비법이라는 듯 럼은 눈을 반짝인다.

"머리가 빨리 돌아가네."

메리 패트는 입으로는 이렇게 말하지만, 머릿속에서는 다른 말을 한다. 네가 씨를 퍼트리지 않기를 기도하마.

"음, 네, 전 색깔 있는 우유를 좋아하지 않아요."

럼은 마치 곧 지혜로운 말을 하려는 것처럼 눈썹을 활처럼 구부린다.

"저.랑. 안. 맞.아.요."

메리 패트는 딱딱한 미소를 날린다. 그럼에도 자식을 낳는다면, 제발

내 딸하고는 그러지 마렴.

"그래도 우유는 좋아요. 색깔이 없는 거는요."

말을 할 수 없을 정도로 짜증이 나서 메리 패트는 계속 웃기만 한다.

"우와, 너희들!"

럼의 말에 메리 패트는 몸을 돌려 뒤쪽에서 들어오는 줄스와 브렌다를 본다. 럼은 메리 패트를 지나쳐 가더니 줄스의 엉덩이에 한 손을 올리고 뺨에 입을 맞춘다.

못 해도 좋아 보인다는 말 정도는 해야지. 예쁘다고.

"그럼, 여기서 나가자."

럼은 이렇게 말하고는 줄스의 엉덩이를 찰싹 때린다. 딸아이가 날카롭게 내지르는 꺅 소리에 바로 메리 패트는 염병할 밀대 같은 걸로 녀석의 머리를 후려치고 싶어진다.

"엄마, 안녕."

줄스가 몸을 숙여 메리 패트의 뺨에 가볍게 입 맞추자 딸에게서 희미한 담배 냄새와 '와, 네 머리에서는 아주 좋은 냄새가 나' 샴푸 냄새, 그리고 귀 바로 뒤쪽에서 연한 러브스 베이비 소프트 향수 냄새가 난다.

메리 패트는 줄스의 손목을 붙잡고 이렇게 말해 주고 싶다. 다른 사람을 찾아. 좋은 사람을. 멍청할 순 있어도 비열하지는 않을 사람. 이놈은 비열해질 거야. 저능아보다 아주 살짝 나을 뿐인데도 자기가 좀 똑똑하다고 생각하거든. 그래서 세상이 자기를 비웃는다는 것을 알아채게 되면 쉽게 비열해질 놈이야. 넌 이 녀석에게 너무 과분해, 줄스.

하지만 그녀가 결국 해 준 말이라고는 "너무 늦게 들어오지는 마."뿐이다. 메리 패트는 빠르게 딸의 뺨에 입맞춤을 돌려준다.

그렇게 줄스는 떠났다. 길을 잃은 밤 속으로.

레토르트 식품을 조리하러 가다가 가스가 끊겼다는 사실이 떠오른다. 메리 패트는 레토르트를 다시 냉장고에 넣고 블록을 걸어 쇼너시스에 간다. 사우디에서는 모든 것에 별명이 붙는다. 교회법 같은 거랄까. 그래서 마이클 쇼너시가 주인인 쇼너시스는 쇼너시스라고 불리는 법이 없고 믹 숀스라고 불린다. 믹 숀스는 토요일 밤에 벌이는 난투극과(바닥의 피를 씻어 내기 위해 바 뒤에 호스를 둔다) 호스를 지나 바 끝에 이어진 아주 좁은 주방에서 하루 종일 냄비에 뭉근히 끓여 내는 고기찜으로 유명하다.

메리 패트는 바에 앉아 고기찜을 한 접시 먹는다. 올드 밀 드래프트 맥주 두 병을 마시고 티나 맥기건과 시답잖은 소리를 지껄인다. 티나와는 유치원 때부터 알고 지냈지만 가깝게 지냈던 적은 없었다. 그녀를 보면 항상 호두가 떠올랐다. 딱딱하고 동그랗게 웅크린, 메마르고 부수기는 어려운 호두. 하지만 남자들은 늘 그녀더러 '귀엽다'고 했는데 아마 작은 체구와 금발, 무력한 표정 때문일 것이다. 남자들은 그냥 표정만 그럴 뿐이라는 걸 한사코 믿으려 하지 않았다. 티나의 남편, 리키는 장갑차 강도 미수 사건으로 7년에서 10년 형을 받고 월폴 교도소에서 복역 중이다. 시작부터 좇될 기미를 보이며 총알이 날아다니긴 했지만 다행히 아무도 맞지 않았다.

리키는 자금줄이었던 마티에 대해 함구한 덕분에 편하게 복역하고 있다. 본인에게는 다행이지만 티나가 집세를 내고 아이 넷을 계속 가톨릭 학교에 보내고 치과 검진을 받게 하는 데는 도움이 되지 않는다.

"하지만 뭐 어쩌겠어? 그렇지?"

티나는 짧은 푸념으로 그 이야기를 마무리한다.

"맞아. 뭐 어쩌겠어."

그들이 자주 말하는 말이다. 자매품으로는 '어쩔 수 없지'와 '개 같은 일도 일어나는 법이지'가 있다.

열심히 노력하지 않아서, 열심히 일하지 않아서, 더 좋은 것들을 누릴 자격이 없어서 그들이 가난한 게 아니다. 코먼웰스에서 알고 지내는 사람들만 봐도, 사우디에 사는 평범한 사람들을 봐도 그렇다. 노력하는 사람들, 힘든 일을 마다하지 않는 사람들, 10톤짜리 짐을 골프공 다루듯 처리하는 사람들, 매일 출근해서 고마움을 모르는 상사 밑에서 하루 8시간에서 10시간 일하는 사람들뿐이다. 게을러서 가난한 게 아니다. 그건 지랄맞게 확실하다.

세상에 양이 제한되어 있는 행운을 조금도 받지 못해서 가난한 것이다. 하늘에서 떨어진 행운이 당신에게 내려앉지 않는다면, 매일 아침 들러붙을 누군가를 찾아 나선 행운이 찾아낸 이가 당신이 아니라면 할 수 있는 일은 빌어먹게도 없다. 세상에 있는 행운의 양보다 사람이 훨씬 많다. 다시는 없을 두 번째 행운이 드러나는 바로 그 순간, 그 장소에 있어야 한다. 그렇지 않다면, 그 결과는…….

개 같은 일도 일어나는 법이지.

어쩔 수 없지.

뭐 어쩌겠어.

티나는 맥주를 좀 들이켠다.

"고기찜은 어땠어?"

"맛있었어."

"맛없어졌다던데. 요즘 다 그렇잖아."

티나는 바를 둘러본다.

"아냐. 한번 먹어 봐."

티나는 메리 패트가 마치 브래지어나 뭐 이상한 것을 태우자고
한 것처럼 한참을 천천히 쳐다본다.

"내가 왜 이런 걸 먹어 봐야 한다고 생각해?"

메리 패트는 티나의 눈을 들여다본다. 캄캄한 두 눈이 빙빙 도는
걸 보니 그녀가 오기 전에 티나는 더 독한 술을 마시고 있었을 거라
는 생각이 든다.

"그럼 먹지 마."

"아니, 그냥 알고 싶어서 그래."

"뭘 말이야?"

"그냥 씨발. 왜 나보고 그 스튜를 먹어 보라고 해?"

"스튜라니. 이건 스튜가 아니야. 고기찜이지."

메리 패트는 피가 솟아 목이 벌게지고 턱으로 올라가는 것을 느
낀다.

"지랄. 무슨 얘기인지 알잖아. 못 알아듣는 척하지 마."

메리 패트는 티나에게 삿대질을 하고 싶은 마음을 참는다.

"그리고 이건 새로울 게 없어. 예전하고 같아."

"그렇다면 먹어."

"방금 먹었어."

"그럼 대체 씨발 왜 날 괴롭히는 거야?"

"난 널 괴롭히고 있지 않아, 티나."

메리 패트는 돌연 지친 기색이 역력해진 자기 목소리에 놀란다.

목을 숙이고 입을 벌리고 있느라 티나의 목에는 주름이 잡혀 있다. 그녀는 메리 패트의 어조에 갑자기 두 눈이 누그러진다. 티나는 자세를 풀고 팔리아멘트 담배를 질척하게 한 모금 빨아들였다 급히 내뿜는다.

"내가 무슨 소리를 하고 있는지 모르겠어."

"괜찮아."

티나는 고개를 젓는다.

"그냥 화가 나. 그런데 이유도 몰라. 누군가가, 누군지는 말해 줄 수 없는데, 어떤 남자였어. 그 사람이 고기찜이 이젠 맛있지 않다는 거야. 그런데 이런 생각이 들더라고. 씨발, 못 참겠네. 참을 수 없다고."

그녀는 손을 메리 패트의 손목에 올리고 시선을 마주한다.

"무슨 말인지 넌 알지, 메리 패트? 가끔은 존나 못 참겠어."

"알아."

메리 패트는 말한다. 그런 건 알지 못했지만.

하지만 다시 생각해 보니 그녀는 알고 있다.

집에 돌아온 지 30분쯤 지나자 티미 개비건이 피켓을 가져다준다. 티미는 K가(街)에 아홉 식구가 사는 집 출신이다. 고등학교 때

하키를 제법 잘했지만 어디에 장학금을 받고 갈 만큼은 아니었고, 그래서 스무 살인 지금은 도체스터가의 정비소에서 일하면서 버틀러 패거리가 던져 주는 일을 처리하고 돈을 조금 번다. 요즘 이 주변 젊은 애들은 모두 그런 삶을 열망한다. 버틀러 패거리의 물건을 날라 주는 일 같은 거. 하지만 메리 패트는 티미가 브라이언 셰이나 프랭키 투미처럼 거칠고 무자비했던 사람들이 했던 식으로 높이 올라갈 수 있을지 의아하다. 티미는 너무 무르고 마음이 너무 괜찮은 아이이기 때문이다. 티미가 복도를 따라 출입구를 향해 걸어가는 모습을 지켜보면서 메리 패트는 5년 징역을 받기 전에 그 아이가 정상적인 삶으로 돌아가기를 바란다.

그다음 2시간 동안 메리 패트는 브라이언 셰이가 놓고 간 막대기에 티미가 준 못으로 피켓을 박는다. 누군가는 틀림없이 메리 패트가 망치쯤은 가지고 있으리라고 생각한 모양이었고 사실 그러했다. 못은 작고 얇아서 똑바로 잡기도 힘들었고 망치로 엄지를 때리지 않기가 여간 어렵지 않았지만 어떻게든 해낸다. 그날 처음으로, 어쩌면 그 주 들어 처음으로 메리 패트는 자신이 쓸모 있다고, 목표를 가지고 있다고 느낀다. 폭정에 맞서기 위해 자기의 작은 몫을 다하고 있다. 폭정 말고는 그걸 달리 부를 만한 말이 없다. 딱 들어맞는 말이 없다. 권력을 지닌 사람들이 그녀의 살아 있는, 단 하나뿐인 아이가 다닐 학교를 지정한다. 아이의 교육은 물론 생명까지 위험해질 수도 있는데.

개소리다. 인종 문제가 아니다. 아이를 도시 건너편의 리비어나 노스 엔드 등 백인이 많은 곳으로 보내야 한다고 해도 똑같이 화가

날 것이다. 어쩌면 이 정도까지는 화가 나지 않을지도 모른다는 생각
도 든다. 그냥 짜증 나는 정도일지도 모른다고. 하지만 메리 패트는
또 다른 막대기와 피켓을 망치질하며 생각한다. 지랄 마. 피부색 문
제가 아니야. 부당함에 대한 문제지. (그들의 백인 마을에 자리한) 교외의
성에 사는 부자 새끼들이 도시를 벗어날 수 없는 가난한 사람들에
게 앞으로 어떻게 살아야 한다고 참견하는 무수한 일 중 하나일 뿐
이다. 그 순간, 메리 패트는 자신이 흑인과 연대감을 느낀다는 사실
에 놀란다. 이 일에 있어서는 양쪽 다 피해자 아닌가? 모두 그건 원
래 그렇다는 말을 듣고 있지 않나?

  음, 아니다. 유색 인종은 많은 것을 원하니까. 법정 공방까지 벌
이지 않는가. 그리고 파이브 코너스 같은 거지 소굴이나 총격 게임
에 나올 법한 블루 힐로(路), 제네바에 사는 사람들도 당연히 더 나
은 곳에서 살고 싶을 것이다. 하지만 사우디는 더 나은 곳이 아니
다. 백인이 더 많은 곳일 뿐이다. 사우디 고등학교는 록스버리 고등
학교만큼이나 엉망진창이다. 변기는 폭발하고, 난방 파이프는 부서
지고, 벽엔 물이 새고, 곰팡이가 피어 있고, 페인트칠은 벗겨지고,
구식 교과서는 중간중간 찢겨 있고, 뭐 하나 나을 게 없다. 유색 인
종들이 자신들이 사는 거지 소굴을 탈출하고 싶어 하는 건 비난할
수 없지만 각자가 사는 거지 소굴을 맞바꾸는 것은 말이 되지 않는
다. 그리고 이 모든 것을 명령한 판사는 그가 내린 판결이 적용되지
않는 웰즐리에 살고 있다. 만약 유색 인종들이 웰즐리 고등학교에
다니겠다고 고소했다면? 도버 중학교에는? 유치원에서 8학년까지
다니는 웨스턴 학교였다면? 그랬다면 메리 패트는 그들을 응원하

는 시위에 참여할 것이다.

하지만 다른 목소리가 묻는다. 그럴 거야? 정말? 네가 아는 흑인 이름이 몇 개나 되는데, 메리 패트?

좆까.

몇 개야? 솔직하게 말해.

알고 지내는 '유색 인종'도 있고, '깜둥이'도 있어.

염병, 웃기고 있네. 진실을 말해. 그냥 아는 이름 말고 네가 부르는 이름을. 지랄스러운 너의 갈라진 입술에서 빠져나오는 이름이 뭔지 말하라고.

하지만 이름은 단어일 뿐이야. 그녀는 상상 속 재판관에게 항변한다. 불쌍한 사람들끼리 서로 헛소리를 지껄이는 거지. 인종 문제는 끼어들 구석이 없어. 만찬을 즐기는 사람들은 따로 있어. 그 사람들이 자기들을 잡지 못하게 찌꺼기만 두고 우리끼리 개싸움을 시키는 거라고.

작업을 마친 메리 패트는 현관의 양옆에 모든 피켓을 기대 쌓아둔다. 그 뒤 바로 창문을 열고 부엌 식탁에 앉아 더운 여름밤 코먼웰스에서 들려오는 소리를 들으며 딸이 곁에 있으면 하고 바란다. 함께 하트 카드 게임을 하거나 TV를 볼 수도 있을 텐데.

공공 주택 단지 어디선가 베니라는 이름을 부르는 소리가 들린다. 잠에서 깬 아기가 꽥꽥 운다. 폭죽이 터진다. 창문 아래에서 사람들이 멜이라는 사람과 메드퍼드에 있는 톰맥캔 신발 가게에 다녀온 얘기를 하며 걸어간다. 바다 냄새가 난다. 그리고 그 폭죽 소리.

메리 패트는 이곳에서 태어났다. 여기서 세 건물 떨어진 핸콕에서. 더키는 러틀리지에서 자랐다. (코먼웰스에서는 독립 선언서 서명자의 이름을 따서 건물 이름을 짓는다. 제퍼슨, 프랭클린, 체이스, 애덤스,

지금 사는 월코트 등등.) 이곳의 벽돌이며 나무며 전부 다 안다.

젊은 부부가 담즙처럼 노란 가로등 아래를 지난다. 남자는 신물이 난다고 말한다. 그냥 질린다고. 여자는 맞받아친다.

"그냥 관두지 마. 노력해 봐."

"거지 같은 해결책이네."

"유일한 해결책이지. 노력해 봐."

부부의 목소리가 곧 들리지 않게 된다. 그 직전, 남자가 "음, 알았어."라고 말했다고 메리 패트는 꽤 확신한다.

피곤해서 눈꺼풀이 떨린다. 메리 패트는 마침내 엉덩이를 끌고 침대로 간다. 그냥 관두지 마. 노력해 봐. 아직도 여자의 목소리가 들린다. 지금 켄 펜은 어디에 있을지 궁금해진다. (원하지는 않아도 알 것은 같지만.) 아직도 그녀에게 화가 나 있을까. 그런데 어째서 그만큼 그녀도 화가 나 있다는 것, 그가 그녀를 떠났다는 것, 그녀가 변하지 않았다는 것에는 눈곱만큼도 신경 쓰지 않는지 궁금하다. 그가 변했으면서 말이다. 결혼하고 7년이나 지난 뒤에 그는 어떤 새끼가 되었던가. 그런 바보 같은 짓을 하는 사람이 대체 어디 있단 말인가.

메리 패트는 어둠에 묻는다.

"왜 날 사랑하지 않는 거야, 케니? 하느님 앞에서 서약했잖아."

어둠 속에서 켄이 나타나기를, 얼굴만이라도 어떻게든 떠오르기를 바라지만 오직 어둠뿐이다.

그때 머릿속에서 그의 목소리 같은 것이 들린다. 그러나 이렇게 말할 뿐이다.

"충분해, 메리 패트. 충분하다고."

그녀는 속삭인다.

"뭐가 충분하다는 거야?"

"그만해. 그냥 그만해."

뜨거운 눈물이 흐른다. 메리 패트의 두 눈에서 볼을 따라 베개로, 베개에서 잠옷 상의의 옷깃으로 흘러내린다.

"그만하라니 뭘?"

정적. 그는 말이 없다.

잠에 빠져들며 메리 패트는 듣는다. 아니, 듣는다고 상상하는 것일지도. 아스팔트 저 아래에 있는 것을, 지하실과 그 바닥의 내장재 아래에 있는 것을.

배전망.

회로와 도관, 연결 장치들이 얽혀 있다. 전선과 송수관, 가스관으로 보낸 전기와 물, 열이 치솟아 오르며 메리 패트의 세계에 동력을 공급해 주기도 하고, 아니면 오늘 아침처럼 그러지 않기도 한다. 부드러운 빛에 휩싸인 몽롱한 의식 속에 넓게 펼쳐진 배전망이 보인다. 눈꺼풀 아래에서 그 떨림이 느껴진다.

메리 패트는 상상 속에서 누군가에게 중얼거린다.

모두 연결되어 있어. 정말 그래.

3

줄스는 그날 밤 집에 들어오지 않는다.

드문 일은 아니다. 별일 아니다. (메리 패트의 목에선 혈관이 고동치고, 점심나절까지 아무것도 먹지 않아 위는 방치되긴 했지만 말이다.) 줄스는 열일곱 살이다. 세상의 관점에선 성인이고, 남자라면 입대도할 수 있다.

그래도 메리 패트는 출근하기 전에 브렌다 모렐로의 집에 전화를건다. 브렌다의 아버지인 유진이 거친 말투로 전화를 받는다.

"여보쇼."

"이봐요, 유진. 줄스 거기서 잤어요? 거기 있어요?"

유진은 가서 확인해 보겠다고 말하고는 1분 후 돌아온다.

"둘 다 없어요."

커피를 삼키는 듯한 소리에 이어 담배에 불을 붙여 한 모금 깊게빨아들이는 듯한 소리가 들린다.

"돈이 아쉬우면 나타나겠죠. 난 가야겠어요, 메리 패트."

"네, 그럼요, 진. 고마워요."

"축복이 있기를."

그는 전화를 끊는다.

축복이 있기를. '어쩔 수 없지'와 '개 같은 일도 일어나는 법이지'가 포함된 목록에 추가할 수도 있는 말이다. 내 힘으로 이렇게 된 게 아니라고 안도감을 주는 말들. 다른 누군가에게 전적으로 달린 일이니 내겐 아무 죄가 없다고 말하는 말들이다.

　죄는 없다, 그래. 하지만 힘도 없다.

　출근길에 나선 메리 패트는 업무 시작 시간을 1분 앞두고 도착한다. 프랜 수녀는 1분 일찍 온 것은 1분 늦은 거나 다름없다는 시선을 보낸다. '신의 은혜'라는 격언집에서 한 구절 꺼내 들까 생각 중인 듯하다. '경건한 삶 속에 겸손의 지혜가 있으니 주님은 경건한 사람에게 은혜를 베푸신다'거나 '깨끗함 속에 주님이 잘 비추어질지니 주님은 깨끗한 사람에게 은혜를 베푸신다'(창문 닦는 사람들에게 그녀가 자주 사용하는 문구다) 같은 것들이다. 하지만 프랜 수녀는 등 뒤에서 콧방귀만 뀌고는 메리 패트가 일과를 시작하게 둔다.

　메리 패트는 코먼웰스에서 두 정거장 거리로 백인 동네인지 흑인 동네인지 또는 성소수자 동네인지 판단 내릴 수 없는, 시내 언저리의 베이 빌리지에 있는 메도우 레인 매너에서 요양보조사로 일한다. 메도우 레인 매너는 빈센트 수도회 소속의 애덕회에서 운영하는 요양원이다. (메리 패트와 동료들은 맥주를 몇 잔 걸치면 자기들끼리 그곳을 '늙은 망나니의 집'이라고 부른다.) 메리 패트는 일요일에서 목요일까지 점심시간 30분을 포함해서 7시에서 3시 30분까지 근무하는 주간조로 일한다. 5년째다. 환자용 변기를 청소하고, 다 자란 성인들을 매일 목욕시키고, 변덕스러운 백인 노인들뿐 아니라 몇몇 흑인 노인에게도 비위를 맞춰야 하는 굴욕과 타협한다면 나쁜 직업은 아니다. 분명히 어렸을 때 잠들며 꿈꿨던 것 같은 직업은 아니다. 그래도 계산이 서는 일이고 정신을 딴 데 두고도 할 수 있는 일이다.

아침에 환자들을 깨우는 것으로 일을 시작한다. 그리고 거트 암스트롱과 앤 오리어리와 함께 아침 식사를 배달한다. 원래는 넷이 하는 일인데 드리미가 병가를 내는 바람에 셋이서 오전 내내 고군분투 중이다. 드리미는 이 근무조에서 유일한 흑인 여자로 메리 패트가 기억하기로는 아픈 적이 없다. 진짜 이름은 칼리오페지만 1학년 때부터 모두 자기를 드리미라고 불렀다고 말했다. 딱 맞는 이름이다. 언제나 다른 곳에 있는 듯한 눈빛, 옅은 졸음기가 섞인 목소리, 부드러운 여름비 같은 움직임. 아주 천천히 얼굴을 가리며 벌어지는 미소.

누구나 드리미를 좋아한다. 심지어 열정적으로 흑인을 싫어하는 도티 로이드조차 드리미는 '좋은 깜둥이'임을 인정한다. 도티는 언젠가 메리 패트에게 이렇게 말했다.

"모든 흑인이 드리미만큼 열심히 일하고 예의 바르잖아? 그럼 제기랄 누가 뭐라 하겠어."

메리 패트는 드리미를 일종의 친구로 여긴다. 점심을 먹으며 엄마로 사는 게 어떤 것인지 많은 이야기를 나눴다. 하지만 백인과 흑인 간의 우정일 뿐 전화번호를 교환하지는 않는다. 괜찮은 편인 비수녀에게 드리미는 아픈 적이 없는데 무슨 일이냐고 묻자 수녀는 이상한 시선을 보낸다. 프랜 수녀에게나 볼 법한 시선이다. 비판적이고 거리감이 느껴지는 눈빛이다.

"다른 직원 이야기는 할 수 없다는 걸 알잖아요, 메리 패트."

아침 식사가 끝난 후에도 상황은 여전히 녹록지 않다. 그들은 환자용 변기를 청소하거나 아직 환자용 변기를 사용하지 않아도 괜찮은 사람들이 화장실에 가는 것을 돕는다. 이땐 사람들의 엉덩이를 닦아 줘야 할 때도 종종 있다. 메리 패트에게는 환자용 변기를 청소하는 것보다 훨씬 덜 매력적이고 더 모욕적인 일이다. 스스로 화장실에 가는 노인이라면 그녀와 다른 여자들은(보조사들 전부 여자다) 아침 목욕을 돕는다.

점심시간에 집에 전화를 걸어 보지만 줄스는 받지 않는다. 다시 모렐로의 집에 전화하니 이번에는 브렌다의 엄마인 수즈가 받는다. 수즈는 애들 둘 다 보지 못했지만 곧 나타나리라고 생각한다고 한다.

"어디 한두 번이에요, 메리 패트. 얘네 때문에 우리가 이런 게 몇 번이냐고요. 그런데 항상 나타났잖아요."

"그랬죠."

메리 패트는 대답하고는 전화를 끊는다.

일로 돌아와 점심 배달 수레를 준비하는 동안 도티 로이드가 컬럼비아역에서 '깜둥이 마약상이 자살'하는 바람에 아침 출근길이 개판이 됐던 일을 이야기한다. 왜 선로에서 시체를 치우고 기차를 통과시키지 않은 거야? 마약을 팔아 사람들의 삶을 망치더니 이젠 아침 출근길을 개판으로 만들어? 둘 중 어떤 죄가 더 용서받지 못할 죄인지 말하기는 어렵다.

"도심행 선로에서 발견됐대. 적어도 교외행에 떨어지는 예의를 보일 수도 있었잖아. 그럼 도체스터 사람들만 애먹었을 거야. 알지, 도체스터는 엿이나 먹으라지."

메리 패트는 냉장고에서 작은 팩 우유가 담긴 커다란 알루미늄

쟁반을 작업대에 가져다 놓고, 방으로 들여갈 단단한 플라스틱 쟁반에 우유를 나누기 시작한다.

"지금 누구 얘기야?"

도티는 메리 패트에게 『헤럴드 아메리칸』 석간판을 건넨다. 메리 패트는 작업대에 신문을 놓고 읽는다. **지하철 전동차에 치인 남자.** 기사에 따르면 오늘 새벽 20세의 오거스터스 윌리엄슨이 컬럼비아 역의 도심행 승강장 밑에서 숨진 채 발견됐으며 머리에 다수의 외상을 입은 것을 경찰이 확인했다.

죽은 흑인이 마약상이라는 언급은 전혀 없지만 상당히 그럴 가능성이 높은 추측이다. 그렇지 않다면 거기에 왜 있었겠는가? 어째서 백인 동네에 들어왔을까? 메리 패트는 흑인 동네에 가지 않는다. 메리 패트가 아는 사람 중에도 옷을 사거나 스키피 화이츠에서 레코드판을 사려고 블루 힐에서 오후를 보내는 이는 없다. 그녀는 이 도시에서 자기 쪽에, 빌어먹을 지하철 노선에서의 자기 쪽에 머무르는데, 그들도 그렇게 해 달라는 게 버거운 부탁인가? 왜 반감을 사려고 하지? 그래, 시내에 가는 건 괜찮다. 거긴 흑인, 백인, 푸에르토리코인이 모두 섞이는 곳이니까. 같이 일하고, 상사를 욕하고, 삶을 욕하고, 도시를 욕한다. 하지만 그 후에는 자기 동네로 돌아가 자기 침대에서 잠을 잔다. 아침에 일어나 그 모든 일을 다시 반복해야 할 때까지 말이다.

서로를 이해하지 못하는 게 사실이기 때문이다. 음악과 패션, 식탁에 차린 음식까지 취향이 다른 것은 메리 패트가 의도한 것도 아니고 바란 것도 아니다. 그냥 원래 그런 거다. 그들은 다른 자동차,

다른 운동, 다른 영화를 좋아한다. 심지어 쓰는 언어도 같지 않다. 푸에르토리코인들은 영어를 거의 사용하지 않지만 그녀가 아는 흑인들은 대부분 이곳에서 자랐는데도 같은 말을 하는 것 같지 않다. 마치 자이브 춤을 추는 것 같기도 하다. 사실대로 말하자면 메리 패트는 그것을 좋아한다. 리듬감이 너무 좋고, 문장에서 여느 백인들과는 다른 단어를 강조하며 말하는 것도 좋고, 호탕하게 웃으며 말을 끝맺는 방식도 좋다. 하지만 메리 패트나 친구들의 입에서 나오는 언어처럼 들리지는 않는다. 메리 패트는 묻고 싶다. 우리처럼 말하지 않고, 우리 음악, 우리 옷, 우리 음식, 우리 방식을 좋아하지 않는다면, 어째서 우리 동네에 들어오려고 하지?

우리 아이들에게 마약을 팔거나 우리 차를 훔치려고. 그 답밖에는 없다.

하지만 일하는 내내 신문 기사 속 무언가가 거슬린다. 뭔지 알 수는 없는 것이 경보를 울린다. 뭘까? 그게 뭘까? 퍼뜩 생각이 떠오른다.

"드리미의 성이 뭐지?"

메리 패트의 물음에 거트가 답한다.

"칼리오페."

메리 패트는 얼굴을 찌푸린다.

"방금 그 말 진짜야?"

"뭐?"

"칼리오페는 드리미의 진짜 이름이야."

앤 오리어리가 시들어 가는 한숨을 내쉬며 말한다.

"그럼 성이 뭔데?"

거트가 묻는다.

"자기는 친구잖아. 어떻게 모를 수 있어?"

앤의 물음에 메리 패트는 얼굴이 달아오른다.

"아니. 그냥 드리미인 줄 알았어."

침묵이 서서히 불편해질 때쯤 하고많은 사람 중에 도티가 입을 열며 비로소 정적이 깨진다.

"윌리엄슨."

"뭐?"

"드리미의 성 말이야. 윌리엄슨이라고."

"대체 자기가 어떻게 알아?"

"내가 디테일의 여왕이잖아."

메리 패트는 『헤럴드 아메리칸』이 있는 곳까지 작업대를 민다. 그러고는 다른 여자들이 보라고 신문 기사를 펼쳐 죽은 마약상 이름을 가리킨다. 오거스터스 윌리엄슨.

"그래서?"

거트는 저능아가 운전하는 버스에 타고 있는 저능아들보다 더 멍청하다.

"드리미는 항상 어기라는 아들 얘기를 했다고."

조금 뒤 다른 여자들이 메리 패트의 말을 이해한다.

"어머, 제길."

앤 오리어리가 말한다.

"그래서 출근 안 한 거구나."

도티가 말한다.

4

메리 패트는 걱정하지 않는다면서도 집으로 가는 길에 꾸물거리지 않는다. 중간에 쉬지도 않고 술집에 들르지도 않는다. 그냥 곧장 집으로 향한다.

줄스는 없다. 빠르게 아파트를 훑어보니 낮에도 들어오지 않았다.

메리 패트는 세 번째로 모렐로의 집에 전화한다. 이번에도 수즈가 받는다. 그녀는 바로 말을 잇는다.

"애 여기 있어요. 데려올게요."

메리 패트는 벽에 기대어 주저앉는다. 안도감 때문인지, 다른 이유 때문인지는 모르겠다. 수즈가 '줄스 여기 있어요.'라고 말했나? 아니면 '애 여기 있어요.'였던가? 그렇다면 '애'는 어쩌면…….

브렌다. 전화선을 타고 그녀의 목소리가 흘러나온다.

"안녕하세요. 에프 아줌마."

묵직한 두려움이 메리 패트의 위장을 가득 채운다.

"안녕, 브렌다. 줄스 거기 있니?"

"어젯밤 헤어진 다음에 못 봤어요."

브렌다의 대답은 너무 빠른 감이 있다. 그 말을 준비하고 있었다는 듯하다.

"못 봤다고? 줄스가 누구랑 마지막에 같이 있었는지 아니?"

메리 패트는 담배에 불을 붙인다.

"아시죠, 그 애랑 같이 있었던 건 럼이에요. 그러니까, 럼이요."

"럼하고 럼? 이제 걔 무슨 둘로 나뉘기라도 했다니?"

"아뇨, 제 말은 그냥 럼이라고요. 럼하고 같이 있었어요."

"어디서?"

"카슨이요."

카슨은 이 지역에 있는 해변이다. 그리 대단하진 않다. 조수가 없는 곳이다. 항구가 있는 좁은 만일 뿐 대양이 이어지거나 하지는 않다. 아이들은 거기 있는 낡은 탈의실 뒤에서 술을 마시곤 한다.

"줄스와 럼을 마지막으로 본 게 언제였니?"

"어, 자정쯤이요?"

"그리고 걔들은 그냥 따로 갔어?"

"음, 네. 무슨 말인지 아시죠."

"몰라."

메리 패트의 목소리에 날이 선다. 저쪽에는 그렇게 들리지 않기를 바란다. 브렌다가 입을 다물어 버리지 않았으면 한다.

"줄스를 찾으려는 것뿐이야, 브렌다. 엄마들은 바보 같아서 걱정이 많잖니."

목소리를 누그러트린 메리 패트는 어색한 웃음소리로 분위기를 가볍게 한다.

상대는 침묵할 뿐이다. 아랫입술을 꽉 깨물자 피와 니코틴의 맛이 느껴진다.

"그러니까 제 말은 줄스는 럼하고 가 버렸다는 거예요. 그때 걔를 마지막으로 봤고요."

"줄스가 술을 마셨니?"

"아뇨!"

"헛소리 마."

메리 패트는 잠시 한판을 벌일 태세로 말한다.

"브렌다, 아줌마가 바보라고 생각하지 마. 아줌마는 널 거짓말쟁이로 보지 않으니까. 줄스 얼마나 취했니?"

전화선을 타고 숨을 들이쉬고 내뱉는 소리가 들린다. 브렌다 쪽에서 멀리 어디선가 개 짖는 소리가 들린다.

"어, 줄스는 술에 취해 있었어요. 맥주 몇 병하고 와인 조금."

"마리화나도?"

"네."

"비틀거릴 정도였니?"

"아뇨, 아니에요. 그냥 들뜬 정도였어요, 에프 아줌마. 맹세해요."

"그럼 럼과 함께 있는 걸 마지막으로 봤다고?"

"네."

"이후에 연락받은 건 없고?"

"네."

"연락이 온다면?"

"가장 먼저 전화드릴게요."

"그래. 네가 그럴 거란 거 알아, 브렌다."

메리 패트는 힘주어 다음 말을 덧붙인다.

"고맙다."

브렌다는 전화를 끊는다. 속에서 무력감이라는 고속 열차가 끼익 소리를 내며 질주하는 것을 느끼며 메리 패트는 손에 든 전화기를 쳐다볼 뿐이다. 줄스는 열일곱 살이니 원하는 일을 할 수 있다. 실종 신고를 해도, 빌어먹을 72시간이 지날 때까지는 경찰도 아무것도 할 수 없음을 안다. 그것도 가장 빨라야 72시간이다. 아직 그 정도 시간이 되지 않았으니 메리 패트는 딸이 문으로 다시 걸어 들어올 때까지 손을 놓고 있거나 줄담배만 피워야 하는 처지다.

메리 패트는 잠시 그렇게 해 보려다가 자식 잃은 삶에 직면한 드리미 윌리엄슨을 떠올린다. 노엘이 죽었을 때 드리미가 아름다운 카드를 보내 줬던 것이 기억난다. 메리 패트는 군인 인식표와 전쟁 훈장들, 투명 보호 필름을 씌운 추모 카드, 조문 카드 등 노엘의 죽음과 관련된 물건 대부분을 넣어 둔 서랍을 헤집어 드리미가 보낸 카드를 찾아낸다. 앞면에 십자가와 '도움이 필요한 시간에 주님께서 힘을 주시기를.'이라는 문구가 있다. 메리 패트에게 보내는 메시지가 카드 양면에 빼곡하다.

친애하는 메리 퍼트리샤 페네시 부인께,

어머니가 자식을 잃는 것은 끔찍한 일입니다. 얼마나 상심하고 계실지 상상할 수 없네요. 부인 덕분에 전 웃는 얼굴로 일하는 날이 많았습니다. 부인이 해 주는 사랑스러운 노엘 이야기로 하루가 빠르게 지나갔던 날도 많았죠. 장난꾸러기 노엘! 악동 노엘! 당신의 아이는 어머니를 사랑했어요. 그건 분명해요. 어머니도 아이를 사랑했죠. 주님께서 왜 부인처럼 훌륭한 여인에게 그렇게 고통스러운 요구를 하셨는지 가늠할 수 없지만, 우리 심장을 크게 만들어 그 안에 죽은 이들이 살 수 있게 하셨다는 건 알아요. 지금 노엘이 있는 곳이죠. 한때 부인의 자궁 속에서 살았듯 그 애가 지금은 심장 속에 사는 거죠. 부인에게 제가 도움이 될 수 있다면 손을 뻗어 주세요. 부인은 항상 제게 다양한 친절을 베풀어 주었고 소중한 우정을 보여 주셨으니까요.

진심의 애도를 담아,
칼리오페 윌리엄슨

메리 패트는 부엌 식탁에 앉아 글자들이 흐릿해질 때까지 편지를 응시한다. 마치 친구에게 쓴 편지 같다. 거기에는 오늘 오후 메리 패트가 기억해 내지 못한 성이 적혀 있다. 메리 패트를 훌륭한 여인이라고 불렀고 메리 패트로서는 이해하기 매우 어려운 우정을 이야기했다. 그렇다, 메리 패트는 드리미와 친하지만, 우정은 완전히 다른 문제다. 사우디 출신의 백인 계집은 마타펜 출신의 흑인 여자와 친구가 아니다. 세상은 그렇게 돌아가지 않는다.

메리 패트는 1분 남짓 드리미에게 애도를 전할 펜과 종이를 찾지만 펜 하나와 메모지만 나온다. 내일 적절한 조문 카드를 찾겠다고 결심하고 펜을 다시 서랍에 넣는다.

맥주 한 병과 슬림스 한 갑, 재떨이를 가지고 가 거실에서 TV를 켜자 바로 어기 윌리엄슨에 관한 뉴스가 나온다. 수사관들은 그가 자정과 새벽 1시 사이에 열차에 치여 사망했으며 그 충격으로 몸이 승강장 밑으로 내동댕이쳐졌다고 추정한다. 기관사는 그 충격을 전혀 느끼지 못했다. 지난밤 운행을 마칠 때까지 열차들은 시체 옆을 질주했고, 오늘 아침에도 몇 대가 더 지나간 후에야 한 기관사가 승강장 아래 틈에 시체가 있다는 것을 알아차렸다. 경찰은 피해자에게서 마약이 발견됐다는 소문을 확인해 주지 않을 것이며 어젯밤 그가 어떻게 승강장에 있게 됐는지, 본인이 열차 선로에 뛰어들었는지 아니면 떠밀렸는지 그리고 왜 그랬는지도 설명하지 않을 것이다.

화면에 피해자의 사진이 뜬다. 황금빛에 가까운 아주 연한 갈색 눈과 턱, 입술에서 드리미가 보인다. 매우 어려 보인다. 하지만 기자에 따르면 2년 전에 고등학교를 졸업하고 제이어 할인 백화점의 관리자 육성 프로그램에서 일하고 있었다.

고등학교 졸업생? 관리자 육성 프로그램? 마약상이 관리자 육성 프로그램을?

오, 하지만 머리에 피도 안 말랐잖아. 그녀는 바보상자 속 그의 두 눈을 들여다보며 생각한다. 메리 패트의 어머니는 말씀하시곤 했다. 자식은 첫걸음을 뗀 순간부터 걸음을 내디딜 때마다 어머니에게서 점점 더 멀어지는 거라고. 메리 패트는 화면에서 사라질 때까지 드리미의 아들 사진을 보며 같은 뉴스에 자기의 아이 사진이 나오는 것을 상상한다. 어쩌면 내일, 어쩌면 모레 밤일지도.

대체 그 애는 어디 있는 걸까?

메리 패트는 TV를 끈다. 럼의 집에 전화하니 그의 어머니가 받는다. 메리 패트와는 서로 좋아하지 않는 사이라 대화는 간략하다.

"아뇨, 로널드는 집에 없어요. 갠 퓨리티 슈프림에서 10시까지 일해요. 아뇨. 줄스 본 적 없어요. 본 지 아마 일주일쯤 된 거 같아요. 어쩌면 더 됐을 수도 있고요. 다른 건요?"

메리 패트는 전화를 끊는다.

가만히 있는다. 그리고 또 가만히 있는다. 1시간이 흘렀는지 1분이 흘렀는지 알 수 없다.

자신이 어떤 행동을 하는지 알지도 못한 채 메리 패트는 안락의자 옆 쟁반에서 담배와 열쇠를 슬그머니 집어 들고 아파트를 나선다. 그러고는 건물 뒤로 돌아 프랭클린에 있는 언니 집에 도착할 때까지 길을 걷는다. 빅 펙의 딸은 줄스와 동갑이다. 애들끼리는 아주 친하진 않지만 함께 취하는 걸 좋아하긴 한다. 메리 패트와 빅 펙도 거의 비슷하다 할 수 있다. 아주 친하지는 않지만 길에서 마주치면 코가 비뚤어지도록 마신다.

메리 패트는 여행에 별 관심은 없지만 그래도 뉴햄프셔주와 로드아일랜드주, 메인주를 조금 돌아다닌 적이 있다. 빅 펙은 아니다. 펙은 테리 '테러 타운' 매콜리프와 졸업식 프롬 파티 이틀 후 결혼했다. 둘은 사우디 고등학교 1학년 때 데이트를 시작했고 사우디를 절대 떠나지 않겠다는 것보다 큰 야망은 품고 있지 않다. 빅 펙과 테러 타운이 고작 여섯 블록 거리인 도체스터에라도 행차한다면 그건 대단한 날이다. 만약 세상이 그들의 세계가 좁다고 말해도 글쎄, 빅 펙과 테러 타운은 그 세상에 대해서는 전혀 신경 쓰지 않는다. 오로지 사우디만 신경 쓸 뿐이다. 그리고 그들의 일곱 아이들은 그런 동네에 대한 부모의 자부심을 그리스도의 복음처럼 받아들였다. (만약 예수가 코먼웰스에서 자랐고, 보편적 선례에 근거해 이 지역에서 자라지 않은 사람들을 두들겨 패는 성향이었다면 말이다.) 테리 주니어, 리틀 펙, 프레디, 제이제이, 엘런, 포드릭, 그리고 레프티(태어났을 때 로렌스라는 이름을 받았지만 지금까지 단 하루도 그 이름으로 불린

적 없다). 아주 빛나고 단단해서 자그마한 도전이라도 받으면 폭력적으로 변할 수밖에 없는 자부심을 품은 일곱 아이들은 각자의 나이에 맞게 공공 주택 단지의 후미진 곳, 현관 입구 계단, 놀이터의 모래 구덩이를 지배한다. 공공 주택 단지의 토박이인 메리 패트는 스스로가 부족하다는 의심이 다른 사람들이 나에 대해서 잘못 알고 있다는 확신으로 바뀌는 절망적인 사태가 발생하면 어떻게 되는지 너무나 잘 알고 있다. 다른 사람이 당신에 대해 잘못 알고 있으니 아마도 모든 것에 대해 잘못 알고 있을 것이라는 식이 된다.

빛바랜 실내용 원피스를 입은 빅 펙은 맥주와 불을 붙인 담배를 한 손에 들고 방충망 문을 연다.

"괜찮아?"

그녀는 미심쩍은 눈초리로 자매에게 묻는다.

"줄스를 찾고 있어."

빅 펙이 문을 좀 더 열어젖힌다.

"들어와. 들어와."

메리 패트가 문턱을 넘어간 뒤 두 사람은 문 바로 안쪽에 가만히 선다. 두 자매는 가까이 지냈던 적이 없다. 펙의 아파트는 침실 세 개짜리인데 현재 아홉 명이 나눠서 잠을 잔다. 현관에서 뒤쪽 부엌까지 복도가 곧게 쭉 뻗어 있으며 복도에서 방들이 갈라진다. 언제나처럼 평범한 사람이 생각에 집중할 수 있는 소음 수준을 몇 데시벨은 넘을 정도로 시끄럽다.

"세상에. 너 이 바지 입었지."

"아니거든."

"아니, 맞잖아. 바지에서 네 방귀 냄새가 나거든."

"웃기시네."

"야구 방망이 맛 좀 볼래?"

"그렇겐 안 될걸. 방망이가 없을 테니까."

"프레디한테 있거든."

"엄마, 언니 말려 줘요!"

제이제이라고 불리는 제인 조가 방에서 불쑥 튀어나와 복도 맞은
편 방으로 난입한다. 여동생 엘런이 날 듯이 뒤쫓는다. 둘 다 새된
비명을 지르고 있다. 그들이 들어간 방은 폭발한 것 같다. 안에서
물건들이 뒤집히고 쓰러지며 벽에서 둔탁한 소리가 난다.

"씨발, 내 방에서 뭐 하는 짓이야?"

"네 방망이 좀 줘."

"무슨 방망이? 내 방에서 나가."

"방망이 내놔."

"그 망할 방망이로 엿 같은 네 머리를 날려 주지."

"그냥 방망이 찾는 거나 도와줘."

"방망이는 왜?"

"엘런에게 맛을 보여 주려고."

잠시 정적이 흐른 후 대답이 들린다.

"좋아."

엘런이 울부짖기 시작한다.

빅 펙은 메리 패트를 부엌으로 안내하며 문을 닫는다.

"그 애를 언제 마지막으로 봤는데?"

"어젯밤. 이맘때쯤에."

빅 펙은 코웃음을 친다.

"테러는 술독에 빠져서 2주나 사라진 적도 있어. 그래도 항상 나타나지."

그는, 그녀는, 그들은 항상 나타난다. 오늘 밤 그 소리를 한 번만 더 들으면 메리 패트는 맨주먹으로 그 빌어먹을 머리통을 박살 낼 것이다.

"줄스는 테리가 아니잖아. 줄스야. 열일곱 살이라고."

"리틀 펙!"

아무 전조 없이 빅 펙이 소리치자 20초 후 늘 초조하면서도 동시에 무력해 보이는 그녀의 큰딸이 문간으로 들어와 묻는다.

"무슨 일인데요?"

"예의 좀 지켜. 이모한테 인사해야지."

"안녕하세요, 메리 패트 이모."

"안녕, 얘야."

"줄스 본 적 있어? 이모 보고 얘기해 봐."

빅 펙이 묻는다.

"최근엔 못 봤어요. 왜요?"

리틀 펙의 무기력하면서 초조한 두 눈이 메리 패트를 보며 무기력하게 씰룩거린다.

"어젯밤부터 보이질 않는구나. 그냥 좀 걱정이 돼서."

메리 패트가 입에 담배를 물고 힘이 빠졌지만 희망이 실린 미소를 지으며 말한다.

리틀 펙은 느슨하게 반쯤 벌어진 입과 아무것도 담기지 않은 눈으로 다시 그녀를 응시한다. 크레스지 상점의 진열창 안에 있는 마네킹 같다.

메리 패트는 가끔 돌봐 줬던 다섯 살 때의 리틀 펙을 떠올린다. 그 리틀 펙은 유쾌했고 폭풍우 속에서 끊어진 전선처럼 톡톡 튀었다. 자기 자신과 주변의 삶을 너무나 잘 알고 있었고 아주 기쁨에 차 있었다.

무엇 때문에 그런 모습들이 없어진 걸까? 메리 패트는 궁금해진다.

우리 때문인가?

"그러니까 한동안 그 애를 못 봤다고?"

"네."

"얼마나?"

"어젯밤에 공원에서 봤어요."

"어디?"

"공원이요? 컬럼비아요."

"언제?"

"아마, 11시? 11시 45분 정도일 수도 있어요. 그보다 늦게는 아니에요."

"왜 더 늦게는 아닌데?"

"12시까지 집에 안 들어오면 엄마가 때리니까요."

메리 패트는 그 말이 맞는다는 듯 자랑스럽게 눈썹을 치켜올리는 언니를 바라본다.

"그러니까 11시에서 12시 사이라고?"

"네."

"누구하고 있었니?"

헝클어진 갈색 머리와 여드름으로 발간 이마, 생기 없는 눈을 지니고 안절부절못하던 소녀는 이제 비밀스러워진다.

"아시잖아요."

"모르는데."

"이모, 아시잖아요."

"하느님께 맹세컨대 몰라."

메리 패트는 조카의 두 눈 속에 비친 자기 눈이 보일 정도로 가까이 다가간다.

"럼?"

고개를 한 번 끄덕인다.

"다른 사람은?"

"아시잖아요."

"'아시잖아요.'라는 말 그만해."

리틀 펙은 엄마를 쳐다보지만 빅 펙은 콧구멍을 벌름거리며 집 안의 다른 모든 소음이 묻힐 정도로 거친 숨소리를 낸다. 빅 펙이 어렸을 때부터 보여 온 신호다. 화산 폭발이 임박한 것이다.

"내 동생에게 대답해."

리틀 펙은 다시 메리 패트 쪽으로 고개를 돌리지만 눈은 내리깔고 있다.

"음, 제 말은 럼은 조지하고 있었다는 거예요."

빅 펙이 머리 옆쪽을 찰싹 때리자 리틀 펙은 살짝 움찔한다.

"지랄맞은 농담하지 말고."

"조지 던바 말이지."

메리 패트가 말한다.

"네."

"그 마약팔이."

빅 펙은 딸을 또 한 번 때린다. 같은 곳을 같은 속도로.

"네 사촌 노엘을 죽인 마약을 판 그 녀석? 그놈이야? 너 그 쓰레기하고 어울리고 다니냐?"

"아니라고요."

"말투 조심해."

"난 안 그래요. 줄스가 그러죠."

리틀 펙은 작게 말한다.

속이 멈춘 것 같다. 심장, 목구멍, 내장까지 모든 게 옥죈다.

모든 권력을 쥐고 있는 마티 버틀러의 패거리들도 마약 거래에 만큼은 손을 대지 못한다. 시도는 한다. 피라미 판매상들이 테닌 해변에 얕게 묻히거나 눈에 주삿바늘이 찔린 채 빈 창고에서 발견된다는 식의 온갖 소문은 돌지만 마약은 여전히 유입된다. 마타펜, 자메이카 플레인, 도체스터 외곽에 사는 흑인들이 당연히 그 원흉이지만 자기 쪽 사람들에게 그걸 파는 건 조지 던바 같은 백인들이다. 그리고 버틀러 패거리는 조지를 죽이려 하지 않는다. 조지의 엄마인 로렌이 마티 버틀러의 여자라서 그렇다고들 한다. 마티가 직접 조지를 여러 번 가두기도 했고 심지어 한 번은 눈을 멍들게도 했다고 들었지만, 그 애는 여전히 그 짓거리 중이다. 조지만 그런 것도 아니라 마약은 계속 쏟아져 들어온다.

언젠가 브라이언 셰이는 메리 패트에게 이렇게 말했다.

"제2차 세계 대전 때 왜놈들이 우리 집 양반이랑 삼촌들에게 보냈던 거랑 똑같지. 가미카제를 많이 보내면 몇 명은 통과하는 거야. 세계 제일의 해군도 막지 못했는데 일개 사병에 불과한 우리가 어떻게 그걸 완전히 막겠어."

노엘의 죽음에 대해 응당한 대가를 치르게 해 달라고 브라이언에게(그리고 더 나아가 마티에게) 찾아갔을 무렵이었다.

"하지만 누가 그딴 짓을 저지르고 다니는지 알면 벌을 줄 수는 있잖아."

그녀는 간청했다.

"놈들을 잡으면야 그렇지. 우린 벌을 강하게 주는 편이야. 때로는 영구적인 벌을 주기도 해."

하지만 조지 던바는 아니다. 그는 건드릴 수 없으니까.

그런데 이제 건드릴 수 없는 그 독약상이 딸아이와 붙어 다닌다고?

메리 패트는 리틀 펙에게 최대한 부드럽게 묻는다.

"조지 던바가 왜 줄스랑 같이 다니는데?"

"럼의 절친이에요."

"그건 몰랐네."

"그리고 조지는 아시겠지만……."

"'아시겠지만'이라고 한 번만 더 해 봐."

메리 패트가 쏘아붙인다.

"브렌다하고 같이 다녀요."

"'같이 다닌다'니 무슨 소리야?"

"걔 남자 친구예요."

"언제부터?"

"언제부터냐면, 음, 몰라요. 초여름쯤?"

"그러니까 공원에서 그 넷이 함께 있는 걸 봤다는 말이니?"

"네, 아뇨. 뭐라고요?"

잠깐 리틀 펙은 완전히 혼란스러운 표정이다. 메리 패트의 경험에 비추어 보면 이야기를 따라가려 노력하다 실마리를 잃은 사람이 짓는 표정이다.

"제 말은, '네니오'예요. 브렌다와 조지가 티격태격하다가 브렌다가 자리를 떴거든요. 그다음에 럼과 조지, 줄스가 갔어요. 그때 저도 자리를 떴고요."

"카슨 해변에서?"

"네? 아뇨, 아니에요. 컬럼비아 공원에서요. 말씀드렸잖아요."

"브렌다가 자기들 모두 카슨 해변에서 놀았다고 해서 말이다."

"그렇다면 걔는 버러지 같은 거짓말쟁이예요."

어머니가 딸의 머리를 한 대 또 때린다.

"지랄맞은 주둥이 조심해."

"우린 컬럼비아 공원에 있었어요. 거기서 줄스를 봤어요. 걔들이 나중에 카슨으로 간 거라면 전 몰라요. 집에 왔으니까."

메리 패트와 빅 펙은 눈빛을 교환한다. 아이가 당분간은 말한 이야기를 고수하리라는 걸 아는 모든 부모의 눈빛이다. 더 몰아붙여도 소용없다. 그러면 정말 거짓말을 하기 시작할지도 모른다.

"좋아. 고맙다, 얘야."

메리 패트가 말한다.

리틀 펙은 어깨를 으쓱한다.

"가도 좋아."

빅 펙은 말한다.

리틀 펙이 떠난 후 빅 펙이 냉장고에서 맥주 몇 캔을 꺼낸다. 둘은 부엌 식탁에서 함께 맥주를 마신다. 1분도 안 돼 이야깃거리가 고갈되고 대화는 이 동네의 위험한 앞날에 대한 것으로 옮겨 간다. 모두가 집착하는 주제다.

빅 펙의 맏이는 고등학교를 졸업했고 셋은 재학 중이다. 그 애들은 전부 사우디 고등학교에 계속 다닐 것이다. 복권에 당첨된 셈이다. 순전한 복불복이다. 록스버리에 가지 않아도 된다. 그곳의 화장실과 복도, 교실을 두려워하지 않아도 된다.

빅 펙은 그걸로는 충분하지 않은 모양이다. 전혀.

"애들을 보내지 않을 거야."

"뭐?"

빅 펙은 맥주를 마시면서 고개를 끄덕인다.

"학교에 보내지 않을 거야. 보이콧에 동참하려고. 사우스 보스턴 고등학교의 복도에서 손녀와 깜둥이 무리가 함께 걸어 다니는 꼴을 보시면 무덤 속에서 위즈가 뛰쳐나올걸, 메리 패트. 내 말이 틀렸으면 말해 봐."

'위즈'(또는 '위지')는 돌아가신 어머니, 루이즈를 부르는 것이다.

다른 사람은 그렇게 부르지 않고 오직 자식들만 부르는 호칭으로 살아 계신 동안에는 비밀로 지키겠다는 암묵적인 합의을 거쳤다.

"틀린 말은 아니야. 하지만 애들 교육은 어쩌려고?"

"교육은 받아. 한 달, 끽해야 두 달만 보이콧하는 거지. 우리가 굽히지 않을 거고 우리 것을 원할 뿐이라는 사실을 이 도시가 깨닫게 되면⋯⋯."

빅 펙은 알지 않냐는 듯 윙크한다.

"그들은 정책을 철회할 거야."

빅 펙의 말들은(그리고 자신감은) 공허하게 들린다. 그날이 올 때를 생각하니 온종일 위를 갉아 먹던 공포가 다시 돌아온다.

빅 펙은 그 공포를, 동생의 두 눈에 차오르는 눈물을 본다.

"괜찮을 거야."

메리 패트는 얼마나 됐는지 아무도 모를 아주 오랜만에 언니의 눈을 똑바로 바라보며 날것의 목소리로 속삭인다.

"애를 또 잃을 순 없어. 그럴 수 없어. 잃을 수 없어⋯⋯. 그 어떤 것도."

메리 패트는 광대에 닿기 전에 눈물 한 방울을 훔치고 맥주를 좀 마신다.

"기운 내야 해, 얘. 사우디에서 지내는 한 사우디 아이들에게 나쁜 일은 일어나지 않아."

메리 패트는 맥주 캔이 달그락거릴 정도로 세게 주먹을 테이블에 내려놓는다.

"노엘은 난장맞을 그 길 건너 운동장에서 마약을 했어."

빅 펙은 동요하지 않는다.

"노엘은 지구 반대편에 있는 엉망진창인 나라에 갔다가 머릿속이 완전 맛이 가서 돌아왔잖아. 이 동네를 떠났기 때문이야."

펙의 눈은 자신이 상식적인 주장을 하고 있음을 알아 달라고 간청하는 듯하다.

메리 패트는 식탁 맞은편에 앉은 언니를 응시한다. 사람들이 정말 노엘을 저런 식으로 생각한단 말인가? 마약에 빠지게 된 게 베트남 때문이라고? 메리 패트 역시 한동안 그렇게 생각해 보려 애썼지만, 노엘이 헤로인을 알게 된 곳은 베트남이 아니라는 정신이 번쩍 드는 진실에 직면했다. 타이 스틱(아시아산(産)의 독한 마리화나를 말아 놓은 가느다란 막대기 — 옮긴이)은 몰라도 헤로인은 아니었다. 헤로인은 사우스 보스턴의 공공 주택 단지에서 노엘을 찾았다.

"노엘은 베트남에서 헤로인에 손댄 적이 없어. 여기서 중독됐어. 바로 여기에서."

입을 떠난 그 말은 썩 설득력 있게 들리지는 않는다.

빅 펙은 말이 안 통한다는 듯 한숨을 내쉬더니 메리 패트의 얼굴로 향하던 시선을 툭 떨어트린다. 그리고 자리에서 일어나 맥주를 단숨에 들이켜고는 말한다.

"난 아침에 출근해야 해."

메리 패트가 고개를 끄덕이며 일어선다.

빅 펙은 일곱 명의 애들이 제각기 뭔가로 다투는 중이지만 곧 서로 편을 먹고 더 큰 전쟁을 벌일 게 뻔한 시끄러운 복도로 그녀를 이끈다.

현관에서 빅 펙이 말한다.

"줄스는 나타날 거야."

너무 실망스러워 화가 나지도 않는다.

"알아."

"잠 좀 자."

메리 패트는 그 태평한 생각을 비웃는다.

"아이들이 네 인생을 지배하게 해선 안 돼."

빅 펙은 말을 마치고 문을 닫는다.

5

메리 패트는 퓨리티 슈프림 슈퍼마켓의 뒤쪽 하역장에서 럼을 발견한다. 밤 10시, 여전히 찜통에 찐 담요를 두른 듯 후끈하다. 하역장에서는 시들어 버린 상추와 껍질이 갈라질 정도로 농익은 바나나 냄새가 난다. 럼은 슈퍼마켓의 농산물, 델리, 포장 코너에서 막 퇴근한 다른 얼간이들과 담배를 피우며 톨보이 맥주를 마시고 있다. 베스에서 내리는 메리 패트를 보고 수적인 우세를 등에 업은 럼의 눈에 용기가 서린다. 이내 베스의 문이 삐걱거리며 엔진의 떨림이 멈추자 그건 즐거움으로 바뀐다.

베스는 그 수명이 다할 때까지 메리 패트가 운전해야 하는 후진 스테이션왜건 자동차다. 그녀는 운전을 그리 많이 하지는 않지만 이따금 꼭 해야 할 때가 있다. 여기까지 걸어 올 수도 있었지만 메리 패트는 베스의 전조등 불빛이 하역장 뒤쪽을 휩쓴 뒤 자동차의 흙받이나 문으로 럼을 갈기면 다른 얼간이 녀석들이 쥐새끼들처럼 흩어지게 될 광경을 꼭 보고 싶었다. 그러나 그녀는 베스가 대부분의 사람들에게는 위협적이라기보다는 웃겨 보인다는 사실을 잊고 있었다. 베스는 두 가지 색조의 1959년식 포드 컨트리 세단이다. 후미는 늙은 개의 엉덩이처럼 축 처져 있고, 녹과 겨울 도로의 소금이 휠 웰 테두리와 하부의 페인트칠을 3분의 1은 갉아먹었으며, 루프랙은 사라진 지 오래고(언제, 어디서 그랬는지는 아무도 기억 못 한다), 양쪽 미등은 금이 가 있고(작동은 한다), 배기관은 신의 가호를 빌며 묵주와 닳아서 해어진 정육점의 노끈 같은 것으로 붙들어 놓았다. 이제 베스를 옹호하며 댈 수 있는 말이라고는 베스가 두 아이를 실어 나른 위대한 차였고, 보닛 아래 352 V8 엔진으로 고속도로에서는 로켓으로 변신할 수 있다는 것과 라디오가 작동한다는 것이다. 베스는 한때 '4월'과 '셔우드'라는 이름의 두 가지 초록색을 뿜냈지만 현재로서는 색이 모두 너무 바래서 한때 그랬다는 메리 패트의 말을 믿는 수밖에 없을 것이다.

그녀가 베스에서 내리자 전조등 불빛을 받은 녀석들이 소란스럽게 군다. 톨보이를 게걸스럽게 마셔 대며 눈썹을 잔뜩 찌푸린 채 다가오는 메리 패트를 지켜보기만 하는 럼을 제외하고 말이다. 메리 패트는 얼굴에서 그 눈썹을 뽑아 버릴까 생각 중이다.

어떤 인사말도 고르지 않는다.

"줄스 어딨어?"

"씹, 제가 알아야 해요?"

"술에 취해서 너무 바보같이 굴지는 마, 로널드. 그게 용기인 줄 알겠지만."

"뭐라는 거예요?"

"내 딸 어디 있니?"

"몰라요."

"마지막으로 본 게 언제야?"

"어젯밤이요."

"어디서?"

"카슨 해변."

"그다음엔?"

"그다음에 뭐요?"

"줄스는 어디로 갔지?"

"집으로 걸어갔어요."

"이 동네에서 새벽 1시에 내 딸을 집에 걸어가게 했다고?"

"12시 45분이었어요."

"12시 45분에 이 동네에서 집에 걸어가게 됐다고?"

그는 맥주를 자기 입술 쪽으로 가져간다.

"음……."

메리 패트가 그 손에서 맥주를 쳐 낸다.

"혼자서?"

이제는 하역장의 아무도 소란을 피우지 않는다. 그 애들의 엄마들과도 메리 패트는 서로 아는 사이다. 모두 고해성사 차례를 기다리며 앉아 있는 성당처럼 조용하다.

럼은 재빨리 말을 잇는다.

"아뇨, 아뇨. 혼자가 아니었어요. 조지가 집까지 태워 줬어요."

"조지 던바?"

"네."

"그 마약상?"

"네? 네."

"걔가 내 딸을 집까지 태워 줬단 말이지."

"네. 전 너무 엉망이었거든요."

그녀는 한 걸음 물러나 그의 말을 생각해 보는 체한다.

"1시간 후에 어디 있을 거니?"

"뭐라고요?"

"육시랄, 물었잖아."

"어디 있겠죠, 음. 아마 집에."

"아마 집이야? 아니면 집?"

"집이요. 집에 갈 거예요."

직원용 주차장에 럼의 4년 된 플리머스 더스터가 보인다. 메리 패트는 늘 그 차가 보이는 것도 싫었다. 그 차 주인이 곧 일어날 나쁜 일의 징조라는 걸 알고 있기라도 한 듯했다.

"조지 말이 네 말과 다르면 다시 찾아올 거야."

"좋아요."

뭔가 감추려고 할 때의 말투다.

"그냥 지금 털어놔도 돼."

"할 말 없어요."

"지금 말하는 게 나을 거야."

"괜찮아요."

"좋아."

그녀는 양손을 내민다. 이렇게 말하는 듯하다. 네가 선택한 일이야. 이제부터 어떻게 되는지는.

침을 삼키느라 럼의 목울대가 꿀렁대는 게 보인다. 곧 그는 자기 신발과 메리 패트가 손에서 쳐 낸 맥주 캔만 쳐다본다.

모두 휘둥그레진 눈으로 그녀가 베스에 다시 올라타 후진해서 주차장을 빠져나가는 모습을 지켜본다.

"걔가 아줌마한테 뭐라고 말했는지 좆도 신경 안 써요. 사실이 아니니까요."

조지 던바는 30분 뒤 메리 패트에게 그렇게 말한다.

메리 패트는 유들유들하게 처신하지만 눈은 비정한 그 잘생긴 소년을 바라본다. 이 소년이 작은 플라스틱 봉투에 싸인 죽음을 그녀의 아들에게 팔았다. 그는 생기가 아예 없는 데다가 감정이 거세되어 있어 인형에 붙여 놔도 어색해 보일 것만 같은 눈으로 메리 패트의 시선을 맞받아치고 있다.

지난 10여 년간 조지는 늘 노엘과 집을 들락날락하며 페네시 가족이라는 직물을 구성하는 듯했다. 하지만 그 시간 내내 메리 패트는 그를 확실히 알고 있다는 느낌이 들지 않았다. 그의 일부분, 말하자면 알맹이가 없는 것 같았다. 한 번은 켄 펜에게 이런 얘기를 했더니 그가 말했다.

"우리가 아는 사람들은 대부분 개와 같아. 충직한 개, 비열한 개, 친절한 개가 있지. 하지만 좋은 개든 나쁜 개든 모두 마음에서 비롯된 거야."

"조지 던바는 어떤 쪽인데?"

"어떤 쪽도 아니야. 지랄맞은 고양이지."

지금 메리 패트는 노엘의 장례식에 모습을 드러내지도 않았던 이 고양이를 살핀다.

"럼이 왜 거짓말을 하겠니?"

"다른 사람 마음속을 알 수가 있나요."

조지 던바는 대학을 2년 다녔고 경제학을 전공했다. 자퇴했지만 못 버텨서가 아니라 마약 장사가 너무 잘 됐기 때문이었다. 그의 삼촌들은 시멘트 혼합 회사를 운영하고 있었고 조지는 돌아가신 아버지의 생전 지분인 3분의 1을 약속받았다고 들었다. 하지만 조지는 차라리 마약을 팔고 싶어 한다. 사우디 출신이지만 메리 패트가 어쩌다 마주친 부자들처럼 말한다. 자신의 말이 신의 말이 나오는 우물에서 나왔다는 듯이 군다는 뜻이다. 상대의 말은 마치 아무도 보지도 듣지도 못한, 지도에도 없는 장소에서 왔다는 듯 행동한다.

"그럼 넌 어디든 그 애를 차에 태우지 않았다는 거지?"

"네. 그 애는 12시 45분쯤에 집에 간다고 걸어갔어요."

"이 동네에서 그 또래의 여자애를 혼자 걸어가게 뒀다고?"

조지는 순전히 곤혹스러워하는 표정을 지어 보인다.

"전 그 애를 지키는 사람이 아니에요."

그들은 마린 파크의 전망대에 앉아 있다. 데이 대로 건너편의 플레저만(灣)은 아주 짙은 달빛을 받아 환히 빛난다. 조지 던바를 찾는 일은 쉬웠다. 밤이 되면 마린 파크의 전망대에 앉아 있는 조지 던바의 모습을 볼 수 있다. 경찰에서부터 아이에 이르기까지 사우디의 사람이라면 모두 알고 있는 사실이다. 그가 보호받고 있다는 분명한 증거다. 마약을 원한다면 전망대에 가서 조지 던바나 그 밑에서 일하는 녀석들을 만나라.

메리 패트는 조지의 어머니가 마티 버틀러를 갖고 놀려다가 들켜서 엉덩이를 걷어차여 내쫓기길 바란다. 그리고 그로부터 이틀 후 누군가가 조지 던바의 염병할 머리에 총알을 박아 넣어 저 완벽한 머리카락이 엉망이 되기를.

"어젯밤 뭔 짓 하고 돌아다녔어?"

조지는 어깨를 으쓱한다. 메리 패트는 그가 잠시 나무들을 바라보고 있음을 알아차린다. 그냥 대화를 거부하는 게 아니다. 대답을 생각하고 있다는 신호다.

"컬럼비아에서 둘러앉아 맥주를 마셨죠. 그런 다음 카슨까지 걸어갔어요."

"언제?"

"11시 45분."

애들이 이렇게 정확한 걸 본 적이 없다. 애들은 항상 시간을 어림잡아 얘기한다. 12시에 거기에 있었죠. 1시에. 2시에.

하지만 리틀 펙과 럼, 지금 조지 던바까지. 이 애들은 계속 '11시 45분' 또는 '12시 45분'이라고 말한다. 마치 문제의 그 밤에 모두 시계를 확인하고 있었다는 듯하다. 있지도 않은 시계를 말이다.

자전거 탄 아이 둘과 폭스바겐 밴에 탄 히피 하나가 마약을 살 수 있게 메리 패트가 떠나기를 기다리며 전망대 밖에서 지켜보고 있다.

조지가 그들을 알아차린다.

"가야겠어요."

"그 애는 너의 친구였어."

"뭐요?"

"노엘. 그 애는 널 친구라고 생각했어."

"친구 맞아요."

"너는 친구를 죽이니?"

"씨발, 신경 끄세요. 그리고 다시 오지 말아요, 페네시 아줌마."

그는 아주 조용히 말한다.

메리 패트는 손을 뻗어 조지 던바의 무릎을 토닥인다.

"조지, 내 딸에게 무슨 일이 일어났다면 말이야. 그리고 네가 거기 연루되었다면."

"말했어요, 날 내버려 두라고. 씨……."

"마티도 널 구해 줄 수 없을 거야. 널 지켜 줄 사람은 없어. 그 애는 내 심장이야."

메리 패트는 무릎을 움켜쥔 손에 좀 더 세게 힘을 준다.

"그러니 오늘 밤에는 무릎 꿇고 기도하렴, 조지. 내 심장이 안전하게 나타나기를. 그렇지 않으면 내가 다시 와서 쓰레기 같은 네놈 가슴에서 심장을 꺼내 찢어발길지도 모르니."

그녀는 조지가 생기가 없는 눈을 깜빡일 때까지 들여다본다.

메리 패트는 베스를 몰고 콜린스의 집을 지나지만 럼의 오렌지 더스터는 거기 없다. 상관없다. 오렌지색 차는 사우디에서 눈에 띄기 마련이다.

20분 후 술집 '아덴라이 평원'(진정한 사우디식으로는 평원이라고만 부른다)의 밖에 주차된 더스터를 찾는다. 이곳은 마티 버틀러의 본거지이다. 사우디 사람이 아니면 들어가지도 않고, 들어가서 아주 조금만 이상하게 행동해도 자기 두 발로 걸어 나오지 못한다. 문을 연 10년 동안 이 술집은 붐볐던 적이 없다. 심지어 성 패트릭의 날 (아일랜드에서 매년 3월에 열리는 축제 — 옮긴이)에도 마찬가지다. 술집 안에서 싸움이 일어난 적도 없었다. 단 한 번, 화장실에서 코카인을 흡입했다는 사람이 있었다. 그 사람은 일명 툼스톤(묘비라는 뜻 — 옮긴이)이라고 불리는 마티 버틀러 패거리의 킬러 중의 킬러, 프랭키 투미에게 코가 부러졌다.

메리 패트는 터커맨에 있는 자리 중 하나에 베스를 주차하고 걸어간다. 럼은 바의 귀퉁이에 앉아 맥주를 마시고 있다. 다음에 마실 위스키가 그 앞에 있다. 그들은 모두 여기서 서로 어울린다. 고등학교를 졸업한 뒤, 아무 계획도 없이 딱 마티에게나 쓸모 있을 정도로만 배짱을 부리는 소년들 말이다. 메리 패트는 럼과 같은 술들로 주문한다. 그리고 술을 기다리는 동안 그를 무시한다. 하지만 럼이 그녀를 빤히 쳐다보며 입으로 가느다랗게 숨을 쉬는 것이 느껴진다. 메리 패트는 술집 안에 있는 다른 사람들을 둘러본다. 피켓을 놓고 간 티미 개비건이 있다. 저 끝에 브라이언 셰이가 보인 것 같다. 예전에 더키와 함께 몇 번 일했던 헤드 스팍스도 확실히 봤다. 아는 얼굴들이 몇 있다. 이름은 기억나지 않지만 그쪽 세계의 사내들이다.

박스터가(街)의 바텐더인 토미 갤러거가 술을 가져다주고 돈을 받은 뒤 메리 패트와 럼이 둘이 있을 수 있도록 비켜 준다. 그녀는 위스키를 단숨에 들이켜고 럼에게로 몸을 돌린다. 그러고는 머그잔의 맥주를 홀짝인다.

"거짓말을 했던데."

"아니에요."

"맞아. 조지는 줄스를 태워 주지 않았어."

"처음에는 줄스가 집으로 걸어갔다고 말했잖아요. 하지만 아줌마가 화를 내길래 귀찮게 굴까 봐 조지가 차로 데려다줬다고 한 거예요."

럼은 눈썹을 꿀렁이며 후루룩 맥주를 마신다.

"그럼 그 애가 정말 집에 혼자 걸어갔다고?"

럼은 자기 맥주를 쳐다본다.

"씹. 그랬다고 했잖아요."

"네가 한 말이지."

"맞아요, 제가 그랬죠. 어째서……."

메리 패트는 오른손을 주먹 쥐어 럼의 코를 부러트린다. 큐볼이 딱 달라붙어 있는 당구공들을 산산이 부수는 듯한 소리가 난다. 술집 전체에 그 소리가 퍼진다. 럼은 계집애처럼 비명 지른다. 메리 패트는 정확히 같은 곳을 다시 가격하여 코를 감싼 녀석의 부드러운 두 손 너머로 주먹을 꽂아 넣는다. 그러고는 왼손으로 눈을 때린다.

럼이 '잠깐'이라거나 '젠장' 같은 말을 중얼거리지만, 그 시점에 이미 메리 패트는 그의 숱 많고 마멋 같은 머리에 연속으로 공격을 날리는 중이다. 왼쪽 눈, 오른쪽 눈, 왼쪽 뺨, 오른쪽 뺨, 그다음 왼쪽 귀에 잽싸게 두 번의 주먹, 이어서 턱에 한 번의 공격. 니코틴으로 누레지고 피로 빨갛게 물든 이빨 하나가 입을 탈출한다.

사람들이 그녀를 떼어 놓으며 힘을 주어 단단히 잡는다. 그 손길들은 이렇게 말하는 듯하다. 우리 장난하는 거 아냐.

하지만 메리 패트는 팔이 잡히자 다리를 쓴다. 가능한 빠르게 럼의 얼굴, 가슴, 배를 발로 찬다. 그 후 두 발엔 공기만 차인다.

메리 패트는 의자로 끌려간다.

아는 목소리가 들린다.

"그만해. 메리 패트, 그만. 제발."

그녀는 브라이언 셰이의 윈덱스처럼 파란 두 눈을 들여다본다.

"알겠지. 응?"

메리 패트는 숨을 내쉰다.

그녀를 붙잡고 있는 손아귀들에 힘이 빠지지만 메리 패트를 놓아주지는 않는다.

"토미. 메리 패트한테 마시던 거 한 잔 더 줘. 그런 다음 우리 모두에게도 한 잔씩 돌리고."

브라이언 셰이가 바텐더에게 말한다.

럼은 무릎을 땅에 대고 몸을 세우려 하지만 쓰러진다.

"놔도 돼."

메리 패트는 부드럽게 말한다.

브라이언은 고개를 아래로 푹 숙여 그녀의 눈을 들여다본다.

"그래?"

"응. 난 괜찮아."

"넌 괜찮아."

그는 키득거린다.

"괜찮대!"

셰이가 그녀를 붙잡고 있는 남자들에게 떠들어 댄다. 술집 전체가 과할 정도로 크게 웃는다.

브라이언이 고개를 끄덕이자 그녀를 잡고 있던 손들이 떠난다. 최소한 여섯 개는 될 법하다.

이번에 럼은 무릎을 꿇는 데 성공하지만, 시뻘건 걸 토해 낸다.

"젠장, 폐에 구멍이 난 것 같은데요."

패트 컨즈가 말한다.

"의사한테 데려가 봐. 캐딜락 차 같은 최고급 치료를 받을 필요는 없다고 제대로 설명하고. 얘는 닷지 차 수준이면 돼. 중고로."

브라이언의 지시에 사람들이 럼을 끌어낸다.

"빌어먹을 뒷문으로 가, 이 멍청한 새끼들아."

사람들은 다른 방향으로 럼을 끌고 간다. 마침내 그들이 뒷문 문턱을 넘어가자 술집은 평소처럼 시끄러워진다. 언제나 그렇듯 메리 패트는 불안과 두려움을 느끼지만 그럼에도 기분 좋은 콧노래가 난다.

"이건 가볍게 지나갈 일이 아니야, 메리 패트."

그녀는 그날 밤의 두 번째 잔을 비우고 브라이언과 눈을 맞춘다.

"알아."

"마티의 구역에서 싸움을 걸었어. 그의 안식처에서."

"싸움이 아니었어."

"아, 그래?"

메리 패트는 고개를 끄덕인다.

"폭행이었지. 그 애송이는 한 방도 날리지 못했어."

"마티의 구역에서는 누군가를 공격할 수 없어. 좆 달린 사내라면 죽음이야. 아니면 최소 온몸에 붕대를 감는 신세가 되거나."

"그럼 나한테도 그렇게 해. 하지만 내가 딸을 찾을 때까지 기다려."

브라이언은 눈을 가늘게 뜨고 자신의 술잔을 단숨에 비운다.

"줄스?"

"응."

"어디 있는데?"

"내가 묻고 싶은 말이야. 어젯밤 이후로 그 애를 본 사람이 없어."

"왜 그렇게 말하지 않았어?"

"했어."

그녀는 엄지로 럼이 남겨 놓고 간 피와 토사물 쪽을 가리킨다.

"쟤한테."

브라이언은 얼굴을 찡그린다.

"저 등신 머저리한테? 저런 놈에게 정보를 달라는 건 전봇대에 스테이크와 치즈를 달라는 거나 다름없어."

그는 손가락 두 개로 자기 가슴을 가리킨다.

"우리가 도와주잖아. 이 지역에 봉사하는 우리가. 네가 요청했다면 우리가 온종일 줄스를 찾아 줄 수도 있었어. 네가 우리에게 해 준 일, 더키가 우리에게 해 준 일을 누구도 잊지 않아. 우리는 널 위해 여기 있어, 메리 패트."

브라이언은 작은 수첩과 연필을 꺼낸다. 그러고는 바에 수첩을 펼치고는 연필 끝에 침을 묻힌다.

"알고 있는 걸 다 말해 봐."

메리 패트의 이야기가 끝나자 브라이언이 말한다.

"오늘 밤 있었던 일은 마티에게 있는 그대로 말할 거야."

브라이언은 수첩과 연필을 재킷 주머니에 다시 넣는다.

"하지만 24시간은 줘야 해."

"24시간?"

"그렇게까지 오래 걸리지는 않을 거야. 3시간이면 되겠지. 그래도 무슨 「빌리 잭」 영화 주인공처럼 개망나니 메리 패트 잭이 되어서 사람들을 때려눕히며 설치고 다니지는 마. 그럼 안 된다고. 이목을 끌 거야."

"24시간 동안 손 놓고 마냥 기다릴 수는 없어."

그는 크게 숨을 내쉰다.

"그럼 내일 5시까지만 기다려 줘. 낮 동안이라도. 널 위해 줄스를 찾으려면 그 정도는 필요해. 어떤 소동도 일으키지 말고, 절대 버러지 같은 경찰에게 가지도 말고. 우리가 널 위해서 일할 수 있게 놔두는 거야."

메리 패트는 불을 붙인 담배를 손가락 사이에 넣고 빙글빙글 돌린다. 두 눈을 감는다.

"무리한 부탁이야."

"알아. 하지만 버싱 같은 개소리가 판치고 어젯밤에 깜둥이 놈이 자살한 지금 상황에서 이 동네를 기웃거리는 눈을 괜히 더 불러들일 필요는 없으니까. 그놈들이 이 동네 사정이나 이 동네가 어떻게 돌아가는지 묻기 시작할 수도 있어. 그런 일은 용납할 수 없어, 메리 패트. 절대."

술집 안을 둘러보자 자신을 쳐다보던 모든 사람이 딴청을 피우는 게 느껴진다. 메리 패트는 다시 브라이언 셰이를 본다.

"내일 5시야. 그게 내가 착한 아이로 있을 수 있는 마지노선이야."

브라이언은 토미에게 한 잔 더 돌리라고 신호한다.

"그 정도면 돼."

6

밤새 메리 패트는 3시간 이상 자지 못한다. 길게 자지도 못하고 15분 정도씩 끊어서 위험이 다가오는 듯한 감각에 마음의 고통을 느끼는 시간, 어둠을 응시하는 시간, 조바심을 내며 절망에 겨워하는 시간이 오간다. 그러다 2시간 후에 잠이 쏟아져 쪽잠을 15분 정도 자고, 다시 암흑을 바라보는 시간이 이어진다.

침대에 누워 어둠을 올려다보고 있자니 소리는 없고 형체만 있는 무언가가 자신을 내려다보는 것 같은 기분이 든다. 마침내 그녀를 보던 눈이 떠나고 그녀는 우주에서 혼자가 된다.

직장에서 그녀는 좀비나 다름없는 모습으로 일하며 실수를 연발한다. 응급 처치가 필요한 환자가 나오지 않기를 바란다. 지금 상태로는 감당하지 못할 것이다. 드리미가 또 결근해서 일손이 부족하다. 복도에 이런저런 소문이 떠돈다. 어기 윌리엄슨은 자살한 것이다. 아니다, 마약에 취해 열차 앞으로 쓰러졌다. 목격자들이 있지만 나서지는 않았다. 승강장에서 누군가에게 쫓기고 있었다. 마약 거래가 틀어져서 도망치려다가 승강장에서 발을 헛디뎠는데 열차 앞으로 넘어졌다. 우지직.

하지만 왜 열차 기관사가 그 충격을 전혀 알아차리지 못했는지를 얘기하는 소문은 없다. 어기를 보지 못했을 수는 있지만 틀림없이 그 충격을 느꼈어야 하지 않나. 어기는 자정에서 새벽 1시 사이에 사망했지만 그 시신은 승강장 아래 틈에 끼여 아침 출근 시간대까지 발견되지 않았다고 모든 신문이 말했다. 그렇다면 근무를 마치고 집에 가서 8시간을 자고 일어나 뉴스에서 자신이 전동차를 누군가의 머리로 몰았다는 소식을 들은 기관사의 기분은 어떨까? 평생 그 일을 안고 살아가야 할 그 사람이 '불쌍하다'고 말하는 이도 있었다.

일을 마치고 메리 패트는 탈의실에서 유니폼을 출근했을 때 입은 옷으로 갈아입고 빨간 노선의 지하철을 타고 찰스강을 건너기 전까지는 스스로 인정하지도 않을 행동을 한다. 케임브리지로 가는 지하철을 탄 것이다.

하버드역에서 나와 하버드 광장에 들어서자 예상했던 만큼 불쾌하다. 도처에 쓰레기 같은 히피들이 있고 마리화나 냄새와 체취가 난다. 6미터 정도 간격을 두고 떨어져 있는 사람들은 기타를 연주하며 사랑이나 리처드 닉슨을 주제로 조용히 흥얼거린다. 닉슨이 헬리콥터를 타고 백악관의 잔디밭을 떠난 지도 거의 3주가 되었지만 애지중지 자라 교육은 넘치게 받고 병역은 기피하는 이 약골들에게 리처드 닉슨은 여전히 벽장 속 괴물이나 다름없다. 구슬로 장식한 장발에 해진 나팔바지와 현란한 색깔의 셔츠를 입고 지저분한 거리를 맨발로 터벅터벅 다니는 남자들, 브래지어를 입지 않고 엉덩이까지 보일 정도로 짧게 자른 반바지를 입고 다니는 여자들이 몇 명이나 되는지 헤아릴 수도 없다. 담배 연기와 정향 담배 연기, 마리화나 연기로 공기가 가득 차 있다. 그들 모두 세상에서 가장 좋은(지는 몰라도 가난한 사람은 절대 들어갈 수 없는 건 분명한) 학교에 자식들을 보내기 위해 사악할 정도로 많은 돈을 쓴 부모에게 빌어먹을 당혹감을 선사한다. 더러운 발로 돌아다니며 사랑과 인류, 사랑에 대해 노래하는 쓰레기 같은 포크 음악으로 받은 호의를 돌려준다.

교정에 들어서자 히피와 정상적인 대학생의 비율이 1 대 3 정도로 떨어진다. 메리 패트는 다소 안심이 된다. 나머지 학생들은 영화에 나오는 모습과 같다. 각진 턱에 목 밑까지 오는 단발, 원피스 혹은 블라우스와 치마를 입은 여학생들, 반들반들한 생머리에 옥스퍼드화를 신고 치노 바지를 입고 상류층 특유의 자신감 있는 자세로 걷고 있는 남학생들.

하지만 어느 무리든 저 여자가 자기들의 캠퍼스에서 무엇을 하는지 혼란스러워하는 건 분명하다.

메리 패트는 공공 주택 단지에 사는 게으름뱅이처럼 옷을 입지 않는다. 바로 이 순간에는 사우스 보스턴(또는 도체스터나 로지, 하이드파크)에 흔한 가정주부처럼 입고 있다. 빨간 폴리에스테르 셔츠에 황갈색 바지, 그리고 더위에도 불구하고 체크무늬 셔츠 재킷을 입고 있다. 오늘 아침에 출근할 때 고른 옷이다. 겉모습에 신경 쓰는 사람들에게 이런 모습을 드러내고 싶었다. 나는 나를 통제하고 있다고. 질서가 있다고. 손가락 마디에 있는 상처와 멍은 무시하고, 당신의 눈앞에 있는 세련된 여자만 보라고. 하지만 한편으로는 일이 끝나고 자기가 곧장 집으로 돌아가지 않을 수도 있다는 사실, 강을 건너 환장할 정도로 이질적인 세계로 가게 될 수 있다는 사실을 알아챘던 것이 틀림이 없다. 차라리 다른 나라에 가는 편이 속이 편할 테다. 아일랜드? 말해 뭐하겠는가. 캐나다? 아마도 그럴 것이다. 메리 패트는 나름대로 똑똑해 보이게 잘 갖추어 입었다고 생각했지만, 하버드 교정에 있는 거만한 녀석들과 히피들이 곁눈질하는 모양새로 판단하건대 그녀가 어떤 사람인지가 확실히 드러나고 있는 듯하다. 어쭙잖은 시어스로벅 통신 판매 카탈로그에서 가장 좋은 옷을 골라서 입고 그들의 세계로 들어온, 강 건너 노동자 계층의 아줌마. 아마 지하철을 잘못 타는 바람에 슈퍼마켓에서 길을 잃은 아이처럼 하버드 대학의 교정을 헤매게 됐을 것이다. 나중에 지저분한 자기 세상으로 돌아가면 때 묻은 자식들에게 보았지만 만지도록 허락받지는 못했던 반짝이는 것에 대해 미주알고주알 늘어놓으리라.

메리 패트는 이곳에 온 적이 있었다. 켄 펜과 함께였다. 2년 전 크리스마스 직전으로, 켄 펜이 우편물실에서 공식적으로 일자리를 구한 다음 날이었다. 한겨울인 데다 토요일이어서 교정에는 옷을 껴입은 학생들이 몇 있을 뿐이었고, 영하 9도까지 내려가는 날이라 광장에서 히피들도 어정거리지 않았다. 켄과 메리 패트는 이제는 얼굴이 기억나지 않는 상사를 만나, 사무실 열쇠와 우편함의 마스터키를 넘겨받고 매주 평일 정오부터 밤 8시 30분까지 해야 할 일에 대한 설명을 들었다. 상사는 그 뒤 둘이 방을 천천히 훑어볼 수 있게 자리를 비켜 주었다.

우편물실은 메모리얼 홀 지하에 있었다. 메모리얼 홀은 몹시 웅장하고 인상적인 건물로, 켄 펜 같은 사람은 오롯이 그 장엄함에 매일 전율을 느끼며 일할 것만 같은 곳이다.

케니 페네시는 D가의 공공 주택 단지에서 자랐다. 그곳에 비하면 코먼웰스나 올드 콜로니는 상대적으로 백 베이와 비콘 힐(둘 모두 살기 좋은 동네로 유명하다— 옮긴이)에 가까웠다. 그는 거대한 남자다. 190센티미터는 되는 키에, 주먹을 쥐면 손은 코일로 된 철근 같아진다. 그에게 시비를 걸려면 세 사람은 필요할 것이다. 검시관이 끝을 선언하기 전까지는 멈추지 않을 사람이니까. 하지만 그에게 덤비지 않는다면 켄은 당신에게 손끝 하나 대지 않을 것이다. 괴롭히거나 때리지도 않는다. 그보다는 당신의 이야기를 들어 주고, 같이 어울리며, 당신이 좋아하는 것을 함께해 주려고 할 것이다. 태어난 순간부터 켄 펜은 폭력을 신봉할 수밖에 없었다. 다만 증오는 절대 믿지 않았다.

메리 패트와 만났을 무렵 그는 전처와 이혼한 지 얼마 안 된 상태로 왕의 몸값에 버금가는 위자료를 지불하고 있었다. 그의 전처는 상처 입은 자존심을 내세우듯 자신에게는 사랑할 능력이 없으며, 그런 능력이 있다 해도 헛되이 그에게 낭비하지 않을 것이라고 말한 적이 있었다. 켄과 메리 패트는 1년 동안 연애한 후 결혼했다. 켄 펜은 자신을 위한 돈은 한 푼도 가져 본 적이 없었으나 하버드 대학의 우편물실에서 일하게 되면서 몇 년 안에 빚을 다 갚고 공공 주택 단지를 벗어날 희망을 품었다.

하버드 대학의 우편물실에서 일하면서 갖는 부차적인 이득이 있다면 강의를 공짜로 들을 수 있다는 것이었다. 학점은 받을 수는 없었지만 출석은 할 수 있었다. 거기서 문제가 시작됐다. 켄 펜은 갑자기 책을 가지고 집에 돌아왔고(지금 기억나는 책으로는 『싯다르타』와 『양철북』이 있다) 또 갑자기 그녀가 전혀 들어 본 적도 없는 사람의 말을 인용했다. 메리 패트가 들어 본 이름이 많지 않은 편이었다

해도 인용까지 한 건 갑작스러웠는데, 켄 펜은 누군가의 말을 절대 인용하는 사람이 아니었기 때문이다.

우편물실에 한가운데 놓인 테이블에 혼자 있는 켄이 보인다. 점심시간에 맞춰서 왔지만 그는 앞에 아무 음식도 없이 그냥 앉아 (물론) 책을 읽고 있다. 하지만 메리 패트가 들어가자 켄은 미소를 지으며 올려다본다. 그러다 가장 날랜 손을 가진 누군가 얼굴에서 미소를 낚아채기라도 하듯 빠르게 표정이 식는다. 그 순간, 메리 패트는 켄이 다른 사람을 기다리고 있었음을 깨닫는다.

"안녕."

그녀가 인사를 건네자 켄이 테이블에서 일어난다.

"여기서 뭐해?"

"줄스 봤어?"

그는 고개를 젓는다.

"내가 왜 줄스를 봤겠어."

"그 애가 당신을 찾아왔을지도 몰라서. 줄스가 안 보여."

"언제부터?"

"그저께 밤."

"세상에, 메리 패트. 이리 와서 앉아."

켄 펜이 다가와 그녀의 팔꿈치를 잡는다.

메리 패트를 보고 싶어 하지 않았다 하더라도, 여전히 그녀에게 화가 나 있을지라도(왠지 그보다 더 강렬한 감정을 품고 있더라도), 마지막에 아주 짜증 나고 견디기 힘든 대화를 나누었을지라도, 메리 패트에게 도움이 필요한 순간에 켄은 바로 와 준다. 그는 바위 같은 사람이다. 늘 그랬다. 가장 먼저 도움의 손을 내밀지만, 본인은 가장 늦게 그 손을 구할 사람.

켄이 테이블로 데려가 의자를 빼 주자 메리 패트는 몸을 축 늘어뜨린다. 눈물이 차오른다. 켄이 그녀를 부축해 의자에 앉히고 맞은편의 자기 의자를 빼는 동안 단단하게 포장해서 간직해 온 두려움이 포장을 뚫고 터져 나온다. 작은 신음이 입술을 삐져나온다.

메리 패트는 몇 초간 숨을 가다듬는다. 말을 꺼내자 멈춰지지 않는다. 그저 다 쏟아진다.

"이틀 전 밤부터 애가 안 보여. 그런데 촉이 느껴져. 촉이 느껴진다고, 케니. 아주 최악이야. 노엘이 베트남에 있는 동안 느꼈던 것보다 더 안 좋아. 하늘에서 평안할 더키가 집을 떠난 후 다시 볼 수 없었던 그때보다 더 안 좋고. 난 항상 줄스의 일부를 자궁에 품고 있는 것 같았어. 그건 그 안에 머물다 뭔가 다른 것으로 바뀌었지. 마치…… 내 몸에…… 끼워 맞춰진 것 같달까. 내 안에 피와 장기, 그리고 하찮은 것 같지만 그게 없으면 살 수 없는 다른 모든 것들과 함께. 줄스의 일부는 그렇게 항상 나랑 같이 살아왔어. 하지만, 하지만, 하지만 그 애가 태어난 후로 처음으로 그게 느껴지지 않아."

메리 패트는 생각보다 더 세게 자기 가슴을 친다.

"줄스는 이제 여기에 있지 않아."

케니가 어디선가 휴지를 찾아 건넨다. 얼굴을 훔친 뒤 휴지가 흠뻑 젖은 것을 보고 메리 패트는 놀란다. 케니는 메리 패트의 손에서 젖은 휴지 뭉치를 가져가고 새로 몇 장을 다시 건넨 뒤 그녀의 얼굴이 마르고 코가 깨끗해질 때까지 계속 휴지를 몇 장씩 건넨다.

"그러니까 줄스를 보지 못했다는 거지? 연락이 온 적도 없고?"

메리 패트의 물음에 답하는 그의 눈은 슬퍼 보인다.

"응."

"나한테 알리고 싶지 않은 문제에 휘말리면 줄스는 당신한테 연락할 거야."

"어쩌면 그럴지도."

"그 애는 당신을 사랑해."

"알아."

"그 애한테 당신 번호가 있을까?"

"응."

조금 따끔하다. 그녀에겐 케니의 번호가 없지만 그녀의 딸에게는 있다.

"자, 좋아. 다시 되짚어 보자. 알고 있는 대로 말해 줘."

메리 패트는 5분간 이야기를 잇는다.

"그러니까 줄스는 자정까지 애들하고 같이 공원에 있었다는 거지. 그러고는 45분 동안 카슨에 있다가 집으로 걸어갔다고. 그 애들이 그렇게 이야기했다는 거지."

케니는 메리 패트가 이해하지 못하는 미식축구 경기를 설명하거나 결혼 생활 후반부, 자기가 인용한 말이 실제로 어떤 뜻인지 설명할 때 이따금 썼던 분석하는 목소리로 말한다.

그녀는 고개를 끄덕인다.

"그 이야기를 고수하고 있어."

"헛소리 같네."

"어째서?"

"걔들은 제정신이 아니잖아. 그렇지? 술에도 취하고, 마약에도 취하고."

"그래."

"그런데 시간을 전부 알고 있다고."

"분 단위로 말이야. 나도 그게 신경 쓰였어."

케니는 잠시 생각에 잠긴다. 언제나처럼 그의 두 눈에는 아무리 숨기려고 노력해도 결코 완전히 숨길 수 없었던 지성이 가득 차오른다. 그녀는 켄의 친절을 사랑했지만, 그만큼 그의 지성도 사랑했다.

"잠깐. 이 모든 미스터리, 아니, 뭐라 부르든 간에 그건 토요일 밤 자정에서 새벽 1시 사이에 일어난 거야. 그렇지?"

"맞아."

"음, 컬럼비아 공원 바로 맞은편에 뭐가 있지, 메리 패트?"

그녀는 어깨를 으쓱한다.

"뭐가 많지."

"컬럼비아역이야. 흑인 아이가 죽은 곳."

잘 이해가 안 된다.

"그렇지……."

"자정에서 새벽 1시 사이. 신문에서 그랬지."

"하지만 그게 뭔 상관인데."

"몰라. 어쩌면 이 애들이 뭘 봤을 수도 있어."

그녀는 사건을 연결해 보려고 머리를 굴린다.

"어떻게든 연루되었을 수 있다고."

메리 패트가 눈을 가늘게 뜨고 켄 펜을 쳐다보는 바로 그때, 아기만 한 크기의 아프로 머리를 한 흑인 여성이 음식 봉지를 들고 걸어 들어온다. 봉지 안에서는 튀긴 음식 냄새가 나고 다른 손에서는 콜라 두 병이 달랑거린다. 케니를 보자 그녀의 미소에 온기가 생긴다.

그러니까 이 여자라는 거지. 메리 패트는 혐오와 당혹으로 경악한다.

당신이 날 떠난 이유가 이거지.

이 깜둥이 때문에.

이제 그 여자는(젠장, 정말 예쁘네. 메리 패트는 참지 못하고 그렇게 생각해 버린다) 머뭇거리며 메리 패트를 향해 미소 짓고, 어떤 이유에서인지 메리 패트의 입에서는 이 말이 제일 먼저 튀어나온다.

"몇 살이에요?"

"세상에."

켄 펜은 의자를 뒤로 밀며 메리 패트와 거리를 둔다.

여자는 이제 비밀스러운 미소를 살짝 띠며 다가온다.

"스물아홉이에요."

그러고는 테이블에 음식을 내려놓고 케니 뒤에 가 선다.

"당신은요?"

메리 패트는 속으로는 참지 못하고 싱긋 웃지만 겉으로 드러내지는 않는다.

이상한 정적이 자리를 잡는다. 정적이 길어질수록 불편함도 커진다. 그렇다 하더라도 누구도 오랫동안 그 정적을 깨지 않는다.

메리 패트가 일어서서 케니에게 말을 꺼낼 때까지는.

"줄스에게 연락 오면 알려 줘."

케니는 얼굴을 찡그린다. 그는 자기 엉덩이 근처로 다가온 소녀 같은 흑인을 가리킨다.

"메리 패트, 이쪽은······."

"그 거지 같은 이름 따위 알고 싶지 않아."

흑인 여자는 깜짝 놀라 웃음을 터뜨리고는 눈이 휘둥그레진다.

메리 패트는 눈 뒤에서 고동치는 분노를 느낀다. 눈동자가 붉어지는 것도 알 수 있다. 브로드웨이 다리를 건너는 둘의 모습이 머릿속에 그려진다. 크고 하얀 손이 작고 검은 손을 잡고 있다. 상상만으로도 견딜 수 없을 지경이다. 그 둘이 함께 있는 모습이라니! 굴욕감이 파도처럼 치솟아 메리 패트와 줄스를 덮치고 하늘에서 평안할 노엘에 대한 기억마저 더럽힐 것 같다.

D가 공공 주택 단지의 케니 페네시는 사우디의 인종 반역자이자 염병할 깜둥이의 애인으로 귀환한다.

짧은 산책에 나선 켄 펜과 아프로 머리의 소녀가 살든 죽든 간에 (살아서 C가(街)까지 갈 수 있을지는 모르겠지만 E가(街) 이상은 가지 못할 것이 뻔하다), 메리 패트와 줄스가 페네시라는 성을 지닌 한, 그리고 어쩌면 그 후 수십 년이 지나서도 이 굴욕감은 계속될 것이며 결코 극복할 수 없을 것이다.

하지만 케니와 흑인 여자는 그녀를 경멸의 눈빛으로 응시한다. 어쩌다 이렇게 됐을까?

"당신이 스스로에게 떳떳하게 사는 방법이란 게 이런 걸 줄 누가 짐작이나 했겠어."

메리 패트는 케니를 힐난한다.

"내가 스스로에게 떳떳하게 사는 방법이라고?"

여자가 케니의 팔을 붙들지만 케니는 그 손을 뿌리치고 다가온다.

갑자기 망연자실하다. 메리 패트가 원한 건 이런 게 아니다. 잠시 뭐라 말해야 할지 모르겠다. 여기서 벗어나 줄스를 찾는 일로 돌아가고 싶을 뿐이다. 하지만 케니가 떠난 후 아주 오랫동안 쌓여 왔던 말들이 입을 비집고 나온다.

"우리 행복했잖아."

"우리가 행복했어?"

그 말에 떠오르는 생각이 있다. 그들은 행복하지 않았다. 그녀는 행복했지만, 그는 행복해 보였던 적이 없다.

"굴곡이 몇 번 있었지."

케니는 반박한다.

"그건 굴곡이 아니었어, 메리 패트. 옛 같은 우리 삶이 쪼그라드는 거였지. 걷기 시작했던 때부터 내가 봐 온 거라곤 증오와 분노, 그리고 그것을 느끼지 못하게 술을 퍼마시는 사람들뿐이었어. 다음 날 아침 일어나면 그 염병할 짓들이 똑같이 반복돼. 개떡같은 수십 년 동안. 난 죽어 가는 데 인생을 전부 썼어. 어떤 시간이 남은 건진 몰라도 난 그 시간을 살고 있어. 이젠 익사당하는 것에 질렸어."

아름다운 흑인 소녀는 침착한 모습으로 그들을 바라보고 있다. 감탄스러우면서도 동시에 모욕적이다.

메리 패트는 다시 케니를 바라본다. 그 두 눈에서 그의 분노(그리고 그녀 자신의 분노)가 희망으로, 아주 아주 작지만 불꽃이 확 이는 듯한 희망으로 바뀌는 것을 볼 수 있다. 마치 이렇게 말하는 듯하다. 이 새 삶을 나와 함께해 줘.

그리고 그녀의 어떤 부분은 거의 그 말에 대답할 뻔한다. 좋아. 또 어떤 부분은 그의 얼굴을 움켜잡고 입술을 맞부딪치며 이를 악물고 이렇게 말하고 싶어 한다. 젠장, 좋다고.

하지만 어쩐지 그녀의 입에서 나온 말은 이렇다.

"아, 그러니까 당신이 우리한테 과분하다는 거야?"

자포자기하는 듯한 '하' 소리가 그의 입술을 빠져나온다. 부드러운 비명과 큰 탄식 사이의 어딘가에 해당하는 소리. 켄의 눈 속에 살아 있던 아주 작은 희망의 조각은, 그것이 어떤 종류의 희망이었건 간에 버스를 타고 떠나 버렸다. 죽은 동공, 죽은 홍채, 모든 게 죽어 버린 두 눈이 지금 메리 패트를 바라본다.

"젠장, 여기서 나가. 줄스가 나타나면 당신에게 보낼게."

켄 펜은 부드러운 목소리로 말한다.

7

5시가 되었지만 브라이언 셰이에게서 연락은 오지 않고 시간이 흘러간다.

6시와 7시에도 마찬가지다.

메리 패트는 걸어서 평원으로 간다. 문에는 '개인적인 행사로 닫습니다.'라는 팻말이 걸려 있다.

대체 무슨 뜻이지? 그녀는 소리치고 싶다. 술집 전체가 개인적인 행사에 쓰인다니.

메리 패트는 문을 두드린다. 족히 열몇 번은 두드린다. 남자 친구 구실도 못 하는 쓸모없는 녀석을 흠씬 두들겨 팬 대가로 오른손에 생긴 통증이 다시 느껴질 정도다.

아무도 나오지 않는다.

메리 패트는 다음에 브라이언 셰이의 집으로 향한다. 텔레그래프 힐의 공원 앞에 자리한 독창적인 모양의 붉은 벽돌 타운하우스(벽을 공유하는 다층 주택 — 옮긴이) 중 하나다. 그의 아내인 도나가 문을 열어 준다. 그녀와 메리 패트는 (그리고 브라이언도) 중학교 때 한 반이었고 사우디 고등학교에서도 같은 반이었다. 한때는 절친했지만 각자의 삶이 다른 방향으로 꺾였다. 메리 패트가 공공 주택 단지에서 두 아이를 키우는 신세가 되는 동안 도나 셰이(결혼 전의 성은 도허티다)는 해병과 결혼해 세계를 돌아다니다가 그 해병이 빈 투이라는 곳에서 자기 전우들의 수류탄에 조각난 후 집으로 돌아왔다. 아이 없이 돌아온 도나는 노망난 어머니와 함께 살게 되었지만, 브라이언 셰이를 만나고 인생의 항로가 완전히 바뀌면서 자신의 망령기가 아주 천천히 저 멀리 쇠퇴하는 모습을 관망하는 처지가 된 듯했다. 어머니는 돌아가셨고 브라이언은 버틀러 패거리의 2인자로 올라섰다. 둘은 텔레그래프 힐의 타운하우스로 이사했고 브라이언은 그녀에게 두 가지 색조의 머큐리 카프리 새 차를 사 주었다. 자식도 없고 반려동물도 없고 삶의 어려움도 없다. 도나 셰이는 복권에 당첨된 셈이었다, 그것도 연거푸. 도나에게 걱정거리라고는 취소된 네일아트 예약과 가슴에 있는 설명할 수 없는 혹들뿐이다.

도나는 문턱 반대편에 서서 메리 패트에게 말한다.

"뭐 도와줘?"

메리 패트가 생명 보험을 팔러 왔다는 듯한 태도다.

"안녕. 잘 지내?"

메리 패트는 인사를 건넨다.

"괜찮아. 무슨 일이야?"

도나는 무료해 보인다. 그녀는 메리 패트의 어깨 너머로 거리를 힐끗 쳐다본다.

"브라이언을 찾고 있어."

"여기 없어."

"어디 있는지 알아?"

"내 남편이 어디에 있는지 왜 궁금한 건데?"

"조사해 준다고 해서."

"뭘?"

"내 딸의 행방. 그저께 밤부터 실종됐거든."

"그게 무슨 상관인데?"

"브라이언이 조사해 주겠다고 했어."

"그럼 그 사람이 대답을 줄 때까지 기다려."

"오늘 오후 5시까지 알려 준다고 했었어."

"글쎄, 브라이언은 집에 없어."

"그래."

"그래."

"그렇다면."

"그렇다면."

"난 그냥……."

"뭐?"

"그냥 내 딸을 찾으려는 거야, 도나."

"그럼 찾아."

"찾고 있어."

사실은 '너 왜 그렇게 싸가지 없이 구는 건데?'라고 소리치고 싶다. 달리 뭐라 할 말이 생각나지 않아 몸을 돌려 계단을 내려간다.

"메리 패트."

도나는 사근사근한 말투로 말을 건다.

메리 패트는 계단 위에 있는 그녀를 올려다본다.

"왜?"

"미안해. 내가 잠시 어떻게 됐나 봐."

그녀는 메리 패트를 집 안으로 초대한다.

"왜 행복하지 않은 거지."

도나는 각자의 앞에 맥주를 놓고 말한다.

"난 행복하지 않아. 내 말은, 난 다 가졌잖아. 그렇지? 봐 봐. 브라이언은 좋은 사람이고 옷도 잘 입어. 날 돌봐 주지. 때린 적도 없어. 심지어 소리친 적도 없을걸. 그러니 행복하지 않을 이유가 뭐야?"

도나는 식당을 향해 팔을 휘두른다. 정육점 냉동고 크기만 한 도자기장, 아주 웅장하고 포도 넝쿨 같은 그림자를 벽에 드리우는 샹들리에, 그들이 앉아 있는, 쪽모이 세공 상판의 12인용 식탁. 도나는 같은 말을 되풀이한다.

"왜 행복하지 않지?"

"내가 어떻게 알아?"

메리 패트는 거북한 듯 웃으며 말한다.

도나는 담배를 빨아들인다.

"맞아. 네 말이 맞아. 맞지. 맞아."

"내 말이 그렇게까지 맞는 줄 몰랐네. 그냥 네가 행복하지 않은 이유를 모르겠다는 건데."

"브라이언은 섹스도 잘해. 보살핌도 받고. 내가 원하는 건 다 사 주고."

메리 패트는 방구석에 있는 커다란 골동품 괘종시계를 본다. 8시 20분. 브라이언 셰이가 약속한 시간에서 3시간 30분쯤 지났다.

"도나. 줄스가 안 보여. 브라이언이 알아봐 주겠다고 약속했어. 그래서 브라이언을 만나야 해."

"그이와 섹스하고 싶지 않아?"

"아니, 섹스하고 싶지 않아."

"어째서?"

"고등학교 때 해 봤는데 그렇게 좋지는 않았거든."

도나의 낯빛은 삶아서 반쯤 투명해진 하얀 감자 같아진다. 두 눈은 야구공만 해진다.

"브라이언하고 섹스해 봤다고?"

"고등학교 때였어."

"나의 브라이언 말이야?"

"그땐 너의 브라이언이 아니었어."

"그때 우린 친구였어."

"그래."

그녀는 담배를 비벼 끄면서 메리 패트의 눈에서 시선을 떼지 않는다.

"왜 말 안 했어?"

"네가 브라이언에게 홀딱 빠져 있었으니까."

"아냐, 안 그랬어."

"응, 그랬어."

"하지만 마이크 아타도와 사귀었는걸."

"맞아. 하지만 브라이언에게 반해 있었지."

"너한테 말해 준 적 없는데."

"그래도 알고 있었어."

"그러니까 알면서도 내가 반해 있던 남자와 섹스했다고?"

"취한 상태였어. 브라이언도 마찬가지였고."

"아."

"그래."

"그때 난 어디 있었어?"

"마이크 아타도와 캐슬 아일랜드에."

도나가 비명을 지른다.

"내가 처음으로 누구하고 잤던 날?"

"응."

도나가 다시 꺅 소리를 지른다. 메리 패트도 마찬가지다. 현재의 모습으로 돌아오기 전에 과거를 떠올리니 잠시 기분이 좋다.

작게 몇 번 킥킥 웃고는 도나가 말한다.

"아, 젠장, 메리 패트. 대체 왜일까? 우리가 어쩌다 여기까지 오게 됐지?"

"여기가 어딘데?"

"여기 말이야. 사실상 너와 내가 낯선 사이가 된 곳. 우린 친구였는데."

"네가 떠났어."

"맞아."

"일본에서 살았고."

"웩."

"독일."

"더 별로였어."

"하와이에서도 살았다며."

도나는 다른 담배에 불을 붙인다.

"거긴 좋았어."

"남편을 잃은 건 유감이야."

"너도 남편을 잃은 건 유감이야."

"아냐. 그 사람은 그냥 나를 떠난 것뿐이야."

도나는 고개를 젓는다.

"첫 번째 말이야. 더키라고 했던가?"

메리 패트가 고개를 끄덕인다.

"아, 맞아. 너무 오래전 일이어서."

"그래도 가슴 아플 거야."

"더키는 날 많이 때렸어."

"아. 두 번째는 어땠어?"

"전혀. 신사였어."

"하지만 널 떠났지."

"응."

"왜?"

메리 패트의 이야기는 한참 이어졌고 도나가 담배를 다 피우고 방의 조명이 바뀔 때쯤에야 끝이 났다.

"나 때문에 난처하대."

"왜?"

"몰라."

"머리 모양 때문인가?"

내 머리 모양이 이상한가?

"얼굴? 젖통? 너의…… 뭘까?"

"증오."

메리 패트는 담배에 불을 붙인다.

"이해 안 돼."

메리 패트는 연기를 길게 내뿜는다.

"나도 그래. 하지만 떠나면서 이러더라. '당신의 증오 때문에 난 처해.'"

도나는 콧방귀를 뀐다.

"거만한 사람인가 봐."

"그런 사람이야."

"좆 까라 그래. 그리고 뭐, 자기는 증오하는 게 아무것도 없대? 지랄. 뭔 성인이야?"

"내 말이."

"그 사람 치워서 다행이야."

"그런가."

"아냐?"

"난 혼자야. 지랄맞을 마흔둘인데."

"남자를 만날 거야."

"그 남자를 좋아했어."

"더 좋은 남자."

메리 패트는 어깨를 으쓱한다.

"그럴 거야."

"나에게 괜찮은 남자는 만날지 모르지만, 그냥 좋은 남자는 절대 만나지 못하겠지."

잠시 둘은 말없이 앉아 있다. 너무 큰 데다 한창 더운 날씨인데도 춥게 느껴지는 이곳에 기쁨이 존재할지 상상이 안 된다. 문을 넘어 들어올 때는 도나가 부러웠지만 집을 떠날 때도 같은 생각일지 의심스럽다.

도나가 불쑥 말한다.

"왜 브라이언하고 시간을 허비하려는 거야? 바로 문제의 근원으로 가지 않고?"

"마티?"

"아니. 거 있잖아. 줄스 남자 친구."

"럼한테는 두 번 갔었어. 두 번째에는 개같이 패 줬지. 이제는 그 애가 말하려 들지 모르겠어."

"럼은 줄스의 남자 친구가 아니야."

"뭐?"

"메리 패트, 왜 이래, 알잖아."

"몰라."

"쌍. 쌍, 쌍, 쌍. 아이고. 쌍."

도나는 분홍색 입술이 진홍색으로 보일 정도로 창백하게 질린다.

메리 패트는 막 끓어 넘치기 시작한 냄비를 보듯 그녀를 관찰한다.

"줄스 남자 친구가 누군데, 도나?"

큰 시계의 바늘이 내는 째깍째깍 소리가 잠시 들린다. 방에 새로운 그림자가 생긴다. 바깥의 인도에 마른 나뭇잎들이 스치는 소리가 난다.

"그 애는 프랭크와 사귀고 있어."

"어느 프랭크?"

"프랭크지, 씨발 누구겠어? 누굴 생각하는 거야?"

묻고 싶지도 않다.

"프랭크 투미?"

"어, 그래."

"툼스톤 프랭키?"

"응."

프랭키 투미는 애가 넷인 유부남이다. 가족에게 헌신적이라는 점이 오랫동안 그의 가장 큰 결점까지도 상쇄하는 장점이 되어 주었다. 거기다 얼굴도 잘생겼고 노래할 때의 목소리도 아름답다. (지금도 영화 배우 같은 외모는 제임스 가너와 눈에 띄게 닮았다.) 외모뿐만 아니라 카리스마도 뛰어난데, 그건 동네 아이들에게만 발휘한다. 사탕과 아이스크림을 사 주고 정말 가난한 애들에게는 엄마를 도와 드리라며 돈을 슬며시 쥐여 준다. 남자아이들이 닮고 싶어 하는 사람은 마티가 아니라 프랭키다. 듣자 하니 여자아이들이 자라서 연애하고 싶어 하는 사람도 마티가 아니라 프랭키라고 한다. 다니는 모습을 보면 이 거리의 주인 정도가 아니라 창조자라도 되는 듯하다. 모든 사람의 이름을 큰 목소리로 부르고, 진심을 담아 웃는 소리가 몇 블록 떨어진 곳에서도 들린다. 모든 아이가 프랭크 투미를 보면서 자란다.

어른들은 그가 '헬스 엔젤스(1948년 캘리포니아에서 결성된 오토바이를 타고 다니는 폭력 조직 — 옮긴이)'의 지부 하나가 죽인 것보다 더 많은 사람을 죽였기 때문에 '툼스톤'이라는 별명이 붙었다는 사실을 안다. 아일랜드인을 위해서 살인을 하지 않을 때면 이탈리아인들에게 돈을 빌려주었다. 1960년대 초에 있었던 매클로플린 전쟁에서는 아주 많은 사람을 해쳤다. 이발사였던 알 쿠건은 다가오는 프랭키를 보고 도망치려다가 교통사고를 당해 엉덩이가 산산이 조각났다. 프랭키는 단지 머리를 자르려고 했던 것으로 드러났다.

"내 딸이?"

메리 패트는 나지막이 중얼거렸다.

도나는 고통스러워 보인다.

"네가 알고 있다고 생각했어. 모두가 알았으니까."

"모두가 누군데?"

"알잖아. 모든 사람."

"나 빼고 말이지."

"유감이야."

"그렇긴 해?"

"유감이냐고? 그래. 마티의 세계, 브라이언의 세계에 있을 때는 거기서만 사는 것 같아. 서로하고만 시간을 보내고. 우리가 아는 것만 알고."

"하지만 네가 알고 있던 건 프랭키 투미가 내 딸 줄스를 만나고 있다는 거였어. 자기 나이의 반도 안 되는 여자애를. 아니, 반이 뭐야. 반에서 일곱 살이나 더 어린 여자애라고."

"그래."

"그런데 괜찮았어?"

서로의 시선을 붙든 채로 시간이 흘러간다. 한때의 그녀였던 소녀들이 어쩌면, 정말로 어쩌면 어깨 위의 수호천사가 될 수도 있었을 것이다.

하지만 도나의 눈은 점점 아득해진다.

"난 누군가의 수호천사가 아냐, 메리 패트."

"이번 주에 그 말을 벌써 두 번째 들어."

메리 패트는 일어선다.

"우리가 여기 있는 것들을 대표한다고 늘 말을 하잖아. 가진 건 많지 않을지 몰라도 이웃이 있다고. 규칙이 있다고. 서로를 보살펴 준다고."

메리 패트는 손가락을 튕겨 자기 맥주 캔을 쓰러뜨린다. 맥주는 도나 셰이의 쪽모이 세공 식탁을 가로질러 흐른다.

"거짓말쟁이들."

도나가 행주를 가지러 달려가는 사이 메리 패트는 집을 나선다.

8

메리 패트가 사는 건물 앞의 빛바랜 갈색 세단에 기대선 두 남자는 너무 경찰처럼 보여 그냥 제복을 입는 게 낫다 싶을 정도다. 둘 중 젊고 키가 큰 쪽은 무법자 느낌이 나는 콧수염과 긴 구레나룻을 길렀다. 숱 많은 머리가 검은 인조 가죽으로 만든 반코트의 어깨 부분까지 내려오고 가까이 다가가자 목을 휘감은 금목걸이가 가로등 불빛을 받아 반짝거리는 것이 보인다. 「형사 서피코」를 최소한 세 번은 본 게 분명하다.

다른 쪽은 키가 더 작고 살집이 있어 조금만 방심하면 비만이 될 듯하다. 권투 선수나 고리대금업자라고 하면 흔히 떠올릴 얼굴로 정수리 부분이 납작한 중절모를 쓰고 있다. 옷은 너무 꽉 끼고 넥타이는 처음 살 때부터 비뚤어진 상태인 것 같다. 메리 패트는 그가 이혼했고, 레토르트 식품을 많이 먹고, 혼자 술을 마시는 사람이라고 추정한다. 그리고 그것이 곧 그녀 자신을 설명하는 묘사가 될 수 있다는 사실을 깨닫는다. (그 생각을 바로 몰아내지만.) 좀 더 자세히 살펴보니 처음 생각했던 것보다는 10년은 어린 30대 중반의 나이처럼 보인다. 그 세월을 사는 동안 언젠가 보낸 고된 시간이 반영된 것 같다.

그들이 경찰 배지를 휙 내보인다. 젊은 쪽은 자신을 프리처드 형사라고 밝힌다. 나이 든 쪽은 코인 형사다.

"줄리가 여기 있습니까?"

코인의 목소리는 놀랍도록 부드럽다. 그의 다른 부분과는 어울리지 않는다.

"아뇨, 없어요."

"어디 있는지 물어봐도 되겠습니까?"

그는 정중한 투로 다시 묻는다.

"몰라요. 나도 그 애를 찾고 있어요."

"언제부터죠?"

반코트를 입은 젊은 경찰의 말이다. 무뚝뚝한 목소리에 친절한 기색은 없다.

"못 본 지 48시간 됐어요."

그 사실을 자각하자 목구멍에 뭔가 걸린다.

"신고했습니까?"

"누구한테요?"

"경찰?"

"당신들이 뭘 할 건데요? 적극적으로 수색할 거예요?"

"범죄라는 명확한 증거가 없어요? 아뇨, 그러지 않겠죠."

나이 든 쪽이 고개를 젓는다.

"그럼 뭐 좋자고 신고를 하죠?"

서로를 쳐다본 경찰들은 고개를 끄덕이며 동시에 어깨를 으쓱한다. 타당한 의견이다.

"안으로 들어가도 될까요?"

코인이 묻는다.

메리 패트는 자발적으로 경찰 두 명을 집에 들이는 모습을 보이지는 않을 것이다. 그것은 포르노물 제작자를 크리스마스 저녁 식사에 초대하는 것과 같다.

"집이 엉망이라."

코인은 예의 바르게 웃지만 눈으로는 그 말을 믿지 않는다고 말한다.

"저기 벤치가 있어요."

그녀는 고갯짓으로 가리킨다.

불빛 아래 공기는 갈색빛 도는 겨자색을 띈다. 림 없이 기둥과 백보드만 남은 농구 코트를 바라보는 방향의 벤치에 셋은 앉는다. 이따금 박쥐 한 마리가 폭풍에 휘말려 발광하는 연처럼 머리 위를 날아다닌다.

코인이 말한다.

"그러니까 줄리를 마지막으로 봤을 때, 그녀는……."

"줄스."

"네?"

"아무도 줄리라고 부르지 않아요. 줄스라고 해요."

"알겠습니다. 마지막으로 봤을 때가?"

"그저께 밤이었어요. 8시경."

프리처드가 수첩에 받아 적는다.

"앞뒤에 하는 개소리는 건너뛸 수 있을까요?"

"물론이죠."

메리 패트는 코인의 태평함이 마음에 든다. 어쩌면 메리 패트가 처음 만나는, 술에 취해 바람을 피우는 개자식이 아닌 경찰일 수도 있겠다. 아니면 괜찮은 사람인 척 구는 기술이 완벽한 것일지도 모르지만.

메리 패트가 담배를 입에 문다. 그녀가 자신의 빅 라이터를 찾기 전에 코인이 지포 라이터로 불을 붙여 준다. 그의 라이터에는 해병대 엠블럼이 있다. 독수리, 지구, 닻. 복무 날짜는 알아볼 수 없다. 담배가 타오르자 그녀는 고개를 끄덕여 감사를 표한다. 코인은 라이터를 조용히 딸칵 닫고 치운다.

"내 딸은 토요일 밤부터 집에 돌아오지 않았어요. 그때부터 애를 찾고 있죠. 여러 사람과 같이 있었다는 건 알아냈는데 다들 컬럼비아 공원에서 함께 있다가 11시에서 12시 45분 사이에 카슨 해변으로 갔다고 주장하더군요. 그 사람들은 로널드 콜린스, 브렌다 모렐로, 조지 던바, 그리고 내 조카 펙 매콜리프예요."

메리 패트는 프리처드가 작은 수첩에 그 이름을 받아 적기를 기다렸다가 이어 나간다.

"거기에 다른 애들도 있었지만 정확히 누군진 몰라요. 조카는 자정이 되기 전 떠났어요. 조지 던바와 로널드 콜린스는 내 딸이 12시 45분에 걸어서 집에 간다고 자리를 떴다고 주장해요. 그 후에 그 애를 본 사람은 더 없어요."

"그 이야기를 믿습니까?"

프리처드가 계속 수첩에 적으며 묻는다.

"아뇨."

"그래서 어젯밤 마티 버틀러의 술집에서 로널드 콜린스를 마구 두들겨 팬 겁니까?"

"무슨 얘기를 하는 건지 모르겠군요."

코인이 웃는다.

"온 동네에 다 소문났어요, 페네시 부인."

"싸우면서 개떡 같은 불알을 싹둑 잘라 내기라도 했습니까?"

프리처드가 묻는다.

"어이."

코인이 날카로운 목소리를 낸다.

"왜요?"

"여자 앞에서 욕하는 거 아냐. 생식기 얘기도."

"생식…… 뭐요?"

메리 패트는 코인에게 고맙다는 표정을 짓는다. 이 동네의 관습 같은 것이다. 아는 사이가 아니라면 여자 앞에서 욕을 하지 않는다. 그녀가 술 취한 트럭 노동자처럼 욕을 해대도 말이다. 무례한 짓으로 여겨진다. 개인의 은밀한 부분을 거론할 때도 같은 규칙이 적용된다.

"어디 출신이에요?"

메리 패트가 코인에게 묻는다. 이제 그가 어느 험한 동네 출신이라는 것을 알았기 때문이다.

그는 고개로 도체스터 쪽을 가리킨다.

"사빈 힐."

"칼로 찔러 죽이기(Stab and Kill, 사빈 힐의 별칭이다 — 옮긴이)."

"피차 마찬가진데 뻔뻔하군요."

코인은 붉은 벽돌의 불모지, 코먼웰스를 둘러보며 말한다.

메리 패트는 졌다는 듯한 미소를 짓는다.

"줄스는 아무한테도 연락하지 않았어요. 나한테도, 의붓아버지한 테도. 걔 친구들 말을 믿는다면 걔네들한테도. 자식 일이라면 엄마 가 잘 알죠."

"그래서 뭘 알고 계십니까?"

"그 애는 곤경에 처해 있어요."

메리 패트는 축축한 회색 담배 연기를 내뱉은 뒤 말한다.

"그런데 왜 그 애를 찾는 거예요?"

"왜일까요?"

코인의 두 눈은 그녀의 눈을 떠나지 않는다.

메리 패트는 빈 농구장을 내다본다. 저 위 어딘가에서 날개를 필 사적으로 펄럭거리며 하늘을 가르는 박쥐가 내는 소리가 들린다. 켄 펜이 가능성을 말한 이래로 알게 된 사실 하나를 떠올린다.

"어기 윌리엄슨하고 관련이 있겠죠. 컬럼비아역에서 죽은 아이."

코인의 얼굴은 읽히지 않는다.

"왜죠?"

"그 애가 머저리 같은 친구들과 그 근처에 있었는데 지금 당신들 이 여기 왔으니까요. 1 더하기 1, 쉬운 문제죠."

메리 패트는 쇠사슬로 연결된 울타리 너머의 텅 빈 코트로 담배 를 휙 던진다.

코인은 자기 담배에 불을 붙이고 라이터를 그들 사이에 내려놓는 다. 메리 패트는 벤치에 드리워진 그림자에서 빼꼼히 나온 '베트'라 는 글자를 포착한다.

"어디서 복무했어요?"

코인은 그게 무슨 말인지 잠시 이해 못하다가 그녀의 시선이 초점을 맞추는 곳을 알아차린다.

"여러 군데 있었어요. 그때는 전쟁 전이었는데 전 '군사 고문'이었죠."

"거긴 그때도 개 같은 곳이지 않았나요?"

"뭐, 그렇죠. 근데 좀 더 예쁘긴 했어요. 우리가 거기 대부분을 폭파하기 전이었거든요. 찰리(미군들이 베트남 공산주의자들을 부르던 말 ─ 옮긴이)도 마찬가지로 손을 별로 안 댔고. 하지만 1962년 당시에도 상황이 안 좋아지리라는 건 다들 알았죠. 아는 사람이 복무했나요?"

그녀는 고개를 끄덕인다.

"아들이요."

다음 문제로 넘어가자고 신호하는 프리처드의 표정이 보인다. 그러나 코인이 노려보자 젊은 경찰은 눈을 내리깐다. 코인이 묻는다.

"아드님은 집으로 돌아왔습니까?"

"어느 정도는."

"어느 정도라뇨?"

지금 농구하는 노엘을 찾기라도 하는 듯 코인은 농구장을 두리번거린다.

"마약 중독이 심했어요. 그러니 집에 돌아왔다고도 할 수 있겠고, 돌아오지 못했다고도 할 수 있죠."

그녀는 코인을 쳐다본다.

코인은 한동안 움직이는 방법을 잊은 사람처럼 군다. 분필처럼 하얀 피부는 용케도 훨씬 더 하얀색을 찾아낸다. 메리 패트는 그가 아들이나 형제처럼, 가까운 사람을 갈색 가루에 잃었던 게 아닐까 싶다. 벤치에서 라이터를 집어 주머니에 넣는 코인의 손이 아주 미세하게 떨리는 것이 보인다. 그가 가느다란 연기를 내뿜는다.

"유감입니다, 페네시 부인."

"형사님은 베트남에 가장 많은 아이를 보낸 동네가 어디인지 아세요?"

"사우디인가요?"

코인의 추측에 메리 패트는 고개를 젓는다.

"찰스타운이에요. 하지만 사우디가 두 번째였어요. 그다음이 린, 도체스터와 록스버리가 그다음. 조카가 징병 위원회에서 일했는데 다 얘기해 줬어요. 그럼 베트남에 아이를 많이 보내지 않은 사람들은 어디에 살까요?"

"알 것 같네요."

코인의 목소리에는 쓸쓸함이 담겨 있지만, 그 쓸쓸함은 너무 오래 묵어 냉담하게 들린다.

"도버 사람들이에요. 웰즐리, 뉴턴, 링컨의 아이들은 대학이나 대학원에 숨어 버렸죠. 의사들도 그 애들을 위해서 이명이나 평발, 골극 같은 온갖 개소리를 생각해 내더군요. 내 아이는 록스버리행 버스에 태우고 싶어 하면서, 잔디가 다 깎이고 해가 지면 자기들 동네에는 흑인들이 얼씬거리지 않기를 바라는 작자들이죠."

"그에 대해 왈가왈부할 생각은 없습니다. 줄스는 버싱에 대해 뭐라던가요?"

담배를 다 피울 때까지 메리 패트는 코인을 너무 오랫동안 빤히 바라본다. 그는 불편한 기색을 보이기 시작한다.

"폐네시 부인?"

이제 이 이야기가 어떻게 흘러갈지 알 것 같다.

"흑인 아이가 열차 앞으로 뛰어들었는데 당신은 어떤 연유인지 백인 아이들 몇몇이 거기 연루된 거 같다는 거죠. 그런데 그 이유가 버싱에 열이 받아서라는 건가요?"

"그렇게 말하지 않았습니다."

"말할 필요가 없었겠죠."

"그리고 그 애는 엿 같은 기차 앞으로 뛰어들지 않았어요."

프리처드가 말한다.

코인이 턱에 힘을 준다. 친절하던 눈빛이 차갑고 불친절해지더니 파트너를 향해 번뜩인다.

"어떻게 죽었죠?"

메리 패트가 묻는다.

"아직 최종 결과를 기다리는 중입니다."

코인이 말한다.

"당신 딸한테 물어보지 그래요?"

프리처드가 말한다.

"빈스. 입 좀 닥쳐 주겠나? 예의를 보여."

프리처드는 눈을 치켜뜨며 10대 아이들처럼 어깨를 으쓱한다.

코인은 다시 메리 패트를 향해 몸을 돌린다.

"자정 무렵 어기 윌리엄슨이 컬럼비아 공원 주변에서 백인 아이들 한 무리와 말을 나누는 걸 본 목격자가 있어요. 그러다 그 아이들이 컬럼비아역으로 그를 몰았다고 하더군요. 어기가 사망한 장소예요. 그 무리에 당신 딸이 있는지 확인할 수 없지만, 우리가 찾아가기 전에 따님이 우리를 찾아오는 편이 매우 현명할 겁니다. 그러니 페네시 부인, 딸이 있는 곳을 안다면 말씀하시는 게 좋으실 거예요."

"그 애가 어디 있는지는 몰라요. 나도 너무 걱정돼서 그 애를 찾고 있다고요."

코인은 메리 패트의 시선을 옭아맨다.

"당신을 믿고 싶습니다."

"날 믿든 말든 상관없어요. 딸만 찾으면 그뿐이에요. 그러니까 그 애를 잡고 싶다면 제발 그렇게 해 줘요, 씨발."

코인은 고개를 끄덕인다.

"그녀가 숨어 있을 만한 데가 있습니까?"

줄스가 숨어 있다면 비밀스러운 삶 속에 숨어 있을 것이다. 프랭크 투미가 연관됐을지도 모른다. 마티 버틀러까지 연결될 것이다. 그리고 경찰을 마티 버틀러에게 인도할 무언가를 말한다는 것은 오븐에 머리를 넣고 가스를 튼 다음 마지막 담배 한 개비에 불을 붙이는 것과 같다.

"없어요."

메리 패트는 두 눈과 목소리에 희망이 깃들지 않게 하려고 노력한다. 마침내 아귀가 맞아떨어지기 시작했다. 줄스가 흑인 아이를 죽게 만든 멍청한 짓거리에 연루되었다면, 지금 메리 패트가 앉아 있는 곳에서 반경 10블록 이내 어딘가에 꼭꼭 숨어 있을 수도 있는 것이다. 만약 그렇다면 메리 패트는 자식이 연루됐을지 모르는 나쁜 일을 해결하고 처리할 수 있다.

코인이 명함을 건넨다. 보스턴 경찰국 강력계. 형사, 마이클 코인 경사.

강력계. '살인.' 전화로 경찰을 불러 해결할 수 있는 일상적인 나쁜 짓이 아니다. 고기를 훔치거나 불법 수표를 사용하는 일도 아니다. 난소에 생긴 종양처럼 심각한 일이다.

코인은 명함을 가리킨다.

"따님이 나타나면 그 번호로 전화해서 내선 번호로 연결해 달라고 하세요. 아니면 이름을 말해도 됩니다."

"마이클 코인 형사."

"보비. 모두가 보비라고 부르죠."

"왜요?"

그는 어깨를 으쓱한다.

"중간 이름이 뭔데요?"

"데이비드."

"그런데도 보비라고 불러요?"

또 어깨를 으쓱한다.

"이런 게 인생이죠. 아시죠? 해 보면 알게 될 것이다."

"좋아요, 보비."

메리 패트는 명함을 주머니에 넣는다.

코인은 자리에서 일어나 바지 주름을 털어 낸다. 프리처드는 수첩을 휙 닫는다.

"딸을 보게 되면 현명하게 행동하세요, 페네시 부인."

코인이 말한다.

"어떻게요?"

"먼저 우리한테 전화하라고 해 주세요."

그녀는 고개를 끄덕인다.

"그렇게 하겠다는 건가요?"

"끄덕인 거죠."

"그렇게 한다고 생각해 보겠다는 건가요?"

"당신 입에서 나온 말이 들린 대로."

그녀는 담배를 집어 들고 건물 안으로 들어간다.

9

　메리 패트는 레이지보이 리클라이너에서 잠들었다가 1시간 후 누군가 현관을 주먹으로 쾅쾅 두드리는 소리에 잠에서 깬다. 현관으로 달려가 반대편에 누가 있는지 확인도 하지 않고 문을 연다. 줄스, 그녀일 거라는, 그 아이일 거라는 희망이 비명을 지르며 몸이 고동친다.

　하지만 줄스가 아니다. 누구도 아니다. 그곳에는 아무도 없다. 복도를 위아래로 훑어봐도 보이지 않는다. 몸을 돌려 아파트 안을 다시 본다. 텅 비어 있다. 어떻게 보면 더키나 켄 펜, 심지어 노엘이 떠났을 때조차 이렇게 비었던 적이 없던 듯하다. 다시는 존재할 수 없는 것의 잔해로 가득 찬 묘지처럼 공허하다.

　7학년 때, 로레타 수녀는 지옥이 중세 시대 사람들의 생각처럼 뿔 달린 악마와 쇠스랑이 있는 불구덩이는 아닐지라도 공허한 곳이라는 점이라는 데에서는 틀리지 않았다고 말했다.

　사랑으로부터 영원히 분리된 곳이야.

　어떤 사랑?

　신의 사랑.

　그 누구의 사랑.

　모든 사랑.

　"영원한 유배야. 영원히 손이 닿지 않게 마음이 버려진 곳이지."

　메리 패트는 안으로 다시 들어가 담배와 라이터를 잡는다.

평원에 도착하니 여전히 '개인적인 행사로 닫습니다.' 팻말이 걸려 있고, 높이 나 있는 하나짜리 창문 너머로 불빛이 흐릿하다. 하지만 메리 패트는 아랑곳하지 않고 문을 두드리기 시작하고 멈추지 않는다. 럼의 마멋 머리를 팬 오른손은 아직도 까져 있어 왼손을 쓴다. 1분은 족히 두드리자 문 반대편에서 자물쇠를 내동댕이치는 소리가 들린다. 자물쇠 세 개가 차례로 하나씩 열린다. 그러고는 아무 일도 일어나지 않는다. 마지막 경고다. 들어오고 싶다면 직접 문을 열라는. 발을 뺄 마지막 기회라는.

두려움이 작지는 않다. 돌연 두려움만 느껴진다. 존재감이 온몸을 장악한다. 바로 옆 인도에 서 있는 다른 사람만큼이나 현실적이고 실질적이다. 이 문을 통과했던 사람들은 다시 나오지 못했던 것으로 알고 있다. 단지 건물로 들어가는 문이 아니다. 세계의 경계다.

불현듯 며칠 전 아침 목욕 가운을 입고 한쪽 입꼬리를 말아올려 이가 보이게 씩 웃으며 부엌에서 복싱하듯 춤을 추던 줄스를 떠올리고 메리 패트는 문을 밀어 연다.

바 뒤에 서 있는 사내는 불붙인 담배를 입에 문 채 오른쪽으로 피어오르는 연기 사이로 눈을 가늘게 뜨고 자기가 마실 럼주를 한 잔 따른다. 모두 그를 위즈(잡초라는 뜻 — 옮긴이)라고 부른다. 깡마른 데다가 보고 있자면 불쾌해지기 때문이다. 구순열이 있고, 왼쪽 눈은 눈구멍에서 돌아다닌다. 아이일 때 어린 동생을 지붕에서 밀었다는 소문이 있다. 그 불쌍한 녀석이 땅에 떨어질 때 어떤 소리가 나는지 듣고 싶다는 이유만으로. 오늘 밤에는 바라쿠타 재킷을 입지 않고 어둑한 불빛에도 더러워 보이는 티셔츠만 입고 있다.

래리 포일은 벽 쪽에 놓인 테이블에 앉아 있다. 타이어를 충충이 쌓아 올린 것 같은 몸인데 목이라고 가늘지도 않다. 거대한 머리는 석상 같다. 손은 큰 사슴도 한 손에 감싸 쥘 수 있을 것 같다. 아직도 부모님과 함께 살며 데이 대로에서 할아버지의 휠체어를 미는 모습이 종종 보인다. 보통은 상냥하고 짓궂은 익살꾼이지만 오늘 밤에는 맥주만 보면서 메리 패트에게는 한 번도 시선을 주지 않는다. 위즈처럼 티셔츠 바람이다. 티셔츠의 상태는 물론 색깔도 알 수 없지만 6미터 떨어진 이곳까지 체취가 느껴진다.

그곳에는 그 둘뿐이다. 바 끝에 뒷문이 열려 있다. 메리 패트는 위즈를 쳐다본다. 흐릿한 불빛 속에 그의 눈이 한번 꿈틀거린다. 저 뒷문으로 그녀가 가야 한다고 시사하듯이. 그 후 위즈는 술잔을 비우고 자신이 마실 술을 다시 따른다.

바를 걸어가며 메리 패트는 의자 다리가 긁히는 소리, 팔다리가 바스락거리는 소리, 뒤에서 달려오는 발소리가 들리길 기다린다. 목구멍 한쪽에 있는지도 몰랐던 정맥이 고동친다. 바는 좁고 어두운 복도로 이어지더니 화장실과 뒷문이 나타난다. 라이솔 소독제와 소변기 탈취제 냄새가 난다. 얼굴에 와 닿는 밤바람이 축축하고 따뜻하게 느껴진다.

뒤쪽 밖에서 브라이언 셰이가 기다리고 있다. 메리 패트는 한 번도 여기 나와 본 적이 없다. 그 바깥 공간에 조약돌을 깔고, 술집과 옆 정비소 건물의 외벽에 전등을 매달아 일종의 동굴 같은 곳을 만들어 냈다니 다소 놀랍다. 몇 개의 연철 테이블과 의자가 화분 식물들과 여기저기 널린 맥주통 사이에 놓여 있다. 맨 끝에는 하얀 테를 두른 파란색 3층 집이 서 있다. 수년 동안 그 집을 둘러싼 소문이 수십 가지는 된다. 마티 버틀러가 진짜 사는 곳이다. 은닉처다. 고급 카지노다. 고급 매춘굴이다. 1971년 포그 박물관에서 훔친 그림을 보관하는 곳이다. 오늘 밤까지만 해도 메리 패트는 그 집을 온전히 본 적이 없다. 거리에서 꼭대기 층만 봤을 뿐이다. 페인트칠이 멀쩡한 것 말고는 사우디나 도체스터에 있는 다른 3층짜리 건물과 별반 다를 게 없어 보인다.

브라이언 셰이는 자리를 권하지 않지만 메리 패트는 맞은편에 앉는다. 그는 잔인한 기색이 어린 미소를 살짝 지으며 입을 연다.

"우리 집에 갔었다며?"

"응."

"왜 그랬어?"

"네가 한 말을 지키지 않았으니까."

"내가 한 뭐?"

"말. 5시까지 연락해 준다고 해 놓고 안 했지."

브라이언의 미소가 좀 더 커지고 잔인해진다.

"그만큼 겪었으면 너 같은 사람이 나 같은 사람에게 뭘 요구할 수 없다는 것쯤은 알 때가 됐잖아."

"브라이언, 너도 겪을 만큼 겪었잖아. 오랜 경험으로 내가 그런 걸 알 거라는 네 생각엔 신경도 안 쓸 거라는 거."

그는 목덜미를 손으로 감싸 쥐고 윈덱스 세정제 색깔의 눈으로 그녀를 빤히 쳐다본다. 그의 티셔츠는 위즈의 것만큼 더럽지 않지만, 팔에 기다랗게 회백색 가루가 남은 흔적이 있고 뺨에도 얼룩 자국이 보인다.

이놈들 교원 사택이라도 털었나? 아니면 콘크리트 혼합기를 훔치기라도 했어?

"줄스가 툼스톤과 불륜 관계였다는 거 알았어?"

"그렇게 부르면 싫어할 텐데."

"어린이 성추행범이라고 불러 주면 더 좋아하려나?"

"줄스는 열일곱 살이야."

"알고 있었다는 말이네."

브라이언 셰이는 눈을 살짝 아래로 내리깐다.

"알았어."

순간 메리 패트는 약간 어지러워진다. 의자에서 굴러떨어지기라도 한 듯하다.

"지금 줄스랑 같이 있어? 프랭키하고?"

그는 고개를 젓는다.

"프랭크도 며칠 동안 그 애를 보지 못했어."

"어떻게 알아?"

"프랭크가 그랬어. 이리저리 알아보겠다고 약속했잖아. 난 했어."

"직접 물어봐야겠어."

"아니, 넌 그러지 않을 거야."

말소리에 가느다란 분노가 실려 있다. 위협이 아니라 선언이다. 훨씬 더 큰 협박이다.

"프랭크에겐 아내와 아이들이 있어. 보스턴 경찰국이나 연방의 24시간 감시를 받고 있을지도 모르고. 네가 프랭크 투미의 집에 가서 한바탕 난리를 피울 일은 없을 거야. 내 말 알아들었어?"

"그럼 그 애는 어디 있어?"

"씨발, 내 말 알아들었냐고."

"들었어."

그의 목 근육에 힘이 풀린다. 브라이언 셰이는 뒤로 기대앉는다.

"그래서 그 애는 어디 있어?"

"몰라."

"여기저기 알아봤다며."

"그랬지."

"뭐 들은 거 있어?"

"그날 밤 줄스를 마지막으로 본 사람 말이 걘 집으로 걸어갔대."

"안 믿어."

"상관없어."

"경찰이 찾아왔어."

"네가 찾아간 건 아니고?"

메리 패트는 얼굴을 찡그린다.

그는 눈을 크게 뜬다.

"음, 모르겠어, 메리 패트. 지금 네가 누구인지 말이야. 넌 제정신이 아니야."

"내 딸이 사라졌어."

"그 또래의 여자애들은 항상 사라져. 어쩌면 차를 얻어 타고 샌프란시스코로 가고 있을 수도 있어. 아니, 모르지. 망할 플로리다로 가고 있을지."

"경찰들이 말하길……."

"이젠 경찰 말을 옮기기도 해?"

"줄스가 남자애가 죽은 일에 얽혔다고 했어."

"남자애 누구?"

"지하철역 그 남자애."

"그 깜둥이 마약상?"

"마약상이었다는 건 어떻게 알아?"

코웃음 치는 소리.

"아, 그래, 평화 봉사단 사무실을 찾다가 길을 잃었다고 하면 만족해?"

"경찰들이 말하길……."

"'경찰들이 말하길', '경찰들이 얘기해 줬어'. 이딴 소리 마. 씨발, 정신 나갔어? 이 주변에서는 경찰과 이야기하지 않아."

"이야기한 건 내가 아니야. 경찰들이 했지. 백인 아이들 한 무리가 흑인 아이를 역으로 몰았대. 경찰들은 그 백인 아이들이 조지 던바, 럼, 브렌다 모렐로, 그리고 내 딸일지도 모른다고 생각하고."

메리 패트는 담배에 불을 붙인다.

브라이언은 서서히 기대가 꺼져 가는 눈빛으로 그녀를 지켜보고 있다.

"그게 다야? 경찰들에 따르면 네 딸과 딸의 친구일지도 모르는 백인 아이들이 깜둥이 마약상을 컬럼비아역으로 몰았을 수도 있는데 거기서 그 시커먼 원시인 녀석이 머리로 떨어져서 죽었을지도 모른다고? 이딴 정보로 뭘 어쩌려고?"

"사실인지 알아볼 거야. 그러면 딸을 찾는 데 도움이 되겠지."

브라이언은 팔에 묻어 있던 회백색 가루를 알아차리고 손으로 탁탁 털어 낸다. 그러고는 그녀가 앞서 발견하지 못했던, 마티의 3층 건물 계단 옆 공구 상자에 기대 놓은 커다란 쇠망치를 가리킨다.

"하루 종일 뼈 빠지게 일했어. 상사 집을 개조하느라 진이 다 빠졌다고. 그러는 동안 넌 내 집에 가서 내 아내를 난처하게 만들더니 무례한 게으름뱅이처럼 식탁에 맥주를 쏟아부었지. 그러고서 여기에 왔어. 젠장. 두 번이나. 상사의 거실을 멋지게 꾸미느라 여념이 없는 이 와중에 말이야. 왜지, 메리 패트? 어째서야? 네 망할 딸내미가 약에 취해서, 아니면 섹스하느라 전화하는 걸 깜빡해서? 아니면 뭐 이렇게 말하기라도 했어? '그거 알아요? 쓰레기 같은 일들은 이 정도면 충분해요. 이 동네도 지긋지긋하고, 빌어먹을 침팬지 무리를 우리 학교로 보내려는 사람들에게도 신물이 나요. 플로리다로 갈 거예요.' 왜냐고? 네 딸이 거기로 갔다는데 1000달러도 걸 수 있어. 그러니까 플로리다에서 술이나 홀짝거리면서 태닝을 하고 있을 딸내미 모습이나 생각해 보라는 거야. 애들은 떠나. 그게 애들이야. 하지만 이웃은 영원하다는 걸 명심하라고 충고해 주고 싶어. 네가 아프면 집 앞의 눈을 대신 치워 주고, 집을 기웃거리는 수상한 사람이 있으면 알려 주는 건 이웃이야. 그런 거라고."

브라이언 셰이는 담배에 불을 붙인다. 불꽃 사이로 투명한 푸른 눈이 그녀의 눈을 마주한다.

"하지만 너. 지금 넌 그닥 우리의 이웃이 아닌 거 같아. 다들 그 사실에 꽤 질린 것 같던데."

"질린다고?"

"모두가."

"그래, 그럼 모두에게 전해. 난 아직 몸 푸는 중이라고."

메리 패트는 일어선다.

브라이언 셰이는 그녀의 가슴에 대고 담배를 튀긴다. 그러고는 불꽃과 담뱃재가 셔츠를 태우기 전에 팔을 휘휘 젓는 메리 패트의 모습을 무표정으로 태연하게 바라본다.

"개 같은 이웃에게는 개 같은 일이 일어나기 마련이야."

그는 담뱃갑에서 담배를 새로 꺼내면서 말한다.

뭐라 응수할지 생각할 여력이 없다. 이 시점에서는 아무 생각도 할 수 없다. 머리가 어지럽다. 그래서 그녀는 떠난다.

10

다음 날 아침, 메리 패트는 몸에서 뾰족한 가시가 솟아난 것처럼 몹시 들쭉날쭉한 기분으로 출근한다. 그녀가 사흘간 딸을 보지 못했다는 사실을 알고 모두가 메리 패트와 거리를 둔다. 몇몇은 동정이나…… 뭐 그런 말을 전해야 하나 고민하는 듯하지만 너무 조심스러워서 다가가지 못한다.

휴게실에서 커피를 마시며 사람들이 나누는 대화의 주제는 온통 어기 윌리엄슨이다.

기자들은 그날 밤의 진상을 일부 끼워 맞췄다. 어기 얼리엄슨의 차인 1963년식 램블러는 컬럼비아 도로에서 고장이 났다. 어기에게는 두 가지 선택지가 남아 있는데 그중 어느 것도 좋다고는 할 수 없다. 첫 번째는 컬럼비아 도로를 따라 업햄 모퉁이까지 약 1.6킬로미터를 걸어가 같은 무리에 끼어들 수 있는 더들리가(街)로 방향을 트는 것이었다. 하지만 백인 동네를 통과해 인종이 약간 섞인 동네를 거쳐 갈색이 대부분인 동네까지 가야 하는 긴 여정이 될 터였다.

두 번째 선택지이자 어기가 골랐던 것은 컬럼비아역까지 몇백 미터를 걸어가는 것이었다. 거기서 남쪽으로 가는 지하철을 타고 백인 갱단과 마주치지 않기를 바라며, 네 정거장을 가서 애시몬트역에 도착해 마타펜으로 가는 버스로 갈아타면 자기 무리로 가 다시 안전해질 수 있었다.

어기 윌리엄슨은 후자를 골랐지만, 그 몇백 미터를 걸어가는 동안 엉뚱한 사람들에게 헛소리를 지껄였든 집에 가려고 다른 차를 훔치려고 했든 누군가에게 지하철 표값을 달라고 했든 깜둥이 같은 짓을 하려고 했다.

그래서 대가를 치렀다.

휴게실에 모인 여자들이 세운 가설을 모두 종합하자면 그랬다.

그녀들이 잡담하는 동안 메리 패트는 신문을 읽는다.

어기 윌리엄슨은 모리세이 대로에 있는 제이어 백화점에서 퇴근하고 돌아가는 중이었다. 자정까지 일했는데, 주말에 재고 조사가 있었고 관리자 육성 프로그램에 속해 있었기 때문이다. 신문에 따르면 어기 윌리엄슨은 스무 살이었다. 보스턴 잉글리시 학교의 야구팀에서 주전으로 활동했고, 4년 내내 꾸준하게 B⁻ 평점을 기록했다. 졸업 후에는 마타펜 광장의 피자 가게에서 1년 동안 일한 후 제이어 백화점의 관리자 육성 프로그램에 합격했다.

이 중 일부는 여러 해에 걸쳐 드리미로부터 반쯤 들었던 적이 있는 정보인 듯했다. 반쯤 들었다는 건, 정말 그녀가 반만 귀를 기울였기 때문이다.

드리미는 메리 패트가 이름은 전혀 기억하지 못해도 있다는 건 아는 두 딸, 엘라와 소리아를 길렀다. 그 둘은 어기와 같은 가정에서 자랐으며, 같은 남자, 즉 다정하고 예의 바르고 교양 있는 남편 레지널드와의 자식이다. 드리미는 메리 패트와 함께 일하고 레지널드는 공공 사업 부서에서 사무원으로 일한다. 엘라는 고등학생이고 소리아는 7학년이다. 부상 중인 성실한 노동자 계층의 가정으로 들린다. 어기는 전과가 없었다.

메리 패트는 어제 자 『헤럴드 아메리칸』에서 야구 유니폼을 입은 어기의 사진을 본다.

"애를 무슨 성인으로 만들려고 하나 봐."

도티가 불을 붙이지 않은 담배를 입에 물고는 갑자기 위에서 들여다본다. 이제야 담배에 불을 붙인다.

"신문에서 계속 떠들었잖아. 애가 얼마나 성실한 직원이었는지, 그 아버지는 또 얼마나 근면한지. 어쩌고저쩌고. 곧 알게 되겠지."

그녀는 다른 여자들을 향해 고개를 끄덕인다.

"곧 알게 될 거라고."

"하지만."

메리 패트가 조용히 입을 연다.

"뭐?"

도티가 그녀의 말을 들으려고 몸을 숙인다.

"하지만 이 애는 드리미의 자식이잖아. 우리는 다 드리미를 알아. 그녀가 얼마나 성실한지 안다고."

다른 여자들은 중얼거리며 동의할 수 있다는 표정을 교환한다.

도티는 인정하지 않는다.

"어머니는 성녀일 수 있지. 10시 뉴스에 항상 나오잖아. 하지만 아들은 말이야, 우리가 모두 알다시피 범죄를 저지르려고 태어난다고, 메리 패트. 아버지 없이……."

"그 앤 아버지가 있어."

"그리고 어디서 잡혔는지 봐."

도티는 코웃음 치며 다른 사람들을 둘러본다.

"드리미는 괜찮은 사람이지. 그런데 그렇다고 해서 여기에 그 아들만 있으면 지갑을 둘 사람이 있어? 누가 그래?"

모두 고개를 젓는다.

도티는 메리 패트를 향해 몸을 돌린다.

"자긴 어때?"

"메리 패트는 내버려 둬, 도트. 일이 좀 있잖아."

수스가 말한다.

도트는 메리 패트에게 따뜻하게 웃어 준다.

"그냥 물어보는 거야. 자기는 여기 윌리엄슨만 있는 곳에 지갑을 둘 거야?"

"아니."

메리 패트는 말한다. 하지만 도트가 우쭐대기 전에 덧붙인다.

"그게 누구든 난 내 지갑을 내버려 두지 않아."

"좋아. 그럼 딸을 그와 있게 할 사람은?"

돌아가며 다들 고개를 젓는다. 도트는 의기양양하게 메리 패트를 쳐다본다. 그러다 메리 패트의 두 눈에 살아 있는 것을 보고 한 걸음 물러선다.

메리 패트는 자기도 모르는 사이에 신문을 구기며 일어선다.

"내 딸은 누구와도 함께 둘 수 없어. 왜냐하면 씨발 그 애를 찾을 수 없으니까."

도티는 한 손을 들어 올린다.

"메리 패트, 미안해."

메리 패트는 그 말에 고개를 갸웃한다.

"미안하긴 해? 넌 깜둥이에 대고 너무 입을 함부로 놀려, 도티. 그 사람들이 모두 게을러 빠졌고, 망가진 가정에서 자란다고 떠들어 대고. 또 남자들은 애들을 나 몰라라 하며 싸돌아다닌다고도 하지."

도티의 작은 녹색 눈에 고약한 웃음기가 살짝 엿보인다.

"그게 진실이니까."

한동안(어쩌면 평생?) 메리 패트를 계속 괴롭혀 왔던 질문 하나가 혀를 찾아온다.

"하지만 그건 너한테도 맞는 말이지. 안 그래?"

여자 몇몇이 헉 하는 소리와 신음 사이에 해당하는 소리를 낸다.

"씨발, 무슨 개소리야?"

"자기네 집 사정도 엉망이잖아. 그리고 자기 남편도 싸돌아다녀서 자기 혼자서 애를 키웠잖아? 유색 인종과 그 사람들이 가진 나쁜 특징에 대해서 불평이 가장 많은 사람을 유심히 봤는데 말이야, 보통은 본인이 그런 특징을 가지고 있더라고. 다시 말해 줄게. 자기가 여기서 우리가 하는 일의 반만이라도 하긴 해?"

도티는 주먹을 불끈 쥐고 메리 패트에게 바싹 다가간다.

"잘 들어……."

"도티, 손모가지를 부러뜨린 다음 존나 뚱뚱한 네 엉덩이에 쑤셔 넣기 전에 주먹 푸는 게 좋을 거야."

도티는 다른 여자들을 쳐다본다. 그녀는 몇 초 후 웃어 보이려 하지만, 메리 패트를 다시 보자 두려움으로 작은 녹색 눈이 흔들린다.

"이제는 말로 하지 않아."

도티는 천천히 손을 푼다. 그러고는 바지에 손바닥을 닦는다.

"넌 정상이 아니야."

도티는 여자들에게 눈을 돌린다.

"메리 패트는 정상이 아니라고. 그래도 누가 메리 패트 탓을 할 수 있겠어?"

그녀는 담배를 한 모금 빨고는 손바닥으로 팔꿈치를 감싸며 떠는 몸을 진정시킨다. 다시 시선이 메리 패트를 향한다.

"누가 널 탓할 수 있겠냐고."

동정심 비슷한 뭔가로 도티의 얼굴이 주름진다. 눈이 한 번, 딱 한 번 꿈틀거린다. 이 순간을 잊지 않으리라는 것을 메리 패트에게 알리기 위해서다. 용서받지 못할 것이라고. 그러고는 방 앞에서 슬픈 척 미소 짓는다.

"가여운 사람."

휴식 시간이 끝난 후 메리 패트는 담배를 한 대 더 피우며 신문을 읽는다. 만약 수녀들이 그 행동에 문제를 제기한다면 이야기를 나눠 볼 수 있을 것이다. 그녀의 현재 기분을 고려하면 그 수녀는 정말 존나 용감해지는 쪽이 좋을 거다.

이름이 밝혀지지 않은 목격자들은 12시 20분에 컬럼비아역으로 뛰어 들어가는 흑인 남자를 보았다고 한다. 최소 네 명의 백인 아이들에게 쫓기고 있었다. 한 목격자는 장발의 남성 네 명이었다고 했고, 다른 목격자는 소년 둘에 소녀 둘이었다고 했다. (그 여자애 하나가 내 딸이었을까? 메리 패트는 질문을 던지지만 진짜 궁금한 것은 아니다.

줄스. 제발. 줄스.) 한 목격자는 개를 부르는 식의 휘파람 소리를 똑똑히 들었다. 또 다른 목격자는 "그냥 얘기나 하자고."라고 외치는 소리를 들었다.

경찰은 어기 윌리엄슨과 네 명의 추격자가 승강장에 도착했을 때 사람들이 더 있었다는 사실을 알아냈고 그들에게 나서 달라고 부탁하고 있다. 아직 입증되지는 않았지만 어기 윌리엄슨은 선로 쪽으로 넘어졌거나 밀쳐졌으며, 머리에 충격을 받고 몸이 빙그르르 돌아 결국 선로에 떨어져 승강장 밑으로 굴러 들어갔다고 추정된다.

전부 다 대단히 수상쩍게 들린다. 누가 움직이는 전동차에 그의 머리만 밀었다는 이야기를 믿는다면, 그래서 나머지 부위는 전동차 앞 선로에 떨어지지 않을 수 있었다는 이야기를 믿는다면 말이다. 어기가 한참을 제자리에서 비틀거리다가 열차가 통과하고 나서야 편하게 선로로 떨어져 뒤로 굴러 승강장 아래로 들어갔다는 이야기는 받아들일 수 없다.

어기의 소지품에서 마약은 발견되지 않았다. 신문들에 확실하게 언급되어 있다. 그래 봤자 메리 패트의 이웃들, 즉 웨스트 록스버리나 네폰셋, 밀턴 등 도시 안팎에서 백인들만의 지역으로 유지되는 동네에서 그건 어기 윌리엄슨이 가지고 있던 마약을 빼앗겼다는 뜻이 된다. 누가 어기 윌리엄슨을 죽였든, 그 일이 의도적이었든 실수였든 간에 말이다.

그리고 이 죽음이 메리 패트에게 개인적인 의미가 없었더라면, 즉, 어기가 드리미 윌리엄슨의 아들이 아니었다면, 줄스가 그 죽음의 '이해관계인'이 아니었다면 메리 패트도 같은 식으로 생각했을 것이다.

하지만 버지니아 슬림 담배를 연달아 피우며 신문을 읽는 동안, 그녀의 머릿속에는 마약을 하지 않았을지도 모르는 어기 윌리엄슨의 사진이 떠올랐다. 분명히 결손 가정에서 자라지 않았고, 차를 훔치거나 택시비를 빼앗으려고도 하지 않았을 것이다. 그보다는 엉뚱한 동네에서 차가 고장 났을 뿐인 스무 살짜리 아이였다.

그런데 그 동네가 어디지, 메리 패트?

내가 사는 동네.

메리 패트가 일을 마치고 밖으로 나오자 마티 버틀러의 차인 버터 스카치 색의 AMC 마타도르가 길가에 서 있다. 메도우 레인 매너 요양원에서 나오는 메리 패트를 보고 뒷문 옆에 서 있던 위즈가 문을 연다. 그 안에 앉아 있는 마티가 보인다.

메리 패트는 잠시 자신에게 선택권이 있는 척 인도에 가만히 서 있다. 그 작은 환상이 좌초되자 그녀는 차에 올라탄다.

마티는 미소를 지으며 메리 패트의 뺨에 입을 맞추고 아직도 더키와 결혼했던 날처럼 사랑스러워 보인다며 자신이 메리 패트의 첫 결혼식에 참석했었다는 사실을 일깨운다. 그리고 더키가 그를 위해 일했다는 것도. 그렇게 비단 메리 패트의 현재뿐 아니라 과거도 자기 손안에 있다는 점을 일깨운다.

마티는 JC페니 백화점 광고 전단에서 걸어 나온 것 같다. 카디건을 입고 손에 미식축구 공을 세워서 들고 있거나 다른 아빠 모델들과 가짜 웃음을 짓고 있는 아빠 모델. 목선에 맞춰 자른 머리, 강인한 턱 윤곽, 갈라진 턱. 웃고 있지만 기쁨은 손톱만큼도 느껴지지 않는 눈. 머리카락 한 올 흐트러지지 않았고 뺨에 구레나룻이나 그늘도 없다. 치아는 하얗고 가지런하다. 별 특징 없이 잘생긴 외모에 적어도 20년은 나이를 먹지 않은 듯 보였다.

마티가 어떻게 마티가 됐는지는 미스터리다. 일각에서는 한국 전쟁에서 복무하면서 그렇게 됐다고 한다. 늘 머리가 정상이 아니었다고 아주 조용히 속삭이는 이들도 있다. 린덴가(街)에서 마티와 함께 자랐고 더키와 가끔 술을 마시곤 했던 한 남자는 더키에게 이렇게 말하기도 했다.

"고등학교 때였나? 마티 여동생이 결핵? 뭐, 하여튼 죽었는데 농구한다고 장례식에 가지 않았어. 그 경기에서 24점을 넣었지."

위즈가 다시 사우디 쪽으로 차를 모는 동안 마티는 메리 패트에게 묻는다.

"금요일 집회에 올 건가?"

"아, 맞다."

정말로 잊고 있었다. 지금 사우디를 다 휩�싼 듯 보이는, 그리고 사흘 전까지만 해도 메리 패트를 휩쌌던 버싱에 대한 분노는 머릿속에서 빠져나갔다.

"'아, 맞다'? 위태로운 우리 삶을 위한 유일한 미래야, 메리 패트."

마티는 낄낄 웃는다.

"알아요. 알고 있어요."

"진짜 행복한 나라가 어딘지 알아? 덴마크, 노르웨이, 뉴질랜드,

아이슬란드 같은 곳이지. 그런 나라들에 대한 나쁜 말은 들어 본 적이 없어. 전쟁도 없고 불안도 없지. 뉴스에 오를 일도 전혀 없고. 통일을 유지하기 때문에 화합과 번영을 누리는 거야. 통일을 유지하는 건 인종이 섞이지 않아서지. 섞일 인종이 없어서고."

그는 입술 사이로 한숨을 내쉰다.

"우리 아이들이 갈 학교를 지정해 주는 건 시작에 불과해. 다음은 우리가 기도할 신을 알려 주려 들 거야."

"당신이 기도를?"

모욕하려는 의도는 아니지만 마티 버틀러 같은 사람이 기도에 호소한다는 생각을 한 번도 해 본 적이 없었다.

그는 고개를 끄덕인다.

"매일 밤 기도하지."

"무릎을 꿇고요?"

그냥 그런 모습이 상상되지 않는다.

"침대에 똑바로 누워서."

그는 재밌다는 듯 찡긋 웃는다.

"대개는 지혜를 달라고 기도하고, 때로는 우리 신자들에게 특별히 은혜를 베풀어 달라고 기도하지."

우리 신자들. 그와 신의 신자들. 이제야 설명이 된다.

"어린 디드러 워드가 암에 걸렸을 때를 기억하나? 그래, 고작 일곱 살인지 여덟 살인지 그랬지. 그때 열심히 기도했는데 생각대로 암이 차도를 보이더군. 주님이 기도를 들어준 거야, 메리 패트. 그분께 무언갈 바랄 때는 순수한 마음을 갖는 것이 비결이야."

"기도하면 줄스가 다시 제게 올까요?"

마티는 거리감이 느껴지는 미소를 지으며 메리 패트의 다리를 토닥이더니 무릎 위쪽을 꽉 쥔다. 엄지와 검지가 안으로 파고든다. 그러고 나서는 다시 가볍게 토닥이다 사우디로 다리를 건너갈 때 손을 떼어 낸다.

"차는 어때? 아직 굴러가나?"

메리 패트는 고개를 끄덕인다.

"그렇게 보이지는 않겠지만요."

마티는 창에 비친 스스로를 향해 특유의 거리감이 느껴지는 미소를 짓는다.

"멈출 때를 모르는 것들이 있지."

"왜 멈춰야 하죠? 가야 하는 곳에 갈 수만 있다면 되잖아요."

마티는 그녀를 바라보며 함께 농담을 주고받고 있다는 듯 익살스럽게 눈썹을 꿈틀거린다.

"아파트는 거긴가? 코먼웰스에 있는 거?"

그녀는 어깨를 으쓱한다.

"맞아요."

"새로 들어온 페인트가 있어, 메리 패트. 양이 제법 되지. 웨스트 2번가(街)에 있는 창고에 다 있지. 무지갯빛 모든 색깔이 있다고. 벽을 꾸밀 마음 있나? 색을 칠한다든지?"

"몇 통 가져가도 된다면 물론이죠, 마티. 좋을 것 같네요."

마티는 터무니없다는 듯 손사래를 친다.

"아니, 아니야, 이쁜이. 직접 하라는 건 절대 아니지. 며칠 어디 가 있으면 우리가 가서 전문가의 솜씨로 벽을 칠해 주지. 너무 예뻐서 돌아왔을 때 자기 집인지도 알아보지도 못할걸."

"최근 하는 보수 작업은 다 뭐죠, 마티?"

"지금 뭐?"

"음, 처음에는 당신 집이었고, 이젠 제 집을요?"

마티는 너무나 당혹스러워하는 눈으로 쳐다본다. 메리 패트는 자신이 하는 말을 그가 전혀 못 알아듣는다는 것을 깨닫는다.

"평원 뒤에 있는 집이요."

마티는 다시 그녀를 응시한다. 여전히 모른다.

앞에 앉은 위즈가 말한다.

"부엌에 하는 작업을 말하는 겁니다, 보스."

"아! 그렇지, 그래."

마티는 그녀의 무릎을 또 토닥인다.

"사실 나는 그 집을 '내 거'라고 생각 안 해, 메리 패트. 난 린덴가(街)에 늘 살던 곳에 아직 살거든."

메리 패트는 웃으며 고개를 끄덕인다. 거짓말을 알아차렸다는 사실을 간파당하지 않기 위해 뇌를 가동한다. 브라이언 셰이는 거실이라고 했고, 위즈는 부엌이라고 했다. 그리고 마티는 위즈가 귀띔해 주기 전까지 그 사실을 전혀 모르고 있었다, 젠장.

"음, 어쨌든 페인트칠 건에 관해선 생각해 봐."

차는 켈리스 랜딩 앞의 도로변에 멈춰 선다. 이 도시에서 가장 맛있는 조개 튀김을 맛볼 수 있는 곳으로 금주법 시대까지 역사가 거슬러 올라가지만 한 달 전 문을 닫았다. 메리 패트의 부모님은 켈리스에서 첫 데이트를 했다. 어린 시절 아버지와 같이 갔던 기억을 떠올리며 어머니는 어린 메리 패트를 그곳에 데려갔고, 메리 패트는 줄스와 노엘을 데려갔다. 그런데 지금은 판자가 대어져 있다. 대대로 음식과 추억을 제공했던 곳인데. 주인장들은 새로운 시도를 할 때, 변화를 시도할 때라고 결정했다고 한다.

변화. 발언권이 없는 사람들에게는 그게 죽음을 예쁘게 포장한 말처럼 느껴진다. 당신이 원하는 것의 죽음, 당신이 계획했던 모든 것의 죽음, 당신이 항상 알고 있던 삶의 죽음.

그들은 차에서 내려 켈리스를 지나 둑길로 걸어간다.

"그 냄새가 그립군. 튀김 냄새였던가? 평생 여기를 지나다닐 때마다 공기에서 그 냄새가 났지. 이제 냄새가 썰물처럼 빠져나가고 있어."

메리 패트는 아무 말 하지 않는다.

"어쩌다 여기에 오게 됐지?"

마티 버틀러는 알고 싶어 한다.

그들이 걷고 있는 둑길을 말하는 게 아니다. 변변치는 않더라도 지금 그들의 관계에 대한 것이다. 태양이 양털 같은 회색빛 장벽 뒤에서 하루 휴가를 보내는 바람에 오늘은 온종일 흐리다. 비가 올 기미는 없지만 해가 날 기미도 없다. 메리 패트와 마티는 벤치로 둘러싸인 작은 타원형 공원인 슈거볼 쪽으로 걷는다. 슈거볼은 두 갈래의 둑길이 만나는 만(灣)에서 800미터 떨어진 곳에 자리 잡고 있다. 둑길에서 몇몇 사람들이 낚시를 한다. 메리 패트와 마티는 낚싯줄을 던지는 남자들과 여자들 옆을 지나간다. 일부는 무료함을 달래려고, 일부는 저녁 식사를 마련하려고 고기를 낚는다. 켄 펜도 여기서 낚시를 하곤 했는데 비린내가 나는 도다리를 들고 집에 돌아온 적도 몇 번 있었다. 대개는 그가 말한 대로 잠시 머리를 식히러 갔을 뿐이었다. 낚시하는 이들 모두 고개를 끄덕이며 마티를 알은척하지만 말을 걸거나 다가오는 사람은 없다.

"어쩌다 여기에 오게 됐냐고."

마티는 다시 묻는다. 모르겠다는 듯. 줄스를 찾아다니기 시작한 후 그녀가 한 모든 짓을 이해하지 못하겠다는 듯이 말이다.

"모르겠어요. 그냥 딸을 찾으려는 것뿐이에요."

"너무 불필요하게 느껴져. 이 모든……."

마티는 적당한 단어를 찾으며 헤매다 '갈등'이라는 말과 함께 돌아온다.

"갈등을 쫓아다니는 게 아니에요. 싸움을 찾아다니는 게 아니죠."

"필요한 걸 말해 봐."

"줄스요. 딸이 필요해요."

"우리 주변에는 평화가 필요하지. 평화와 고요. 우리를 보는 이들이 없어야 해."

"이해해요."

"그걸 이해하는데 내 술집에서 아이를 흠씬 두들겨 팬 거야? 그걸 이해하는데 동네를 뛰어다니며 소란을 피워 대고?"

"내 딸 일이에요, 마티."

마티는 재빨리 고개를 휙 돌리며 입술을 오므린다. 마치 완전히 다른 얘기라는 듯, 그는 영어를 하고 그녀는 중국어를 하고 있다는 것처럼.

"이건 뭐랄까, 메리 패트. 질서의 문제야. 모든 것이 예측할 수 있게 돌아갈 때 일이 잘 풀리는 거야. 이 만을 봐."

마티는 주변의 물을 향해 팔을 휘두른다. 플레저만. 둑길로 두른 담, 그것들이 교차하는 곳에 자리한 작은 공원.

"파도가 없어. 놀랄 일도 없지. 저 바깥과는 다르게."

마티는 이제 저 너머 바다를 향해 손짓한다.

"저 밖에는 파도와 저류가 늘상 있지."

그는 별 특징 없는 얼굴을 메리 패트를 향해 돌린다.

"난 대양을 좋아하지 않아, 메리 패트. 만이 좋지. 항구가 좋고."

그들은 갈매기에게 먹이를 주는 여자를 지난다. 여자는 점점이 기름 자국이 묻은 흰 종이봉투에서 딱딱한 빵 조각을 꺼내 새들에게 휙 튀긴다. 새에게 먹이를 주는 사람치고 놀라울 정도로 젊다. 메리 패트보다도 많지 않은 듯하다. 하지만 두 눈은 상실감으로 타오른다. 사랑의 상실, 희망의 상실, 영혼의 상실, 어느 쪽인지 알 수는 없지만 상실감이다. 공포에 질린 갈매기들이 까악거리며 여자 앞에서 공기 중에 발을 디딘다. 그녀에 가까이 가기엔 두렵고 위험을 무릅쓰지 않기에는 너무 배가 고픈 탓이다.

"아무 문제도 일으키지 않을게요."

"자네는 이미 문제를 일으키고 있어."

마티는 바라쿠타 재킷에서 던힐 담배를 꺼낸 뒤 미풍을 등지고 얇은 금빛 라이터로 불을 붙인다. 갈색 머리의 정수리 쪽은 주황빛인 것이 눈에 띈다. 마티가 머리를 염색한다는 걸 알게 되자 메리 패트는 그가 사실은 동성애자가 아닐까 잠시 궁금해진다. 그렇다면 마티 버틀러에 대한 아주 많은 것들이 마침내 이해될 테다.

"문제를 일으키고 있다면 당신에게 문제를 일으키고 싶어서가 아니에요. 딸을 찾고 싶어서죠."

그녀는 조심스럽게 말한다.

"하지만 나와 무슨 상관이지?"

"그 애는 프랭크 투미의 정부였어요."

마티는 뭔가 불쾌한 것을 덥석 베어 문 것처럼 오만상을 찌푸린다. 잠깐 찡그린 얼굴을 바다로 향했다가 약하게 한숨을 쉰다.

"알고 있어."

"마티. 젠장, 알고 있다고요?"

그는 한 손을 귀로 들어 올린다. 마티는 여자들이 비속어를 사용하는 것을 혐오하는 남자다.

"프랭크는 몇 주 동안 당신 딸을 만나지 않았다고 확실히 말했어. 부하들에게 다 물어봤지. 그녀는 프랭크와 어울리지 않았고, 평원에도 오지 않았어."

"그럼 그 애는 어디 있어요?"

"그건 긴급한 문제가 아니야."

"그건 빌어먹을 정도로 긴급한 문제예요."

그는 고개를 젓는다.

"네 딸은 사라졌어. 너 때문에 마음이 아파. 하지만 딸이 어디로든 떠났다고 해서 네가 이 동네에서 하는 내 사업을 뒤엎을 수 없어."

"당신 사업을 막는 사람은 없어요."

"네가 그러잖아. 네가."

그는 목소리를 높이지 않지만, 분명히 더 단호해진다.

"어떻게요?"

"모두 우리를 주시하고 있어. 혐오스러운 버싱이 시작되면 어떨 것 같아? 달에 착륙이라도 한 것처럼 카메라들이 이 동네를 지키고 있을 거야. 그런데 지금 유색 인종 아이가 죽었지. 게다가 네 딸이 그 일에 휘말렸다면? 카메라가 더 모이겠지. 그런데 그 카메라들이 향하면 안 되는 곳이 어딘지 알아? 나야. 그리고 내 것들이 있는 곳이지. 하지만 네가 지금처럼 계속 행동한다면 어떨까, 이쁜이? 그들에게 선택의 여지가 없을까 봐 걱정되는군."

"그냥 딸만 찾으면 돼요."

"그렇다면 찾아. 하지만 내 조직 말고 다른 곳을 찾아봐."

"하지만 조직의 누군가가 당신한테는 말하지 않은 뭔가를 알고 있다면요?"

"누가 감히 그래."

슈거볼에 가까워지자 그곳이 거의 비어 있다는 사실을 깨닫고 메리 패트는 놀란다. 다가오는 그들을 지켜보며 중앙 벤치에 앉아 있는 한 남자뿐이다. 여름날에 슈거볼은 결코 비는 법이 없다. 하지만 지금은 저 사람 외에는 없다.

여기서 죽는 거야? 궁금하다. 내 죄가 벌써 그렇게 큰가?

마티 버틀러가 사람을 없애서 문제를 없앤 것이 처음이 아닐 것이다. 뭐, 다섯 번째도 아닐 것이다. 너무 잘 안다.

둑길의 끝에 다다르자 벤치에서 남자가 일어선다. 본 적이 없는 사람이다. 하얀 터틀넥 스웨터에 파란색 레저 수트를 입고 있다. 갈색 머리는 빗어 넘겨 착 달라붙게 했다. 오른손에는 의사들이 가지고들 다니는 사첼백을 들고 메리 패트를 내려다보며 서 있다. 키가 아주 크다.

마티가 입을 연다.

"여긴 프로비던스에서 온 내 친구야. 루이스라고 부르면 돼. 루이스 손에 저 가방 보이지, 메리 패트?"

그녀는 고개를 끄덕인다. 루이스는 큰 까마귀가 벌레를 노려보듯 그녀를 쳐다본다.

"너한테 그 가방을 주고 싶어. 루이스는 다른 걸 주길 원했지. 네가 일으키는 소란이 내 사업에만 영향을 끼치는 게 아니거든. 루이스의 사업에도 영향이 가고 있지. 그리고 프로비던스에서 함께 일하는 사람들에게도."

"그냥……."

"그냥 딸만 찾으면 된다는 말은 그만해. 단순하지 않아. 너도 알잖아. 루이스는 자기식으로 끝내고 싶어 했지만 내 식대로 먼저 해 보겠다고 설득했어."

루이스는 사첼백을 건넨다.

"열어 봐."

마티의 말에 메리 패트는 한가운데의 걸쇠를 풀고 가방을 비집어 연다. 손이 큰 굴욕감으로 떨린다. 돈이 절반쯤을 채우고 있다. 많이 사용되는 100달러짜리 지폐 더미들로 모두 고무줄로 묶여 있다.

"브라이언은 줄스가 플로리다로 갔다던데."

마티가 말한다.

프로비던스에서 온 남자는 눈을 한 번도 깜박이지 않고 그녀를 응시한다.

"브라이언은 그 사실을 꽤 확신하고 있어."

"아닐지도 몰라요."

메리 패트는 간신히 입을 연다.

"아. 하지만 바로 그 지점에서 믿음이 필요해. 너를 대신해서 네 친구들이 딸애를 찾았어. 사람들은 그 친구들에게 거짓말을 하지 않지. 그런데도 딸을 찾지 못했어. 그러니 이 지역에서는 딸애가 발견되지 않으리라는 말을 믿어야만 해. 하지만 내가 요구하는 건 믿음만이 아냐. 직접 증명해야 해."

"어떻게요?"

"가방의 돈을 받고 그 돈으로 플로리다로 날아가. 좋은 호텔에 묵으면서 딸을 찾으라고. 그 정도 돈이면 거기서 몇 년은 지낼 수 있을 거야."

루이스는 담배에 불을 붙이며 그 불꽃 사이로 그녀를 자세히 살핀다.

마티는 그녀 앞에 서 있다. 두 눈은 아주 고요하다.

"나는 루이스를 우리가 왔던 길 그대로 데려다줄 거야. 넌 잠시 여기서 생각을 가다듬고 최종 결정을 해. 가방을 갖겠다고 결정하면 몸 성히, 그리고 내 축복 속에 그 내용물을 사용해 주기 바라지. 가방을 돌려주겠다고 결정한다면 어디서 날 볼 수 있을지 알 거야. 어떤 결정을 내리든 우리가 논의한 이 주제는 절대 다시 거론하지 않을 거야. 이해하나?"

메리 패트는 자신이 말할 수 있다고 믿지 않는다. 가까스로 고개
만 끄덕인다.

"그렇다면 서로 이해한 거지, 이쁜이."

마티는 그녀의 어깨를 한 번 꽉 쥔 후 루이스와 함께 둑길을 다시
걸어 육지로 향한다.

소리가 닿지 않을 만큼 그들이 멀어지자 메리 패트는 얼굴을 죄
던 것을 멈춘다. 담즙 덩어리 같은 것이 목구멍 뒤쪽을 떠나 입 밖
으로 새어 나온다. 그녀는 흐느낀다. 메리 패트는 지폐 위로 눈물을
흘리며 가방 속 돈을 내려다본다.

그리고 그녀는 딸이 죽었다는 것을 안다.

그녀는 딸이 죽었다는 것을 안다.

11

보비 코인과 빈센트 프리처드는 차를 몰고 사우디를 지나고 있다. 여기 윌리엄슨이 마지막으로 살아 있던 밤과 관련하여 마지막 (지금까지는) 목격자를 인터뷰하러 가는 길이다. 셰이머스 리오단이라는 이름의 타워 크레인 기사는 자기 점심시간에 서머가(街)에 있는 보이드 컨테이너 부두에서 그들을 만나기로 동의했다.

사우디로 건너가는 순간 달라진 공기를 느낀다. 보비는 여기서 남쪽으로 불과 몇 킬로미터 떨어진 도체스터에서 자랐는데, 전부 백인으로 아일랜드계가 교구의 주를 이루는 곳이다. 보비 생각으로는 미국 대부분 지역에서는 민족적 특성이 동일한 두 거주지가 몇 킬로미터 떨어졌다고 해서 문화적 차이가 대단히 심해지지는 않을 것 같다. 하지만 경계를 넘어 사우디로 갈 때면 미지의 부족이 사는 열대 우림에 진입하는 듯한 느낌이 든다. 특별히 적대적이지도 않고 거기 사람들의 본성이 위험한 것도 아니다. 하지만 속내를 이해하기가 힘들다.

차를 몰고 브로드웨이를 지날 무렵 버스에서 내린 한 젊은 남자가 돌아서서 그 버스를 타려고 기다리던 노파를 돕는 광경이 보인다. 보비는 지금껏 자그마한 할머니들이 길을 건널 때든 웅덩이나 구덩이를 피하려 할 때든 식료품을 들고 걸을 때든 묵주와 축축한 휴지로 빼곡한 가방에서 차 열쇠를 찾을 때든 그들을 도와주는 사람들을 본 적이 없다.

여기에선 모두가 모두를 안다. 길을 가다가 서로를 멈춰 세우고 각자의 배우자와 아이들, 사촌의 손자까지 안부를 묻는다. 겨울엔 함께 인도의 눈을 치우고, 힘을 모아 눈에 갇힌 차를 밀고, 언 길에 뿌릴 소금이나 모래주머니를 아낌없이 나눈다. 서머타임엔 현관 테라스와 계단, 인도에 쭉 늘어선 접이식 의자에 삼삼오오 모여 시답잖은 소리를 지껄이고, 신문을 맞바꾸고, WHDH 채널에서 보스턴 레드삭스 야구팀의 경기를 알리는 네드 마틴의 목소리를 듣는다. 맥주를 수돗물처럼 마셔 대고, 자정이 되면 담뱃갑이 자폭해 버리기라도 할 것처럼 담배를 피워 대고, (길 건너에서, 자동차에서 또는 자동차로, 멀리 떨어진 창문에서) 서로를 불러 댄다. 조급함이 미덕이라는 듯 말이다. 성당을 사랑하지만 사실 미사는 좋아하진 않는다. 그들을 겁주는 강론을 좋아할 뿐이다. 공감에 호소하는 것은 전부 불신한다.

여기 사람들은 모두 별명을 가진다. 제임스는 그냥 제임스일 수 없고, 짐이나 지미, 짐보, 제이제이여야 한다. 심지어 탠트럼인 예도 있다. 설리번은 너무 많아서 설리로는 충분하지 않다. 지난 몇 년간 보비는 이곳을 숱하게 들락거리면서 설리1, 설리2, 늙은 설리, 젊은 설리, 하얀 설리, 탄 설리, 곰빼기 설리, 설리 코, (끝장나게 거대한) 작은 설리를 만났다. 지퍼헤드, 당구대, 고기찜, 불알 주머니(탄 설리의 아들)라고 불리는 사내들도 있었다. 도둑질, 동전 가방, 드라노, (시각 장애인인) 분홍 눈, (다리를 저는) 레그시, (양손이 없는) 핸드시와도 마주쳤다.

남자들은 전쟁 후유증을 겪는 듯이 아득한 곳을 멍하니 바라보고 여자들은 반항적인 태도를 보인다. 모두의 얼굴은 지금껏 본 그 어떤 페인트보다 더 하얗다. 그 표면 바로 아래에는 여드름으로 변하기도 하고 아니기도 한, 아일랜드인에게 영원할 특유의 분홍 색소가 뿌려져 있다.

보비는 이보다 더 친절한 사람들을 만나 보지 못했다. 그들이 친절함을 잃게 되기 전까지는 말이다. 친절함이 사라지는 순간 그들은 당신의 거지 같은 두개골을 벽돌벽에 처박기 위해서라면 자기 할머니도 치고 지나갈 사람들이다.

충성과 분노, 형제애와 불신, 자비와 증오, 이 모든 게 어디서 왔는지 보비는 알지 못한다.

하지만 삶에 의미가 있기를 바라는 인간의 근본적인 욕구와 관련이 있을 것 같다는 생각이 든다. 보비는 1940년대와 1950년대의 아이다. 보비의 기억으로는, 그땐 사람들이 자기가 누구인지 알았던 것 같다. 일말의 의심 없이.

이후 줄곧 '의심 없이'라는 말이 보비를 괴롭혀 왔다. 그가 베트남을 짓밟는 동안. 약물과 춤추는 동안. 흑인 공동체의 중심지인, 록스버리와 마타펜, 에글스턴 광장과 업햄스 코너에서 순찰대로 일하는 동안.

보비는 의심하고 싶다. 의심할 필요가 있다. 한번은 사이공의 한 클럽에서 친구라고 생각했던 베트남 창녀가 다가오더니 이에 붙여 둔 면도날로 그의 목을 자르려고 했다. 아냐. 젠장, 아니야. 가슴속에서 나지막이 절규하는 목소리를 인지한 마지막 찰나까지 보비는 그녀가 키스하려고 몸을 숙인다고 생각했다. 무릎에서 그녀를 떼어 내면서도 보비는 그녀에게 기묘한 동정심을 느꼈다. 만약 보비가 베트남 술집 여자였다면 역시 그도 자기를 요절내고 싶었을 것이다.

창밖에 보이는 사우디의 브로드웨이 거리는 비슷비슷한 흰빛으로 북적거린다. 터질 듯한 흰 티셔츠를 입고 머리까지 근육으로 찬 듯한 백인 세 명이 약국에서 나와 백인 노부부가 앉아 있는 벤치를 지나고, 백인 엄마는 유모차에 백인 아기를 앉힌다. 시끌벅적한 여학생 무리가 백인 소년이 쓸쓸한 표정으로 앉아 있는 우체통을 지나며 달린다. 그 사람들 앞뒤로 다른 백인들이 배경을 이룬다. 후에에서 백인 남자와 잔 사실이 알려져 이제 마을로 돌아갈 수 없다던 한 직업 댄서가 생각난다. (댄서와 잔 그 백인은 보비가 아니었다. 보비보다 훨씬 전이었다.) 백인 남자와 잤다는 이유로 멸시당할 수 있다는 생각은 충격이었다. 보비가 온 곳에서는 씨발 말이 안 되는 일이었다. 그녀에게 그렇다고 말해 주면서 보비는 이렇게 덧붙였다.

"우린 문제를 해결하는 사람들입니다. 그래서 여기 온 거죠."

보비의 직업 댄서, 까이는 말했다.

"사람은 외톨이가 되어야 해요."

그게 핵심인가? 보비는 창밖으로 브로드웨이 거리를 내다보며 궁금해한다. 다른 사람들을 그냥 혼자 두어야 한다는 게?

셰이머스 리오단도 그렇게 생각하는 듯하다. 보이드 컨테이너 부두에 있는 트레일러 휴게실에서 만났을 때 그의 입에서 나온 첫 마디가 그거다.

"날 그냥 내버려 두면 안 됩니까?"

셰이머스 리오단은 사우디 출신이다. 이 일이 쉽지는 않을 것이라는 뜻이다. 당연히 보비와 빈센트를 제법 난감하게 만들 것이다.

"그날 밤 승강장에는 왜 있었습니까?"

보비가 묻는다.

"집에 가는 길이었소."

"어디에서요?"

빈센트가 묻는다.

"밖에서."

"밖 어디죠?"

보비는 궁금하다.

"집 밖이오."

"그러니까 집 밖에 계셨다는 거군요. 구체적인 장소는요?"

보비는 쾌활하게 말한다.

"그렇소."

셰이머스가 팔짱을 낀다.

"어딥니까?"

"구체적으로?"

"네."

"내가 있었던 곳이 어딘지 알잖소."

"모릅니다."

"어떤 사람과 같이 있었소."

"친구하고요?"

"당연하지."

"이봐요! 개소리는 집어치우죠?"

빈센트가 말한다.

빈센트는 곧 터질 것같이 군다. 자기가 존중받을 자격이 있다고 증명하고 싶어 안달복달하는 많은 남자가 흔히 그렇듯 빈센트는 누가 자신을 존중하지 않는 것 같으면 관용을 거의 베풀지 않는다. 이 때문에 빈센트는 많은 싸움에 휘말렸고, 지난 18개월 동안 지나친 폭력을 행사했다는 것을 이유로 진정서를 두 번 받았다. 그런 그가 상대적으로 젊은 나이에 위계가 가장 높은 강력계에 왔다는 것은 불가사의한 진급을 거듭했다는 뜻이다. 즉, 해당 부서에서 큰 영향력을 행사하는 누군가와 연결되어 있다는 뜻이다. 달리 설명할 길이 없다. 누군가의 조카이거나 누군가의 사촌이거나 누군가의 노리개다.

하지만 빈센트는 나쁜 경찰 역할은 잘하지 못한다. 개 같은 경찰이나 투덜대는 경찰, 당혹스러운 10대 아들 같은 경찰 역할을 더 잘한다.

셰이머스 리오단의 미소가 싹 걷힌다.

"뭘 집어치워?"

"개소리 말입니다."

빈스는 담배에 불을 붙이고는 콧구멍으로 잿빛 연기를 내뿜는다. 20대 후반 남자의 평균보다 코털이 더 많은 이유다.

셰이머스 리오단은 보비를 쳐다본다.

"내가 용의자요?"

"전혀 아닙니다."

"잠재적 목격자일 뿐, 맞소?"

"그렇습니다."

"그러니까 이 등신 새끼의 태도가 마음에 들지 않으면 그대로 나가서 크레인을 타고 다시 올라가도 되는 거요?"

보비는 나서려는 빈센트의 가슴을 한 손으로 막아 저지한다.

"그렇습니다."

셰이머스 리오단은 엿 먹으라고 말하는 듯한 시선으로 빈센트를 노려본다.

"그렇다면 그 개 같은 태도를 어떻게 해야 할 거야, 서피코 형사."

빈센트는 갈팡질팡한다. 자기 우상(청렴결백한 서피코가 그의 우상이 아니다. 그는 그 역할을 맡았던 알 파치노의 스타일을 좋아한다)과 비견됐다는 사실에 좋아할지, 아니면 모욕을 받았다는 사실에 집중할지. 보비는 셰이머스 리오단이 후자를 노렸다고 확신한다.

빈센트는 전자로 기운다.

"그쪽 태도나 신경 쓰시죠, 밴댕이 소갈딱지."

셰이머스는 보비에게 씁쓸한 눈웃음을 지어 보인다. 마치 이렇게 말하는 듯하다. 요즘 애들이란, 그렇지 않소?

보비는 담배에 불을 붙이더니 셰이머스에게도 담뱃갑을 내밀며 권한다. 셰이머스가 한 개비 뽑아 들자 보비는 그 담배에 불을 붙여 주고, 빈센트의 담배에도 불을 붙여 준다. 갑자기 모두 친구가 된다. 인터뷰를 마치면 바로 함께 술집에 갈 태세다.

"기차에서 내릴 때쯤엔 상황은 이미 끝난 상태였소."

셰이머스가 말한다.

"말씀하시죠."

보비가 말한다.

"아이 넷이……."

"백인이요?"

"그래요."

"남자입니까, 아니면 여자입니까?"

"남자애 둘하고 여자애 둘이었소. 도심행 열차는 막 떠났고 애들은 승강장 가장자리에 서 있었소. 남자애들은 서로 고함을 질러 댔는데, 한쪽이 다른 쪽을 저능아라고 부르더군. 여자애 하나는 음, 비명만 질렀지. 완전 정신 나간 사람처럼 말이오. 그러다 다른 여자애한테 뺨을 맞고 입을 다물었소."

이제 보비와 빈센트는 그날 밤의 타임라인을 구성한다. 다른 목격자들의 도움도 있었다.

1. 어기는 역 안으로 몰이당한다.
2. 어기는 십자형 개찰구를 뛰어넘는다.
3. 백인 아이들 네 명이 어기를 쫓아 바로 개찰구를 뛰어넘는다. 아직 신원이 확실히 확인되지 않았지만, 조지 던바, 럼 콜린스, 브렌다 모렐로, 줄스 페네시로 추정된다.
4. 도심행 열차가 역에 진입할 때 어기는 승강장을 달리고 있다.
5. 아이들은 그를 쫓는다.
6. 한 백인 남자아이가 "그냥 얘기나 하자니까."라고 외친다.
7. 한 백인 여자아이는 "깜둥이치고 느리네."라고 외친다.

8. 한 아이가 맥주병을 던진다. (어느 쪽인지 아는 사람 없음.)

9. 오른발에 맥주병이 떨어지자 어기가 돌아본다. 발이 엉킨다.

10. 역으로 열차가 들어온다.

11. 어기 윌리엄슨은 비틀거린다.

12. 한 아이(여자)가 "엉뚱한 동네에 들어왔어."라고 고함지른다.

13. 쿵. 목격자 다섯 명 모두 쿵 소리를 들었다. 충격으로 인한 소리, 물체와 인간이 충돌하는 소리. (반면 술을 마시고 근무했을 가능성이 있고 1년만 있으면 연금을 받게 될 기관사는 정확히 보고 들은 게 아무것도 없다고 주장한다.)

14. 어기는 제자리에서 빙그르르 돌다 승강장에 쓰러져 움직이지 않는다.

이후로는 앞서 만난 목격자 다섯 명 전부 기억이 흐릿해졌다. 승강장에 있던 아이 넷은 시끄럽고 난폭했다. 실수로 눈이라도 마주쳐서 이 일에 말려들고 싶지 않았다. 엉뚱한 동네에 들어왔다는 소리를 들을 다음 사람이 되고 싶지 않았다.

그래서 그들은 시선을 피했다.

셋은 승강장을 떠나 역에서 나와 택시를 잡았다.

둘은 셰이머스 리오단을 태우고 도착했던 교외행 열차를 기다렸다. 들어오는 열차의 불빛이 보일 때까지 선로에만 집중했다. 네 아이가 자기들이 쫓던 아이에게 무슨 짓을 하는지 돌아보지 않았다.

교외행 열차가 도착했고, 두 목격자는 올라탔다.

셰이머스 리오단은 내렸다. 밤 12시 20분에 열차에서 내린 유일한 승객이었다.

"그때 그 다섯을 봤소."

"네 명 말씀이시죠?"

"그들 넷하고 깜둥이 아이."

"잠깐. 뭐라고요?"

보비가 말한다.

"백인 아이 넷과 흑인 말이요. 4 더하기 1은 5 아니오."

"하지만 그때쯤이면 흑인 아이가 승강장에서 떨어졌을 텐데."

셰이머스 리오단은 눈을 가늘게 뜬다.

"그 애들 발치에 누워 있었소."

"기차가 역을 떠난 뒤였습니까?"

"그래요."

"지어낸 얘기 아니죠?"

빈센트가 말한다.

"염병, 누가 그딴 걸 지어낸답디까? 당신 부모는 씨발, 지체아가 아닌 아이는 못 키우나?"

보비 코인은 빈센트가 곧 폭력을 휘두를 작정인지 지켜보지만 지금의 그는 중성화된 개나 다름없다. 셰이머스가 이보다 훨씬 더 많은 욕을 해도 배를 긁어 달라고 발라당 누울 것만 같다.

"그러니까, 기차는 떠났고 아이들이 지켜보며 서 있는 가운데 피해자가 아직 승강장에 있었다는 겁니까?

보비가 묻는다.

"그렇소."

"그 뒤에는요?"

셰이머스의 두 눈이 툭 튀어나온다.

"젠장, 모르오. 시체를 지켜보며 서 있는 사람 넷을 보고도 꾸물거
렸으면 이 망할 동네에서 마흔셋까지 살아남지 못했을 거요."

"그럼 죽어 있었다는 겁니까?"

"그렇게 말하진 않았소만."

"'시체'라고 했잖습니까."

"말하자면 땅에 누워 있는 사람이라는 거요. 양옆으로 약간 움직
이고 있었소. 그 정도는 알아볼 수 있었지. 그러고 난 떠났어요."

"하지만 승강장 위에서 그랬다는 말씀이시죠."

"몇 번을 말해야 하오? 외국어라도 배우는 거요? 젠장, 모른다고.
네덜란드 말이라도 해 줘요? 그 사람은 승강장 위에 있었어요. 이
리저리 조금씩 구르면서. 잠깐, 구른 건 아니었소. 차라리…… 퍼덕
거린 거에 가까웠지. 낚싯바늘에 걸려 막 물 밖으로 나온 물고기 같
달까."

그는 어깨를 으쓱한다.

빈센트가 셰이머스 리오단을 빤히 쳐다본다.

"어떤 물고기였죠?"

"까만 대구."

셰이머스가 대답하고는 빈센트와 함께 배꼽을 잡고 웃는다.

이게 처음은 아니다. 뭐, 한 여든 번째는 될까. 보비가 지금껏 인
간에 대한 증오심을 느낀 순간 말이다. 애초에 하느님이 인간을 창
조한 것이 그분의 용서할 수 없는 큰 죄악이 아닐까 싶다.

"그러고 나서 당신은 역을 떠났습니까?"

셰이머스 리오단의 웃음소리가 잦아든다.

"그래요, 떠났소."

"그리고 한 아이가 죽었죠."

셰이머스 리오단의 두 눈에서 뭔가가 포착된다. 어쩌면 부끄러움 한 조각일 수도. 아니, 보비가 그냥 그렇게 보고 싶었던 것일지도 모른다.

다음 숨에 어깨를 으쓱하며 셰이머스가 이렇게 말했으니까.

"내 아이가 아니었소."

12

퇴근한 보비는 강도 사건을 담당하는 형사 둘과 제이제이 폴리스에서 탄산수를 몇 잔 마시고 터틀가(街)의 집으로 향한다. 보비는 누이 다섯과 신부가 되려다 실패한 형제인 팀과 함께 살고 있다. 코인 남매는 아무도 결혼하지 않았다. 셋은 결혼했지만 이혼했는데, 보비도 그중 하나다. 둘은 결혼식장에 가까이 가기는 했지만 성공하지는 못했다. 나머지 둘은 누군가를 오래 사귀어 본 적도 없다.

코인 가족의 친척들과 사돈들(맥도나우가(家), 도넬리가(家), 커니가(家), 멀린가(家)), 그리고 이웃들에게는 이 사실이 엄청난 미스터리다. 보비의 누이 중 몇은 정말로 아름다웠고, 그렇지 않더라도 뭐어쨌든 젊긴 했기 때문이다.

코인의 집은 제멋대로 뻗어 나가는 구조의 빅토리아식 단독 주택으로 터틀가에서 아직까지 단독 주택으로 남아 있는 마지막 집들 중 하나다. 첫 반세기에 치러진 큰 전쟁들을 겪는 사이에 아일랜드계 대가족을 위해 지어진 집들은 대부분 두 세대로 개조되었고, 일부는 다세대 건물로 잘게 쪼개졌다. 하지만 코인의 집은 아니다. 가족들 모두 여기에서 자라며 삐걱거리는 소리에 익숙해지고, 어디에 숨으면 좋을지 알아 가고, 무정한 겨울밤의 가슴앓이를 처음 경험하는 동안 코인의 집은 예전의 모습을 그대로 유지하고 있다.

주방 식탁에 낸시와 브리짓이 밤마다 마시는 하이볼을 껴안듯이 들고 앉아 담배를 피우고 있다. 낸시는 팔리아멘트, 브리짓은 켄트를 피운다. 보비는 냉장고에서 꺼낸 맥주와 깨끗한 재떨이를 집어 들고 같이 앉는다. 도시 계획 부서에서 일하는 낸시는 시내에서 응급실 간호사로 일하는 브리짓에게 동료에 대한 험담을 늘어놓고 있다. 낸시는 40대 초반의 나이에도 여전히 절세미인이고, 벽의 페인트와도 조잘댈 사람이다. 반면 브리짓은 온순하고 소심하며 일하지 않을 때는 계속 취한 상태로, 하루에 한 문장이나 말할까 말까 한다.

낸시는 펠릭스라는 사람과 휴게실의 커피메이커에 관한 불평을 마치고 보비에게 휙 눈길을 던진다.

"마이클, 너 살 빼야 할 것 같은데. 안 그래, 브리지?"

브리짓은 자기 무릎을 내려다본다.

"이렇게나 불친절하게 사람을 맞아 준다고?"

보비는 맥주 캔을 딴다.

"네가 장수했으면 좋겠어서."

"언제는 너무 말랐다며."

"그건 헤로인 때문이었잖아."

깜짝 놀란 브리짓이 '오' 하는 소리를 내뱉는다.

"어, 비밀은 아니잖아!"

"사실 그렇긴 하지."

"바깥에서는 몰라도 여기선 괜찮아."

낸시가 창문을 향해 손을 흔든다.

클레어가 진입로 쪽 옆문으로 들어와 우산을 고리에 건다.

"뭐가 여기선 괜찮다는 거야?"

"마이클이 겪었던 문제 얘기 중이야."

"마약?"

클레어는 붉은 병의 코르크 마개를 열어 잔에 따른다. 그러고는 보비 뒤로 돌아가 그의 머리에 살짝 입을 맞추고는 자리에 앉는다.

"응, 마약 문제. 우리가 얘기라도 하고 다닐 것 같나 봐."

"우리가 왜?"

"그렇게 말한 사람 없어. 그냥 그 얘기 불편하다는 거지."

"넌 완전 영웅이야."

클레어가 말한다. 브리짓이 눈을 부릅뜨고 단호하게 고개를 끄덕여 보비는 감동한다.

"세상에 헤로인을 끊는 사람이 몇 명이나 있겠어."

"그러는 사람이 거의 없긴 하지."

"하지만 넌 해냈어."

클레어는 보비를 향해 잔을 들어 올리고는 마신다.

"그냥 살 좀 빼라는 말이었는데 대화가 이렇게 흐르네."

낸시가 말한다.

"뭔 말이야?"

보비가 말한다.

"애 좀 봐. 화내네."

"화내는 거 아냐."

"응, 맞아."

"세상에."

"내 말이 맞아. 화내고 있잖아."

보비는 한숨을 내쉬며 클레어에게 하루가 어땠는지 묻는다.

"곧 진짜 거지 같은 일이 떼거리로 닥쳐올걸. 아직 아무도 모르는 것 같지만."

클레어는 와인 잔으로 식탁에 작게 원을 그리며 말한다.

그녀는 사우디에 있는 광역구 위원회의 경찰 막사에서 총무로 일한다. 광역구 위원회 소속 경찰들은 해변과 공원을 담당한다. 공공주택 단지에서 일어나는 범죄는 도시 경찰의 몫이다. 그런 탓에 도시 경찰들은 대부분 광역구 경찰들을 약골이라고 생각하지만, 보비는 예전부터 그들이 사우디의 일거수일투족을 알고 있는 정보통이라는 사실을 알고 있었다.

"버싱 때문에?"

보비가 묻자 클레어가 고개를 끄덕인다.

"듣기 싫은 얘기들이 들려. 험악한 폭동이 크게 일어날 거 같아."

"지나갈 거야."

보비는 희망을 좀 가지려고 그렇게 이야기한다.

"안 그럴 것 같은데. 너 그 유색 인종 애 죽은 사건 수사 중이지?"

클레어가 묻는다.

"맞아."

"마약상이었어?"

궁금해하는 낸시에게 보비는 고개를 젓는다.

"음, 걘 거기서 뭘 하고 있었대?"

"차가 고장 났어."

"관리를 더 잘했어야지."

"아하, 그래서 그 애 잘못이다."

낸시의 말에 클레어가 눈을 치켜뜨며 말한다.

"그 애 잘못이라는 게 아니야. 그냥 자기 차 관리를 더 잘했다면 그게 고장 나지 않았을 거고 걔가 죽지도 않았을 거라는 말이지."

"그 애 잘못이라는 말처럼 들리는데."

"정확히 그 반대야!"

클레어는 보비에게 몸을 돌린다.

"곧 범인을 체포할 거지?"

"아직 중요한 단서를 잡지 못했어. 누가 범인인지에 대해서는 제법 확신이 있어. 하지만 알다시피 뭔가를 아는 것과 증명하는 것은 많이 다르잖아."

"음, 첫 등교일 즈음해서 사우디의 백인을 체포할 거면 미리 알려줘. 이 도시가 곧 펑 터질 거거든."

그녀는 잔에 와인을 다시 채운다.

"모르겠어."

보비는 갑자기 피곤해진다.

"뭘 몰라?"

업햄스 코너의 공공 도서관에서 퇴근해 현관의 홀에서 부엌으로 들어오던 다이앤이 묻는다. 그녀는 바로 스토브로 가 주전자를 올리고 차를 마실 준비를 한다.

"컬럼비아역에서 죽은 애 얘기를 하고 있어."

낸시가 말한다.

"진상은 알아냈어?"

다이앤이 보비에게 묻는다.

"응."

"마티 버틀러네 패거리랑 관계있다던데."

클레어가 말한다.

"그렇다기보단 그쪽 패거리에 끼고 싶어 하는 쪽에 가깝지. 하지 만……."

보비는 잠시 조지 던바를 떠올린다.

"만약 마티 버틀러 본인이 여기에 개인적인 관심을 보인다면 분 명히 골치 아프겠지."

버틀러 패거리로부터 돈을 받는 경찰들이 많다. 지역 경찰이든 주 경찰이든 말이다. 부패하지 않은 경찰들조차 그런 사람들(혹은 확실히는 알기 힘들어도 그럴 가능성이 있는 사람들)을 거스르거나 고 발하기 꺼린다. 마티 버틀러나 그 부하들을 대상으로 수사를 진행 하다 보면 증거는 사라지고, 증인들은 갑자기 기억 상실증에 걸리 며, 공개 법정에서는 기소가 빠르게 기각되곤 한다. 그리고 그 중심 에 있던 경찰들은 강등되거나 경질된다. 버틀러 패거리를 상대할 거라면 절대 실수해서는 안 된다. 생활비, 은퇴 후의 연금, 집 같은 자그마한 것들을 좋아한다면 말이다. 아주 개 같은 일이다.

클레어는 다른 형제들과는 달리 경찰 문화를 속속들이 안다. 그 녀는 보비의 손을 토닥인다.

"조심해. 그 누구의 목숨도 너 자신의 목숨보다 귀하지 않아."

보비는 그 반대가 사실임을 증명하려고 14000킬로미터 떨어진 나라에서 전쟁을, 좋게 봐 줘서 '국제 평화를 위한 국지적 군사 행동'을 치렀다.

"그리고 넌 브렌던 생각을 해야 해."

낸시는 항상 제일 먼저 정곡을 찌른다.

브렌던은 보비의 아홉 살 난 아들이다. 평일에는 엄마와 살다가 주말에 이곳에 와서 아빠와 살짝 정신이 없지만 그에게 애정을 퍼 붓는 고모 다섯 명, 그리고 점잖고 음울한 성격의 낙제한 신부인 팀 삼촌과 48시간을 보낸다. 아들이 세상에 나오기 전 사랑에 관해 가졌던 이러저러한 생각을 모두 거스를 정도로 보비는 브렌던을 사랑하게 되었다. 이성적인 사고가 불가능할 지경이다. 다른 모든 사람과 사물, 꿈보다도 그 아이를 더 사랑한다. 심지어는 자기 자신과 그가 지닌 모든 것보다도 더.

"경찰을 공격할 만큼 미친 인간은 없어. 마티 버틀러라고 해도 말이야. 설사 그렇게나 미쳤다고 하더라도 경찰의 자식한테까지 손대지는 못할걸. 살아서 다음 날 해를 보고 싶다면 말이지. 그런 거지 같은 생각은 어떻게 하는 거야, 낸시?"

실수를 절대 인정하지 않는 성격인 낸시는 몸을 돌린다.

"물리적인 공격 말고, 마이클. 네 직업하고 연금을 잃는다는 얘기지. 그렇게 되면 너랑 결혼했던 그 위험한 젖소가 우리와 브렌던의 주말을 어떻게 하겠어?"

"타당한 의견이야."

다이앤이 그렇게 말하고 브리짓마저 동의한다.

보비의 가족은 거의 보비만큼 그의 아들을 사랑한다. 팀은 괴로움의 안개에서 표류하는 듯이 굴고, 보비가 지금까지 본 중에서 가장 읽기 난해한 사람인데도 주말에는 눈에 띄게 밝아진다. 브렌던이 유일한 팀의 조카여서 그런 것이 아니다. 브렌던은 놀라운 아이다. 아홉 살인데 사려 깊고 공감 능력이 있으며 호기심이 엄청나고 정말 재미있고 따뜻하다. 이 혈통이 가진 가장 좋은 특성들은 어떻게든 물려받았지만 좋지 않은 것은 물려받지 않았다는 듯이. 적어도 아직은 말이다.

누이들은 이렇게 말하곤 했다. '섀넌이 독차지하지 않았기 때문이야.' 하지만 사실은 섀넌이 좋은 엄마여서다. 아내로선 끔찍하고 딸이나 형제로선 추천받지 못하겠지만 엄마로서는 아들을 사랑하며 양육에 헌신하고 있다. 그녀는 평생 그 어떤 것에도, 그 누구에게도 그렇게 헌신한 적이 없을 것이다.

"직업이든 연금이든 아이든 잃지 않아."

보비는 즉각 누이들에게 말한다.

"마티 버틀러를 건드리지 않는 한은 말이지."

"그 쓰레기는 범죄자야. 난 경찰이고."

"여기저기 연줄이 많은 범죄자지."

클레어가 상기시킨다.

마크 버틀러는 경찰들하고만 좋은 관계를 유지하는 게 아니다. 판사들은 물론이고 하원 의원이나 주지사도 한 명쯤은 알고 지내는 듯하다. 만약의, 아주 만약의 이야기이긴 하지만 어둠 속의 소문에 따르면 연방 법 집행 기관 사람 대여섯에게도 입김을 불어 넣을 수 있다고 한다. 마티나 그 패거리에 불리한 증언을 하려던 증인들이 지난 몇 년간 너무 많이 실종되거나 살해당했다. 신원이 철저하게 보호되고 있는 상태였는데도 말이다.

보비는 모두에게 장담한다.

"알아. 지하철역으로 어기 윌리엄슨을 몰았던 건 애들이었어. 게다가 뭘 봐도 1급 살인 같지는 않아. 과실 치사 이상은 아닐 거야."

그는 주먹으로 가리고 하품한다. 진이 다 빠졌다.

"난 자야겠어, 숙녀분들."

보비는 맥주 캔을 쓰레기통에 집어넣고 모든 누이의 뺨에 입을 맞춘 뒤 침대로 향한다.

몸을 씻은 뒤 보비는 창가에 앉아 담배를 피우며 밤을 내다본다. 누이들에게 했던 말은 진실이었다. 어기 윌리엄슨의 사망을 초래한 애들이 무슨 대단한 감옥 생활을 하게 되는지 모르겠다. 그 사실을 자각하자 갑작스럽게 지쳐 버린 것이다.

보비는 안치실에서 레지널드 윌리엄슨과 칼리오페 윌리엄슨이 아들의 신원을 확인할 때 참관했다. 그들은 울부짖거나 흐느끼지 않았다. 각자 금속 테이블 양옆에 서서 그 위에 누워 있는 아들의 한쪽 팔을 쓸어내렸다. 레지널드는 왼쪽, 칼리오페는 오른쪽. 그런 다음 뺨도 똑같이 쓸어내렸다. 부부는 손을 그대로 아들의 얼굴 위에 두었다. 레지널드는 말했다.

"사랑한다, 아들아."

그리고 칼리오페가 말했다.

"우린 항상 너와 함께 있단다."

보비는 부모가 죽은 자식의 신원을 확인하는 모습을 많이 봤다. 얼마 전부터는 그런 모습을 보고 있어도 괴롭지 않아졌다. 하지만 윌리엄슨 부부가 아들을 바라보던 모습, 마치 저세상으로 건너가는 여정에 나선 아들에게 온기가 전해질 거라는 듯 아들의 팔과 얼굴을 어루만지던 모습이 거의 온종일 머릿속에서 떠나지 않았다.

흑인 아이 네 명이 백인 아이 한 명을 열차가 지나는 곳으로 몰았다면 사형을 받을 것이다. 탄원서를 제출한다 해도 잘 받아 봤자 최소 20년형이다. 하지만 여기 윌리엄슨을 열차로 몬 아이들은 5년형 이상 받지 않으리라는 것을 안다. 끽해야 그렇다.

보비는 종종 이런 차이에 질리다 못해 죽을 지경이 된다.

보비는 담배를 다 피우고 침대에 눕는다.

눈을 감으니 죽은 아들의 맨 팔을 아주 천천히 쓸어내리는 레지널드와 칼리오페의 손바닥이 보인다.

처음 트림을 시키고 기저귀를 갈아 줄 때는 20년 후에 그 아이의 삶이 끝나리라고는 상상조차 못 했을 것이다.

보비는 태어나서 지금까지 두 사람을 죽였다. 둘 다 아마 열여덟 살을 넘지 않았을 것이다. 그중 하나는 열다섯이나 열여섯 남짓으로 보였지만 확실히 알 방법은 없다. 같은 날, 베트남에서 기지 주변에 있던 덤불에 고엽제를 뿌리던 중에 일어난 일이었다. 베트콩은 숲에 숨었다. 그들은 숲에서 먹을거리를 수확했다. 그래서 엉클 샘(미국 정부—옮긴이)는 보비의 소대를 남베트남 소속 소대와 함께 파견해 기지 주변의 시골에 독을 뿌렸다. 그들은 수동식 분무기와 살포 트럭을 썼다. 더 먼 남쪽에서는 헬리콥터를 사용했다. 언젠가 비행기에서 독을 살포할 계획이 있다는 소식도 들었다.

아이들은 길 양쪽의 덤불에서 튀어나왔다. 네모난 머리에 깡마른 녀석들로, 하나는 소총을, 다른 하나는 자기 키보다 큰 칼을 쥐고 지금 이렇게 하지 않으면 죽는다는 듯 총을 쏘고 칼을 휘둘렀다. 사실 나중에야 정말로 그랬다는 걸 알았다. 보비는 M14 소총으로 한 녀석의 얼굴을 날렸지만 곧바로 다른 녀석이 그를 들이받았다. 그 녀석은 빌어먹을 마체테 칼을 가지고 있었지만 보비가 쓰러질 때까지 칼을 쓸 생각도 못 했다. 보비는 녀석의 복부에 45구경 총구를 대고 두 번 발사했다. 그렇게 그 아이의 식도를 갈가리 찢어 놨다. 총알들이 소년의 몸속을 거칠게 관통하는 동안 보비는 그 눈을 들여다보고 있었다. 소년이 죽고 나서도 몇 초 동안 보비는 그 눈을 들여다보며 생각했다. 나한테 부딪히기 전에 마체테를 쓰지 않은 이유가 뭐지?

베트콩이 아직 어떻게 해야 할지 모르던 시절이었다. 그날 아침 보비와 동료들은 열다섯 명을 죽였는데, 그게 거기 있던 무리 전부였다. 시체들은 그 뒤로 길에 널브러져 있었다. 드러난 가슴뼈를 보면 몇 달 동안 누구도 배불리 먹지 못한 게 분명했다.

그 열다섯 명 중 두 명은 매사추세츠주의 도체스터 출신인 마이클 '보비' 코인 상병을 죽이려고 했기 때문에 죽었다. 하지만 진짜 이유는 그들이 방해가 되었기 때문이었다. 이익에. 철학에. 그걸 만든 적도 없는 사람들에게만 법이 적용된다는 세계관에 방해가 되어서.

국(동남아인에 대한 멸칭 — 옮긴이)이라고 불러라, 깜둥이라고 불러라, 카이크(유대인), 믹(아일랜드인), 스픽(스페인계), 웝(이탈리아인), 개구리(프랑스인)라고 불러라. 떠올릴 때 인간의 존엄성을 한 꺼풀 벗겨 내는 명칭이라면 뭐든 상관없다. 그게 목표다. 그런 일을 시킬 수 있게 된다면, 당신은 아이들더러 바다를 건너가 다른 아이들을 죽이라고 시킬 수도 있다. 아니면 바로 여기, 집에서 머무르면서도 같은 일을 하게 시킬 수도 있다.

보비는 그 길에서 죽은 소년들로부터 14000킬로미터, 그리고 12년 떨어져 푹신하고 편안한 침대에 누워 있다. 그는 내일 사우디 아이 네 명을 모두 체포해 오겠다고 결심한다.

13

다음 날 아침 보비는 그 애들을 데려오라고 순찰차를 네 대 보낸다. 하지만 제복을 입은 경찰들은 그중 둘만 데리고 돌아온다. 줄리페네시는 여전히 실종 상태인 것 같다. 여기 윌리엄슨이 죽은 그날 밤 이후 그녀를 본 사람이 없다. 플로리다에 있다는 소문이 거리를 떠돌지만 줄스가 정확히 어디에 있는지를 아는 사람은 없다. 보비는 그게 계속 신경이 쓰인다. 그 어머니는 딸의 행방을 걱정하고 있는 게 분명했다. 그 여자애가 사망 사건에 연루되었다면 플로리다로 떠났다는 얘기는 말이 된다. 열일곱 살이니 더욱 그렇다.

경찰들이 놓친 다른 한 명은 마약상인 조지 던바다. 그는 마티 버틀러의 총애를 받는 정부의 아들이다. 그 말인즉슨 순찰대가 그를 그렇게 열심히 찾지 않았다는 뜻이다. 심지어는 아예 찾으려고 하지 않았을 수도 있다.

이건 보비와 빈센트가 유치장 심문실에 간들 로널드 콜린스와 브렌다 모렐로, 단 두 명의 멍청이만 만날 수 있다는 뜻이다. 콜린스 가문은 아일랜드 대기근 시대까지 거슬러 올라가는 집안으로 사우디의 로널드 콜린스는 자기 형들이나 아버지, 숙부 세 명만큼이나 멍청하다. 최근 조사한 바에 따르면 그들 대부분이 감옥살이를 한 적이 있다. 로널드는 성가신 녀석이다. 특별히 어려운 상대여서가 아니다. 자기가 다른 길로 빠져나갈 수 있다고 믿어 의심치 않을 정도로 우라지게 멍청하기 때문이다.

반면, 눈물이 고인 채로 턱을 떠는 브렌다 모렐로는 잭 팻이다. 캐슬 아일랜드의 설리번스에 여름 아르바이트를 하러 가다 끌려 온 순간부터 그녀는 모든 걸 불 준비가 되어 있다. 보비와 빈센트가 심문실에 들어가자 브렌다 모렐로는 눈물 자국으로 얼룩진 얼굴을 들어 그들을 쳐다보며 이렇게 말문을 열었다.

"집에 가도 돼요?"

보비는 맞은편에 앉는다.

빈센트는 계속 서 있으면서 브렌다에게 긴장감을 조성한다.

보비는 최대한 친근한 미소를 지어 보인다.

"그냥 몇 가지만 묻고 싶은데."

"그러면 집에 갈 수 있어요?"

브렌다는 기소되지 않았기 때문에 지금 당장 저 문을 나갈 수 있었다. 하지만 그녀는 그 사실을 몰랐고 그걸 알려 주는 것은 경찰의 일이 아니다.

"토요일 밤에 뭘 했는지 말해 줄 수 있니?"

브렌다는 잠시 천장을 올려다보며 생각해 보는 척한다.

"몰라요. 놀았죠."

"어디서?"

"아시잖아요."

"모르겠는데."

"주변에서요."

"컬럼비아 공원 주변?"

보비의 질문을 듣자 브렌다는 자기가 왜 불려 왔는지 걱정했던 내용이 사실임을 깨닫는다. 그녀는 보비를 마주 보며 열심히 머리를 굴린다.

"로널드 콜린스, 조지 던바, 줄스 페네시와 함께 있었지."

"아마도요?"

그녀는 애를 써 본다.

"아마도는 무슨, 빌어먹을."

뒤에서 서성이던 빈센트가 옥박지른다.

브렌다의 눈에 눈물이 고인다. 뒤에서 빈센트가 다시 발을 떼자 맞을 것 같았는지 그녀는 몸을 움츠린다.

"브렌다. 날 봐."

보비는 부드러운 목소리로 말한다.

그녀는 그 말을 따른다.

"네가 거기 있었다는 거 알아. 그러다 어떤 일이 일어났지."

"어떤 일이요?"

"네가 말해 보지 그러니?"

브렌다는 근 일주일간 마음속에 간직하고 있던 끔찍한 사실에 갑자기 잡아 먹히는 듯하다.

하지만 그녀는 이렇게 답한다.

"아무 일도 없었어요. 기억나는 게 하나도 없어요."

보비는 서류 가방을 불현듯 열어 어기 윌리엄슨의 사진을 꺼내 테이블에 올려놓는다. 여느 사진이 아니다. 보비는 핵심을 찌른다. 안치소의 시신 사진이다.

보비는 원하던 효과를 얻는다. 얼굴이 반쯤 무너져 내린 브렌다는 양동이 속 물고기처럼 입을 뻐금댄다.

"아니에요. 아무 일도 없었어요."

빈센트는 정말로 그녀를 때린다. 뒤통수에 빠르게 손가락을 한 번 튕긴 것뿐이지만. 브렌다는 꺅 하는 비명을 지른다. 아파서라기보다는 분해서다.

보비는 손가락으로 사진을 짚는다.

"이 젊은 남자가 죽었어. 믿을 만한 소식통에 따르면 브렌다, 네가 살아 있는 그를 마지막으로 본 사람 중 하나였어."

브렌다는 고개를 절레절레 흔든다.

"아니에요."

빈센트는 그녀 바로 뒤에 서 있다.

"아니라고 또 해 봐, 역겨운 계집애야. 그러다 어디로 가게 되는지 보자고. 중환자실에 들어가 본 적 있어?"

자제 좀 해. 보비는 빈센트를 휙 노려보고는 브렌다가 다시 자신을 볼 때까지 기다렸다가 질문한다.

"'깜둥이치고 느리네.'라고 말한 사람이 너였니?"

놀란 브렌다가 입을 크고 동그랗게 벌린다.

"그런 말 한 적 없어요."

"아냐?"

보비는 잠시 빈센트를 쳐다본다.

"네가 그랬다고 들었는데."

"저, 그렇다면 누가 쓰레기 같은 거짓말을 한 거예요. 전 그렇게 말한 적 없으니까."

"하지만 누군가 그 말을 했을 때 컬럼비아역 승강장에 같이 있긴 했지."

"제가 뭐라고요? 아니에요. 승강장엔 전혀 가지 않았어요. 컬럼비아 공원에서 친구들하고 있었어요. 거기서 남자 친구하고 싸우고 자리를 떴고요. 그리고 걔들은 해변으로 갔어요."

"지하철 승강장에서 널 봤다는 목격자들이 있어."

"음, 거짓말이에요."

"그 사람들이 왜 거짓말을 하겠니?"

"모르죠. 그 사람들에게 물어보세요."

"널 범인 식별 절차에 세울 수도 있어."

그 말에 브렌다의 턱이 다시 떨린다.

"범인 식별 절차에 서게 되면 네가 넘어트린 여자가 널 알아볼 거야, 브렌다."

"전 어떤 여자도 넘어트린 적 없어요."

브렌다는 화가 잔뜩 나서 말한다.

"그 여자 말은 다르던데."

빈센트는 말한다.

"음, 그 여자가 거짓말하는 거예요."

"누구나 거짓말을 하지. 그렇지, 브렌다?"

"안 하는 사람도 있겠지만, 그 여자는 거짓말을 하네요."

"그 여자 말은 상당히 설득력이 있어. 팔꿈치가 다 긁혀 있었거든. 교외행 열차에서 내리는데 네가 자기를 들이받았대."

보비가 말한다.

"우린 교외행 쪽 승강장에 있지 않았어요. 도심행 쪽에 있었죠."

브렌다는 한발 늦게 자신의 실수를 깨닫는다. 그녀는 고개를 숙이고 신발을 응시한다.

브렌다는 다시 고개를 든다. 두 눈을 보자 그녀가 무너져 내렸다는 것을 알 수 있다. 이제 사실을 낱낱이 털어놓을 것이다. 해가 뜰 때까지 이야기를 멈추지 않겠지.

문을 살짝 두드리는 소리에 빈센트가 문을 연다. 토바 샤피로다. 그녀는 다양한 분야에서 활약하는 변호사다. 토바 샤피로는 문턱을 넘어서기도 전에 브렌다에게 말한다.

"거기서 헛소리 한마디도 더 하지 마."

토바 샤피로는 피고측 변호사로 최악의 상대다. 검사 출신인 그녀는 경찰이 어떻게 생각하고 계획을 세우며 행동하는지 알고 있다.

"저들이 권리를 고지해 줬니? 그랬어?"

브렌다는 이 여자가 누구인지 모른다.

"아뇨."

브렌다는 간신히 말한다.

"난 토바 샤피로야. 너의 변호사지."

그녀는 '의뢰인' 옆에 앉는다.

"마티 버틀러의 변호사라는 말이죠?"

보비가 묻자 토바는 그를 향해 고개를 갸웃한다.

"어머나, 보비. 어떻게 지냈어요?"

"잘 지냈죠, 토바. 당신은?"

"이보다 더 좋을 수 없게요. 아직 부모님 집에서 살아요?"

토바는 보비가 대답할 틈도 안 주고 브렌다 쪽으로 몸을 튼다.

"그러니까 미란다 원칙을 고지받지 못했구나."

"네?"

"'당신은 체포되었습니다.'라고 말한 사람이 있었니?"

"아뇨."

"그럼 우린 갈 수 있겠구나."

"지금 당장요?"

"지금 당장, 애야."

브렌다는 일어서면서 빈센트를 향해 턱짓한다.

"저 사람이 날 때렸어요."

토바는 느리게 휘파람을 불며 빈센트에게 말한다.

"진정서 접수된 거 있지 않아요? 비니, 덕분에 쉽게 처리될 것 같네요."

보비는 브렌다 앞에 어기 윌리엄슨의 사진을 놓는다. 브렌다는 사진을 보고 재빨리 시선을 돌린다.

"이 남자는 사람이었어, 브렌다. 그날 밤 무슨 일이 있었는지 알지? 거래를 제안할 수도 있어."

토바는 그 말을 듣고 날카롭게 웃는다.

"그러려면 그전에 기소할 수 있어야겠죠, 보비."

"곧 그렇게 되게 할 겁니다."

토바는 보비를 향해 스모키 화장을 한 눈을 치켜뜬다. 토바에 관한 모든 것이 매력적이다. 그녀의 움직이는 방식, 웃는 모습, 폭탄을 날리기 전에 아랫입술을 깨무는 모습 등등이 고혹적이고 지독하게 섹시하다.

"아무 증거도 없죠?"

그녀는 그의 눈을 살피며 자신의 말이 사실인지 확인한다.

보비는 눈빛에 감정이 드러나지 않길 바란다. 죽어라 노력 중이다.

"많은데요."

토바는 계속 그의 눈을 탐색하고 있다. 큰 눈으로 휘둘러 살핀다. 이보다 더 오래 그녀와 눈을 마주한다면 차가운 물이라도 끼얹어야 할 판이다.

"다시 말하죠. 당신들은 아무 증거도 없어요."

심문실을 나서자 복도에 '플레처, 샤피로, 던 앤드 러빈'의 분 플레처와 함께 서 있는 럼 콜린스가 보인다. 분은 이보다는 보비가 더 나은 사람인 줄 알았다고 말하듯 못마땅한 눈초리로 노려본다. 보비는 가운뎃손가락으로 콧등 윗부분을 긁적거린다.

보비와 빈센트는 홀에 서서 두 변호사와 함께 사우디 아이 두 명이 걸어 나가는 모습을 지켜본다. 그들은 한 달 내내 매일 복권에 당첨돼도 저 변호사들의 비용을 감당할 수 없을 것이다. 이 사건을 종결시키는 일이 훨씬 빌어먹게 힘들어졌다.

퇴근한 뒤, 혈관 속에서 장어가 스멀스멀 헤엄치는 듯한 감각을 느낀다. 몸이 가렵기 시작한다. 옛날에는 주로 주사기나 숟가락에 든 갈색 헤로인 가루가 가려움을 긁어 주었다. 지금은 그걸 모임에 참석한 지 너무 오래되었다는 신호로 받아들인다.

보비는 록스버리의 어느 교회 지하에서 열리는 모임을 발견한다. 지하로 내려가자 익명의 마약중독자 모임이 열리는 방에서 으레 맡을 수 있는 커피와 담배 연기, 도넛 냄새가 난다.

보비는 원형으로 배치된 의자에 앉는다. 오늘 밤은 참석자가 많지 않고(스물다섯 자리 중 열한 자리가 차 있다) 썩 수다스러운 사람도 없다. 서류 가방을 든 백인 사업가는 뭔가에 정말 열받아 있는 듯 보인다. 하녀처럼 차려입은 푸에르토리코 출신의 여자는 부끄러워하는 듯 보인다. 땅딸막한 흑인 남자는 목이 긴 작업용 신발을 신고 있으며 희끗희끗한 머리에 같은 색의 분진을 얹은 모습이다. 초등학교 선생님처럼 보이는 여자, 유기견 보호소에 있는 개처럼 눈이 슬픈 중년 남자도 있고, 법원 명령으로 참석한 듯 지금도 약에 취해 있는 것 같은 스무 살짜리 아이도 있다. 다른 모임에서 만난 게 분명한 사람도 셋 있다. 팬암 항공사의 흑인 스튜어디스, 폴란드인 트럭 운전사, 화재로 자식 하나를 잃은 가냘픈 여자가 그들이다. 하지만 오늘 저녁은 그 누구도 이야기할 기분이 아닌 모양이다. 마지막으로 그 모임의 진행자인 더그가 보비에게 묻는다.

"선생님은 어떠세요? 본인 일을 이야기해 주실 수 있으신가요?"

보비가 모임에서 이야기한 지도 몇 달이 지났다. 보비의 모임 후원자이자 퇴직한 경찰인 멜은 보비에게 그건 실수를 할 징조 중 하나라고 경고했다. 자기 헛소리에 갇히는 것은 정직하지 않은 사람들이 흔히 하는 짓이라는 것이다.

보비는 잔기침을 하며 목을 가다듬고, 몇 차례 시도 끝에 가까스로 두 문장을 내뱉는다.

"며칠 전 밤에 꿈을 꿨습니다. 어머니와 해병 친구 녀석 하나가 후에의 거리서 절 찾아다니고 있었죠."

"웨이요?"

금발의 곱슬머리와 선명한 녹색 눈을 가진 여자가 묻는다. 선생님 같다고 생각했던 여자다.

"후에. 베트남에 있는 도시죠. 잠시 거기서 주둔했습니다. 그러니까 어렸을 때 돌아가신 어머니랑 거기서 죽은 내 친구 칼 요한센이 저를 찾아서 거리를 걷고 있었어요. 전 그 두 명이 보였어요. 왜냐면 블록 끝까지 유리로 된 빈 점포 안에 있었거든요. '어이, 나야! 나라고!' 이렇게 소리치며 그 둘과 나란히 달렸죠. 그런데 그 두 사람은 제 목소리를 듣지 못하더군요. 창문도 두드렸는데 그래도 못 들었죠. 그러다가 건물 끝에 다다랐어요. 나갈 수가 없었죠. 어머니와 칼은 보이지 않을 때까지 계속 제 이름을 부르며 걸어가요. 잠시 후엔 그 목소리조차도 들리지 않습니다. 그다음 전 빈 점포에서 뒤로 돌았죠. 그런데 테이블 위에 라이터랑 숟가락, 그리고 가루가 있는 거예요. 놋쇠로 도금된 주사기까지요. 앉으면 정말 편안할 것 같은 의자도 있죠. 그래서 앉습니다. 다들 아시잖아요. 전 순서대로 할 일을 하고 주사를 정맥에 찔러 넣죠. 거짓말은 하지 않겠습니다. 기분이 정말 더럽게 좋았죠."

사람들은 앉은 자세를 바꾼다. 그에게 이야기를 부탁한 것이 실수는 아니었는지 미심쩍어하며 면밀히 관찰하는 더그의 시선이 느껴진다.

"칼이 꿈에 나온 건 오랫동안 마약을 하는 핑계로 전쟁을 써먹어서라는 생각이 듭니다. 이런저런 끔찍한 것들을 봐서 혼란에 빠졌다는 식이죠. 하지만 그건 전쟁 때문은 아니었습니다. 전쟁에선 상처 하나 입지 않았으니까요. 그렇지만 그곳에서 전 정말 혼란스러웠어요. 다시 아이가 된 것 같았거든요. 전 아무것도 몰랐죠. 그들이 쓰는 언어도 몰랐고, 믿는 신도, 어떤 관습이 있는지도, 뭐가 옳고 뭐가 그른지도 알지 못했어요. 전 그저 총을 쥔 스물두 살짜리였을 뿐이었어요."

보비는 사람들을 둘러보지만 눈빛이나 몸짓으로 봐서는 얘기가 너무 긴지, 듣고 있는 사람이 있기나 한지 알 수 없다. 그래도 걸음마를 배우는 아기처럼 더듬더듬 문장을 계속 이어 나간다.

"우리가 사는 이 도시는 늘 좀 잿빛이죠?"

그는 천장을 올려다본다.

"요맘때 낮에는 해가 쨍하지만, 1년 중 일곱 달은 상당히 잿빛이죠. 아니, 제가 자란 집에서만 잿빛이었을지도 모르겠네요. 어머니가 돌아가신 후의 집을 생각하면 온통 길바닥 같은 색이었던 것 같습니다. 심지어 공기마저도요. 어쩌면 어머니가 살아 계셨을 때도 그랬을지도 모르죠."

그는 방 안을 빙 둘러본다.

"하지만 시골은 어떨까요? 베트남은요? 거길 보기 전에는 초록색을 봤다고 할 수 없습니다. 몇 년 동안 그곳의 풍경을 묘사해 보려고 했지만 젠장맞게 실패하고 말았죠. 아지랑이가 피어오르는 아침의 논, 블러드 오렌지 같은 빛깔의 밤하늘, 삼각주 위를 낮게 날아가는 새들. 뭐라고 해야 할까요, 신들이 휴가를 보낼 것 같은 그런 곳이죠. 경이로움으로 가득 차 있어요. 하지만 그 모든 아름다움이 죽음과 뒤엉키면서 제 머리가 엉망으로 조져진 거예요. 큰 총을 들고 걸어 다니던 내가 바로 죽음이라는 사실을 깨달아 버린 거죠. 그 아름다움을 죽이는 사람이 저였다고요."

보비는 무의식적으로 고개를 숙이고 있다는 것을 알아채고 자세를 바로 한다. 사람들의 눈을 쳐다본다.

"하지만 마약을 주사하면 다른 건 전부 사라지고 경이로움만 남죠. 주사했을 때의 느낌은 마치, 마치……."

그와 눈을 맞춘 금발 여성의 얼굴에서 절망과 희망이 동시에 느껴진다.

"혈관을 따라 그 모든 아름다움이 퍼져 나가는 거 같달까. 그게 제 몸을 집으로 삼은 거죠. 저는 완벽해졌어요. 완전했죠."

금발 여자가 눈을 깜박인다. 떨어진 눈물 한 방울이 광대를 타고 작은 세 방울로 갈라진다. 성스러운 '성'이 들어가는 영성체, 축성, 완성의 삼중주처럼 느껴진다.

여자는 시선을 돌리지만, 다른 사람들은 아직 보비를 바라보고 있다. 보비는 그렇게나 오래 이야기를 했다는 사실이 갑자기 당황스러워져 어깨를 으쓱한다.

더그가 말한다.

"이야기해 줘서 고마워요."

예의상 가볍고 빠르게 치는 박수가 잠깐 나온다.

비즈니스 정장을 입은 화난 표정의 남자가 또박또박 말한다.

"난 헤로인 중독자요. 신이 죽지 않았다면 안식년 휴가를 간 게 틀림없어요."

보비는 모두가 신음하지 않으려고 애쓰는 것을 느낄 수 있었다.

건물 밖으로 나오는 현관 계단에서 그 금발 여성이 보비 옆으로 계단을 내려오며 말을 건다.

"거기 사람들은 당신이 경찰인지 알아요?"

보비는 어딘지 낯익다고 생각하며 그녀를 찬찬히 바라본다.

"광고하고 다닐 만한 건 아니라서."

"그쪽이 날 체포한 적이 있어요. 2년 전에."

젠장. 바로 이래서 보비가 모임에 참석할 때 자기 직업이 뭔지 밝히지 않는다.

"잊은 적이 없어요. 얼굴은 딱딱한데 목소리는 친절했죠. 그때도 약 하고 있었어요?"

그녀는 담배에 불을 붙이고 연기를 내뿜으며 그 너머로 그를 바라본다.

"2년 전이요?"

보비는 고개를 끄덕인다.

"끊기 직전이었을 겁니다."

"그러면 본인도 약을 하고 있으면서 나 같은 중독자를 잡아들이고 있던 거네요."

보비는 더 이상 그 추한 진실로부터 숨지 않으려 노력한다.

"그렇습니다."

다른 사람은 전부 자기 차로 돌아가서 없고 교회 앞에는 둘만 남아 있다. 약한 바람이 나무 사이로 미끄러지듯 불어와 머리카락을 가닥가닥 어루만진다. 멀리서 93번 주간 고속도로를 질주하는 차들의 소리가 들린다. 경적을 성미 급하게 울려 대는 소리, 트럭 타이어가 덜컹거리는 소리.

그녀는 미소 짓는다. 따스하고 갑작스럽다.

"당신은 날 체포했지만 기소하진 않았어요."

"그래요?"

그녀는 고개를 끄덕인다.

"날 차 안에 밀어 넣고 경찰서 쪽으로 운전하긴 했죠. 하지만 가다가 헤로인에 중독되기 전엔 내가 어떤 사람이었냐고 묻더군요. 난 됐다고, 지금도 제대로 기능하는 마약쟁이라고 했죠. 좋은 직장도 있었고……."

"사회복지사. 머리 스타일이 달랐죠."

그는 기억을 떠올리고는 미소 짓는다.

"원래는 회갈색인데 지금은 염색해요. 파마도 했고."

"잘 어울리네요."

그 말을 입 밖에 내자마자 보비는 버러지 같은 자기 머리에 총알을 박아 넣고 싶어진다. 잘 어울린다고? 그 말이 젠장맞을 어디서 나온 거야?

"당신은 날 헌팅턴로(路)에 있는 치료소로 데려갔어요. 기억해요?"

"조금은요."

"날 데려다주고 이렇게 말했죠. '아직 진짜 당신으로 돌아갈 수 있어요.'"

"그렇게 됐나요?"

"6개월 동안은 아니었죠. 하지만 지금은 끊은 지 400일하고 81일이 됐어요."

"잘했어요."

"아직도 무섭네요. 당신은요?"

"어, 저도요."

그녀는 손을 내민다.

"카르멘이에요."

"카르멘같이 생기지는 않네요."

"알아요. 하지만 엄마가 오페라를 좋아하셨거든요."

보비는 그 둘 사이의 연관성을 알아들었다는 듯 웃고는 그녀와 악수한다.

"마이클입니다. 하지만 모두 보비라고 부르죠."

"대체 왜요?"

"이야기가 깁니다."

"차 있는 데까지 가면서 들을 수 있을까요? 차가 몇 블록 떨어진 곳에 있는데, 이 주변은 좀 위험해서요."

"물론이죠."

그들은 함께 인도에 발을 딛는다.

금방 비가 내릴 것 같은 온화한 여름밤이다. 보비는 카르멘과 걷는다. 슬쩍 그녀를 곁눈질하자 역시 은밀한 미소를 지으며 자신을 곁눈질하는 그녀가 보인다. 보비는 어쩌면 증오의 반대말은 사랑이 아닐 수 있다고 생각해 본다. 그건 희망이라고. 증오는 쌓이는데 수년이 걸리지만, 희망은 보지 않는 순간에도 바로 미끄러져 올수 있으니까.

14

전화벨이 울리고 또 울린다. 메리 패트는 전화기를 응시한다. 거실 소파에 얼마나 앉아 있었는지, 전화가 언제부터 울렸는지 알 수 없다. 전화벨 소리가 그친다. 1분 후 다시 울리기 시작한다. 아홉 번 울리고 그친다. 1분간 정적. 어쩌면 좀 더 지났을 수도 있다. 5분 정도. 전화가 또 울린다. 한 번. 두 번. 세 번. 네 번째 벨 소리가 반쯤 울릴 때 메리 패트는 느릿느릿 코드를 뽑는다.

메도우 레인 매너 요양원에서 건 게 틀림없다. 지금은 직장에 있어야 할 시간이다. 그 사실을 깨닫자 감각이 돌아올 것도 같아진다. 마티 버틀러가 준 가방을 연 순간부터 아무것도 느끼지 못했다. 하지만 아직도 마비된 것 같은 감각이 너무 강하다. 머리부터 발가락 끝까지 노보카인 마취제가 도는 것 같다. 평온해지거나 진정되는 것 같지도 않고 몸을 무겁게 짓누를 뿐이다. 피부를, 혈액을, 뇌를, 신경 말단부를 꽉 조이는 느낌이다. 그녀가 일어서면 무슨 일이 벌어질까 두려워서 누군가 손으로 메리 패트의 목덜미를 움켜잡고 얼굴을 땅에 짓누르는 것 같다.

괜한 걱정이다. 다시 일어설 수나 있을지 상상도 안 되니까. 어쨌든 지금 중요한 건 그게 아니다. 분명히 당분간은 직장으로 돌아갈 마음도 들지 않을 것이다. 그럴 준비가 될 때까지 일자리가 계속 그녀를 기다려 줄지 의심스럽기도 하다. 그래도 괜찮다.

메리 패트는 라디오에서 우연히 찾은 클래식 음악 채널인 WJIB

를 계속 틀어 놓는다. 잠잘 때도 끄지 않는다. (요즘 잠을 거의 자지 못하지만 말이다.) 메리 패트는 평생 어느 밴드에 빠진 적도 없고 그날그날 차트에 오른 음악을 듣는 편이었다. 올해 여름에는 「락 더보트」와 「빌리 돈트 비 어 히어로」를 좋아했고, 가장 좋아하는 노래는 「돈트 렛 더 선 고 다운 온 미」다. 하지만 지금은 그 모든 노래가 어리석게만 들린다. '모든 것을 잃는다니 해가 지는 것만 같아요.' 라는 가사로도 모자란 듯하다. 모든 것을 잃는 느낌은 해가 진다기보다는 몸속에서 원자 폭탄이 터지는 바람에 산산이 부서져 버섯 구름을 이룬 일천 개의 작은 파편이 제각기 일천 개의 다른 방향으로 날아가며 우주로 흘러가는 것만 같다.

클래식 음악을 듣고는 있지만 그게 무슨 곡인지, 누가 작곡했는지는 알지 못한다. (곡 네다섯 개가 끝날 때면 DJ가 끼어들어 노래를 소개해 주지만, 시간이 너무 흐른 뒤라 바로 이전에 틀었던 노래 말고는 제목과 노래를 맞게 연결하기가 힘들다.) 그래도 그 음악들은 나름의 방식으로 그녀의 비탄을 건드린다. 그것은 노보카인 속으로 흘러들어 간다. 마음을 되찾기에는 부족해도 이성을 되찾을 수는 있다. 메리 패트는 음표를 떠다니며 마음속으로 여행을 떠난다. 음표가 아주 거대한 수역을 흐르는 물살이라도 된다는 듯 말이다. 그 수역은 짙고 어두우며 밤에는 넓은 강이 된다. 그녀 자신의 모든 역사와 그녀가 이룬 가족, 그리고 그에 앞서 존재했던 모든 가족의 역사가 얽혀 있는 곳이다. 같은 피를 가지고 태어나 살다 죽은 모든 사람을 엮는 유대를 감각적으로 알 수 있다. 확실하게 느끼거나 표현할 수는 없지만 말이다. 당연하게도 그들은 민족적 유산이라는 한 가지 공통점으로 엮여 있다. 모두 아일랜드계다. 1889년, 롱 와프에서 첫 선조인 데이미언 플래너건과 메어 플래너건이 미국행 배에서 내린 이래 가문의 모두 아일랜드계와 결혼했다. 하지만 그들을 연결해 주는 다른 한 가지는 파악하기 좀 더 어렵다. 그래도 매리 패트는 베토벤이나 브람스, 쇼팽과 헨델의 물살을 타고 자기 자신의 일부에 다다른다. 사실이라기보다는 진실에 가까운 것들이다. 원래의 메리 패트, 어머니 이브로서의 메리 패트, 12세기 고틴클라프 인근의 툴리 크로스 마을에 토탄(土炭) 늪에서 마지막 숨을 내뱉었을지도 모를 메리 패트. 원래의 메리 패트는 음악을 통해 가족 모두를 묶는 유대를 이해한다. 미국인으로 처음 태어난 코너 플래너건부터 마지막으로 태어난 줄스 페네시에 이르는 혈통에 의미를 부여하는 유대를. 현재로서는 그것이 무엇인지 짚어 낼 수는 없지만 언젠가는 알 수 있으리라 믿으며 메리 패트는 멍하니 음악을 듣는다.

창밖에서는 단속 풍경이 펼쳐진다. 경찰 둘이 펠란 형제 중 하나를 코먼웰스까지 추격해 와 모리스 빌딩의 정문 앞에서 아스팔트에 때려눕힌다. (형제 중 누군지는 아무도 모른다. 아홉 형제가 엇비슷하고, 모두 산부인과 병동을 떠난 순간부터 감옥으로 향하고 있었다.) 펠란 형제를 체포하는 것은 나무에서 나뭇잎이 떨어지는 것만큼이나 별문제가 아니지만 경찰 하나가 흑인이라는 게 문제다. 깜둥이 새끼니 뭐니 하는 거친 말을 쏟아내며 동네 사람들이 뛰쳐나온다. 몇몇 아이들은 지붕에 올라간다. 병과 돌이 비처럼 쏟아진다. 이내 건물 사이에 난 좁고 구불구불한 길에 흑백의 호송차들이 늘어선다. 그만하라는 외침이 들리고 차 문이 열렸다 닫힌다.

부모들은 물러나지만 지붕 위 아이들은 어디선가 가져온 쓰레기 봉투에서 썩은 상추와 딘티 무어 통조림 빈 깡통, 자동차나 머리에 맞으면 터질 것같이 무른 감자로 경찰들을 공격한다. 잠시 후 아이들도 달아나고 사태는 완전히 진정된다. 한 경찰이 사방에 튄 새하얀 감자 부스러기와 새로 금이 가고 이리저리 구멍이 뚫린 창문들, 땅에 널린 돌멩이와 유리병 파편들을 둘러보더니 난동이 일어났던 장소를 에워싼 유리창에 대고 소리 지른다.

"직접 치우세요. 청소반 안 부를 겁니다, 이 버러지 같은 야만인들아."

그리고 마치 다스려야 하는 점령 지역 원주민들을 보고 혐오감을 느낀 군인들처럼 철수한다.

나중에 여자들과 일을 벌인 아이들이 빗자루와 쓰레받기, 양동이를 갖고 나와 난장판을 치우기 시작한다. (그중 몇몇 아이들은 부모에게 맞아 멍이나 상처가 새로 생긴 채다.) 보통 때라면 메리 패트도 바로 뛰어나가 도왔을 것이다. 그녀는 그게 공동체의 기반이라고 항상 생각하며 협력해 왔다. 하지만 소파에서 내려갈 수도 없다. 누가 그녀를 소파에 못질해 놓은 것 같다.

그런데 메리 패트를 위한 공동체는 어디 있는 거지? 이쯤 되면 온 동네에 소문이 퍼져야 한다. 엿새 동안 줄스 페네시를 본 사람이 없다. 줄스 이야기는 아예 꺼내지 않는 게 제일 낫다는 소문도 퍼질 것이다. 메리 패트뿐만 아니라 모두가 알고 있다. 그녀의 딸이 죽었다는 것을.

하지만 아무도 찾아오지 않는다. 메리 패트의 안부를 확인하러 오는 사람이 없다.

빅 펙은 한 번 왔다. 문을 몇 번 세게 두드렸지만 메리 패트가 대답하지 않았다. 마티 버틀러 패거리가 줄스를 죽였다는 증거를 보여 주더라도 빅 펙은 인정하지 않을 것이다. 마티는 사우디의 그냥 보호자가 아니다. 가장 인기 있는 사람도 아니다. 외부의 기득권층을 비웃는 사람들을 대변하는 단순한 저항가도 아니다. 마티는 곧 사우디다. 마티가 사악하다고 믿는 것은 사우디가 사악하다고 믿는 것이다. 마티는 그냥 범죄자가 아니다. 야단법석을 떠는 사기꾼도 아니고 그냥 지하 조직 보스도 아니다. 게다가 어차피 '누군가' 지하 조직을 운영할 거라면 그게 마티여선 안 될 이유가 있을까? 펙은 절대 메리 패트의 말을 믿을 리가 없다. 그녀의 자매는 메리 패트의 헐벗은 영혼을 본들 상식적인 예의를 지키라며 바로 그 영혼에 등을 돌리고 옷을 다시 입으라고 요구할 것이다. 그래서 메리 패트는 문을 열어 주지 않았다.

SWAB 자매들이 찾아와 부르자 결국 메리 패트는 문을 연다. 이들 여섯 자매는 한 핏줄도 아니고 사돈 관계도 아니지만, 최소 20년을 친구로 지내 왔다. 그리고 모건 대 헤니건 재판에서 고소인이었던 유색 인종 가족들의 사례를 청취하기로 한 학교 위원회의 결정에 반대하는 첫 번째 집단이었기 때문에 SWAB 자매라는 호칭을 얻었다. 즉, SWAB는 '버싱에 반대하는 사우디 여성들(Southie Women Against Busing)'의 줄임말이다. 메리 패트는 초창기 모임에 참석했다. 아무도 진짜 버싱이 실현되리라고 믿지 않았던 1971년이었다. 사실 메리 패트는 도넛과 리유니트 람브루스코 와인을 먹으러 갔을 뿐이었다. 당시 SWAB는 줄스를 보지 못한 지 일주일째 되는 지금 현관에 모습을 보인 이 여섯으로만 구성되어 있었다. 캐럴 피츠패트릭, 노린 라이언, 조이스 오할로란, 패티 번스, 모린 킬케니, 해나 스포츠니키(결혼 전 성은 카모디)다.

1973년, 엿 같은 버싱이 진짜로 시행될 것 같다고 여겨지기 시작할 때쯤 메리 패트는 실제 회원이 되기로 했지만, 소위 열성 회원은 아니었다. 요청받으면 일을 하긴 하겠지만 절대 먼저 찾지는 않았다. 현재 수백 명에 달하는 SWAB의 소속의 여자들은 대부분 메리 패트와 비슷한 수준이지만 이 원조 여섯 년들은 열성적이다.

리더인 캐럴 피츠패트릭의 얼굴이 도어스코프에 어렴풋이 보이고 나머지 다섯은 그 뒤에 부채처럼 펼쳐 서 있다. 메리 패트는 기억에도 없는 샤워를 마치고 케네디와 닉슨이 토론하던 시절보다 더 오래된 낡은 가운을 입고 그 어느 때보다 무감각한 상태로 서 있었다. 도어스코프 반대쪽에 있는 여자들은 만화 속 인물들 같다. 순진해 보이지는 않더라도 확실히 우스꽝스러워 보이기는 한다. 캐럴이 몇 번 더 두드린 후에야 메리 패트는 문을 연다.

정말로 메리 패트를 보게 될 줄은 몰랐는지 그들은 깜짝 놀란 것 같다. 아니면 메리 패트가 지금보단 나아 보일 것이라고 생각했나 보다.

"메리 패트! 어디 갔었어?"

캐럴이 기쁘다는 듯 손뼉을 치며 묻는다.

"여기."

메리 패트는 옆으로 비켜서 그들을 집에 들인다.

싱크대와 재떨이는 넘쳤고 빈 맥주 캔들이 사방에 널려 있다. 주방 조리대 위에는 술 때문에 끈적거리는 유리잔과 배달 피자 박스, 피시앤칩스 상자, 맥도날드 봉지가 구겨졌다. 하지만 아무도 그런 것들에 신경을 쓰지 않는 듯하다.

"우리가 준비시켜 줘야겠네."

조이스가 말한다.

"뭘 준비해?"

메리 패트가 묻자 모두 웃음을 터트린다.

"뭘 준비하냐니! 오, 자긴 요주의 인물이라니까."

패티 번스가 말한다.

"이리 와."

모린 킬케니가 메리 패트를 잡아끌고 복도를 따라 침실로 이끈다.

체감상 1초 정도 뒤에 캐럴까지 합세해 두 여자가 메리 패트의 빈약한 옷장을 뒤진다. 원피스 한 벌을 침대에 던지더니 다른 한 벌을 또 던진다. 그다음은 블라우스와 치마 한 벌이 뒤따른다. 이어서 신발도. 메리 패트에게는 정장용 신발이 힐과 플랫 슈즈, 두 켤레뿐이어서 이거 아니면 저거다.

두 여자들은 메리 패트의 몸에 원피스 두 벌을 대보고, 블라우스와 치마도 대본다. 메리 패트는 그들이 하는 대로 내버려 둔다. 그들은 어느 옷이 가장 낫고 신발하고 어울릴지 조잘댄다. 캐럴은 힐을 신으면 서 있을 수가 없고 집회의 메시지와도 맞지 않으니까 플랫 슈즈를 신어야 한다고 주장한다. 메리 패트는 침실에 서 있는 자신을 보지만 그건 그녀라고 할 수 없다. 노보카인에 쩌든 메리 패트는 길을 잃고 감각을 잃고 패배한 사람이다. 캐럴과 모린은 블라우스와 치마로 결정한다. 와인색 블라우스와 흐릿한 타탄체크 무늬 치마다. 플랫 슈즈는 검은색이다. 옷을 다 입히고 그들은 메리 패트를 욕실로 데려가 머리와 화장을 해 준다. 거울에 비친 자기 모습이 피를 전부 뽑히고도 산 사람들 사이에서 걸어 다니는 무언가처럼, 시체를 먹는 괴물인 구울처럼 보인다는 사실에 메리 패트는 묘한 자부심을 느낀다.

캐럴과 노린은 다른 넷이 기다리는 큰 방으로 다시 메리 패트를 끌고 간다. 패스트푸드 상자와 맥주 캔은 사라지고 재떨이는 비워져 있으며 유리잔들은 접시 선반에서 건조 중이다.

"어디 가?"

메리 패트가 묻는다.

또 모두 어처구니없다는 듯 실소를 터트린다.

그때 해나 스포츠니키가 버럭 소리친다.

"집회!"

"시청에서."

캐럴이 말한다.

"아. 맞다."

메리 패트는 간신히 말한다.

"자기 빼고 갈 수는 없잖아, 바보야!"

눈에 두려움이 깃들어 있는 것치고는 노린 라이언의 목소리는 쾌활하다.

"모두 있어야 해. 우리 손에 넣을 수 있는 모든 사람이."

메리 패트의 현재 입장에선 캐럴의 말이 이상하게 들린다. 메리
패트는 캐럴을 보며 미소 짓는다.

"손에 넣을 수 있는 모든 뭐라고?"

"응."

"그럴 수 없으면 어떻게 해?"

"뭐?"

"손에 닿는 모든 시체라며?" ('body'에는 시체라는 뜻이 있는데, 캐
럴이 말한 모든 사람(Everybody)을 메리 패트는 모든 시신(Every body)
이라고 생각한 것 ─ 옮긴이)

모두 메리 패트를 얼마나 오래 쳐다보고 있었는지 알 수 없다. 모
르겠다. 1초인지, 5분인지. 대부분 당장이라도 저 거지 같은 문 밖
으로 뛰쳐나가고 싶어 하는 것 같다.

어쩌면, 나도 쇼핑 카트에 짐을 싣고 동네를 돌아다니다 놀이터에서 잠
을 청하는 노숙자 신세가 될지도 모르겠어. 메리 패트는 생각한다.

"자기 신선한 공기 좀 쐐야겠는데. 의미 있는 일에 참여해야 해.
자기한테는 목적이 필요하다고, 메리 패트. 예전의 그 어느 때보다
도 더."

캐럴이 말한다.

예전의 그 어느 때보다도 더.

그래, 그들은 확실히 알고 있다.

"좋아."

대답하는 메리 패트 자신의 목소리가 들린다.

그들은 손수레를 옮기듯 메리 패트를 문밖으로 옮긴다.

공공 주택 단지 바로 밖에 통학 버스 한 대가 대기하고 있다. 아이러니하다고 여기는 사람이 있더라도 그걸 입 밖으로 내지는 않는다. 버스는 바랜 청바지 색으로 오래전 겹칠한 페인트 아래 '프랭클린 중학교'라는 글자가 아직 희미하게 보인다. 타이어는 닳은 듯하다. 스무 명 남짓한 여자들이 버스에서 내내 기다리고 있었던 모양이다. 창문을 내리고 그 밖으로 담배 든 팔을 내밀고 있거나 부채질하는 사람도 여럿이다. 아직 날씨가 푹푹 찌지는 않는다. 해가 나오지 않아 흐린 정도다. 그러나 지독하게 습하다.

메리 패트는 이 여자들 대부분을 안다. 거의 모두가 올림머리를 하고 있는데 그 자체는 사우디 여자들이 흔히 하고 다니는 머리스타일이다. 그러나 대부분이 올림머리 중앙에 작은 성조기나 티백 같은 것을 꽂았다는 게 눈에 띈다. 메리 패트는 SWAB의 자매들과 함께 앞쪽에 자리를 잡는다. 여자들은 메리 패트와 눈을 마주치려고 하지 않지만 메리 패트는 그들을 찬찬히 살펴보며 뭔가를 확인한다. 맞다, 저건 티백이다. 버스가 기우뚱하며 도로로 나아가고 메리 패트는 버스 안을 쭉 훑어 내려간다. 메리 케이트 둘리, 메리 조 오로크, 도나 페리스, 에린 던, 트리샤 휴스, 바버라 클라크, 케리 머피, 노라 퀸이 보인다. 모두 옛 친구들이다. 그런데 어느 하나 눈을 마주치지 않는다. 맨 뒷좌석의 네 자리와 그 뒤에 있는 공간까지 차지하고 높게 쌓여 있는 것은 피켓들이다. 메리 패트는 요 며칠 전 밤에 자기가 아파트 바닥에서 직접 조립했던 피켓이 거기 섞여 있다고 확신한다.

버스는 잿빛 습기로 가득 찬 사우스 보스턴을 통과한다. 여자들은 담배를 피우고 수다를 떨며 교차로를 지나 도심으로 향한다.

"걔 얘기는 하고 싶지 않아."

조이스 오할로란이 양손으로 귀를 막으며 캐럴에게 말한다.

"근데 왜 얘기해?"

캐럴이 묻는다.

"알잖아, 걘 그냥 거지 같은 골칫거리라고. 애들이 보고 듣는 TV랑 음악, 마약이나 자유 연애를 미화하는 사람들 때문에 그런 거야. 우리는 분명히 그렇게는 안 자랐잖아. 하지만 걔는 무조건 불평해도 된다고 생각해. 진짜로 빌어먹을 전부 다. 내가 뭔가를 믿으면, 걘 그 반대가 맞다고 해. 진짜로 그걸 믿어서 그런 게 아니야. 나한테 상처를 주고 싶어서 그런 거지."

"자기한테 상처를 주고 싶어서 그런 거지."

캐럴이 동의한다.

"자기한테 상처를 주고 싶어서 그런 거야."

해나가 되풀이한다.

"지금 누구 얘기야?"

메리 패트가 묻는다.

"세실리아, 내 딸. 썩을 년. 남편하고 애가 다섯인데 넷은 나쁘지 않아. 그런데 애는 왜 그러지? 가운데 껴서 그런가?"

조이스가 대수롭지 않다는 듯 손을 내저으며 말한다.

"가운데 애는 늘 시련이지."

노린 라이언의 말에 동의한다는 뜻으로 SWAB 자매들 모두 고개를 끄덕인다.

"그냥 10대라서 그래. 애들은 다 그런 과정을 거쳐."

모린이 말한다.

"음."

조이스는 그 말을 납득하지 않은 게 분명하다.

버스는 통통 튀며 오른쪽에 대서양을 끼고 노던 애비뉴 다리를 건넌다. 이제 공식적으로 사우스 보스턴을 벗어나 엄밀한 의미의 보스턴 내부로 들어간다. 시청까지 고작 1.6킬로미터 남았다.

"우리가 나설 시간이야, 그대들."

캐럴은 가방에 손을 넣어 작은 국기와 티백을 한 움큼 꺼낸다.

메리 패트는 국기 하나를 집지만 머리에 꽂지는 않고 작은 나무 깃대를 블라우스 단춧구멍에 찔러 넣는다.

조이스, 캐럴, 노린은 국기를 고르고, 패티, 모린, 해나는 티백을 선택한다.

서로 머리에 그것들을 찔러 넣는 걸 도와주는 모습을 보자 묻지 않고는 못 배기게 된다.

"티백은 왜?"

"기억 안 나? 모임에서 의논했잖아."

"그때 못 갔나 봐."

"차 사건, 메리 패트. 보스턴 차 사건. 그때 차를 전부 항구에 던졌잖아?"

해나가 말한다.

"그건 알지."

메리 패트가 말한다.

"음, 우린 폭정에 반대해 반란을 일으키는 거니까 티백이지."

패티가 말한다.

"그걸 이해할 사람이 있을까?"

메리 패트가 말한다.

몇몇 여자들의 얼굴이 창백해지더니 뒤에서 중얼거리는 소리가 들린다. 하지만 토론을 벌이기에는 이미 늦었다. 이제 서드베리가 (街)를 지나 콩그레스가(街)로 진입했고, 창문 너머 비스듬히 시청 광장 북동쪽 끝자락에 자리한 존 F. 케네디 연방 청사가 보이기 시작했기 때문이다. 사방에서 사람들이 광장으로 몰려들고 있다. 느려진 차가 설설 기어가는 동안 콘크리트로 된 시청 건물의 가장자리가 눈에 들어온다. 그 못생긴 건물은 우아함이라고는 조금도 없고 토대로 쓴 벽돌을 제외하고는 무채색이다. 안쪽은 더 심각하다. 볼일을 보러 온 사람들이 그 건물에 들어서기도 전에 정부가 항상 이길 것이라는 사실을 깨우쳐 주기 위해서 지은 것만 같다.

"사람들이 얼마나 올까?"

메리 패트가 일행에게 묻는다.

"1500명쯤?"

캐럴이 말한다.

버스 운전사가 차를 인도에 세운 뒤 차에서 내리는 모두에게 티백을 또 건넨다.

여자들은 뒷문을 열고 각자 피켓을 하나씩 움켜잡는다. 메리 패트가 잡은 피켓의 문구는 '사법 독재 종식(EJD)'이다. 옆의 여자가 집은 피켓에는 '보스턴이 공격받고 있다(BUS)'가 적혀 있다. 메리 패트는 자기가 그걸 잡았더라면 좋았을 텐데 하고 생각한다. 약어가 더 근사하다.

여자들은 건물 뒤편에서 광장으로 이어지는 계단을 오른다. 구름은 걷혔다. 지독히 뜨겁고 밝은 햇살이 즉각 메리 패트의 목덜미를 찌른다. 계단을 올라가는 사람들이 너무 빽빽하게 들어차서 메리 패트와 동료들은 인파 속에서 하나의 얼룩에 불과하다. 벌써 땀을 흘리는 사람도 있고, 열이 달아올라 얼굴이 벌게진 사람도 여럿이다. 깃발이 많다. 성조기, 아일랜드기, 동네 이름이 적힌 시트를 깃대에 묶은 것 등등. 사우디가 대부분이지만 도체스터, 하이드 파크, 찰스타운, 이스트 보스턴도 있다. 군중은 계단을 반쯤 올라가 국기에 대한 맹세를 외치기 시작한다. 메리 패트는 그 문구를 입 밖으로 낼 때마다 점점 기분이 좋아짐을 자인하고 만다. 특히나 소리를 크게 키워 마지막 말을 토해 낼 때는 더 기분이 좋다. '모든 사람에게 자유와 정의가 함께하기를.'

과연 1500명 정도만 모였는지 의심스럽기 시작한다. 계단을 다 오르고 광장으로 쏟아져 들어가는 순간 모인 사람이 수천은 된다는 것을 깨닫고 그녀는 압도된다. 인파의 끝이 보이지 않는다. 못해도 9000명은 되어 보인다. 어쩌면 10000명은 될지도 모른다.

캐럴은 일행을 분수로 데려가 이미 수백 개의 티백이 빠져 있는 분수에 가지고 온 티백을 더한다. 분수는 찻물이 들어 녹슨 갈색이 된다. 메리 패트는 그 의미를 이해할 사람이 있을지 궁금해진다. 나중에 늙은 순경이 분수 위에 서서 이렇게 말할지도 모른다.

"아니, 이 멍청이들은 물 온도가 적당해야 차 맛이 더 좋다는 걸 모르나?"

 군중들은 대부분 센터 플라자 3의 길 건너에 저 멀리 안전하게 있다. 그 외곽의 반대 시위자들이 눈에 띈다. 신탁 기금으로 살아가는 덥수룩한 백인 히피들이 대부분이고 호전적인 아프로 머리에 다시키 셔츠(아프리카 민속복에서 유래된 셔츠 ― 옮긴이)를 입은 흑인들이 약간 있다. 마지막으로 메리 패트나 그녀가 알고 있는 사람들과 비슷하게 생긴 남녀 한 무리가 있다. 아일랜드계, 폴란드계, 이탈리아 노동자들이다. 수는 그리 많지 않지만 '이제 인종 차별을 끝내라(ESN)'(좋은 약어는 아니다), '교육은 시민의 권리'라고 적힌 피켓을 들고 있다. 메리 패트는 그 무리에서 아는 노인들을 몇 명 보고 충격을 받는다. 올드 콜로니의 월시 부인, 박스터가에 사는 타이론 폴란 노인, M가(街)에 사는 크롤리 일가족이다.

 아는 얼굴을 더 알아볼 새도 없이 메리 패트는 인산인해 속에서 보이지 않는 북극성에 이끌려 연단에서 3미터쯤 떨어진 곳으로 이동한다. 여기엔 반대 시위자가 없다. 누가 감히 여기까지 오겠는가? 수백 명씩 빽빽하게 들어차 있다. 사우디, 백인들의 도체스터, 하이드 파크, 찰스타운, 이스트 보스턴은 물론이고, 리비어, 에버렛, 몰든, 첼시, 로슬린데일 등 빌어먹을 도시 전체가 왔다. (당연하게도) 마타펜, 록스버리, 그리고 지금은 완전히 흑인 거주 지역이 돼 버린 도체스터 일부를 제외하고 말이다. 소위 1단계에 접어들면 2주 안에 200개의 공립학교 중 59개의 학교가 인종 차별 철폐 조치에 착수할 것이다. 2년 안에는 200개 학교 전체가 적용 대상이 된다. 그래서 사람들이 모인 것이다. 결국 모두의 문제가 될 테니까.

처음으로 연단에 오른 셋은 보스턴 학교 위원회의 위원으로 학교를 학교답게 유지하기 위해 근 10년간 가장 열심히 싸웠던 사람들이다. 첫 번째 연사, 도체스터의 성 윌리엄 교구 소속 셜리 브래킨은 그 자리에 모인 모두가 이미 알고 있는 사실을 반복한다. 쓰레기나 다름없는 버싱 같은 방식으로 학교에서 인종차별을 철폐하라는 결정을 내린 그 누구도 그 변화가 시행될 동네에서 살지 않는다는 사실, 자식을 공립학교에 보내지 않는다는 사실, 백인인 그들은 단한 명도 인종이 섞여 있는 마을에 살지 않는다는 사실 말이다. (보스턴에는 인종이 어우러져 살아가는 지역이 거의 없긴 하다.) 다음 연사인 사우디의 성 어거스틴 교구 소속 제럴딘 구피는 삶이 불가피하게 파괴될 것이라며 맹렬히 비난한다. 그들은 이웃끼리 서로를 아는 도시 속 마을에서 살아왔다. 모두 함께 자랐고, 같은 학교에 다녔고, 같은 운동장과 스포츠 리그에서 뛰었고, 서로의 부모와 조부모까지 너무 잘 알았다. 뭐, 그러니 내 자식이 아니더라도 누구 자식이 엇나가면 편안하게 머리나 등을 한 대 쥐어박거나 호되게 꾸짖어 바로잡을 수도 있었다. 자기 자식에게 하듯 말이다.

　"저 사람들은 버싱 덕분에 동네가 좋아질 것이라고들 하죠."

　제럴딘 구피는 우 하는 야유가 사그라들 때까지 기다린다.

　"설탕처럼 달콤한 동화의 나라에서는 우리 아이들과 유색 인종 아이들이 친구가 될지도 모르죠. 하지만 우리 아이들과 그 아이들은 매일 자기 동네에 있는 자기 친구들과 가족들에게, 자기 집으로 돌아갈 겁니다. 동창에 불과하지 친구가 되지는 못한다는 겁니다. 우리의 전통과 생활 방식, 안전과 보안은요? 돈을 주고 사 올 수가 있나요? 사라진 것을 어떻게 다시 사 온단 말입니까? 그것들은 첫 버스가 우리 고등학교에 들어오려고 거리에 모습을 보이는 순간 전부 사라질 겁니다."

군중은 도취감과 위협이 뒤섞인 소리를 토해 낸다. 메리 패트는 고개를 돌려 뒤를 보지만 군중들의 규모를 완전히 파악하기에는 역부족이다. 그녀는 광장 한가운데에 있지만, 어마어마한 인파에 그 끝이 전혀 보이지 않는다.

사람들의 힘과 분노, 슬픔이 느껴진다. 메리 패트는 자기도 그런 감정을 느낀다는 사실에 갑자기 놀란다. 돈 가방을 열고 그 의미를 이해한 이래 처음으로 뭔가를 느낀다. 그녀는 딸을 잃고 자신에겐 아무것도 없다고 생각했다. 그 생각은 사실에 가깝지만, 여태 살아 오던 인생이 아직 남아 있다는 사실을 잊을 필요는 없다. 아직 그녀 에겐 동네와 이웃들이 있다. 공동체가 있다. 그런데 사회 공학자들 과 부유한 자유주의자들이 쇠공을 휘둘러 그것을 허물어뜨리려 한 다. 그녀가 살아온 방식에, 그녀가 아는 유일한 삶이자 이 세상에서 지켜야 할 유일한 것, 그녀에게 남은 유일한 것에 말이다.

세 번째 연사, 하이드 파크의 모스트 프레셔스 블러드 교구 소속 마이크 다우드가 연단을 차지하지만 그는 한두 문장도 못 꺼내고 군중들의 포효에 묻힌다. 소리가 잦아들기를 기다리다 두 문장쯤 말하면 군중들이 또다시 포효한다. 메리 패트와 SWAB 자매 여섯은 목이 쉬도록 함성을 지르며 군중과 함께 바로 그곳에 있다.

"신께서 우리를 만드셨습니다. 우리를 여자로, 그리고 남자로 만 드셨죠. 그리고 신께서는 실수를 하지 않으십니다. 맞습니까?"

마이크 다우드가 고함친다.

뭐라고 대답해야 할지 좀 주저하는 듯한 사람도 있지만 대부분은 외친다.

"맞습니다!"

마이크 다우드는 마이크 쪽으로 몸을 기울인다.

"신께서는 우리를 백인, 흑인, 말레이인, 동양인으로 만드셨습니다. 그것이 실수였을까요?"

군중들은 퀴즈가 있다는 얘기를 전혀 듣지 못해서 헷갈린다는 듯이 재차 주저한다. 하지만 결국 '아니요!'라는 포효가 하늘로 솟구친다.

마이크 다우드는 소리친다.

"바로 그겁니다! 아니죠. 실수가 아니었습니다. 우리를 백인과 흑인, 갈색 인종과 동양인, 심지어 붉은 인디언으로 만드신 건 신의 선택입니다. 신께서 원하신 색깔이죠. 만약 섞이기를 원하셨다면 섞으셨을 겁니다. 반은 노란색, 반은 파란색으로 만드셨겠죠. 반은 보라색, 반은 하얀색."

군중들 사이로 동의한다는 웃음소리가 퍼져 나간다.

"신께서는 섞어서 만들지 않으셨습니다. 우리가 섞이기를 원하지 않으셨던 것이죠."

메리 패트는 생각한다. 글쎄, 사실 아닌가? 그게 바로 핵심 아닐까? 우리에겐 우리 생활 방식이 있고, 유색 인종에겐 그들의 생활 방식이 있지. 라틴 아메리카계에도 나름의 방식이 있고. 동양인들에겐 차이나타운이 있어. 젠장, 그 사람들을 강제로 해산시켜 도시 건너편으로 분산시키려는 사람은 없잖아. 아냐, 그들은 분수를 알아. 계속 분수를 지키는 한 평화롭게 자기들끼리 자기 힘으로 처리해 나가겠지. 우리가 원하는 건 그게 다라고.

하지만 오전 시간이 흘러가며 연설자들이 점점 더 시끄러워지고, 또 같은 내용이 되풀이되면서 분노가 옅어지자 줄스와 똑같은 머리를 한 여자가 메리 패트의 눈에 띈다. 줄스보다 얼굴이 둥글고 나이도 많지만 머리 모양은 거의 똑같다. 갑자기 줄스를 다시 잃는 느낌이다. 몇 번이고 잃고 또 잃는 것 같다. 손에서 벌거벗은 몸을 동그랗게 말고 울어 대는 아기 줄스가 눈에 선하다. 메리 패트는 바로 아이의 삶 속으로 뛰어들어 옆을 쏜살같이 질주하는 기차를 관찰하듯 딸의 삶을 관찰한다. 젖니가 나고, 첫 걸음을 떼고, 첫 독감을 앓고, 무릎이 까지고, 앞니가 빠지고. 머리를 양 갈래로 땋은 1학년 줄스, 말총머리로 묶은 2학년 줄스, 아빠가 절대 집에 돌아오지 않을 거라는 말에 마음이 영원히 고장 난 4학년 줄스, 여드름이 나기 시작한 열두 살 줄스, 모든 것에 심드렁해지고 젖가슴이 볼록해진 열세 살 줄스, 중학교를 졸업한 줄스, 고등학교 댄스파티에 참석한 줄스, 노엘이 마지막으로 고꾸라지며 퉁명스럽던 시기를 끝낸 줄스, 다시 생기발랄해지고 농담을 하게 된 줄스, 시끄럽게 바보같이 웃는 줄스. 그리고 줄스는 사라졌다. 딸은 사라졌다. 이 삶을 떠나 공허 속으로 발을 내디뎠다. 메리 패트가 단단히 닫았다고 확신했던 심장의 방들이 확 열리고 상실의 바다가 그 안으로 세차게 밀려들어 간다. 갑자기 지금 여기서 무엇을 하고 있는지, 흑인이나 유대인, 동양인이 다리를 건너 사우디로 들어오는 이유에 대해 왜 거지 같게도 신경 써야 하는지 기억나지 않는다.

줄스.

줄스.

넌 왜 날 떠난 거니?

어디 간 거야?

고통은 멈췄니, 아가?

네가 있는 세계는 따뜻해?

내가 널 찾아갈 때까지 거기서 기다려 주겠니?

제발 기다려 주렴.

메리 패트는 갑자기 주저앉고 싶어진다. 그냥 무릎을 꿇고 딸의 이름을 부르짖고 싶다. 그 순간 군중들이 하나의 유기체처럼 오른쪽으로 밀리는 바람에 그대로 주저앉을 뻔했지만, 옆에서 캐럴이 야유조로 내뱉은 한마디에 정신을 차린다.

"테디."

군중 사이로 경호원과 두 명의 광역구 경찰에게 호위받고 있는 테디가 보인다. 까만 머리를 매끈하게 뒤로 넘기고 그에 어울리는 검정 양복을 입은 에드워드 M. 케네디다. 그는 50미터 떨어진 연방 건물에 이름을 남긴 죽은 대통령의 형제다. 에드워드 M. 케네디 상원의원은 전국적으로 알려졌지만 여기 보스턴에서는 테디다. 그렇게 불리는 가장 큰 이유는 그가 아일랜드 사람이기 때문이다. 아일랜드 사람은 젠체하는 법이 없다. 그래서 케네디 대통령은 항상 잭이었고, 법무부 장관 로버트 F. 케네디도 항상 보비였다. 하지만 사람들이 상원의원을 세 형제 중 가장 덜 중요한 인물로 받아들이기 때문도 있었다. 테디는 매우 확실하게도 형제 중 막내고, 매우 확실하게도 부족한 자신감 탓에 인정을 갈구한다. 그리고 부정행위로 하버드에서 쫓겨났고, 마서스비니어드 섬의 작은 늪에 정부가 타고 있던 차를 가라앉혔으며 아직도 아내가 아닌 다른 여자에 눈독을 들이고 있다는 사실, 특히 비컨힐과 하이애니스포트의 술집에서 술을 진탕 마시면 더 심해진다는 것도 널리 알려진 사실이다. 그렇더라도 그의 유권자들, 즉 사우디와 찰스타운, 도체스터 반쪽을 차지한 선량한 사람들에게는 괜찮을 것이다. 어쨌거나 그는 아일랜드 사람, 아일랜드 새끼, 아일랜드 개새끼 중에 하나니까. 최근 테디의 진실성이 의심받고 있다는 점만 빼면 말이다. 인종 문제, 특히 최근 몇 차례의 인터뷰에서 전적인 지지를 표명한 버싱 문제에 관해서라면 더더욱.

테디나 사람들이 입을 열기도 전에 사람들이 그를 비난하는 기운이 느껴진다. 대체 그가 뭐라고 번지르르하게 머리를 하고 고급 정장에 값비싼 넥타이, 신발까지 갖춰 입고 나타나 이곳을 돌아다니며 뭐가 뭔지 설명하려고 한단 말인가? 뭐가 뭔지는 사람들도 알고 있다.

"어이, 테디. 당신 자식들은 어느 학교에 다니지?"

어떤 남자가 외친다.

그가 15초마다 같은 내용을 물어 대지만 테디는 무시한다.

테디는 연단에 거의 다다르지만 군중들이 막고 있어 계단을 오를 수가 없다. 그래서 테디는 자기 것보다 훨씬 덜 비싼 갈색 정장을 입은 주최자 버니 던을 향해 몸을 돌린다.

"저들이 날 올라가게 두겠소?"

"그래 보이진 않네요. 내 말 들어요, 테디. 난……."

"연단에 올라가게 해 줘요."

"아뇨, 그러지 않을 겁니다. 우리 말을 안 듣고 있군요. 지금 일어나는 일은 야비합니다, 테디."

"무슨 말인지 압니다. 하지만……."

"하지만은 없어요. 우리는 판사 몇 명이 이래라저래라하면서 아이들을 어디에 보낼지 시키도록 내버려 두지 않을 겁니다."

"이해는 하지만 뭔가 조치가 필요하다는 점에는 여러분도 동의해야 합니다."

"우리 동네를 교구별로 갈가리 찢어 버리겠죠. 그런데 당신은 빌어먹게 그런 일은 그냥 내버려 두면서 그들을 돕고 있잖아요."

"내게 발언권을 줄 겁니까?"

"아뇨. 당신이 해야 할 말은 다 들었어요."

버니는 스스로 좀 놀란 것 같다.

그리고 케네디에게 등을 돌린다.

그 주변 사람들 역시 똑같이 행동한다. 이어 다음 무리의 사람들이 따라 하고, 그렇게 군중들 사이로 퍼져 나간다. SWAB 자매들과 메리 패트 차례가 됐을 때 메리 패트는 매사추세츠 코먼웰스의 상원의원 에드워드 M. 케네디에게 등을 돌리며 약간 현기증을 느낀다. 마치 교황에게 등을 돌리는 것 같다.

테디에게 등을 돌리지 않은 이들은 그를 똑바로 보고 서서 험악한 소리를 내뱉는다.

"니미럴, 당신 자식들은 어느 학교에 다니냐고, 테디?"

"당신 사는 데가 어디야, 테디?"

"너네 형제들도, 우리 유권자들도 널 부끄럽게 생각해."

"브루클라인으로 돌아가, 이 썩을 호모 놈아."

"넌 더는 우리 동지가 아니야."

"꺼져, 깜둥이 성애자! 좆 까! 엿 먹어! 뒈져!"

소란에 돌아보자 광역구 경찰과 경호원들이 그의 형의 이름을 딴 건물 안으로 테디를 떠밀다시피 하는 모습이 보인다. 비싼 정장을 입은 테디의 뒷모습을 보자 메리 패트는 당황에 휩싸인다. 하얗게 물들었기 때문이다. 마치 새 떼가 똥을 떼거리로 싸지른 듯하다. 얼마 안 가 메리 패트는 그게 새똥이 아니라는 것을 깨닫는다.

침이다.

사람들이 케네디에게 침을 뱉고 있다.

속이 울렁거린다. 그녀는 묻고 싶다. 넘지 말아야 할 선이 없는 거야? 우리 스스로 넘지 말아야 할 선은 없어?

경호원들과 경찰 두 명이 케네디를 연방 건물 안으로 들여보낼 때까지 군중들은 계속 침을 뱉는다. 건물 전면은 깨끗한 유리로 되어 있어서 그가 엘리베이터에 서둘러 타는 모습이 훤히 보인다. 여기서 상황이 일단락되는 게 마땅했지만, 모두가 다시 정신을 차려야 했지만 그러지 않는다. 세미 트레일러만 한 유리판이 산산조각 난다.

군중들이 일제히 지지하는 의미로 환호성을 지른다. 새총으로 쏘아 올린 듯 즐거운 비명이 공중을 가른다.

경찰 여섯 명이 광장 가장자리에서 군중 속으로 진입한다. 사람들은 제대로 된 경찰서가 한 블록도 안 되는 거리에 있다는 사실을 깨닫는다. 덕분에 아무도 건물에 돌진하지 않는다. 경찰들은 방망이를 휘두르거나 하며 군중을 자극하지 않고, 사람들이 몇 걸음 물러서도록 팔을 뻗어 손을 잡고만 있다. 그들은 마치 심통을 부리는 아이를 달래듯 "자, 자, 이해합니다.", "알겠어요, 정말입니다."라는 말을 되풀이한다.

군중들은 계속 소리를 지른다. 적어도 수백 명은 되는 사람들이 아서 개리티 판사와 케네디 상원의원을 성토하고 우리는 절대 가지 않을 것이라고 외치고 있다. 그래도 유리 한 장을 부순 것 외에는 더 폭력 사태가 이어지지 않는다. 침을 뱉은 걸 폭력이라고 간주하지 않는다면 말이다.

"음, 우리 말을 들었어. 확실해."

캐럴이 다른 SWAB 자매들에게 말한다.

조이스 오할로란의 딸인 세실리아가 얼굴을 찌푸린 채 여자들 무리에 다가온다. 세실리아는 엄마처럼 광대뼈가 날카롭고 입술이 얇으며 턱이 빈약하다. 울었는지 눈이 빨갛다.

조이스는 보지 않고도 자기 딸이 온 걸 알아챈 듯이 가벼운 말투로 말한다.

"저 고양이가 뭘 끌고 왔는지 봐."

"저 소리 들려요?"

세실리아가 군중을 가리키며 말한다. 두 눈이 더 붉어진다.

조이스는 담배에 불을 붙이고 골칫거리 자식을 응시한다.

"뭘?"

"저거."

메리 패트도 알아차린다. 시작할 때 군중이 외치던 구호는 "저항하라!", "독재 종식!", "사우디는 가지 않는다!" 등 여러 가지였지만 이제는 하나로 합쳐졌다.

"깜둥이는 구려! 깜둥이는 구려! 깜둥이는 구려!"

"원 무슨 소릴 하는지."

조이스가 말한다.

아이의 눈이 휘둥그레진다.

"저 소리가 안 들려요?"

얇은 입술이 더 얇아지더니 조이스는 딸의 얼굴 거의 바로 앞에 담배 연기를 후 분다.

"들리는 소리야 많지. 너랑 네가 입고 있는 히피 티셔츠에 튀어나온 젖꼭지 보고 웃는 소리도 들리고. 다음 주에 유색 인종들 다니는 학교에 그렇게 입고 가서 걔네가 어떻게 널 대했는지 말해 주렴."

"록스버리 고등학교에 가는 건 무섭지 않아요, 엄마. 그 일을 악몽으로 생각하는 건 엄마 같은 어른들이지 우리 아이들이 아니에요. 우린 괜찮아요."

"브래지어나 입어."

조이스가 이번에는 딸의 얼굴에 바로 대고 담배 연기를 갈긴다.

세실리아의 얼굴이 굳는다. 턱이 꽉 죄였다 풀렸다 하며 두 눈이 차가워진다.

"그깟 브래지어 입는 게 뭐 어렵다고. 근데 엄마가 멍청한 건 어떻게 고쳐요?"

조이스가 딸의 옆통수를 한 대 갈긴다. 조이스와 체급 차이가 나는 세실리아는 한 방에 나가떨어진다. 조이스는 일어서려는 딸아이의 머리채를 잡고 목에 주먹을 휘두르지만 메리 패트가 팔을 걸어 주먹을 막는다.

들여다본 조이스의 눈에는 두 사람을 향한 격노가 들어 있다. 하나는 세실리아를 향한 것이고, 또 하나는 메리 패트를 향한 것이다.

"안 돼. 그만해."

메리 패트는 말린다.

뒤에서 세실리아가 급히 일어선다.

메리 패트는 조이스로부터 떨어지고 두 사람은 1미터쯤 간격을 두고 서로를 마주 본다.

나머지 SWAB 자매들은 충격으로 얼어붙어 있다.

"메리 패트. 비켜."

조이스의 말에 메리 패트는 고개를 젓는다.

"비켜 서!"

캐럴이 말한다.

"비키라고!"

모린이 새된 소리로 부르짖는다.

"메리 패트. 내 자식은 내가 옳다고 생각하는 대로 가르칠 거야."

조이스는 숨을 얕게 몰아쉬며 말한다.

이번에도 메리 패트는 고개를 젓는다.

"비키라니까?"

해나 스포츠니키가 소리 지른다.

"누구도 애한테 손 못 대."

메리 패트는 말한다.

조이스가 주먹을 휘두르며 달려들지만 살짝 빗겨난다. 그 순간 바로 메리 패트가 주먹으로 그녀의 명치를 찌른다. 조이스는 엉덩 방아를 찧으며 그대로 쓰러져 입을 벌린 채 족히 10초 동안은 필사적으로 숨을 헐떡인다.

SWAB의 나머지 다섯 자매들 중 셋이 동시에 공격해 온다. 해나와 캐럴과 패티다. 자기들이 강하다고 생각하는 게 틀림없다. 사우디 출신인 데다가 수년 동안 남편과 아이들에게 폭정을 펼쳐 왔으니까. 하지만 사우디 출신인 건 출신인 거고, 코먼웰스 주택 단지 출신이라는 건 완전히 다른 문제다.

메리 패트는 황소처럼 고개를 낮게 숙이고 가장 가까이 손에 걸린 것을 닥치는 대로 때린다. 그냥 때리는 게 아니라 쥐어짜고, 할퀴고, 홱 잡아당긴다. 이런 순수한 길거리 싸움을 해 본 것은 고등학교 때 올드 콜로니에서 여학생 셋에게 공격받은 이후 처음이다. 메리 패트는 귀걸이를 잡아 뜯고, 음부를 가격하고, 처진 젖꼭지를 소젖 짜듯 홱 잡아당긴다. 발목을 짓밟고, 무릎을 차고, 얼굴을 할퀴는 손가락을 물어뜯는다. 머리카락이 좀 빠졌고 얼굴과 귀에 할퀸 자국이 생겼지만 얼마 안 가 망할 년들 셋을 더 조이스 옆에 널브러뜨린다. 메리 패트는 눈에서 피를 닦아 내지만 아직 서 있다. 사실 이 여자들은 메리 패트가 발을 떼게 하지도 못했다.

메리 패트는 두리번거리며 세실리아를 찾지만 이미 사라진 지 오래다. 노린과 패티는 공격하지 말라는 표시로 양손을 들고 있다. 둘

다 겁에 질려 있지만 메리 패트에 대한 반감이 있어 보인다.

메리 패트는 피해자들을 돌아본다. 그들은 찢어진 옷 조각, 작은 깃발, 핏자국, 납작해진 티백이 널린 인도에 앉거나 누워 있다. 캐럴은 막 흘린 피가 묻은 손가락을 살피며 분노로 말문이 막힌 채 메리 패트를 노려보고 있다. 그녀의 오른쪽 눈두덩은 이미 새파랗게 변하고 있다. 제대로 된 문장을 만들어 내기까지는 좀 시간이 걸리지만 그래도 그녀는 종소리처럼 분명하게 말한다.

"넌 우리랑 완전 끝이야. 그리고 오늘 여기에서 네가 저지른 짓이 알려지게 되면 사우디의 모든 사람과도 연을 끊게 될 거야."

메리 패트는 어깨를 으쓱한다. 대화로 해결할 수 있는 시간은 지났다. 몸을 돌리자 발을 내딛기도 전에 무리가 갈라진다. 그녀는 군중을 빠져나온다.

15

아파트로 돌아왔을 때 가장 먼저 든 생각은 집회에 나가 있는 동안 집에 도둑이 들었나 하는 것이다. 전혀 익숙하지 않다. 왠지 엉뚱한 아파트에 들어온 게 아닐지 의심이 든다. 구조는 같은데 조리대가 깨끗하고 바닥은 비질되어 있으며 재떨이도 비어 있다. 맥주 캔이나 끈적이는 유리잔, 피자 상자는 하나도 보이지 않는다.

하지만 이내 기억난다…….

그년들이 집을 청소했지.

그래서 그들을 개같이 때려눕히는 게 그렇게 즐거웠던 것일까?

아마도. 그런 것 같아.

메리 패트는 복도를 지나 욕실 세면대 앞에 서서 거울을 본다. 왼쪽 눈 아래에 있는 검은 멍은 짙어지는 중이고, 할퀴어진 자국이 이마에 여러 개(깊지는 않다), 목에 하나 있으며(아주 깊어서 블라우스 카라가 피로 물들었다) 윗입술이 부풀었다. 게다가 거울에 보이지는 않지만 오른쪽 귓속 깊숙한 곳에서 빌어먹을 전화벨 소리 같은 것이 끊기지 않고 울린다. 그것 말고도 왼쪽 무릎이 꽤 심하게 삐었고 왼쪽 발목도 누구에게 밟혔다.

면봉과 과산화수소로 목에 난 상처를 먼저 처치하는 동안 통증에 움찔하면서도 미소 짓는 자신이 거울에 보인다. "아프다는 건 과산화수소가 듣는다는 뜻이야. 깨끗해지려면 아픔이 따르는 법이거든." 어머니가 항상 하던 말씀이다.

메리 패트는 소독을 끝마치고 커다란 반창고를 붙인다. 세면대 밑의 바구니에는 반창고, 붕대, 거즈, 요오드 용액, 수술용 가위, 소독약이 잔뜩 들어 있다. 도심의 응급실 같다. 더키가 저쪽 세계에서 살아가던 당시 당연하게도 필요했던 것이었다. 그리고 그가 세상을 떠난 뒤에는 노엘을 위해 그 바구니를 마련했다. 싸웠다 하면 꼭 주먹질로 번졌기 때문이다.

그 어머니에 그 아들이다.

그녀는 다시 미소를 짓는다. 기억이라는 게 생긴 이래 내내 메리 패트는 싸움을 좋아했다. 말 그대로다. 선명하게 남아 있는 가장 오래된 기억은 네 살 때 메리 패트가 좁다란 잔디밭에 앉아서 래기디 앤 인형의 머리를 두고 야단법석을 떨고 있는데 자전거로 그 앞의 웅덩이를 지나간 윌리 파이크와 싸웠던 일이다. 메리 패트는 자전거를 웅덩이로 모는 그 애새끼의 눈에서 즐거워하는 표정을 보았다. 그리고 그 사실을 알고 그 자식은 페달을 더 빠르게 밟았다. 개자식. 웅덩이를 지날 때 타이어를 일부러 힘껏 부딪혀 메리 패트와 래기디 앤에게 비가 오지 않았던 탓인지 미끈미끈했던 물을 뒤집어씌웠다. 몇 주간 계속 비가 오지 않았는데도 그 웅덩이들은 코먼웰스 전역에 갑자기 생겨나 유황과 표백제 냄새를 풍기고 있었다. 윌리 파이크가 방향을 바꾸다 나자빠지기까지 메리 패트는 건물 네 채를 쫓아갔다. 따라잡고 나서도 멈추지 않고 먼저 주먹을 날렸다. 앞으로 메리 패트가 싸움에서 절대 머뭇거리지 않으리라는 전조였다. 여섯 살인 데다가 남자애였던 윌리를 메리 패트가 이길 수는 없었다. 하지만 그녀 위에 올라탄 윌리는 쌍코피를 흘리며 계집

애처럼 울고 있었다. 윌리가 메리 패트를 몇 대 때렸을 때 맥가윈 할머니가 그를 떼어 내고 머리통을 몇 번 찰싹 때렸다. 맥가윈 할머니는 윌리에게 어린 여자애를 때렸으니 아버지에게 시퍼런 멍이 들도록 엉덩이를 맞아야 한다고 말했다. 맥가윈 할머니는 윌리의 어깨를 엄지로 몇 번 더 쿡쿡 찌르며 그 말을 강조한 후 래기디 앤을 가지러 메리 패트를 다시 웅덩이로 데려다주었다. 인형을 집어 올렸을 때는 트로피를 들어 올리는 느낌이었다.

6학년이 될 때까지 최소 스무 번 이상은 싸웠다. 집 밖에서 싸운 것만 셌을 때 그 정도였다. 아침 7시에 눈을 떠서 밤 10시에 셔터를 내릴 때까지 플래너건 가족들은 권투 로봇들이나 다름없었다. 남자들, 즉 존 패트릭, 마이클 션, 도니, 스티비, 빌이 한방을 썼다. 존 패트릭이 사우디 고등학교의 졸업반이고 빌이 초등학교 2학년 초였던 시점엔 다섯이 동시에 살았다. 아버지는 그 방에서 생선 똥구멍 같은 냄새가 난다고 했다. (당시 아버지는 워낙 집에 있지 않아서 메리 패트는 그가 집에 있었던 모든 순간을 다 기억했다.) 존 패트릭이 떠난 후 (차를 얻어 타고 서부로 떠나 20년 동안 감감무소식이었다), 그가 쓰던 2층 침대 위 칸을 두고 전투가 벌어졌다. 마이클 션보다 강했던 도니가 먼저 6개월 동안 그 자리를 차지했지만, 마이클 션은 그해 내내 L가(街)에서 운동으로 단련한 끝에 더 강해져 돌아왔다. 결국 약 일주일간의 주먹다짐 끝에 마이클 션은 코가 두 번 부러지긴 했어도 위쪽 침대를 차지했다. 그러나 부러진 코를 고는 소리가 듣기 싫었던 스티비가 베개로 마이클 션의 숨통을 막아 죽이려고 들어 어머니가 막아야 했다. 스티비는 메리 패트가 본 사람 중 가장 무서운 눈빛을 가지고 있었고 제정신일 때가 없었다. 그는 당시 열세 살로 어머니를 닮아 작지만 야성적이었다. 스티비는 어머니의 머리를 창에 박아서 유리창을 깨트렸다. 그걸로 끝이었다. 가족들은 그를 문제아들을 위한 성 루크의 집으로 보내 버린 뒤 다시 입에 올리지 않았다. 10년 뒤 에버렛에서 발생한 끔찍한 권총 강도 사건으로 신문에서 그의 이름을 봤을 때조차도 말이다.

이후 3주 동안 어머니의 뒤통수에는 (까맣고, 두껍고, 금속처럼 단단한) 실밥 일곱 개가 붙어 있었고, 실밥을 뽑고 나서도 사정은 그리 나아지지 않았다. 루이즈 플래너건의 여생 동안 흉터 주변에도 머리카락이 자라나긴 했지만 흉터를 덮지는 못했다. 두개골 뒤쪽에 있는 그 붉은 지퍼를 내리면 메리 패트는 어머니의 모든 생각과 비밀, 수치에 접근할 수 있을 것만 같았다.

어머니는 참기만 하고 벌은 못 주는 사람은 아니었다. 메리 패트는 지금까지도 나무 숟가락을 보면 손목과 뺨이 따끔하고 배가 콕콕 찔리는 느낌이 든다. 나무 숟가락은 작은 잘못용이었다. 큰 잘못을 했을 때는 신발이었다. 어머니에겐 신발이 세 켤레가 있었는데 모두 전쟁 전에 만들어진 것으로 견고했다. 어머니는 오륙 년마다 밑창을 교체했는데 교체하고 몇 주 동안은 모두가 자기로 그 신발을 길들일 일이 없기를 바라며 눈치를 살폈다.

아버지가 주위에 있을 땐 두 손을 조심해야 했다. 손가락 마디가 자동차 바퀴용 너트만큼 단단하고 뾰족했는데, 엄지와 검지로 관자놀이에 딱밤을 튀겼다. 악력을 발휘해 머리채를 잡고 벨트로 질질 끌고 가기도 했다. 메리 패트가 성적표에 모두 D를 받아 온 날의 밤에도 그런 일이 한 번 있었다. 제이미 플래너건은 벨트를 가장 선호했다. 오직 벌을 주려는 목적만으로 벨트 하나를 욕실 바로 옆에 있는 고리에 걸어 놓고 그걸 바지에 걸치는 일은 없었다.

그것 말고도 내전이 더 있었다. 형제끼리, 자매끼리, 형제와 자매 간에 전투가 벌어졌는데 가장 최악은 2 대 1 전투였다. 스티비와 언제 터질지 모르는 수류탄 같던 그의 성질머리가 사라진 후, 도니와 빅 펙이 가장 넓었던 그 침대를 차지했다. 누구도 그 둘 중 어느 편을 들어야 할지 몰랐기 때문이다. 하지만 정말 화나지 않도록 모두가 조심했던 쪽은 메리 패트와 다 자라고 난 이후의 빌이었다. 둘 다 전원을 내리는 스위치가 없었기 때문이었다.

빅 펙과의 마지막 싸움에서 메리 패트는 뇌진탕과 머리에 복합 골절을 입고 이틀 밤을 병원에서 보냈다. 빅 펙이 벽돌로 얼굴을 바로 가격했기 때문이었다. 하지만 모두의 뇌리에 박혔던 사실은 구급차가 도착하기 전에 의식을 되찾은 메리 패트가 그 개싸움을 끝내고 다시 기절했다는 것이었다.

"내가 널 벽돌로 때렸어. 벽돌로 말이야."

가족들이 빅 펙을 휠체어에 태워 메리 패트의 병실로 찾아갔을 때 빅 펙이 말했다.

"다음번엔 콘크리트 블록을 써."

메리 패트가 말했다.

메리 패트는 수년 동안 형제들을 보지 않았다. 마이클 션은 상선을 타고, 카보베르데, 몰디브, 사우스샌드위치 제도 등 그가 아니었다면 몰랐을 기항지에서 때때로 크리스마스카드를 보내온다. 도니는 폴리버에 살면서 배수로를 설치하는 일을 한다. 형제자매 간에 악감정은 없다. 그저 혈연이라는 것만이 그들을 묶어 준다고 말없이 인정할 따름이다. 마지막으로 들은 빌의 소식에 의하면 그는 뉴멕시코에서 칼부림 사건을 일으켜 10년 동안 복역 중이라고 했다. 놀랄 일이었다. 칼부림을 벌였다는 거 말고 뉴멕시코에 있다는 사실 말이다. 날이 더우면 빌은 늘 짜증을 부렸다. 그러고 보니 그가 왜 칼부림을 벌였는지도 알 것도 같다.

메리 패트는 소독을 마친 뒤 피 묻은 면봉을 몽땅 휴지통에 버린 후, 튀어 있는 소독용 알코올로 세면대를 닦는다. 거울로 자세히 본 얼굴은 트럭 뒤에서 자갈 더미에 내던져진 듯하다. 두 손은 비명을 지르고 있다. 손가락 마디뿐 아니라 손목까지도. 갈비뼈가 욱신댄다. 귀는 아직도 윙윙거린다. 무릎과 발목엔 얼음을 대야 할 것 같다.

메리 패트는 냉장고에서 얼음을 좀 가져온다. 다리를 주방 의자에 올리고 냅킨으로 얼음을 가득 감싸서 발목에 대고, 무릎에 또 하나를 댄다. 창밖의 코먼웰스는 으스스하게 조용하다. 모두 아직 집회에 있거나 시청 근처 술집에 있는 게 틀림없다. 메리 패트는 그곳에 앉아 담배를 피우며 티끌 하나 없는 재떨이에 담뱃재를 턴다. 주방이 이렇게 깨끗하다니 믿기 어렵다. SWAB 자매들의 일머리가 참 좋다. 전문가 솜씨야. 그녀는 미소를 지으며 생각한다.

일주일 만에 처음으로 기분이 정말 좋다. 멍이 들고 딱지가 생기고, 입안에 피 맛이 느껴진다. 그게 쓰다고 말하는 이들도 있지만 그녀에게는 늘 버터처럼 느껴졌다. 손을 뒤로 뻗어 라디오를 켜자 광고가 막 끝나고 돌아온 DJ가 편안하게 자리 잡고 다섯 살에 작곡을 시작한 천재인 모차르트의 곡을 들으려는 그녀를 환영한다.

"피아노 소나타 11번. 터키 행진곡이라고도 알려져 있죠. 소품곡으로 작곡됐지만 시간이 흐르면서 세계에서 가장 인기 있는 모차르트 곡 중 하나가 됐죠."

DJ가 토피처럼 매끄러운 목소리로 말한다.

DJ의 목소리는 가장 캄캄한 방에서 들려오는 것처럼 느껴진다. 검은 옷을 입고 책장의 새카만 그림자에 둘러싸인 그의 모습을 상상해 본다.

음악이 시작되자 메리 패트는 눈을 감고 가볍게 춤추는 피아노 선율 속을 떠다닌다.

모차르트는 자신이 해야 할 일을 알았다. 그는 잘하는 것을 찾아다니지 않았다. 그러지 않았는데도 다섯 살 때 그것이 모차르트를 찾아왔다. 위대함. 그것이 테드 윌리엄스(메이저리그의 마지막 4할 타자로 보스턴 레드삭스팀 역사상 최고의 선수 — 옮긴이)의 팔과 눈과 다리를 찾아냈던 것과 마찬가지로. 제임스 조이스의 펜을 찾아냈던 것과 마찬가지로. (메리 패트는 조이스의 글을 읽어 보진 않았지만, 그가 역대 가장 훌륭한 아일랜드 작가라는 사실은 안다.) 돈을 벌기 위해 일하는 것만으로는 부족하다. 소명을 찾아야 한다.

기억하는 내내 메리 패트는 누군가에게 맞았다. 때로는 가벼웠고 때로는 셌다. 주먹으로도 맞았고, 다리에 걸려 넘어지기도 했고, 옷걸이로도 맞았고, 빗자루, 위플볼(제한된 공간에서 할 수 있도록 야구를 축소 변형한 스포츠 — 옮긴이) 방망이, 어머니의 나무 숟가락과 신발, 아버지의 벨트로도 맞았다. 한번은 도니가 던진 갈색 비누를 뒤통수에 맞고 발라당 넘어진 적도 있었다. 길거리에서는 여자애들, 남자애들, 그리고 양쪽 다 있는 무리와도 싸웠다. 공격을 받을 때마다 상대가 누구든 맞서 싸웠다. 여태껏 살아오면서 그녀를 때리거나, 머리카락이나 귀, 젖꼭지를 비틀거나, 소리를 지르거나, 쏘아붙이거나, 벨트나 신발로 때렸다면 그 누구라도. 어린 소녀였던 메리 패트를 겁에 질리게 했던 사람들조차도 어떤 옛 같은 불구덩이 속에서 저런 게 태어났을까 궁금해했다.

메리 패트는 그 어린 소녀를 기억할 수 없지만 느낄 수 있다. 그 여자애가 느꼈던 당혹감과 공포를 느낄 수 있다. 메리 패트는 평생을 쓰러지지 않고 걷는 법을 배워야 했다. 그 소음과 분노 속에서, 아주 옛같이 어지러워질 때까지 그녀를 휘감고 한 자리에서 돌리는 격노의 소용돌이 속에서 말이다.

그리고 메리 패트는 그러는 법을 잘 배웠다. 그녀는 싸울 때 가장 행복하고, 부당한 대접을 받을 때 가장 황홀하다.

슬퍼하느라 지난 나흘을 인생에서 놓쳤다.

괜찮다.

애도는 끝나지 않았지만, 그리고 절대 끝나지 않겠지만 메리 패트는 자리에서 일어나 얼음을 싱크대에 던져 넣으며 잠시 그 일은 멈춰도 괜찮겠다고 결정한다.

메리 패트는 냉장고에서 맥주 캔을 전부 꺼내 하나씩 싱크대에 비우고 빈 캔은 휴지통에 던진다. 맥주 캔에 이어서 위스키, 보드카(젠장, 대체 누가 이걸 내 집에 들인 거야?), 피치 슈냅스 리큐르 병들이 뒤를 따른다. 냄새가 가실 때까지 싱크대를 물로 헹구고 얼음을 감썼던 냅킨으로 물기를 닦아 낸 후 그것까지 휴지통에 던진다.

조리대를 쳐다보면서 저 상태를 유지하리라 결심한다. 앞으로 조리대는 깨끗할 것이다. 조리대는 깨끗하게, 머리는 맑게.

그녀는 술병들에 다시 수돗물을 채워서 종이 상자에 넣는다. 화장지, 과자와 견과류 봉지들, 빵 한 덩이를 거기에 추가한다. 다른 상자를 들고 아파트를 돌아다니며 앞으로 며칠 동안 입고 싶은 옷가지를 담는다. 욕실 세면대 아래에서는 약 바구니를 꺼낸다. 메리 패트는 그 두 상자와 바구니를 베스의 트렁크에 싣는다.

다시 집 안으로 돌아온 메리 패트는 옷장을 파헤쳐 구석에서 더키가 늘 '키트' 가방이라고 부르던 키트 가방을 찾아낸다. 더키가 이 진녹색 캔버스 가방을 소지한 채 잡혔다면 절도죄 형량이 몇 년 더 늘어났을 수도 있었다. 가방에는 그의 직업상 필요한 도구들이 들어 있다. 자물쇠 따개, 유리 절단기, 흡착 컵, 전기 절연 테이프, 청진기, 볼트 절단기 두 개(작은 거 하나, 큰 거 하나), 시계 여러 개(배터리는 죽은 지 오래됐다), 마스크로 쓰는 나일론, 장갑 여러 켤레, 락 펀치 하나, 덕트 테이프, 쌍안경, 수갑과 열쇠.

세상에, 더키. 수갑은 왜?

"신경 쓰지 마. 알고 싶지 않아."

그녀는 크게 말한다.

죽은 시계는 빼고 주방으로 가서 날카로운 칼을 모조리 가방에 쓸어 담는다. 서랍장에서 마티의 돈가방을 꺼내 그 두 가방을 역시 베스의 트렁크로 가져간다.

마지막으로 아파트로 돌아온 그녀는 안에 서서 1분 동안 그곳의 모습을 담는다. 이곳은 그녀가 스물두 살 때부터 살아온 곳이다. 아마 다시 보게 될 것이다.

어쩌면 아닐지도.

16

보비는 보스턴 경찰국 본부의 뒤쪽으로 나와 주차장을 지나자마자 여태껏 본 중 가장 못생기고 거지 같은 차의 보닛에 앉아 있는 메리 패트 페네시를 발견한다. 보비는 지하철로 출퇴근하는데 주차장을 나가면 완만하게 휘어지는 골목이 지하철역 뒤편으로 이어진다. 메리 패트와 그녀의 '차'가 골목 어귀에 바로 있는 걸 보면 그녀는 그를 기다리는 게 확실하다.

보비는 차 옆에서 멈춰 담배에 불을 붙인다.

"적법한 차 맞습니까?"

"100퍼센트."

메리 패트는 말한다.

보비는 차를 한 번 빙 돌아본다. 만화에서처럼 입김을 아주 살짝만 훅 불어도 부서질 것 같은 모양새다. 배기관을 보니 웃음이 나온다. 요리용 노끈으로 배기관을 고정한 것은 전혀 적법하지 않다. 그리고 홈이 전혀 없는 타이어에는 놀라움을 금치 못한다. 아기 엉덩이도 절대 저렇게 매끄럽지 않다. 몸을 숙여 차대 밑을 보니 아래로 엔진 부품이나 브레이크 패드가 덜렁거리지는 않는다. 그래, 그나마 다행이다. 보비는 앞쪽에 있는 메리 패트에게 돌아온다.

"100퍼센트라고요?"

그녀는 살짝 미소를 짓는다.

"어쩌면 90."

232

"60으로 하죠."

메리 패트에게로 가까이 다가가자 동화 속 살아 있는 나무들에게 공격받은 듯한 얼굴이 보인다. 유령 숲의 끝에 도착할 때까지 가는 가지에 그냥 후려 맞은 듯하다. 메리 패트는 목의 피부색과 조화를 이루는 붕대를 자랑스럽게 내보인다. 두 손은 멍들고 손가락 마디는 부어올랐다. 그녀는 바짓단을 접어 올린 청바지에 하얀색과 노란색의 체크무늬 민소매 블라우스를 입고, 목이 짧은 캔버스 컨버스 운동화를 신고 있다. 그를 돌아다보는 두 눈은 보비의 취향이라기엔 좀 너무 밝다. 그는 닿을 수 없던 사람들에게서 저렇게 밝은 눈을 본 적이 있다.

보비는 메리 패트의 상처와 멍, 붕대를 본다.

"무슨 일 있었습니까?"

그녀는 어깨를 으쓱한다.

"내 상대였던 계집들을 봐야 하는데."

"여러 명이었어요?"

그녀는 고개를 끄덕인다.

"싸움을 시작했으면 그걸 끝내야 한다는 것도 모르면서 싸움을 거는 년들을 난 절대 존중해 줄 수 없어요."

보비는 얼굴에 찾아든 미소를 바로 감춰야겠다고 생각하고 입꼬리를 다시 당긴다.

"뭘 도와 드릴까요, 페네시 부인?"

"메리 패트라고 불러요."

"뭘 도와 드릴까요, 메리 패트?"

"아직도 내 딸을 찾고 있나 궁금해서요."

"당연하죠. 어디 있는지 아십니까?"

잠깐 뭔가가 그녀의 눈 속에서 밝음을 몰아낸다. 의심과 고통이 번쩍이지만 그것들은 이내 사라지고 다시 눈이 밝아진다.

"아뇨."

"그럼 왜 온 거죠?"

"당신이 그 애를 찾는 이유를 알면, 정말 안다면 그 애를 찾는 데 내가 도움이 될 것도 같아서요."

보비는 고개를 까딱이고는 그녀가 말하기를 기다린다.

"뭐예요?"

"찾는 이유 아시잖아요."

"어기 윌리엄슨이 죽었을 때 그 애가 그 승강장에 있었다고 생각하는 거죠."

"'생각' 단계는 좀 넘어섰죠."

"좋아요. 그럼 왜 아무도 체포당하지 않은 거죠?"

"확실한 증거 없이 사람을 마구잡이로 체포하는 행위는 법적으로 금지되었기 때문이죠."

"하지만 불러서 신문할 수는 있잖아요."

"우리가 안 했을까요?"

"했다면 뭐라도 증거를 얻었겠죠."

"그렇게 되던가요? 당신 첫 남편이 더키 셰프턴 아니었어요?"

보비는 골목에 담뱃재를 털며 키득거린다.

그녀가 고개를 끄덕인다.

"숙제를 했군요."

"더키는 뒷세계에서 살았죠. 도둑 사이의 전설이었잖아요."

첫 남편과 그가 길거리에서 얻었던 명성을 떠올리자 메리 패트는 옛날의 자부심이 다시 살짝 차오르는 것을 느낀다.

"그랬죠."

"더키는 혼자 활동했죠? 패거리에 들어가지 않고요."

"확실히 독립적이었죠."

메리 패트는 담배에 불을 붙인다.

"하지만 그런데도 마티 버틀러에게 자기 몫을 떼어 줬죠."

보비는 단어를 힘주어 발음하며 강조한다.

그녀는 어깨를 으쓱한다.

"사우디식이죠."

"'사우디식.' 그러면 우리가 같은 처지인 것 같은데요, 메리 패트. 사람들을 데려왔는데 증거를 전혀 얻지 못했어요. 채 5분 이야기하기도 전에 변호사가 문을 두드렸거든요. 자, 그게 무슨 뜻일까요?"

메리 패트는 손가락 사이에서 담배를 위아래로 굴리면서 오랫동안 그를 쳐다본다.

"당신보다 훨씬 더 무서운 사람이 있다는 거죠."

"그렇죠."

그녀는 생각에 잠겨 담배를 빨아들였다가 도넛 모양으로 연기를 연달아 내뿜는다. 그 도넛들은 골목길 쪽으로 흘러가다 뿔뿔이 흩어진다.

"그럼 그 범죄는 해결되지 않을 거란 말인가요?"

"젠장, 아뇨. 이 사건은 묻히지 않을 겁니다."

"흑인 아이가 죽어서?"

"버싱이 시행되기 직전에 사우디와 도체스터 사이의 경계선에서 흑인 아이가 죽었으니까요. 신문들이 이 이야기로 재미 좀 볼 수 있을 것 같거든요."

"하지만 감옥에 들어간 사람은 아무도 없죠."

"막힌 부분을 뚫지 못하고 있으니까요. 하지만 뚫어 낼 겁니다. 그렇게 되면 도미노가 쓰러지겠죠."

"아니면 시체들이 쏟아지거나."

"네?"

메리 패트는 보닛에서 자세를 바꾸며 다리 하나를 끌어올려 발목을 잡는다.

"이 일이 조금이라도 마티 버틀러와 연결된다면 그날 밤 승강장에 있던 애들 모두 여기 윌리엄슨처럼 죽은 목숨이라는 거 당신도 나만큼이나 잘 알잖아요."

"왜 그렇게 말하시죠?"

"그렇게라니 뭐가요?"

"'모든' 애들이라고 말했잖아요. 개중 몇 명은 어쨌거나 죽을 거라는 듯이요."

"법적인 비용을 부담했는데도 성공하지 못한다면 마티 버틀러는 그 대신 장례식 비용을 부담하려고 할걸요."

그녀가 결국 말한다.

"우리가 그래서 너무 성급하게 압박하지 않는 거죠."

"하지만 너무 오래 기다리다간 저들이 이야기를 확실히 만들어 놓을 거예요. 마티는 사람들에게 돈을 주고 알리바이를 만들 테고 당신은 아무것도 얻지 못하겠죠."

"그게 위험하긴 하죠."

그는 펜더에 발을 올린다.

"당신은 내 딸이 사건에 연루되었다고 생각하겠지만 난 아니라는 걸 알아요. 만약 어떤 일이 있었는지 알아낼 수 있다면 딸이 결백하다는 사실도 입증할 수 있겠죠."

"그러면 따님이 숨어 계신 곳에서 나오게 되나요?"

잠시 메리 패트는 그에게서 멀어진다. 마치 그냥 뿅 하고 자기 몸을 떠나기라도 한 듯하다. 남겨진 보비는 차의 보닛에 걸터앉은 동상을 바라보고 있다.

그러다 돌아오긴 했지만 메리 패트의 목소리는 작고 가늘다.

"네. 그러면 그 애가 숨어 있는 곳에서 나올 거예요."

보비는 최대한 찬찬히 메리 패트의 얼굴을 살핀다.

"따님이 숨어 계신 거죠, 그쵸?"

메리 패트는 신발 끈을 뜯으며 대답한다.

"당연하죠."

"그렇다면 인내심을 가져야 합니다, 페네시 부인."

"메리 패트라고 불러요."

"인내심을 가져야 해요, 메리 패트. 제가 이 일을 끝까지 해내려면 정말 확실하게 해야 하거든요."

메리 패트의 표정을 보니 보비가 그녀뿐만 아니라 스스로도 속이고 있다고 생각하는 듯하다.

"내가 이야기를 나눠 보면 어떨까요?"

"누구 말입니까?"

"말하고 싶어 하지 않는 사람들하고요."

"안 돼요. 좋지 않은 생각이에요."

"어째서요?"

보비는 그녀의 손과 얼굴을 가리킨다.

"당신의 협상 방식은 협박 상태에서의 강압이라고 하죠. 법정에서 효과가 없어요."

"단, 법 집행관이 그 사실을 미리 인지했을 때만 그렇죠."

그녀는 공격적으로 담배 연기를 내뿜는다.

"법률 공부라도 했어요?"

"난 더키와 결혼했었죠. 더키는 감옥에 있던 적이 별로 없어요. 틈날 때마다 비싼 물건을 훔쳐 댔는데도 말이에요. 어디 고정되어 있지만 않으면 뭐든요. 더키가 법전 자체였어요."

"더키는 어떻게 된 거죠?"

"무릎을 꿇지 않았어요."

"누구한테요?"

"무릎을 꿇었어야 할 사람한테요."

그곳에 서서 메리 패트를 보고 있던 보비는 그녀로부터 훅 풍기는 완전한 고독의 냄새를 맡는다. 일생에 있었던 크고 작은 일련의 고통스러운 사건들에서 비롯된 것이다.

"페네시 부인, 제발 집으로 가세요."

"가서 뭘 하죠?"

"집에서 하는 일 아무거나."

"그다음에는요?"

"다음 날 일어나서 그 일들을 다시 반복하는 거죠."

그녀는 고개를 젓는다.

"그건 사는 게 아니에요."

"작은 축복을 찾을 수만 있다면 그게 사는 거죠."

그녀는 미소를 띠지만 눈은 괴로움에 젖어 빛난다.

"내가 받은 작은 축복은 전부 사라졌어요."

"확실해요?"

"아, 확신해요."

"그렇다면 새로운 걸 찾아요."

그녀는 고개를 젓는다.

"이제는 아무것도 찾을 게 없어요."

이 여자의 가장 깊은 곳에 돌이킬 수 없을 정도로 부서진 무언가와 완전히 부서트릴 수는 없는 무언가가 공존하고 있다는 생각에 보비는 충격을 받는다. 두 가지 특성은 공존할 수 없는 법이다. 부서진 사람은 부서지지 않을 수 없다. 부서트릴 수 없는 사람은 부서질 수 없다. 그런데도 메리 패트 페네시는 여기 앉아 있다. 부서졌지만 동시에 부서트릴 수 없다. 그 모순에 보비는 깜짝 놀란다. 보비는 살면서 진짜로 이쪽 세상과 저쪽 세상에 한 발씩 걸치고 있는 듯한 사람들을 만났다. 마치 고대의 주술사들처럼 말이다. 이런 사람을 만났을 때는 미식축구 경기장 하나만큼은 떨어지는 게 낫다.

그렇지 않으면 그들이 이 세상을 떠나 다음 세계로 갈 때 당신을 빨아들일지도 모르니까.

그들은 떠날 것이기 때문이다. 실수하지 말아야 한다. 빌어먹을, 그들은 떠날 것이다.

"메리 패트."

보비의 부드러운 목소리에 그녀가 고개를 든다.

"이야기를 나눌 수 있는 사람이 있습니까?"

"무슨 이야길요?"

"지금 당신이 겪고 있는 일에 관해서요."

"당신과 하고 있잖아요."

괜찮다.

"듣고 있어요."

메리 패트는 잠시 그의 얼굴을 살핀다.

"하지만 당신한테는 들리지 않죠."

"뭐가 들리지 않는데요?"

못생긴 차의 보닛에 앉아 있는 그녀의 두 눈은 보비의 취향이라기엔 아직도 너무 밝다. 그녀는 하늘을 향해 손가락을 빙그르르 돌리고는 대답한다.

"침묵."

보비는 뭐라도 해 보려고 하지만 그 어떤 반응도 보이지 못한다.

메리 패트는 보닛에서 내려와 고물차의 문으로 걸어가 운전석에 올라탄다. 후진했다가 앞으로 나간다. 보비를 보지도, 아무 말도 하지 않고 차를 몰고 떠난다.

17

몇 시간 후 보비는 극장가에 있는 독일 레스토랑인 제이콥 워스에서 카르멘 대번포트와 저녁 식사를 하고 있다. 공무원인 두 사람에게는 특별하게 느껴질 고급 레스토랑이라서 고른 곳이었지만 그래도 고리대금업자에게 다녀와야 지출을 감당할 수 있을 정도는 아니다. 하지만 보비는 계속 정신을 딴 데 두고 있다. 메리 패트와의 이상하고도 우연했던 만남을 떨쳐 낼 수 없기 때문이다. 10개월 만에 겨우 누군가와 첫 데이트를 하는데 이런 생각을 하고 싶지는 않다. 하지만 그녀가 '침묵'이라고 말하며 하늘을 가리켜 손가락을 빙그르르 돌리던 장면이 머릿속을 떠나지 않는다.

빌어먹을 무슨 침묵?

"자, 말해 봐요."

카르멘이 말한다.

"뭘요?"

"뭐 때문에 그렇게 한눈을 팔고 있어요?"

"아마 그냥 긴장되나 봐요."

"으음, 아뇨."

그녀는 냅킨을 무릎에 올리고 테이블에 대고 의자를 움직인다.

"당신 지금 정신을 이 레스토랑 말고 다른 곳에 보낸 것 같은데요. 나랑 같이 있지 않아요. 혹시 눈치 못 챘을까 봐 말하는데, 나 오늘 좀 괜찮거든요."

그녀는 청치마에 하얀 페전트 블라우스를 입고 무릎까지 올라오는, 바와 같은 마호가니 색깔의 부츠를 신고 있다. 머리는 요전에 만났던 날 밤과는 약간 다르게 눈 위로 우아하게 곡선을 그리며 좀 더 길게 떨어지고, 장신구도 더 많이 걸쳤다. 왼쪽 팔목에 자리한 팔찌와 어울리는 은색 초커, 얇은 백금 링 귀걸이. 초록색 눈은 아주 옅어서 거의 반투명해 보인다. 그래서인지 보비를 꿰뚫어 볼 수 있을 것만 같다.

보비는 아름다워 보인다고 말한다.

"늦었어요. 좋아요, 꼼지락댈 것 없어요. 무슨 생각 해요?"

"당신이요."

그녀는 킥킥대며 가운뎃손가락을 날린다.

"계속 한눈팔다가 내 성질 돋우지 말고 뭣 때문에 그러는지 말해 줬으면 좋겠어요."

술이 나온다. 카르멘에겐 레드 와인, 보비에겐 맥주. 그들은 마시기 전에 잠시 첫 데이트를 기념하며 건배한다.

보비는 어기 윌리엄슨 얘기와 아이 네 명이 열차 주변에서 그를 쫓던 걸 봤다는 목격자들의 얘기를 전부 해 준다. 그리고 결국 다음 날 아침 어기가 선로에서 죽은 채 발견되었으며 일부 목격자에 따르면 그 네 아이가 사우디 출신의 여자애 둘, 남자애 둘이라는 것. 그리고 그중 둘을 데려왔을 때 마티 버틀러와 관련된 변호사들이 나타나 구해 갔다는 사실도.

"다른 둘은요?"

"한 명은 어려워요. 사실 넷 중 가장 어렵죠. 마티와 개인적으로 연결돼 있어요. 그래서 데려와도 입을 열지 않을 거예요."

"그럼 또 다른 여자애는요?"

"어디 있는지 아무도 몰라요."

"죽었어요?"

"플로리다에 있다는 소문이 있어요."

"당신은 그 얘기 믿지 않는 것 같네요."

"사실 판단이 잘 안 서요. 왜 그 아이가 가장 위협적인 존재로 지목되었는지 모르겠어요. 마음에 그게 계속 걸리네요."

카르멘은 와인을 홀짝거리며 보비가 이야기했던 지점에 골몰한다. 그녀는 차분하면서도 강렬한 눈으로 그를 바라보고 있다. 보비는 당장 도망치고 싶을 정도로 아주 매력적이라고 생각한다. 코인성을 가진 사람들의 특성이다. 행복을 느끼면 피해라. 행복 다음에 오는 건 고통뿐일 테니. 어머니 감사합니다, 아버지 감사합니다. 자식들에게 무슨 인생관을 물려주신 건지. 아주 젠장맞을 매력의 한 쌍이세요.

카르멘이 말한다.

"살인을 목격했을지도 모르는 여자애가 있어요."

"연루됐을지도 모르죠."

"아뇨, 아닐 수도 있어요."

강조하려는 듯 그녀의 옅은 두 눈이 커진다.

"그 여자애는 그냥 친구들이 살인을 저지를 때 함께 있었을 뿐인데 양심이 불편해진 것일 수도 있죠."

"그럴 수도 있죠."

그는 동의한다. 순간 오늘 만난 메리 패트가 떠오른다. 너무 밝던 그 눈빛, 아주 미세한 좌절과 고통이 갑자기 폭발하던 두 눈.

침묵.

"아이 있어요?"

보비의 물음에 카르멘은 고개를 끄덕인다.

"한 명이요. 지금 대학교에 다녀요. 내가 망치지 않은 건 그 애밖에 없어요. 문제가 생기기 전까지 고등학교 내내 데리고 다녔어요."

보비가 그녀의 말을 다시 고쳐 말한다.

"고등학교 다닐 때 애가 있었다고요?"

카르멘은 미소 짓는다.

"아주 매끄러운 악마의 혀를 가지고 있네요. 아니에요, 보비. 고등학생일 때 애를 가진 게 아니에요. 난 열아홉 살 때 그 애를 가졌어요. 지금은 그 애가 열아홉 살이고요. 계산해 봐요."

보비는 짐짓 놀란 척하며 입을 떡 벌린다.

"나보다 네 살이나 더 많네요."

"네. 하지만 내가 자기 관리를 훨씬 잘하고 있는 건 분명하네요."

보비가 소리 내 웃는다. 이렇게 자유롭게 웃었던 때가 또 언제였는지 기억나지 않는다. 금세 카르멘도 따라 웃는다. 그녀는 그의 손을 잡고 엄지로 손바닥 가운데를 쓸어내리며 말한다.

"뭐 좀 더 주문할까요?"

"물론이죠."

하지만 그들은 주문하지 않고 잠시 서로를 가늠하며 그냥 앉아 있기만 한다.

"당신은 애 있어요?"

"하나요. 아홉 살이죠. 주중에는 엄마랑 살아요."

"음, 하나 물어볼게요. 누군가가 당신 아이를 해쳤는데 경찰이 아무것도 안 하면 어떻게 할 거죠?"

브렌던, 그 아이의 기대에 찬 눈과 미소, 친절한 태도와 주변의 모두가 행복하면 좋겠다는 소망, 보비를 감동시키는 만큼 두렵게 만드는 그 아이의 바람이 눈에 보인다. 세상이 브렌던을 해친다면, 정말 해친다면, 무너져 내린 보비가 다시 일어설 수 있을까?

"어떻게 할지 모르겠어요. 그러니까 솔직하게 말하자면, 제가 뭘 하고 싶어 할지는 알아요. 하지만 난 법과 질서를 믿는 사람인 게 분명하잖아요. 글쎄요, 만약 100년쯤 전에 서부의 미개척지로 가는 마차 행렬에 내가 끼어 있는데 누가 내 아들을 해쳤다면? 그렇다면, 그래요, 그놈은 에이브러햄 링컨보다도 더 죽은 목숨일 겁니다."

그녀는 고개를 끄덕인다.

"나도 평상시에 같은 생각을 해요. 아이를 해치는 사람을 죽이겠다고 말하기는 얼마나 쉬운지. 하지만 법이라는 게 있죠. 그리고 양심도. 누군가를 죽이면 당신은 감옥에 가고, 아이는 당신 없이 자라겠죠."

"동물하고 사람하고 다른 건 우리 세상에는 법이 있다는 거겠죠."

"그 여자애의 부모들도 그런 생각인가요?"

"엄마만 있어요."

"어떤데요?"

보비는 낄낄 웃는다.

"대단한 사람이에요. 베트남 전쟁 초기에 우리 소대에 그 사람 같은 대원이 여섯만 됐어도 그 망할 전쟁을 하지 않아도 됐을걸요."

"지금 여자 얘기하는 거 맞죠?"

"사우디 공공 주택 단지에 사는 여자예요. 그곳 출신들은 품종이라는 게 다르잖아요."

"그녀를 좋아하는군요."

"네."

보비는 인정한다. 그러다 그녀의 눈을 보며 말을 잇는다.

"아니, 아니, 아니요. 그런 쪽으로는 아니에요. 당신을 좋아하는 것처럼은 아니죠."

"그럼 어떻게?"

"그녀는……."

그는 생각한다. 메리 패트 페네시를 어떻게 설명하지?

"아무도 이 여자에게 그만두는 법을 알려 주지 않았어요. 괜찮다고 말해 준 사람도 없을지 몰라요."

"그만두는 법?"

"줄여 나가는 법이요. 글쎄, 우는 법 같은 거랄까? 감정?"

그는 생각한다.

"하여간 분노 말고 다른 걸 느끼는 거요. 난 아들을 볼 때마다 애가 투덜거릴 정도로 꽉 껴안아요. 아들의 머리와 살냄새를 맡죠. 가끔은 그 애의 피와 심장의 박동을 들을 수 있게 등에 내 심장을 갖다 대기도 하고요. 음, 그 애가 곧 그런 것에 질릴 나이니까 그냥 할 수 있을 때 하는 거죠."

카르멘은 고개를 끄덕인다. 그녀의 두 눈이 부드러워지더니 손바닥을 쓸어내리는 엄지의 손길도 훨씬 부드러워진다.

"내기해도 좋아요. 메리 패트 페네시는 평생 그렇게 누군가에게 안겨 보지 못했을 거예요."

"당신 좋은 아버지인가 봐요."

"누군가가 죽기 전까지는 좋은 아버지라고 불러선 안 되죠."(고대 그리스의 역사가 헤로도토스가 한 것으로 알려진 말을 응용한 것 — 옮긴이)

그녀는 눈을 치켜뜬다.

"인용구 그대로는 아니네요."

보비는 웃는다.

"고대 그리스 고전을 알아요?"

"공부한 고전은 알죠. 수녀들이 확인했으니까."

"난 수녀 별로예요."

그가 불쑥 말한다.

"나도 그래요. 그래도 수녀 입장에선 해 본 적도 없는 일감을 떠맡은 거지만요. 신부들은 술도 마시고 공도 다 차지하는데, 수녀들은 뭘 얻죠? 수녀원?"

종업원이 주문을 받으러 오자 둘은 손을 거둬들이고 메뉴를 본다.

종업원이 떠나자 카르멘은 다시 손을 테이블 위에 올려놓고 그에게 눈썹을 치켜올린다. 보비가 손을 올리자 카르멘은 그 위에 다른 손을 포갠다.

"이 여자한테 애가 또 있어요?"

"아들이 있었지만 죽었어요."

"남편은?"

"둘 있었죠. 둘 다 그녀를 떠났는데 한 명은 법적으로 사망 선고를 받았어요."

그녀는 와인을 더 마시려고 한 손을 뻗는다.

"그런데 딸에게 끔찍한 일이 일어났다면 그녀는 무엇을 위해 살아야 하죠?"

그 순간, 유령이 곧장 보비의 몸속으로 걸어 들어간다. 정확히 몸과 같은 크기의 유령은 정수리에서 발바닥까지 구석구석을 어루만지고 가슴으로 빠져나간다.

"모르겠어요."

저녁 식사를 마치고 보비는 그녀를 집까지 데려다준다. 멀지는 않다. 걸어서 10분 정도지만 이리저리 거닐며 돌아간다. 낮의 열기를 머금은 잎사귀가 우거진 나무 아래를 걸으며 파크 스퀘어를 지나자 빛과 어둠이 협곡을 이룬 거리가 앞에 펼쳐진다.

저녁을 먹으며 보비는 카르멘이 어떤 일을 하는지 더 알게 됐다. 그녀는 록스버리에서 남편들에게 맞은 바람에 도망친 아내들을 위한 사회 복귀 훈련 시설을 운영한다. 여자들은 종종 아이까지 같이 데리고 나온다고 한다. 고요한 여름밤에 도시를 걸으며 보비는 왜 그 일을 하냐고 카르멘에게 묻는다.

카르멘은 어렸을 때는 변호사가 되고 싶었고 경찰을 꿈꿨던 기억도 나지만, 대학에 입학했을 때 전액 장학금을 받았는데도 먹을 것을 사거나 잘 곳을 마련할 돈이 부족했다고 답했다. 그러다 아는 사람의 소개로 그런 쉼터에 일자리를 얻었고, 그곳에서 일을 하는 동안 자기 힘으로 인생의 방향을 바꿀 수 있다고 다른 사람에게 설득하는 재주가 있다는 사실을 알게 됐다. 물론 모든 사람에게나 통하는 건 아니었지만 말이다.

"그리고 중독됐군요."

그녀는 그 말에 동의하며 보비의 팔을 때린다.

"중독됐었죠."

"그 일 많이 고통스럽겠는데요. 매 맞는 여자요? 젠장."

"사돈 남 말 하시네요."

"아니, 아니 그렇지 않아요. 물론 난 쓰레기를 많이 보지만 내 일은 전반적으로 명쾌해요. 누군가 죽으면 가서 거기에 책임이 있는 사람을 찾죠. 범인을 잡을 때도 있고 못 잡을 때도 있어요. 하지만 나는 나로 인해 누군가의 삶이 나아질 수 있다는 희망으로 살지 않아요. 당신은 그 여자들을 믿어야 해요. 대개는 자진해서 개자식들에게 돌아가거나 그 인간들에게 쫓기면서 돌아오라고 설득당하는 여자들을요. 그런 일들이 얼마나 자주 일어납니까?"

그녀는 인정한다.

"50퍼센트 이상이요. 암울해지죠. 거짓말하지 않을게요. 난 한동안 바늘에서 빛을 찾았어요. 그러다 결국 모든 빛을 죽였죠."

"지금은 어디에서 찾죠?"

"믿음."

"신에 대한 믿음인가요?"

"사람들에 대한 믿음이요."

"오. 나쁜 선택이네요."

그는 움찔 놀란다.

"당신은 사람들이 변할 수 있다고 믿지 않아요?"

"안 믿어요."

그녀는 그 말에 고개를 갸웃하더니 성큼성큼 걸어 보비보다 몇 걸음 앞선다.

"그런 거지 같은 태도로 날 침대로 끌어들일 수 있겠어요, 본명이 마이클인 보비 씨?"

"내가 희망을 품는다고 사람이 바뀔지 확신하지 못하는 것뿐이에요."

보비는 간신히 말한다.

그녀는 다시 그에게 걸어간다.

"사람들이 변할 수 있다는 걸 믿지 않는다고 했죠. 당신은 날 감옥 대신에 재활 시설로 데려갔어요. 나한테 희망을 품고 있었다는 이야기죠. 그 덕분에 난 아직도 일하고 있고요. 사우디의 그 어머니에게도 희망을 품고 있으니까 나와 데이트하는 저녁 내내 그녀에게 집착한 거 아니에요? 내 모습이 이렇게 '환상적'인데도."

"당신 정말 멋져요."

카르멘이 가까이 다가와 그의 옷깃을 잡아당겨 처음으로 키스한다. 입술에 가볍게 닿는 키스는 약간은 순수하기도 하고 약간은 질척하기도 하다.

"당신은 그러고 싶어 하지는 않지만 희망을 품고 사는 사람이에요. 그래서 내가 당신을 좋아하는 거고요."

그녀는 그의 옷깃을 놓고 다시 앞서 걷는다.

"날 좋아해요?"

카르멘은 어깨 너머로 한 번 더 보비를 쳐다본다.

"아무에게도 말하지 마요."

챈들러가(街)의 집 앞에서 멈춘다. 보비는 이 동네의 범죄율이 높다고는 하지 않겠지만 낮다고 하지도 않을 것이다. 챈들러가의 집은 갈색 사암 건물이 즐비한 블록을 반쯤 내려가다 보면 자리하고 있다. 그 집은 이 도시의 다른 곳들과 마찬가지로 구조적인 변화를 겪었고, 과거에 그랬던 모습과 미래의 모습일 수도 있고 또 아닐 수도 있는 모습 어딘가에 갇혀 있는 듯하다. 카르멘은 3층에 켜진 불빛을 가리키며 자기 집 거실이라고 알려 준다.

첫 키스를 했다는 사실을 차치해 두더라도 오늘 밤은 저 위로 올라갈 분위기가 아니라는 걸 말로 하지 않아도 알 수 있다. 그래도 보비는 괜찮다. 베트남에 있는 동안 여자 문제에 대해서는 엉망이 돼 버렸다. 그가 알았던 여자라고는 술집 여자들과 직업 댄서들, 그리고 후에 황궁 밖의 대로에서 베트남어와 프랑스어, 미국 갱 영화에서 배운 비정한 영어를 뒤섞어 거의 해독할 수 없는 언어로 유혹하는 창녀들이 전부였다. 본토로 돌아와 군에 있던 처음 몇 년 동안은 스트리퍼와 술집 여자들만 만났다. 그리고 나서 섀넌을 만났다. 지나고 보니 그녀는 분명히 자기가 절대 사랑할 만한 여자가 아니라는 상당한 확신이 생겼다. 새넌은 차갑고 오만하며 인간을 좋아하지 않는다는 사실이 분명했다. 보비는 만난 지 얼마 안 돼 그녀가 자신을 좋아하는 것을 보고 자기가 가치 있는 존재라고 착각했다. 누구도 좋아하지 않는 사람이 나를 좋아한다면, 내가 비길 데 없는 존재라는 거 아닐까? 보비는 그렇게 아름답고 무정한 여자를 안고 있다는 사실에 자부심을 느꼈지만 기쁘진 않았다. 새넌은 솔직히 말해 결혼한 지 얼마 지나지 않아 보비가 자신을 사랑하지 않는다는 사실을 깨달았다. 문제는 그녀가 그를 사랑했다는 것이었다. (새넌이 누구를 사랑할 수 있다면 말이다.) 보비가 진정한 사랑을 되돌려 주지 않으리라는 것이 안 그래도 이기적인 그녀의 마음을 화강암 덩어리로 만들었다. 오직 브렌던만 그 안으로 들어갈 수 있었다. (보비는 브렌던이 말대꾸를 하기 시작한 후에도 계속 그럴 수 있을지 궁금하다.) 새넌과 헤어진 후 보비는 완전히 의미 없는 섹스로 돌아갔다. 꼭 창녀들은 아니었지만 만난 여자들은 보비만큼이나 섹스를 일종의 거래라고 생각했다.

약물을 끊으면서 보비는 유독 좋아했던 두 가지인 자기 파괴와 자기혐오를 촉발하는 것은 무조건 멀리했다. 즉, 오랫동안 가장 자주 어울렸던 부류의 여자들을 멀리했다는 뜻이다.

지금 보비는 카르멘 대번포트의 집 앞에서 그녀의 두 손을 살포시 잡고 좋은 저녁 시간을 보냈다는 인사에 자기도 그랬다고 말한다. 둘 다 장난스럽게 웃으며 또 키스를 해 봐야 하나 궁금해한다. 문득 보비는 자신이 그녀를 두려워하는 이유를 깨닫는다. 그녀가 똑똑해서다. 그녀는 똑똑하니까 보비가 얼마나 똥덩어리로 가득 찬 사람인지 금세 알아차릴 것이다. 보비는 자기가 무슨 일을 하고 있는지 모른다. 알았던 적이 없다. 어디로 가고 있는지도 모르고 그걸 짐작하지도 못한다. 아직도 보비는 자기가 황새가 굴뚝에 떨어트린 뒤 계속 아래로 떨어지고 있는 아기나 다름없다는 생각이 든다. 그가 세상에 보이는 다른 모습들은 전부 시늉에 불과하다.

또 키스한다. 이번엔 더 깊고, 더 길게. 떨려서 몸속에 잔물결이 일어나는 듯하자 보비는 창피해하며 카르멘이 알아차리지 못했기를 바란다. 뭐야, 젠장맞을 열두 살짜리 남자애도 아니고.

입술을 떼는 순간에도 카르멘은 아직 눈을 감고 있다. 보비는 그 눈이 뜨이는 모습을 지켜보며 그를 몹시 두렵게 하는, 차분하고 지적인 옅은 초록색 눈동자와 마주한다.

"내일 전화해요."

그녀는 계단을 올라간다.

"언제?"

"알아서."

그녀가 안으로 들어간 후에도 보비는 잠시 머물다 전철역으로 향한다.

집에 도착해 겨우 문을 지나는데 보험 계리사인 여동생 에린이 복도를 따라오며 어디에 있었는지 묻는다.

"외출했는데. 왜?"

"직장에서 전화 왔었어, 음, 다섯 번."

"메시지 남겼어?"

"응."

에린이 그 메시지 내용을 말해 주기를 기다리지만, 그녀는 그냥 쳐다보기만 할 뿐이다.

"무슨 메시지?"

에린은 또 쳐다본다. 그녀는 보비가 전남편을 소개해 줬다는 사실을 절대 용서하지 않는다. 아니면 그와 헤어진 후에도 그 형편없는 자식과 친구로 지내는 것을 용서하지 않는 것일지도.

그녀는 이렇게 말하고 떠나 버린다.

"전화해 달래."

보비는 계단 옆 전화 테이블로 가서 작은 의자에 몸을 밀어 넣고 다이얼을 돌린다. 프리처드와 연결되자 묻는다.

"무슨 일이야?"

"그 녀석 아시죠, 럼 콜린스. 요전 날에 데려왔던?"

"그래."

"여기 있습니다."

"무슨 말이야?"

"절뚝거리면서 왔어요. 바지는 온통 피범벅이고. 어기 윌리엄슨에게 있었던 일을 말하고 싶답니다."

"그럼 진술받아."

"형사님한테만 말하겠답니다."

"갈게."

"저기요, 보비."

"응?"

"애가 바지에 지렸어요. 음, 진짜 말 그대로요. 녀석 말이 자기를 다시 거리로 보내지 않겠다는 그 한 가지만 약속해 달랍니다."

"좋아. 왜 그런대?"

"그 여자가 거기 있어서요."

18

　보비와 카르멘 대번포트가 제이콥 위스에서 첫 번째 술을 주문하고 있을 무렵, 메리 패트 페네시는 퓨리티 슈프림의 하역장 뒤쪽에서 럼 콜린스와 또 다른 슈퍼마켓 직원이 마리화나를 나눠 피우는 모습을 지켜보고 있다. 메리 패트는 1972년, 누군가가 햄버거를 두 개 사서 그 안에 말고기가 아주 많고 소고기가 아주 적다는 사실을 실험실에서 발견하면서 도산하게 된 헨리스 햄버거 주차장의 나무 아래 자리해 있다.

　퓨리티 슈프림 주차장에는 럼의 더스터와 그의 마약 친구의 차로 추정되는 쉐보레 베가, 두 대가 세워져 있다. 경비원을 비롯한 직원들은 모두 퇴근했다. 퓨리티 슈프림의 야간 보안은 내부에 경보 장치를 설정하고, 쇠창살 문을 내리고 잠그는 게 전부다.

　럼의 친구가 마리화나 꽁초를 집는 집게를 꺼내 보이고 둘은 물고기 한 쌍처럼 마리화나 꽁초를 뻐끔거린다. 그런 다음 하이파이브를 나누고 각자의 차로 걸어간다. 여기가 어려운 부분이다. 럼의 친구가 차에서 미적거리거나 시동을 거는 데 시간이 너무 오래 걸린다면 계획 전체가 틀어진다. 럼이 시동을 걸기 전에 마약 친구가 떠나야 한다. 거기에 모든 계획이 달려 있다.

　친구 쪽이 먼저 차에 올라타지만 바로 시동을 걸지는 않는다. 럼은 이제 자기 차 문을 열고 막 운전석에 올라타려 하고 있다. 메리 패트는 재빨리 차에서 내려 주변을 두리번거리며 매치박스 장난감

자동차 크기만 한 돌멩이를 찾는다. 그리고 내야에 높이 뜬 플라이 공처럼 높이 던진다. 정확하게 던졌는지 확신은 없었지만 그때 멀리서 럼의 더스터 보닛을 때리는 쾅 소리가 들린다.

럼이 차에서 내린다. 마약 친구는 알아채지 못하고 시동을 걸면서 창문을 내리고 무슨 일이냐고 묻는다. 럼은 자기 차 보닛을 쳐다보고 있다. 그리고 근처의 나무들을 유심히 본다. 친구에게는 한 손을 들어 괜찮다고 한다.

마약 친구는 차를 몰고 떠난다.

럼은 주차장을 둘러본다. 잠시 퓨리티 슈프림의 주차장 너머 옛 헨리스 햄버거 주차장을 보는 것도 같다. 하지만 열심히 보지도, 오래 보지도 않는다.

럼은 다시 더스터에 올라탄다. 열쇠를 돌리자 엔진이 덜그럭거리는 소리를 내더니 살아난다.

그리고 꺼진다.

다시 시동을 걸어 본다. 이번엔 엔진이 점화되기까지 확연히 시간이 걸린다.

그리고 바로 꺼진다.

럼은 네 번 더 시도하지만 헛수고다. 연료 탱크가 비어 있어 엔진에서는 윙윙거리는 아주 높은 소음만 발생한다. 메리 패트는 연료를 모조리 뽑아낸 후 갈색 설탕 500그램을 부어 놓았다. 럼 콜린스의 오렌지색 플리머스 더스터가 주차장을 떠나려면 견인 트럭을 부르는 수밖에 없다.

럼은 차에서 내려 보닛 안을 본다. 잠시 후 보닛을 닫는다. 다시 차 안으로 머리를 쑤셔 넣는다. 1분 정도 후 다시 뺀다. 뒤로 가서 차 밑으로 들어간다. 럼은 연료 탱크에 귀를 대고 주먹으로 쾅쾅 두드린다.

럼은 얼굴을 찡그리며 일어선다. 잠깐 그렇게 있다가 연료 탱크를 여러 번 이리저리 살핀다.

그는 헨리스 햄버거를 건너다본다. 판자로 막혀 있다. 진입로는 물론 오래된 현관 옆의 공중전화 부스 밑에도 잡초가 무성하다. 하지만 공중전화가 있고, 거기엔 불이 켜져 있다.

럼은 주머니에 손을 넣고는 동전을 쥔 듯이 그것을 힐끗 본다.

럼은 퓨리티 슈프림의 주차장을 터벅터벅 가로질러 무너진 담장을 넘어 전화 부스로 걸어간다. 차를 공회전시키고 있던 메리 패트는 기어를 재빨리 주행 모드로 바꾸고, 전조등을 끈 채로 베스를 천천히 움직인다. 가속 페달을 점점 세게 밟는다. 럼이 차 소리에 돌아설 때쯤에는 확실히 그녀가 주도권을 잡고 있다. 메리 패트는 미친 듯이 가속 페달을 밟아 그의 오른쪽을 쏜살같이 지난다. 30센티미터가 채 안 되는 차이로 앞바퀴는 그를 빗나갔지만, 운전석 문을 활짝 열어 그걸로 럼의 몸을 강타한 덕에 그는 잔디밭 너머 옛 드라이브스루 차선(동네 최초 드라이브스루로 당시에는 엄청났다)으로 붕 뜬 채 날아간다.

럼이 일어서지만 이미 메리 패트가 셔츠를 단단히 움켜잡은 뒤다. 럼은 휘청대며 비틀거린다. 그녀는 그를 인도 가까이 끌고 간 뒤 몇 시간 전 쇠지레로 열어 놓은 식당 옆문으로 들어간다. 그러고는 무슨 유적 같은 주방 바닥에 그대로 내동댕이친다. 럼이 일어나려고 하자 메리 패트는 연속으로 네 번이나 얼굴을 팬다. 그의 영혼이라도 부숴 버릴 듯한 힘으로 주먹을 날려 속도는 악랄하기까지 하다. 메리 패트는 목적을 달성한다. 럼은 바닥에 누워 얼굴을 가리고 신음하다, 바지 단추를 푸는 손길을 느끼고 손을 떨어트린다. 그가 막기 전 메리 패트는 그의 청바지와 프루트오브더룸 속옷을 한꺼번에 무릎까지 끌어내리고 커터칼을 손에 든 채 그 위에 올라탄다. 커터칼은 쥬시 프루트 에너지바처럼 생겼고 얇지만, 슈퍼마켓에서 일한 럼은 그 커터칼이 통조림을 담는 두꺼운 종이 상자도 휴지처럼 자를 수 있다는 사실을 분명히 알고 있는 듯하다.

럼이 자기 바지가 정말로 벗겨졌다는 사실을 깨닫기도 전에 메리 패트는 벌써 럼의 고환을 확 잡아당기고 그 아래쪽에 칼을 가져다대며 칼날을 드르륵 뺀다.

감히 추측하건대 럼은 살면서 이렇게 크거나 높이 비명을 지른 적이 없었을 것이다. 상처에서 피가 막힘없이 흐른다.

"그날 밤 컬럼비아역 승강장에서 있었던 일을 전부 다 말해."

럼은 말한다. 알고 있는 전부를 말했다고 메리 패트가 확신할 때까지 멈추지 않는다. 심지어 줄스가 좋지 않게 생각되는 부분, 전혀 좋게 보이지 않는 부분까지도 다 말한다.

이야기가 끝나자 메리 패트는 무릎으로 럼의 어깨를 누른다. 잠시 그를 내려다본다. 그러고는 태연하게, 무슨 일이 일어날지 자기도 궁금하다는 듯 그의 숨통과 목 근처에 대고 커터날을 몇 번 튕긴다. 찻물처럼 뜨거울 것 같은 눈물이 럼의 눈꼬리에서 귀로 흘러내린다.

"날 죽일 거죠."

그녀는 어깨를 으쓱한다.

"생각 중이야. 줄스 어디 있어?"

"몰라요."

메리 패트는 칼날을 럼의 턱 밑에 튕긴다.

"하지만 그 애가 죽었다는 건 알지."

럼의 눈이 더 작아지며 눈물이 흐른다.

"네."

"어떻게?"

"다 아는 얘기예요."

그는 간단하게 말한다.

"눈 떠."

럼은 눈을 뜬다.

"경찰에 전화하는 거야. 내게 말한 것을 경찰에 말해. 그렇게 하지 않으면, 럼, 듣고 있어? 듣고 있는지 말해."

"듣고 있어요."

"그렇게 하지 않으면 내가 다시 널 찾아올 거야. 어떤 것도 날 막지 못해. 널 구해 줄 수 있는 건 없다고. 무슨 일이 있어도 말이야. 럼, 네가 누굴 알든, 널 보호해 줄 수 있을 것 같다고 생각하는 사람이 누구든 그러지 못할 거야. 내게 맞서지 못한다고. 난 오늘 밤이랑 똑같이 너를 다시 찾아와서 네 고환을 잘라 버리고, 좆도 잘라서 하수구에 던져 버릴 거야. 네가 버려진 채 피를 흘리며 죽어 가는 동안 쥐들에게 먹으라고 말이지."

메리 패트는 일어선다.

"저 공중전화로 경찰에게 전화를 걸어. 그리고 어기 윌리엄슨의 죽음에 관해 자백하고 싶다고 해."

그녀는 걸어가다 걸음을 멈추고 돌아선다. 마음속에 간직하고 있던 모든 믿음 중에서 가장 소중하게 여겼던 믿음이 이제 질문 하나로 위험에 처할 순간이다. 그건 그녀에게 있어 줄스가 가장 좋은 부분이었다는 믿음이다. 줄스가 그녀 자신이나 더키, 노엘보다 낫다는 믿음. 어디로 가든 끝내 좋은 영혼이 가는 곳에 다다를 거라는 믿음 말이다.

메리 패트는 목을 가다듬는다.

"줄스가 했다고 말한 일들. 진짜 그 애가 했니?"

럼은 그 부분을 바꿔 말했어야 했다는 것을 깨달은 표정을 짓는다.

"그 애가 했어?"

메리 패트는 모든 단어를 또박또박 반복한다.

"허튼 거짓말할 생각 마. 알 수 있으니까."

"네."

럼이 말한다.

그녀는 아랫입술을 떨며 한참 동안 문간에 서 있다.

"음, 그 애를 키운 건 나지? 그러니 내 죄겠지."

그녀는 나간다.

19

보비가 경찰국 문턱을 채 넘어서기도 전에 당직 경사인 피트 토르키오가 전화기를 높이 들고 말을 건다.

"전화 왔어요."

"누구야?"

피트는 윙크한다.

"이름이 특수하다네요."

"뭐라고?"

"특수 요원 스탠스필드래요."

피트는 본인이 아주 재미있다고 생각한다. 서른두 살밖에 안 된 그가 세 번째 부인과 사는 이유다.

보비는 문을 지나며 자기 책상을 가리킨다.

"연결해 줘."

"깊은 기쁨으로 절 채워 줘요, 보비. 제 따뜻한 거길 간지럽혀 줘요. 아시죠."

보비가 책상에 도착하자 내선 2번 버튼이 깜박거리며 전화기가 울린다. 버튼을 누르고 수화기를 귀에 가져다 댄다.

"자일스?"

"보비. 어떻게 지내?"

"아, 뻔하지, 뭐. 당신은?"

"버싱 시위자들이 우리 건물 창문을 하나 박살 낸 얘기 들었지?"

"어."

"30분 넘게 '깜둥이 구려'를 외치더라니깐, 보비."

그 목소리에는 왠지 보비가 1)그 상황에 책임이 있거나 2)그 행동을 설명할 수 있다고 시사하는 어조가 담겨 있다.

"한 시간의 반을 말이야."

"구호를 하나만 외치기는 긴 시간이지. 구호를 섞었어야 한다는 거지?"

"우리에 가둬야지. 그런 사람들은."

자일스 스탠스필드는 코네티컷에서 자랐다. 브라운대학교를 다니고 예일대학교 로스쿨에 진학했다. 연방수사국에 합류할 때까지 아마 스탠스필드 집안이나 예일대에서 일하는 흑인 외에는 흑인을 만난 적이 없을 것이다. 가난한 백인도 마찬가지다.

"무슨 일이야, 자일스?"

"버틀러 패거리 주변을 쿵쿵대고 다닌다면서."

갑자기 그의 목소리가 쾌활해진다. 정원 파티에서 펀치 한 그릇을 마시며 수다라도 떠는 것처럼.

"어디서 들었어?"

"우리와 얘기를 나누고 싶어 할 것 같은데. 신호가 엇갈리지 않게 말이야."

"뭐 엇갈릴 거라도 있어?"

"음, 그냥 신호 말이야."

자일스의 목소리는 여전히 쾌활하지만 다소 초조한 것 같기도 하다. 예상했던 대로 대화가 흘러가지 않는 모양이다.

"무슨 신호인지 말해 주는 게 어때. 그래야 이쪽하고 그쪽이 혼동될 여지가 있는지 알잖아."

자일스는 한숨을 쉬지 않으려고 애쓰는 듯하다.

"닉슨 탓이야."

"무슨 소리야."

보비는 일할 때 쓰는 리볼버 권총과 자동차 열쇠를 책상 서랍에 넣는다.

"닉슨이 연방 마약국을 ODEA와 합쳐서 마약단속국(Drug Enforcement Administration)이라는 똥덩이를 만들었잖아. 그러고는 카우보이 한 무리와 북동부 전역의 경찰서 채용에서 떨어진 사람들을 고용한 다음 기관이라고 했지."

"난 그걸 관청(Administration)이라고 하는 줄 알았는데."

연방 수사관들을 도발하는 것이 왜 그렇게 즐거운지 모르지만 보비는 그랬다.

"뭐라 부르든 간에 그 총을 든 야비한 버러지들하고 배지를 가진 생쥐들도 버틀러 패거리를 파헤치고 있었나 봐. 그쪽에서 버틀러네 부하를 체포하기 전까지 우리는 몰랐던 사실이야."

"그게 왜?"

"우리 쪽 사람이었거든. 마티의 불법 정비소에서 6개월 동안 일했는데 마약단속국이 다 망쳐 놨어."

"저런, 안 됐네."

보비는 담배를 찾아 주머니를 더듬거리다가 거기 없다는 것을 알고 갑자기 공황을 느낀다. 미친 듯이 주위를 두리번거리다 30초 전에 책상에 놓아두었던 것을 본다.

빈센트가 유치장 맞은편에 있는 B 심문실에서 고개를 내밀고 보비를 향해 눈을 부릅뜬다. 여기로 오라는 메시지가 분명하다. 그는 오만상을 찌푸리며 다시 문을 닫는다.

"그래, 너무 짜증 나지. 양쪽 다 고생만 하고 누구에도 도움이 안된 거야. 그냥 한 팀을 선택해서 승점을 올리는 게 해결책이야."

보비는 담배와 성냥을 재빨리 집어 든다.

"좋은 생각이야. 우리가 맡을게."

그는 입이 귀에 걸릴 정도로 씩 웃으며 말한다.

"아, 안 돼."

자일스가 재빨리 반박한다.

"그쪽은 일이 많잖아. 우리한테 점수 낼 기회 좀 주지?"

"그 문제는 회의를 잡지?"

"그래, 하지만 그때까지 구두상으로라도 합의를……."

"여기 여직원보고 그쪽 여직원에게 연락하라고 할게. 공식적으로 회의 일정을 잡자고."

"좋아, 하지만 보비……."

"가야 해, 자일스."

보비는 전화를 끊는다.

여기 여직원보고 그쪽 여직원에게 연락하라고 할게. 이런 개소리는 어떻게 생각한 거지?

B 심문실에는 로널드 럼 콜린스가 그 위에서 골프 연습이라도 한 것 같은 얼굴로 테이블의 반대쪽에 앉아 있다. 몇몇 상처는 좀 오래되어 보이는데 메리 패트가 일주일쯤 전에 술집에 찾아갔던 게 기억난다. 새로 생긴 상처도 있다. 찢어진 오른쪽 눈썹, 부어오른 왼쪽 귀, (일주일 전 생긴 오래된 노란색 멍 위쪽으로) 검고 볼록한 오른쪽 눈두덩이, 피로 검붉어진 치아, 면도날같이 대단히 날카로운 것을 튀겨 생긴 것 같은 목의 상처.

하지만 빈센트가 경고했듯이 최악은 허리 바로 아래다. 오줌 냄새, 심지어 똥 냄새까지 나고 피에 젖은 청바지가 몸에 달라붙어 있다.

"잘 지냈어, 럼?"

보비는 막 뱉은 모순적인 인사말에 웃지 않으려 애쓰며 맞은편에 앉는다. 오늘 밤은 왜 이렇게 다 재미있지? 그때 이런 생각이 든다. 어쨌거나 지금은 인생에 누군가가 있잖아. 모든 일이 좀 더 밝아지지.

그리고 다음에 든 생각은 이렇다. 주여, 이 상황이 계속되길.

럼은 지금 자신에게 주어진 사명이라는 듯 입술 안쪽을 씹어 댄다. 보비는 그 안이 어떤 모습일지 생각도 하기 싫다.

"그 여자가 날 죽일 거예요."

"누구?"

"말할 수 없어요."

"내가 맞춰 볼까. 메리 패트 페네시지."

"젠장, 말할 수 없어요! 씨발, 말하지 않을 거라고요!"

보비는 테이블 위로 몸을 숙여 럼의 피로 범벅된 청바지의 가랑이를 잘 살펴본다.

"무슨 일이야? 그 여자가 그걸 잘랐어?"

"아니에요! 하지만 그렇게 하겠다고 했어요."

럼은 토끼처럼 아랫입술을 깨물며 시선을 피한다.

"그럼 그 피는 다 뭔데?"

"음, 그걸 뺐어요."

"좆을?"

"불알 밑이요."

"메리 패트 페네시 얘기하고 있는 거 맞아?"

럼은 거의 고개를 끄덕일 뻔하다 탁 멈춘다. 공포의 냄새가 물결처럼 밀려든다. 코를 찌르는 금속과 같은 냄새가 럼의 모공마다 터져 나온다.

"절대 말하지 않을 거예요. 아무리 물어봐도 소용없어요."

"좋아. 음, 뭘 말하려는 거지?"

보비가 담배를 권한다.

럼은 보비에게서 담배와 불을 받아든다.

"그날 밤 승강장에서 있었던 일이요."

럼의 뒤에서 빈센트가 보비를 보며 눈썹을 치켜올린다. 이렇게 말하는 듯하다. 봤죠?

보비는 앞에 재떨이를 놓는다.

"내 파트너가 기록해도 괜찮아?"

럼은 테이블에 시선을 둔 채 고개를 끄덕인다.

"네."

럼의 뒤에서 빈센트가 전조등만 한 눈으로 활짝 웃는다.

자정 무렵 컬럼비아 공원에서 자리를 파하고 럼, 조지 던바, 브렌다 모렐로, 줄스 페네시는 카슨 해변으로 이동하기 시작했다. 하지만 데이 대로에 도착해 해변으로 길을 건너기 직전 브렌다는 공원에 열쇠를 두고 왔다는 것을 깨달았다. 열쇠들은 하얀 토끼 발과 병따개가 달린 열쇠고리에 달려 있었는데, 병따개는 그날 밤 몇십 번이나 사용됐다.

그래서 그들은 열쇠를 찾으러 다시 공원으로 갔다. 열쇠를 도통 찾을 수 없어 그만두려고 할 때 줄스가 의자 밑에서 하얀 무언가를 발견했다. 짜잔, 브렌다의 열쇠였다. 이제 컬럼비아 공원은 텅 비어 있었고, 그래서 그들은 다시 앉아서 맥주를 네 병 땄으며 조지가 마리화나 담배 하나를 돌렸다. 조지는 얼간이들에게 파는 멕시코산 콜리타스가 아니라 질이 좋은 진짜 남캘리포니아산 신세밀랴 마리화나라고 장담했다. 사실 럼 콜린스는 별 차이를 못 느꼈지만 술을 마셔서 미각이 무뎌진 거라고 생각했다.

그때 길을 내다보던 조지 던바가 말했다.

"그래, 쳐다보지도 마."

처음엔 누구에게 하는 말인지 아무도 알지 못했지만, 그때 배기관으로 연기를 토해 내며 지나가는 차의 운전석에서 그들을 쳐다보는 깜둥이가 보였다.

"빌어먹을 눈 깔아, 깜둥이 새끼야. 안 그러면 내가 뭔 짓을 할지 나도 모르니까."

조지는 그들에게도 거의 들리지 않을 정도로 낮은 목소리로 말했다.

흑인 아이는 우연의 일치든 아니면 위험 상황에서 발휘하게 되는 육감 때문이든 시선을 낮췄고, 자동차는 배기가스를 토하면서 털털대며 지나갔다. 너무 느려서 물에 떠내려가는 듯한 수준이었다. 자동차는 고속도로 아래를 지나 거대한 고가도로의 그림자 속으로 사라졌고 더 이상 소리가 들리지 않았다.

줄스는 브렌다에게 거칠고 절박하게 속삭이고 있었다.

"전화할 거야."

"안 돼. 내일까지 기다려. 진정해."

"자기 거라고 하지 않아도 돼. 돈만 주면."

보비가 잠시 럼을 멈추게 한다.

"줄스 페네시가 임신했었다는 말이야?"

"뭐라고요?"

"'자기 거라고 하지 않아도 돼. 돈만 주면.'이라고 했다며."

럼은 생각한다.

"다른 얘기일 수도 있죠."

"예를 들면 어떤?"

"모르죠. 반려동물이나 자동차 같은 거."

이런 멍청이도 투표할 수 있다니, 엿 같네. 게다가 애도 낳을 거잖아. 보비는 절망한다.

"좋아. 줄스가 그에게 전화하겠다고 말했다며. 그런데 '그'가 누구지?"

럼은 꽤 버티는 듯 싶었지만 다 포기해 버린다.

"음, 프랭키요."

시간이 좀 걸리긴 했지만, 보비는 세상의 그 많고 많은 프랭키 중에서 럼이 누구를 지칭하는지 깨닫는다.

"프랭크 투미?"

"네."

육시랄. 보비는 의자에서 몸을 돌려 빈센트와 시선을 마주친다. 빈센트도 보비처럼 깜짝 놀란 표정이다.

"줄스 페네시가 프랭크 투미랑 만나는 사이였어?"

"네."

"그런데 넌 지금 이 이야기를 왜……?"

"하지 않으면 씨발, 날 죽이겠다고 했다니까요."

보비는 마지막으로 주고받은 말을 빈센트가 기록했는지 확인하려고 탁자를 내려다본다. 빈센트가 펜을 높이 들고 있는 걸 보니 그걸 적지 않았다는 것을 알 수 있다.

왜 이야기를 하냐고 더는 묻지 말아야겠어. 그냥 말하게 둬야지. 보비는 다짐한다.

"다시 얘기 시작해."

줄스는 프랭키 집에 전화를 걸기로 했다. 그가 아내와 아이들이 함께 사는 곳. 자정에서 15분 지난 시각이었다. 아무도 좋은 생각이라고 생각하지 않았다. 하지 말라고 설득하려고 했다. 하지만 그녀는 손에 10센트를 들고 컬럼비아가(街)를 건너 지하철역 바로 밖에 있는 공중전화에서 멈췄다. 그러고는 10센트를 전화기 동전 구멍에 떨어트렸다. 남자아이들은 있던 곳에 그대로 있었지만, 브렌다는 달려 길을 건너가 줄스 옆에 서 있었다. 줄스가 전화기에 "아, 돈이 떨어졌잖아!"와 비슷한 비명을 지르기까지 내내. 수화기를 너무 세게 쾅 내려놓아 길 건너편까지도 들릴 정도였다.

럼과 조지 던바는 여자애들에게 가 볼까 생각했지만 줄스가 손을 흔들어 대며 못생기게 얼굴을 구긴 것을 보니 울고 있는 것 같았다. 그러니 대체 누가 끼어들고 싶겠는가? 그때 죽어 가는 차를 몰고 갔던 그 깜둥이가 고가도로의 그림자 속에서 걸어 나왔다. 여자애들을 응시하고 있는 듯 보였다. 그러니 어떤 마음을 먹고 있을지 누가 알겠는가. 그래서 럼과 조지가 늦지 않게 달려 길을 건넜다. 그때 "괜찮아?"라고 묻는 그의 목소리가 들렸다.

"우린 돈 없어."

브렌다가 말했다.

"누가 돈을 요구했지?"

"네? 아무도 안 그랬는데요."

"그럼 브렌다는 왜 돈이 없다고 했어?"

럼은 어깨를 으쓱한다.

"그런 게 아니라면 왜 말을 걸었겠어요?"

흑인에게 우호적이지 않은 빈센트조차 어리둥절하다.

"여자애가 괜찮은지 물어보려고?"

"집어치우라 해요. 그런 걸 물어보면 안 되죠."

"왜 안 되지?"

"그 녀석이 상관할 일이 아니니까요. 봐요, 다들 세상이 어떻게 돌아가는지는 안다고요. 형사님들은 아닐지 모르지만 우린 그래요. 서로 말을 섞지 않죠. 간단해요. 전 제 인생에 문제가 생기기를 절대 원하지 않아요. 정말로. 하지만 제가 멍청하게 마타펜 광장에서 유색 인종 여자애들에게 다가가 말을 걸고 얘기한다고 쳐요. 개들 남자 친구라도 나타나면 어떻게 될까요? 절 개같이 두들겨 패겠죠. 개인적인 감정으로 그러는 건 아니에요. 그냥 세상이 그런 식으로 돌아가는 거죠. 하지만 이게 저랑 그 멍청한 깜둥이와의 차이예요. 전 깜둥이 여자애들에게 다가가 말을 걸지 않을 거예요. 그 무엇에 관해서도. 문제에 휘말리고 싶지 않으니까."

"하지만 여기 윌리엄슨은 그랬다고?"

"음, 네."

보비와 빈센트는 눈빛을 교환한다.

보비가 말한다.

"계속해 봐."

"이 깜둥이 새끼가 돈을 달래?"

조지 던바가 브렌다에게 물었다.

조지의 눈을 들여다본 브렌다는 즉시 거리의 분위기가 크게 바뀐 걸 알아차리고 유색 인종 남자에게 말했다.

"씨발, 그냥 가."

그는 그 조언을 받아들이려고 했지만 조지가 막아섰다.

"내 여자한테 돈을 뜯어내려고?"

"아니. 이 애 친구가 괜찮은지 물어보고 있었어."

그 남자는 본인도 몰랐을 수도 있는 작은 미소를 지으며 조용히 말했다.

"네가 왜 그 친구를 신경을 쓰는데?"

조지의 목소리는 아주 낮아서 거의 들리지 않았다. 그리고 모두가 그 의미를 알았다.

"이젠 신경 안 쓸게."

흑인 남자는 양손을 들고 조금씩 움직여 조지를 지나가려 했다.

"씹, 그냥 보내 줘."

줄스가 말했다.

"네 말이 맞아. 아마 다음 주에 학교에서 쟤랑 보게 되겠지."

조지가 동의했다.

줄스가 고개를 탁 쳐들었다. 그녀의 눈에 뭔가 비이성적인 빛이 떠올랐다.

"젠장, 가라고 했잖아."

"그러려고 하고 있어."

흑인 아이가 말했다.

몹시 두려워하는 목소리였다. 겁에 질려 있다. 그들에게. 럼은 놀란 한편 기분이 상했다. 어쩌면 모두 같은 식으로 느꼈는지도 모르겠다. 다음에 벌어진 일이…….

"만족해?"

줄스가 소리친다. 처음에는 누구에게 소리를 지르는지 알지 못했다.

"버스를 얻어 내고, 빌어먹을 우리 학교도 가져갔으니 다음은 우리 동네로 옮겨 오는 거야?"

흑인 아이는 다소 빠르게 걷기 시작했다.

조지는 활짝 웃으며 맥주를 비우더니 이어지는 한 동작처럼 병을 흑인 남자에게 던졌다. 병은 크게 펑 소리를 내며 산산조각이 났다.

브렌다가 깔깔 웃었다. 줄스도 마찬가지였다. 럼은 웃는데도 그렇게 절망적으로 보이는 사람을 본 적이 없었다. 며칠 동안 그 표정이 자꾸 떠올랐다.

"어이, 기다려. 멈춰."

흑인 남자가 역의 문에 손을 뻗자 조지가 말했다.

이제 흑인 남자는 본격적으로 움직이기 시작했다.

"그냥 얘기나 하자니까."

조지가 말했다.

흑인 애가 껑충거리며 뛰어가다시피 하는 동안 그들은 모두 조지 뒤에 줄지어 서 있었다. 앞으로 어떤 일이 일어나든 간에, 그건 시작되었다. 되돌릴 수 없다.

그리고 누가 그러고 싶겠는가? 럼은 몇 년간 살아 있다는 느낌을 받지 못했다. 어쩌면 한 번도 그런 걸 느껴 보지 못했는지도 모른다.

깜둥이는 벌써 역내에 들어가 개찰구를 뛰어넘었다. 모두 그를 쫓아 바로 개찰구를 뛰어넘었다.

"깜둥이치고 느리네."

브렌다가 외쳤다.

"맞아, 너희들은 다 육상 선수일 줄 알았는데."

줄스가 말했다.

"어이. 그냥 얘기나 하자고."

조지가 다시 외쳤다.

역을 향해 선로를 질주하는 열차 소리가 승강장에 울리자 조지는 또 맥주병을 던졌다. 병은 흑인 남자의 발 근처에서 터졌다. 그는 양손을 들고 뒤로 돌며 말했다.

"그냥 오늘 일은 다 잊자."

"뭘 말이야?"

조지가 말했다.

흑인 남자는 자기 발에 걸려 넘어지며 뒤로 쓰러졌고 조지와 여자애들은 재밌어했다. 그때…….

"잠깐. 이러는 내내 넌 어디 있었다는 거야, 젠장."

보비가 럼 콜린스에게 묻는다.

"네?"

"이 이야기에서 넌 어디 있는 거냐고."

"음, 전 지켜보고 있죠?"

"그렇다면 두 번째 맥주병은 누가 던졌는데, 이 치사한 새끼야?"

빈센트가 묻는다.

럼은 그들을 응시한다. 텅텅 빈 석판 같다.

"역 밖에서 조지가 어기 윌리엄슨한테 맥주병을 던졌어, 맞지?"

럼이 고개를 끄덕인다.

"그럼 그 병은 없어졌어. 그런데 지금 역 안에서 병을 또 던졌다는 걸 믿으라고?"

"네."

"그 병은 어디서 났는데?"

럼의 하얀 얼굴이 더 창백해진다. 입술이 벌어지지만 나오는 말은 없다. 이 후레자식은 돌머리에서 열심히 답을 굴착하고 있다.

"두 번째 병을 던진 거 너지."

보비가 말한다.

"아뇨."

"그러면 첫 번째 병이 너야."

빈센트가 말한다.

"아뇨."

"하나 골라."

"아니에요."

"고르라고, 젠장!"

빈센트는 검은색의 딱딱한 플라스틱 재떨이를 녀석의 머리에 던진다. 재떨이는 빗나가지만, 빈센트가 뭘 말하려고 했는지는 럼에게 전달된다.

"두 번째 병을 던졌어요."

"이제야 말이 좀 통하네."

보비가 말한다.

"잊으라니, 뭘?"

조지 던바가 어기 윌리엄슨 위에 서서 물었다.

"뭐든. 다."

그들 모두 어기의 떨리는 목소리를 들을 수 있었고 떨리는 손을 볼 수 있었다.

"그럴 수 없어. 너희들이 좆같게 계속 우리 동네로 들어오니까."

조지가 말했다.

처음 발로 어기를 찬 건 줄스였다.

"줄스 페네시가 발로 찼다고?"

럼은 고개를 끄덕인다.

"그 애는 화가 났어요. 정신이 나간 거죠. 어기를 안쓰럽게 여기고 있다는 걸 알 수 있었어요. 그리고 그 애가 안쓰러워 보일수록 더 화가 났던 거고요. 말이 안 되죠."

브렌다가 다음으로 남자를 찼다. 이어서 조지.

"그러고 너."
빈센트가 럼 콜린스에게 말한다.
럼은 잠시 그들을 바라보다 결국 고개를 끄덕인다.

반듯이 누워 있는 깜둥이를 발로 찼을 때의 기분은 럼이 일곱 살 때부터 사 달라고 했던 3단 기어 자전거를 아홉 살 땐가 생일 선물로 받았을 때 이후의 그 어떤 때보다 좋았다. 럼은 자신이 지금 무엇을 보고 있는지 깨달았다. 사우디에 서 어제와 똑같은 하루하루를 살게 될 나머지 삶이었다. 어쩌면 슈퍼마켓의 농 산물 코너에서 델리 코너로 승진해 갈 수도 있겠지만, 그다음은? 그는 숫자에 능하지 않고, 통솔력도 없었다. 그 정도는 알았다. 즉, 어떤 자리든 관리직은 논 외 대상이라는 의미였다. 그러니 평생을 농산물이나 델리, 유제품 코너에서 보 낼 것이다. 지금부터 예순다섯 살까지의 인생을. 부엌데기를 아내로 맞이하고, 네다섯 명의 작은 럼들이 정신없이 태어나고, 자기가 알았던 삶의 유일한 좋은 점들을 아이들은 잃어 가는 모습을 지켜본다. 적어도 럼이 어렸을 때는 이웃들 을 알았다. 음식을 나누고, 경사를 나누고, 음악을 나눴다. 바뀐 것은 아무것도 없다. 그들이 빼앗아 갈 수 없는 유일한 것이었다.
하지만 빼앗길 수도 있다. 빼앗길 것이다. 빼앗겼다. 저들은 그들의 생각과 방식, 그들의 거짓말을 강요해 오고 있다. 변화가 우리를 더 행복하게 해 줄 거라고, 더 부유하게 해 줄 거라고, 우리 세계를 밝혀 줄 거라고. 거짓말이다.

그건 밝지 않았다. 우라지게 어두웠다. 그는 발로 차고, 계속 찼다. 그러다 헛발질로 엉덩방아를 찧을 때까지. 그때 '친구들'은 그를 보고 깔깔 웃어 댔고 흑인 남자는 벌떡 일어나 달려가고 있었다……

진입하는 열차로 곧장.

"그래서 열차에 치였구나."

빈센트는 펜을 잡고 적을 태세를 취한다.

"오히려 그 녀석이 열차에 부딪혔다는 게 더 맞는 표현이죠."

"계속 설명해 봐."

"그 녀석은 열차에 튕겼어요. 뭐, 선로 위로 점프해서 도망칠 생각이었나 보죠? 글쎄요, 기차가 없다가 짠 나타났는데 바로 뛰어든 거죠. 녀석은 탁 돌더니 벽에 튕겼어요. 지하철 노선이 있는 표지판이 있는 곳 아시죠? 네, 그리고 녀석은 승강장에 부딪혔어요."

"그다음에 굴러서 선로 아래로 떨어졌어?"

보비가 거든다.

"넵."

보비와 빈센트는 서로에게 고개를 끄덕인다. 아주 잘 알겠다.

보비는 럼에게 미소를 짓는다.

"전동차와 승강장 사이 틈이 얼마나 되는지 알아?"

공격을 위해 붕 날아오른 상대의 발이 떨어지기도 전에 그 충격을 감지한 레슬링 선수처럼 럼은 어깨를 으쓱한다.

"20센티미터야. 산업 표준 규격이 있다네. 게다가 우리가 재 봤어."

럼은 숨을 멈춘 듯 보이는 모습으로 굳어 있다.

보비가 빈센트에게 한 손을 들어 기록을 중단시킨다.

"자, 럼. 네 얼굴 꼬락서니랑 진실을 말하겠다고 네가 직접 이곳으로 걸어 들어왔다는 사실로 판단하건대 지금 개소리할 때가 아닌 거 같거든. 그리고 그런 개소리를 그럴듯하게 꾸며 낼 정도로 넌 똑똑하지도 않고 말이야. 솔직하게 털어놓지 않으면……."

"바로 지금처럼 말이다, 씨발."

빈센트는 말한다.

"……그러면 네가 비협조적이었다는 사실을 누구나 다 알 수 있게 쫓아낼 거야. 그러면 브로드웨이에서 네 신용은 올라가겠지. 하지만 메리 패트 페네시의 사랑을 받게 될걸?"

럼은 이빨이 시계 톱니바퀴라도 된 듯 다시 입술을 씹기 시작한다.

"그 여자가 저 녀석의 어느 쪽 불알부터 가져갈까요?"

빈센트가 보비에게 물어본다.

"메리 패트가 오른손잡이냐 왼손잡이냐에 따라 다르겠지."

빈센트가 럼에게 묻는다.

"오른손잡이야, 왼손잡이야? 알아?"

럼은 아무 말이 없다. 충격 속에 빠져들고 있는 것 같다.

"모르나 본데요."

"오른손잡이라면 왼쪽 불알 쪽이 잡고 토막 내기가 쉽겠지."

빈센트가 움찔하며 다리를 꼰다.

"왼손잡이라면 오른쪽 불알로 가고."

"좆은 어떨까요?"

"글쎄, 메리 패트의 머릿속에 들어가 봐야 알 수 있을 텐데. 음, 그냥 잡고 태피 사탕처럼 그걸 휙 잡아당겨서 뿌리째 토막 내고 싶어 할까?"

"그만해요."

럼이 속삭인다.

"아님 바나나처럼 위에서부터 얇게 저미면서 가운데로 내려갈까?"

럼은 구역질 소리를 낸다. 테이블 너머로 보자 혀가 그의 입 밖으로 튀어나오고 머리는 목보다 훨씬 앞쪽으로 빠르게 튀어 나간다. 구역질 소리가 더 이어진다.

하지만 토하지는 않는다. 다행이다. 똥오줌으로 충분하니까. 이 방에 역겨운 체액이 하나 더 늘어나면 아무리 담배를 피워 대도 도움이 안 될 것이다.

이제 럼은 눈물을 흘린다. 눈 밑에서 눈물이 차오르자 럼은 다섯 살은 어려 보인다.

"그 여자가 내 좆을 잘라 버리면. 그냥 좆 없이 걸어 다닐 수 있고 그런 건 아니죠. 그니까 씨발 난 죽는 거죠?"

"병원이 얼마나 가까이 있느냐에 따라 다르겠지."

빈센트가 말한다.

"그리고 출혈을 멈출 만한 게 있느냐도."

보비가 말한다.

"음, 그건 말할 필요도 없죠."

"그런가? 애들은 한 번도 자기 거시기를 잘려 본 적이 없어서 모를 수도 있지."

또다시 일련의 구역질이 이어진다. 그들은 구역질이 끝나기를 기다린다.

"그 여자를 막아 줄 수 있어요?"

럼의 눈에서 눈물이 떨어진다.

"그녀를 체포할 수 있지. 그래. 넌 그냥 진술한 다음 그녀에게 협박당했다고 증언만 하면 돼. 그러면 우리가 그녀를 체포할 거야."

보비가 말한다.

"그러면 어떻게 돼요?"

보비가 테이블 맞은편에 앉은 럼에게 휴지 상자를 민다.

"법정으로 가겠지."

"감옥에 가요?"

보비는 빈센트를 쳐다보며 의견을 구한다.

"확실하진 않아."

빈센트가 말한다.

"젠장, 왜요? 그 여자가 내 불알을 잘라 버리겠다고 했다고요. 그리고 내 좆도. 날 두들겨 팼어요."

녀석은 이제 시끄럽게 반은 울다시피 한다.

"음, 만약 페네시 부인 얘기라면, 부인은 전과가 없어."

"모범 시민이지."

빈센트가 말한다.

보비는 좀 더 밀어붙이기로 한다.

"공동체의 기둥 같은 사람이지."

"그러니 보석금이 낮을 거야."

"그것도 보석을 받는다면 말이지."

"사실이야. ROR 정도 될까."

"ROR이 뭔데요?"

럼의 흐느낌은 훌쩍거리는 수준으로 잦아들었다.

"본인의 서약담보금으로 풀려나는 거."

"무슨 뜻이에요?"

"보석금을 낼 필요가 없다는 말이야."

"감옥에서 밤을 보내지 않을 거란 말이지."

"하지만 그 여자가 내 불알을 두고 위협했어요."

"누가? 그렇게 겁을 내는 '그 여자'가 누군데, 럼? 이름을 말해 봐."

럼은 고개를 젓는다.

"그럼 여기 윌리엄슨이 죽던 날 밤의 일을 마저 얘기해 봐."

"기차에서 튕긴 후 벽에 튕겨서 선로로 떨어졌다는 개소리는 그만둬. 그게 개소리라는 걸 아니까."

"어떻게 알아요?"

"증인들. 검시관의 보고서. 그리고 빌어먹을 10년의 경찰 생활."

"진실을 말해도 돼. 싫으면 저 문으로 다시 나가고."

보비가 럼에게 또다시 담배를 건네고 불을 붙여 준다.

"그런데 진실을 말했다가 나쁜 짓을 했다는 게 드러나면요?"

"그러면 널 체포할 거야."

"저 문으로 걸어 나갈 필요는 없는 거죠?"

"보석금을 낼 때까지는."

"넌 편안한 감옥에서 안전하고 건강할 거야. 우리가 베개도 넣어줄게."

럼은 천장을 응시하며 길게 담배를 빨아들였다가 더 길게 내뿜는다. 그러고 나서 입을 연다.

"그 녀석은 진짜 열차로 달려갔고 벽에 튕겼어요. 그러면서 의식을 잃었고, 어, 온몸을 떨면서 승강장에 쓰러져 있더니 몸을 그만 떨더라고요. 그래서 우린 죽었다고 생각했어요."

"하지만 죽지 않았다?"

그는 고개를 젓는다.

"제 말은, 죽었다고 생각했어요. 하지만……."

그들은 기다린다.

잠시 후, 보비는 말한다.

"'하지만' 다음에 도움이 될 얘기를 해 봐."

흑인 남자의 얼굴이 열차에 부딪히자 모두 깔깔댔고 조지 던바의 웃음소리가 가장 컸다. 남자가 다시 벽에 튕겨 헬리콥터에서 떨어지듯 승강장으로 떨어지자 웃음소리는 더 커졌다. 하지만 전동차 문이 열릴 무렵 그는 감전 사고라도 당한 듯 이상한 발작을 일으켰다. 발뒤꿈치는 연신 땅을 쳐대고 양팔은 밖으로 휙 벌어졌다 몸 옆으로 돌아갔다. 머리는 도리질하고, 두 눈은 뒤로 완전히 뒤집혀 마치 하얀 달걀처럼 보였다.

그들 넷은 행인들이 자기들 발아래 있는 것을 보지 못하게 가리고 서 있었다.

기차가 역을 떠났다.

조지가 한 커플에게 말했다.

"씨발, 뭘 봐?"

그들은 황급히 승강장을 떠났다.

흑인 남자는 움직이지 않았다. 입가로 하얀 거품이 한 가닥 흘러나왔다. 양쪽 귀에서는 피가 새어 나왔다.

럼은 반대쪽 선로에서 출발하는 교외행 열차를 의식했고 고개를 숙인 채 역을 떠나는 한 남자를 보았다. 덩치가 큰 그에게 덤벼들 생각은 들지 않았지만 그는 확실히 이곳의 상황을 알고 있었다. 누가 했다고 말할 수 없게 보지 않고 있으니.

갑자기 그들 넷은 서로에게 고성을 지르고 있었다. 정확히 무슨 말이 오갔는지는 지금까지도 알 수 없지만, 조지는 증인을 걱정했고 브렌다는 부모님이 알게 될까 봐 걱정했으며 줄스는 이게 다 그들의 잘못이라며 감옥에 가게 될 거라고 비명을, 그야말로 비명을 지르고 있었다는 건 안다. 럼은 발로 찬 것 말고는 이 녀석을 진짜 해칠 만한 짓은 없었다고 지적했던 기억이 있다. 그가 자기 자신을 해친 것이다. 럼은 지금까지 애들 두어 명을 두들겨 팬 적이 있어서 그 차이를 알았다.

브렌다는 비명을 멈추게 하려고 줄스의 뺨을 때렸다. 그때 조지는 럼을 염병할 지체아라고 부르며 말했다.

"빨리 뜨자."

그들은 승강장에 반듯하게 누워 있는 유색 인종 남자를 남겨 두고 계단을 올라 컬럼비아가 쪽 출구로 나갔다. 문을 밀어 열자 그 밖에서 프랭키 투미가 차에 기대서서 기다리고 있었다. 프랭크는 줄스 말고는 아무도 알은척하지 않았다. 당연했다. 줄스는 브렌다에게 프랭키가 재미있고 놀라울 정도로 상냥할 수 있는 사람이라고 주장했지만, 그게 사실이라면, 사생활을 위해 또는 브로드웨이를 오가는 아이들을 위해 그런 모습을 아끼는 모양이었다. 그럴 때가 아니라면 프랭키는 툼스톤이라는 별명이 시사하듯 차갑고 냉정한 사람이었다. 몸도 단단했고, 얼굴도 단단했고, 눈은 지아이 조 인형의 눈처럼 감정이 없었다. 그가 차 문을 열자 줄스가 올라탔다. 거기서 그들은 갈라졌다. 조지와 브렌다는 조지의 차를 타고 떠났고 프랭키와 줄스는 프랭키의 차로 떠났다. 그리고 언제나처럼 외톨이 신세인 럼은 집에 걸어갔다.

"복기해 보자."

보비가 말한다.

럼은 그들이 가져다준 물을 벌컥벌컥 마시는데, 표정을 보면 이런 헛소리는 아무도 믿지 않을 걸 아는 듯하다.

"네, 네."

"어기 윌리엄슨은 어떻게 승강장 밑으로 가게 된 거지?"

"몰라요. 아마도, 음, 굴러서?"

"좋아……."

"우리는 그냥 그대로 내버려 뒀어요."

"입에서 하얀 거품이 흘러나오는 상태로 승강장에?"

"한쪽만 그랬어요."

"그래, 계단을 올라갔더니 프랭크 투미가 기다리고 있었다고?"

빈센트의 말에 럼이 고개를 한 번 끄덕인다.

"프랭크는 기분이 어땠지?"

럼은 어깨를 으쓱한다.

"어이. 그 남자에게서 나오는 그루브가 어땠냐고."

럼은 극도로 불편해 보인다. 불알 밑의 베인 상처가 감염되기 시작하기라도 하는 듯하다. 그게 아니라면 새로운 공포의 대상에 반응하고 있는 것이다.

"몰라요. 난 그 사람을 모르니 '그루브'가 어떤지 알 수 없어요."

"알잖아. 넌 동네에서 프랭크를 보면서 자랐으니. 프랭크는 아이들 주려고 사탕 가게에서 사탕을 사는 걸로 유명하지. 브로드웨이에서 애들이 가장 좋아하는 삼촌일걸."

보비가 말한다.

"네, 음, 그건 그때고요."

"게다가 넌 그 대역이잖아."

빈센트가 말한다.

"좋은 지적이야."

보비가 말한다.

"그의 뭐요?"

"대역. 넌 줄스 페네시의 남자 친구인 척하면서 그를 커버해 줬어. 프랭크가 열여섯짜리와 떡치고 있다는 걸 부인이 알지 못하게 말이야."

빈센트가 설명한다.

"줄스는 열일곱 살이에요."

"아. 하지만 프랭키와 시작할 때는 열일곱이 아니었잖아?"

보비가 럼을 향해 손가락을 흔든다.

럼의 두 눈이 그릇에 던져진 구슬처럼 눈구멍에서 쌩 움직인다.

"씹, 프랭키 얘기를 하려고 온 게 아니에요."

"하지만 그에 관한 얘기까지 오게 됐지."

"그의 '그루브'를 알고 싶어요? 죽음이에요. 그게 그의 빌어먹을 그루브죠. 그 인간은 내가 만난 사람 중에 가장 차갑고 무서운 개호로자식이에요."

럼은 양손을 든다.

"프랭키 투미에 대해선 아무 얘기도 하지 않을 거예요."

"조금도?"

럼은 자기가 지을 수 있는 가장 거친 인상을 짓는다. 눈을 반쯤 감고 비웃음을 살짝 걸치는 거다. 그러고는 천천히 고개를 흔든다.

"씨발, 단 한마디도."

"그렇다면 마음대로 가도 돼."

보비가 문가로 걸어가 문을 연다.

럼은 빈센트가 수첩을 닫고 펜을 인조가죽 스포츠 코트의 안에 집어넣는 모습을 지켜본다.

"빨리빨리. 난 집에 가고 싶어."

보비가 럼에게 말한다.

"날 기소하겠다면서요."

"어떤 명목으로?"

빈센트가 세 번 켜면 겨우 한 번 불이 붙는 모조 금 라이터로 담배에 불을 붙인다.

"그날 있었던 일이요."

"넌 무슨 일이 있었는지 말하지 않았어. 어기 윌리엄슨이 기차에 뛰어들었다며 몇 가지 헛소리를 했지. 그를 몰았으니 3급 과실치사

혐의는 받을 수도 있겠지…….”

“근데 그런 걸로 좆같이 시간을 허비하려는 검사는 없을 거야.”

그렇게 말한 빈센트는 문으로 가서 보비와 나란히 선다.

“제이제이스에서 한잔할 건데, 형사님은요?”

“같이 가 볼까.”

“자정부터 2시까지 갠섯 맥주가 5센트예요.”

“생맥주가?”

“네.”

보비가 얼굴을 찌푸린다.

“내려갠섯을 생맥주로 마시면 다음 날 골치 아픈데.”

“저도요. 하지만 전 내일 비번이라.”

그들은 심문실을 나와 넓은 사무실로 들어간다. 보비는 작은 뱅커스 램프의 갓에 붙어 있는 메시지 세 개를 확인한다.

“돌아와요!”

럼이 심문실에서 외친다.

“정말 제이제이스에 갈 거야?”

보비가 빈센트에게 묻는다.

“생각 중입니다. 배도 고파서요. 가는 길에 스퍼키(보스턴에서 서브마린 샌드위치를 부르는 말 — 옮긴이)를 먹을지도요. 형사님은요?”

“오늘 밤 비번이라 그냥 집에 가고 싶어.”

“돌아오라고요!”

빈센트는 목소리를 조금 낮춘다.

“프로퍼티에 있는 그 아가씨 아세요? 커다란 갈색 눈? 그 입술?”

보비가 소리 내 웃는다.

"뭐예요? 누구 말하는지 알아요?"

빈센트는 이미 반쯤 화를 내고 있다.

"뎁 드피트리오?"

보비가 묻는다.

"이봐요! 오라고요!"

이제 럼은 심문실 문간에 서 있다.

"맞아요, 뎁."

"그녀는 의사하고만 데이트해."

"점원인데요."

"배우 라켈 웰치처럼 생긴 점원이지. 자네 장난해? 뎁보다는 진짜 라켈과 데이트하기 더 쉬울 사람이."

"뭐, 선배, 그 아가씨하고 친해요?"

"좀, 응."

"그래서 그녀를 어떻게 해 볼 기회가 선배한테 있다고 생각하시는 거군요."

보비는 코웃음 친다.

"난 그 아가씨보다 열 살이나 더 많고, 몸매도 형편없는 경찰이야. 가망성 제로지. 나도 그걸 알아. 그래서 그녀가 나하고는 거리낌 없이 얘기하는 거야. 반면 자네는 장담컨대 아쿠아 벨바 애프터셰이브를 치덕치덕 바르고 계산대에 비스듬히 서서 '립스틱 무슨 색이에요.'라고 물었겠지."

"웃기지 마요."

"머리했어요?'인가."

"아뇨, 정말. 엿 처드세요."

"경관님들, 제발!"

"야, 형사야."

빈센트가 소리친다. 그런 후 보비에게 묻는다.

"기회가 없을까요?"

보비가 고개를 젓는다.

"무인도에 둘만 떨어졌다 해도 구조를 기다리며 적어도 이삼 년
은 버틸걸."

"선배는 아주 나쁜 놈이에요."

보비는 그 말에 관해 잠시 생각한다.

"틀린 말은 아닌 거 같군."

"제발요!"

둘 다 럼을 쳐다본다. 럼은 자신을 경멸하듯 쳐다볼, 중무장한 사
람들이 있는 방에 발을 들여놓고 싶지는 않아 문설주에 기대고 서
있다. 피투성이 청바지는 확실히 허벅지와 사타구니에 달라붙어
있다. 두 눈에선 다시 눈물이 새어 나온다.

"밖으로 돌아갈 순 없어요. 제발 절 내보내지 마세요."

보비와 빈센트는 멍한 눈으로 그를 다시 쳐다본다.

"널 여기에 붙잡아 둘 수 있는 게 없어."

보비가 말한다.

"신과 함께 가라."

빈센트가 말한다.

"아리베데르치(이탈리아에서 헤어질 때 하는 인사 ─ 옮긴이)."

"바이아 콘 디오스(스페인에서 신과 함께 가라는 의미로 헤어질 때 하는 인사 ─ 옮긴이)."

"그 말은 이미 했잖아."

보비가 빈센트에게 말한다.

"아뇨. '신과 함께 가라'고 했죠."

"프랭크 투미가 다시 역으로 가라고 했어요."

럼이 입을 연다.

경찰관의 집합실에서 낮은 휘파람 소리가 길게 들린다. 이제 다들 럼 콜린스를 보고 있다.

럼은 이제 자신의 인생이 완전히 달라질 것임을 아는 표정으로 보비를 쳐다본다.

"일을 마치라고 말했어요."

20

럼에 따르면 프랭크 투미는 그들에게 돌아가서 '일을 마치라'고 하고는 자기는 그대로 있었다. 차에 기대선 채로.

"그러니까 프랭크는 함께 가지 않았다고?"

"네."

"그리고 '일을 마치라'는 게 무슨 뜻인지 상세하게 말하지 않았고?"

"네."

"더 상세한 설명은 없었어?"

럼은 고개를 끄덕인다.

"네에."

프랭크의 변호사가 어떻게 나올지 벌써 보인다.

"그러니까, '일을 마치라'는 건 너희들이 깬 병을 치우고 이제 집에 가라는 뜻일 수도 있고, 아니면 심지어 여기 윌리엄슨을 병원에 데려가 도와주라는 뜻일 수도 있다는 거지."

보비는 일을 마치라는 것이 젠장할 어떤 의미도 될 수 있음을 안다.

승강장으로 돌아간 다음 누군가가 여기 윌리엄슨을 선로 위로 굴렸지만, 누가 그랬는지 럼은 어쨌든 몰랐다.

어떻게 그럴 수 있지?

"오줌 싸고 있었어요."

럼이 알려 준다.

염병할 이 직업. 용의자를 잡으면 궁지에 몰린 그는 뭐든 털어놓을 준비가 되어 있다. 그런데 오염된 생각이라는 치명적인 병균이 햄스터나 다름 없는 두뇌에 퍼지면 '여기서 빠져나갈 수 있어.'라는 생각을 하게 만든다.

그러고 처음부터 다시 시작하는 것이다.

다시 처음으로 돌아가기에 보비는 너무 피곤하고 원래 오늘 밤은 비번이기도 하다.

"럼. 시체를 굴리려면 두 사람은 있어야 해. 그렇지 않으면 시체를 왼쪽으로 보내려고 할 땐 오른쪽으로 가고, 오른쪽으로 보내려고 할 땐 왼쪽으로 가. 설명하기는 복잡해. 그러니까, 너와 조지, 둘이 여기 윌리엄슨을 승강장에서 굴렸어. 그렇게 그는 땅에 떨어져서 머리 뒤쪽을 부딪히는 바람에 죽었지. 네 의도는 아니었지만 그렇게 된 거야."

"그런 일은 없었어요."

"아니, 맞아."

"좋아요, 우리가 승강장에서 굴렸어요, 네, 우리가 했어요."

보비가 고개를 끄덕인다.

"하지만 그때 그 녀석이 일어났죠."

"그가 어쨌다고?"

"일어났어요. 어, 두 발로 일어섰다고요."

빈센트는 기록을 멈춘다. 그들은 럼 콜린스를 지켜본다. 지금 럼은 오른쪽 위를 올려다보지 않고 있다. 그쪽을 올려다보면 분명히 거짓말을 한다는 신호인데 말이다. 그는 내면을 들여다보고 있다.

기억을 떠올리고 있는 게 확실하다.

"그 녀석은 일어났다가 다시 쓰러졌어요. 그러고는 무릎을 대고 몸을 일으키려 했죠. 여자애들은 울고 있었어요. 왜냐하면, 음, 그게 애처로워서? 그래서 우린 내려갔어요."

"너희들 모두?"

럼이 그들을 쳐다보며 고개를 끄덕인다.

"그다음에 어떻게 됐지?"

"누군가 돌을 찾아왔어요."

"누가?"

럼은 쳐다보기만 하고 말을 하지 않는다.

"누가 돌을 찾았어?"

"난 아니었어요."

"그래서 누구였어?"

럼은 이를 뿌드득 간다.

"난 아니에요."

보비가 잠시 럼을 지켜보다가 자신에게 미세하게 고개를 저어 보이는 빈센트를 쳐다본다. 더 몰아붙였다가는 이 아이를 잃을 수도 있다.

"누가 돌을 가지고 왔는지는 잠시 잊고 뭘 했는지만 말해 봐."

보비가 말한다.

럼은 잠시 머릿속으로 곰곰이 생각한다. 이 시점에서 이미 살인 미수를 비롯해 대여섯 건의 중범죄를 본인이 인정했다는 사실을 알기에는 그 아이는 너무 멍청하다.

그는 입을 열고 한 문장으로 자신을 평생 구속해 버린다.

"그들, 그 사람은 돌로 녀석의 뒤통수를 내리쳤어요."

"어기 윌리엄슨을 쳤다고."

"네."

그건 그날 밤에 관해 들었던 모든 이야기, 또는 그들이 했던 모든 추리에서 들어맞지 않았던 조각이었다. 어기 윌리엄슨은 두개골 밑부분에 어떻게 골절을 입었나?

이제는 안다.

"그다음에 윌리엄슨 씨에게 무슨 일이 있었지?"

"누구 씨라고요?"

그 말이 어떤 이유에선지 보비의 신경을 긁는다. 누구를 죽일 거라면, 최소한 빌어먹을 이름 정도는 알아야지.

"윌리엄슨. 그 흑인 남성."

보비는 이를 악물고 말한다.

"얼굴을 아래로 하고 넘어졌어요. 다시는 안 움직였죠."

럼은 잠시 자기 엄지를 바라보다 고개를 들어 보비와 빈센트를 쳐다본다. 형광등 불빛에 눈을 깜박인다.

"이제 얘기 다 했으니까 그 여자 해결해 줄 수 있어요?"

"누구?"

"그, 어, 알잖아요, 내 거시기를 자르겠다고 협박했던 아줌마."

"그녀 걱정은 이제 안 해도 될 것 같은데."

보비의 말에 럼은 안도의 한숨을 크게 내쉰다.

"앗싸."

"로널드 콜린스, 오거스터스 윌리엄슨의 죽음에 대해 널 2급 살
인죄로 기소한다."

빈센트가 말한다.

"뭐라고요?"

럼이 손거스러미를 씹는다.

"넌 묵비권이 있고. 네가 하는 말은 무엇이든…….'

"잠깐만요! 씨발 지금 뭐예요?"

"너에게 불리하게 사용될 수 있고…….'

럼은 보비를 본다.

"내가 안 했어요."

"넌 그 자리에 있었어. 그리고 일이 일어날 때 말리지 않았지. 법
의 관점에서는, 그 돌을 휘두른 사람만큼 너도 유죄야."

보비가 말한다.

"아니에요."

럼이 부인한다. 그러고 나서 좀 더 힘주어 말한다.

"아니에요."

"잘은 모르지만 네가 2004년 전에 사우디 거리를 다시 걸어 다니
고 싶다면 유일한 방법은 누가 그 돌을 휘둘렀는지 말하는 거야."

빈센트가 말한다.

"변호사를 원해요."

"우리에게 말해."

"변호사 불러 줘요."

"말해!"

"변호사요."

눈물이 얼굴을 타고 흘러내렸지만 럼은 섬뜩할 정도로 침착하게 그들을 쳐다본다.

"씨발, 지금 당장."

보비와 빈센트는 일어선다.

"좋아."

빈센트가 가랑이를 움켜쥐며 말한다.

"너 깡다구 좀 있지? 잘됐네. 아주아주 무자비한 녀석들과 힘든 시간을 보내게 될 테니까."

"드릴의 날처럼 무자비한 놈들이지."

"깜둥이 하나 때문에 이러는 거예요?"

럼은 믿을 수 없다는 표정으로 그들을 쳐다본다.

보비는 고개를 끄덕인다.

"네 멍청하고 하얀 엉덩이를 걸지, 개자식아."

21

조지 던바에게는 주요 마약상이 둘 있다. 하나는 H가(街)의 조 도 그 피츠고, 다른 하나는 올드 콜로니의 퀜틴 코커리다. 그 둘은 마 린 파크의 전망대에서 영업하고 있지만, 조지 자신은 절대 모습을 드러내지 않는다. 둘째 날 정오 무렵 건설 노동자들과 보스턴과 버 펄로를 오가는 트럭 운전사들이 대거 몰려들자 조 도그와 퀜틴은 판매책들과 함께 전망대 아래에서 긴급 회의를 열어 매우 빠르게 말을 쏟아낸다. 20미터 밖에서 베스의 창문을 내리고 메리 패트는 단어와 구절을 몇 개 주워듣는다. 그중 '미녀와 펩시가 떨어졌다'는 게 가장 중요한 말 같았는데 수중에 각성제와 코카인이 고갈되고 있다는 의미가 아닐까 추측한다. 세상에, 헤로인은 아직 충분하기를 빌 지, 제군들. 그녀는 생각한다.

퀜틴 코커리가 둥지를 떠난다. 마린 파크의 비탈길을 내려가 동 상 근처에 주차된 노란 닷선 Z 자동차에 올라타고 끼이익 소리를 내며 인도에서 멀어진다. 메리 패트가 그 뒤를 쫓는다. 그는 데이 대로를 따라가다 3킬로미터도 안 가서 올드 콜로니로 방향을 튼다. 올드 콜로니와 올드 하버 두 곳에는 코먼웰스의 자매격인 공공 주 택 단지가 있다. 세 주택 단지는 서로 10년이 안 되는 간격으로 지 어졌고 엇비슷하게 생겼다. 거리를 벌린 메리 패트는 퀜틴이 지나 간 좁은 길을 따라 뒤편 주차장까지 느릿하고 천천히 차를 몬다. 그 는 작고 까만 현관 계단 바로 앞에 차를 세우고 건물로 뛰어 들어간다. 메리 패트는 여기 사는 남자와 데이트를 한 적이 있었다. 폴 베일리라는 남자로 마지막으로 소식을 들었을 때는 월폴 교도소에서 8시부터 10시까지 일한다고 했다. 기억으로는 이곳과 코먼웰스의 배치가 같았던 듯하다. 중앙으로 쭉 뻗어 있는 복도에 각 세대가 연결되어 있다. 제때 자리를 잡지 못해 퀜틴이 어느 집으로 들어가는지 보지 못했지만, 메리 패트는 노란 유리창 너머로 사람이 나오는 모습을 확실히 볼 수 있는 작은 현관 계단 어드매에 자리를 잡는다. 그리고 퀜틴이 왼쪽 네 번째 문에서 나오는 것을 확인한다. 그 뒤 짧은 난간에 엉덩이를 걸치고 몸을 앞뒤로 흔들어 아래로 뛰어내린다. 퀜틴이 건물 밖으로 나올 무렵 그녀는 건물 옆으로 몸을 끼워 넣은 뒤였다. 밖으로 나온 퀜틴은 닷선 차에 올라타 한 번 더 바퀴 자국을 요란하게 남긴다. 그 모습을 보고 있자니 메리 패트는 퀜틴이 마약을 파는 이유가 타이어값을 대기 위해서가 아닐까 궁금해진다. 메리 패트는 주차장 구석에 세워 둔 베스로 다시 걸어간다. 그러고는 트렁크를 열고 더키의 가방을 뒤적거려 필요할 것 같은 물건들을 찾은 뒤 트렁크를 닫는다.

메리 패트는 장갑 낀 손을 현관에 뻗는다. 안에 들어서자 복도 냄새가 코먼웰스와는 조금 다른 게 느껴졌다. 라이솔 세정제와 맥주를 쏟은 냄새, 일요일이면 적어도 네 집에 한 집 꼴로 끓이는 감자와 양배추, 콘비프 냄새는 비슷하다. 하지만 뭔가 다른 냄새가 있다. 곰팡내 같은? 축축한 4월의 길거리나 수영장 주변에서 날 법한 냄새지만 이 근처에 수영장이 없다는 건 확실하다. 왼쪽 복도를 따라 네 번째 문은 209호다. 메리 패트는 문을 두드리고 문에 귀를 대고 기다린다. 아무 소리도 들리지 않는다. 확실히 하기 위해 다시 문을 두드린다. 만일의 경우를 대비해 셔츠 아래 척추 부분에 락 편치를 끼워 넣었지만, 더키의 자물쇠 따개가 열쇠처럼 자물쇠를 통과한다. 30초도 걸리지 않아 메리 패트는 안으로 들어간다.

그 안은 마리화나와 담배, 그리고 형편없는 위생 상태 탓에 악취가 난다. 뒷방에는 시트 없이 땀에 찌든 베개만 달랑 놓인 간이 침대가 있다. 거실에는 찢어진 소파와 플라스틱 해변 의자 여러 개, 그리고 전화번호부 더미 위에 놓인 흑백 텔레비전 한 대가 있다. 전화번호부 다섯 권 중 네 권은 아직 비닐 끈으로 묶여 있는 채다. 욕실은 청소한 적이 없어 보이는데 복도에서 맡은 곰팡내가 이 욕실에서만 나는 거였다고 해도 말이 될 정도였다. 세면대 뒤의 벽은 시커멓고, 욕조 가장자리의 타일에서는 털북숭이 회색 곰팡이가 손가락처럼 스멀스멀 돋아나고 있기 때문이다.

변기 수조를 확인하지만 그 안에 뭘 숨기거나 하지는 않았다. 세면대 아래를 확인하지만 마찬가지. 침실에서도 전혀 뭐가 나오지 않고 부엌 싱크대도 그렇다. 그러나 다섯 번째 시도에서 복도 벽장에 달아맨 천장을 빗자루로 쓸자 지퍼락 봉지들이 맨 위 선반과 바닥으로 곤두박질친다. 메리 패트는 의자를 찾아와 그 위에 올라서서 안으로 손을 쭉 집어넣고 다른 봉지들을 퍼낸다. 봉지를 다 꺼내자 그 뒤에 있던 뭔가 다른 게 느껴진다. 모서리만 만져지지만 단단한 느낌이다. 메리 패트는 몸과 손가락을 쭉 늘인다. 손잡이를 감싸 쥔 순간 그게 총이라는 것을 깨닫고, 당겨 꺼낸다. 고무 손잡이가 벗겨지기 시작하고 칼자국이 심하게 나 있는 스미스 앤드 웨슨

사(社)의 38구경짜리 소형 리볼버다. 메리 패트는 의자에서 내려와 탄창을 연다. 쉽게 열리는 걸 보면 적어도 기름칠은 되어 있고, 제대로 관리되고 있는 모양이다. 안에 총알 여섯 발이 있다.

의자에 다시 올라가 마지막으로 손을 뻗어 덜거덕 소리가 나는 작은 종이 상자를 꺼낸다. 상자를 여니 여섯 발의 총알이 더 들어 있다.

봉지들을 모조리 주방으로 가져가 감자튀김으로 뒤덮여 메리 패트의 것보다 훨씬 기름진 호마이카 상판의 식탁에 올려놓는다. 특대형 지퍼락에는 마리화나가 들어 있다. 녹색에 톡 쏘는 것도 있고, 옅은 녹색에 잘 바스라지고 줄기가 흩어지는 것도 있다. 대형 지퍼락에는 메리 패트가 가슴이 욱신거리는 통증과 함께 바로 알아볼 수 있는 갈색 가루나 코카인으로 추정하는 하얀 가루가 들어 있다. 그녀는 블랙 뷰티가 든 봉지도 바로 알아본다. (더키가 암페타민을 정말 좋아했다.) 나머지 알약은 각각 퀘일루드, LSD, 메스칼린일 것이다. 마약은 많지는 않은 수준인데, 판매상 한 명분이라고 쳐도 그렇다. 메리 패트 생각으로는 최근에 보관한 양의 3분의 2를 지금까지 팔았을 것 같다. 이 정도 잃는다고 해서 장기적인 피해는 없겠지만 당장 내일에는 확실히 피해가 생길 것이다.

그녀는 전부 다 가져간다.

그리고 권총도.

몇 시간 후 판매책 하나가 안으로 들어갔다가 절망적인 표정으로 나오더니 눈물을 흘리며 서 있다.

15분 후 퀜틴과 조 도그 둘 다 퀜틴의 닷선 Z를 타고 등장한다. 둘은 안으로 뛰어 들어가서 아까의 판매책보다 좀 더 오래 안에 머문다. 다시 나왔을 때는 기력이 쇠한 모습이다. 겁에 질려 보이기도 하다. 둘은 퀜틴의 차 보닛에 앉아 한마디 말도 없이 담배를 피운다.

약 30분 후, 조지 던바가 차를 세운다. (왜 그렇게 오래 걸렸니, 조지?) 조지는 1960년대 후반식 베이지색 임팔라를 몬다. 절대적으로 특별할 게 없는 차다. 그 패거리에서 유일하게 자주 범죄를 저지르는 사람은 튀지 않는 게 좋다는 걸 알고 있는 게 확실하다. 조지와 두 판매상은 삿대질하기 시작한다. 조지는 퀜틴과 조 도그에게, 퀜틴과 조 도그는 서로에게.

조지는 쿵쾅대며 안으로 돌진한다. 나머지 둘도 쫓아 들어간다.

메리 패트는 그들이 안에 들어가 있는 동안 베스의 시동을 건다. 일단 시동이 걸리면 괜찮겠지만 엔진을 처음 점화할 때는 그다지 잘 되지 않는다. 후방에서 쿨럭거리며 배기가스를 내뿜고, 모터는 대여섯 번 커어억 하는 소리를 내뱉은 후에야 진정된다. 그들은 저기서 나오면 어디론가 이동하리라. 베스도 움직일 준비를 해 놓아야 한다.

문이 열렸다가 벽에 부딪혀 되돌아가는 소리가 들린다. 닷선에서 밈춘 조지는 마지막으로 호되게 마약상들을 질책한다. 먼저 퀜틴에게, 그다음 조 도그에게 공격적으로 삿대질한다.

조지는 자신의 임팔라에 올라타고 쌩하니 떠난다. 퀜틴과 조 도그는 메리 패트가 바란 것보다 더 오래 그 자리에 머문다. 담배에 불을 붙이려고 그들이 눈을 떨구자 메리 패트는 바로 앞에 시선을 고정하고 전력을 다해 주차장 뒤쪽을 따라 차를 움직인다.

그녀를 보더라도 저들은 신경 쓸 형편이 안 되는 듯하다.

세 블록 떨어진 곳에서 차를 세우고 주류점 앞 공중전화를 쓰고 있는 조지 던바를 발견한다. 입술이 많이 움직이지 않는다. 대체로 고개를 끄덕이는 편이다. 많이 끄덕인다. 그리고 눈이 동그래진다. 호된 질책을 당하고 있는 게 확실하다.

던바는 수화기가 그를 깨물기라도 한 듯 내려놓는다. 그리고 차에 올라타 세 대 뒤에서 따라가는 메리 패트를 뒤에 단 채로 떠난다.

오래가지 않아 조지 던바는 사우스이스트 고속도로에 진입했다가 불과 몇 킬로미터도 안 가서 다시 빠져나온다. 도체스터의 가장자리를 따라 이동하며 네폰셋 리버 브리지로 그녀를 이끈다. 거기서부터는 손 모양의 노스 퀸시에서 산업 재해를 입은 엄지 모양으로 돌출된 한줄기 땅, 스콴툼으로 이끈다. 스콴툼은 엄지손가락 밑부분을 제외하고 사방이 바다로 둘러싸여 있다. 메리 패트는 조지와 그의 별 특징 없는 임팔라를 따라 오차드 비치의 정북쪽에 있는 베이사이드가(街)에 자리한 한 집으로 간다. 짙은 갈색 지붕널과 하얀 테두리를 두른 케이프 양식의 집으로, 작은 마당이 있고 길 건너편에 항구가 바로 보이는 전망이 굉장한 곳이다.

조지가 차를 세우고 내리기도 전에 그녀가 거기 서 있다. 그의 어머니, 로렌 던바가 직접. 그렇게 매력적인 사람은 아니다. 솔직히 말하자면 풍성하고 불같이 붉은 머리카락 아래 호리호리한 얼굴은 매처럼 생겼고, 눈은 너무 몰려 있고, 턱은 깎다가 만 것처럼 너무 심하게 각이 졌다. 하지만 몸매는 아직도 열여섯 살 치어리더 같다. 탄탄한 다리, 콩가 드럼으로 연주할 수도 있을 것 같은 엉덩이, 중력과 논리, 시간을 거스르는 유방. 로렌은 사람들이 비결을 물어올 때마다 식단과(살코기와 채소를 먹고 단것은 먹지 않기) 조깅 덕택이라고 자랑한다. 어떻게 그녀가 '조깅'을 시작하게 됐는지는 아무도 모르지만, 로렌이 뺨을 부풀리고 입술을 오므린 채 거의 턱에 닿을 정도로 무릎을 아주 높게 들어 올리며 브로드웨이나 슈거볼을 달리는 모습을 메리 패트는 적어도 수십 번은 봤다. 지퍼 달린 상의에 하얀 끈 장식이 달려 있고 상의에 어울리는 색깔의 바지를 입고, 대개는 부츠에 어울리는 머리띠를 하고 있었다. 코먼웰스의 여자들 사이에서 이 주제로 토론이 벌어질 때마다 그런 가슴과 엉덩이를 가질 수 있다면 자기들도 조깅을 할 것이라는 여자들이 몇 있었다. 하지만 그런 의견은 다음 담배 연기가 피어오르기 전에 잊힌다.

로렌은 아들을 안아 주고는 거리를 둘러본다. 마티 버틀러의 여자인 그녀는 이곳에 어울리지 않아 보이는 것들에서 위협을 찾는 훈련이 되어 있다. 조지가 차를 세우는 것을 보자마자 후진하지 않았더라면 아마 메리 패트는 그녀에게 들켰을 것이다. 메리 패트는 30미터 정도 후진해서 커브가 시작되는 곳에 있는 멋진 늦은 오후의 그림자를 드리우는 나무 아래 자리해 있다. 로렌은 길로 나와 빛의 각도가 딱 맞아떨어지는 곳을 찾아야 그녀를 볼 수 있을 것이다.

로렌과 조지는 안으로 향한다.

메리 패트는 자리를 잡는다.

한순간 고개를 돌리니 옆 조수석에 줄스가 앉아 있는 것이 보인다. 줄스는 졸린 듯 하품을 하며 미소를 지어 보인다.

선체 바깥에 달려 있는 모터 소리가 메리 패트를 깨운다.

어둡다. 외딴 가로등 아래에 벌레들이 모여든다. 방충망 문이 끼익 열렸다가 찰칵 닫히는 소리에 고개를 돌리니 집에서 나온 조지 던바가 길을 건너 해안가에 작게 움푹 들어간 곳으로 가는 모습이 보인다. 반바지에 맨발 차림이다.

메리 패트는 더키의 키트 가방에서 쌍안경을 꺼내 엔진을 끈 채 해안가에서 깐닥거리는 배 쪽으로 향한다. 조지가 배를 맞이하려고 뒤뚱거리며 반쯤 걸어가자 브라이언 셰이가 배에서 뛰어내린다. 둘은 배를 해안으로 끌어 올린다. 브라이언이 보트의 불을 꺼서 이제 쌍안경은 무용지물이다.

메리 패트는 실내등을 끄고 베스에서 내린다. 그 뒤 문을 살짝 밀어 닫고 도로를 건넌다. 숨을 만한 나무는 단 한 그루뿐이고, 그 외에는 무릎에도 못 미치는 울타리뿐이다. 나무는 브라이언과 조지로부터 20미터 정도 떨어져 있다. 하지만 주변에 다른 사람이 없고 대화 소리를 가릴 만한 것도 별로 없다. 브라이언과 조지가 조금만 더 크게 말해 주면 된다. 메리 패트는 나무 뒤에 자리 잡고 그들의 얘기를 듣기 위해 귀를 기울인다.

브라이언 셰이가 말한다. "네가 할⋯⋯." 그리고 "우린 젠장⋯⋯." 그리고 "⋯⋯ 공짜 점심은 없어."

메리 패트를 등지고 선 조지가 하는 말은 맞바람을 안고 있어서 훨씬 알아듣기 어렵다. '알겠어요.'라는 말이 여러 차례 들린 것 같다. 그리고 '확실한'일 수도 있지만, 여하튼 아니고. '신중한'도 아니지만, '……한'은 확실히 들어간 말도 들린 것 같다.

갑자기 불어온 산들바람이 브라이언 셰이의 가장 또렷한 세 마디 말을 실어 나른다.

"넌 이미 빚을 졌어. 이제 빚이 더 많아지는 거지. 이 상황이 재밌을 사람은 없어."

바람이 사그라든다.

"전……."

"……그걸 옮겨…… 블루 힐로…… 씨발, 상관없어."

"……그냥 말할……."

"……변명은 그만. 어서."

둘이 배에서 뭔가를 들어 올린 뒤 어둠을 틈타 같이 나른다. 두 사람 사이의 거리가 1미터쯤 된다. 그들이 길을 건널 때 가로등 불빛 끄트머리에 둘이 쥔 더플백이 눈에 들어온다. 짙은 녹색으로 노엘이 군대에서 돌아왔을 때 집에 가지고 온 가방과 비슷하다. 이 가방엔 가운데까지 지퍼가 달려 있다는 점만 빼고는 똑같을 거라는 확신이 제법 든다. 조지가 임팔라의 트렁크를 열고 둘이 같이 가방을 그 안에 밀어 넣는다.

그 차는 메리 패트로부터 고작 오륙 미터 거리에 있다. 이제 브라이언이 조지의 어깨에 손을 얹으며 말하는 소리가 꽤 잘 들린다.

"모얼랜드에 있는 원숭이 같은 약쟁이 새끼들한테 전해. 내가 최대한의 결과를 내기를 기대한다고."

조지는 고개를 끄덕인다.

브라이언이 조지의 얼굴을 때린다. 살짝은 아니다.

"듣고 있어?"

"네, 네."

"1면에 날 만한 일을 하지 못하면 그 자식들은 빌어먹을 상품의 씨도 못 볼 거라고 확실히 전해."

"알았어요."

"그러고 나서 나머지 약들을 옮겨."

"네, 네."

"다음 달 아니고, 내년도 아니야. 지금 해. 알아들어?"

"알겠어요."

"넌 우리 가족이 아냐, 새끼야."

브라이언은 바짝 다가서며 다시 조지의 뺨을 때릴 듯이 굴지만 마지막 순간에 대신 뺨을 토닥인다.

"우리 보스가 떡 치는 계집의 아들일 뿐이야."

"알아요."

"뭐라고?"

브라이언의 목소리가 날카롭다.

"안다고 말했어요. 알고 있어요."

브라이언 셰이는 잠시 그를 응시하다 길을 다시 건너간다. 몇 번 첨벙거리는 소리와 끙끙거리는 소리가 들리더니, 배는 물에 닿아 있다. 그는 모터를 작동시켜 떠난다.

1시간 후, 조지가 고속도로를 빠져나가자 메리 패트는 그가 실수를 저지른 게 틀림없다고 생각한다. 사우디 쪽으로 우회전하지 않고 록스버리 방향으로 좌회전하다니. 메리 패트는 어딘가에 정신이 팔린 조지가 곧 유턴하리라고 생각하지만, 조지는 록스버리 중심부로 점점 깊숙이 들어간다. 그렇게 그는 메리 패트는 한 번도 가본 적 없는 거리를 따라 파리만큼이나 낯선 도시의 구역으로 그녀를 이끈다. 하지만 파리는 대서양의 반대편에 있기라도 하지 이 거리는 코먼웰스에서 불과 8킬로미터도 떨어져 있지 않다. 일요일 자정이지만 어떤 곳은 동네 파티라도 열린 듯 활기가 넘친다. 유색 인종들이 현관 베란다에서 어울리고 있거나 차 주변의 인도에 모여 있다. 고요함을 깨트리는 길고양이의 울음소리조차 없이 완전히 적막한 거리도 있다. 사방에서 그녀에게 꽂히는 시선이 느껴진다. 누구라도 차 앞으로 달려들어 "백인 여자다!"라고 소리치면 사람들이 내려와 그녀의 사지를 찢어발기지 않을까 싶다.

이 동네 사람들이 하는 짓이 그런 거 아닌가? 아무것도 모르는 흰둥이, 길을 잃은 백인 놈, 순진해 빠진 백가 놈을 기다리는 일 말이다. 그러면 이 거리의 진짜 주인이 누군지, 그리고 그들이 느끼는 진정한 분노가 어떤 것인지 보여 줄 수 있을 테니까.

왜 그렇게 그녀를 증오하는지 이유는 알 수 없지만 그들의 증오를 느낄 수 있다. 그녀가 인정하지 않을 표정에서, 정확히 보지는 않아도 존재한다는 것을 알 수 있는 표정에서, 두툼하고 음침한 눈두덩이 아래로 그녀의 일거수일투족을 주시하는 표정에서 말이다.

주변을 둘러봐. 어느 목소리가 그녀를 부추긴다.

메리 패트는 그러기로 하고 현관 베란다와 계단을 쳐다본다. 아무도 그녀를 보고 있지 않다. 그녀가 거기 있다는 것을 눈치채지도 못하고 있다.

그들은 조지를 보고 있지도 않다. 왜냐하면…….

지금 조지는 여기 있지 않으니까. 한 블록 앞 교차로에선 노란 불이 반짝이지만 조지의 차는 없다. 메리 패트는 속도를 올린다. 가슴속에서 별안간 심벌즈가 쿵쾅거리는 듯하고 두려움이 그녀를 덮친다. 여기서 어떻게 나가야 할지 모르는데. 교차로에 이르러 왼쪽에 있는 도로 표지판을 올려다본다. 세인트제임스가(街)와 워런가(街)가 교차하는 지점이다. 조지가 오른쪽으로 갔을지 왼쪽으로 갔을지는 알 수 없다. 후미등 불빛이 보이지 않는다. 메리 패트는 다시 도로 표지판을 올려다본다. 이번에는 오른쪽으로. 이런 개 같은 동네에서 도로 표지판이 사실상 온전하다는 것에 예수님과 성령과 성 베드로에게도 감사하고 싶다. 워런가 위쪽으로 가다 보면 중간쯤에서 두 갈래로 갈라지는 왼쪽은 세인트제임스지만 오른쪽이 모얼랜드라고 쓰였다.

모얼랜드에 있는 원숭이 같은 약쟁이 새끼들한테 전해. 내가 최대한의 결과를 내기를 기대한다고.

메리 패트는 모얼랜드로 우회전한 뒤 속도를 올린다. 한 블록을 지났지만 조지는 없다. 두 블록을 지났는데도 보이지 않는다. 메리 패트는 가속 페달을 밟고 싶은 충동을 억누르며 일정한 속도로 베스를 몬다. 다음 정지 신호에서 오른쪽을 보니 임팔라가 보인다. 반블록 정도 떨어진 놀이터의 건너편에 주차되어 있다. 그 옆에는 윈쪽 뒷문이 열려 있는 하얀색 밴이 있다. 밴의 뒤쪽에 흑인 세 명이 조지와 함께 서 있다. 한 명은 키가 크고 뚱뚱하고, 또 한 명은 깡마르고 키가 작다. 세 번째 사람은 키와 체격 모두 평균이다. 셋 모두 높이 솟은 아프로 머리를 하고 수염을 길렀다. 그리고 모두 안경을 쓰고 터틀넥을 입고 있다. 조지는 자기 차의 트렁크에서 무슨 물건을 꺼내 한 명씩 차례대로 건넨다.

메리 패트가 전문가도 아니고 지금 잘 보이는 것도 없지만 그게 소총이라는 것은 안다.

버싱이 강제 시행되기 직전에 사우디의 백인 마약상은 왜 록스버리의 흑인 세 명에게 소총을 주고 있는 걸까?

메리 패트는 좌석 등받이에 머리를 기댄다.

대체 무슨 일이 일어나고 있는 거야?

22

사우디로 돌아온 조지는 택시 회사들과 트럭 창고들이 있는 어
둡고 텅 빈 블록으로 메리 패트를 데리고 간다. 1시가 넘은 지금 조
지가 미행을 알아차리지 못하도록 메리 패트는 차의 조명을 끈다.
이곳엔 아무도 없는 것 같다. 어둠 속에서 오래된 자갈길을 덜컹거
리며 달리는 둘뿐이다. 제대로 켜진 가로등이 거의 없고 트럭 운전
사들의 구미에 맞춘 술집 한 곳은 11시에 문을 닫는다. 메리 패트
는 속도를 낮춰 거의 기어가다시피 속도를 낮춘다. 전조등을 끈 상
태지만 조지가 창문을 내린다면 아마도 뒤에서 자갈길을 쿵쿵대며
쫓아가는 차 소리를 들을 수 있을 것이다. 메리 패트는 족히 두 블
록은 떨어져 움푹 팬 구멍들을 피하려고 최선을 다한다.

조지는 한 대짜리 야트막한 차고가 쭉 이어진 거리를 가다 그중
하나의 차고 앞에 있는 주차장에 차를 세우고 내린다. 오른쪽에서
세 번째 차고의 잠금장치를 풀고 문을 끌어올린다. 그는 주머니 속
을 뒤적거리더니 차고로 들어가 쉐보레 노바 뒤로 간다. 트렁크를
연다. 그다음 다시 밖으로 나와 임팔라의 트렁크에서 더플백을 움
켜잡는다. 소총이 빠졌으니 브라이언 셰이와 베이사이드 거리를
건너며 옮길 때보다는 훨씬 가볍겠지만, 노바의 트렁크에 가방을
옮길 때 오른쪽 어깨가 약간 떨어지고 고개가 갸우뚱해지는 것으
로 보아 여전히 무거운 듯하다.

조지는 트렁크를 닫고 잠근다. 차고 문을 닫고 역시 잠근다. 임팔

라에 올라탄다.

그리고 그들은 다시 떠난다.

짧은 여정이다. 조지는 세간에 어머니의 것으로 알려진 집에서 더 올라가 이스트 2번가(街)에 임팔라를 주차한다. 그가 두 집 사이를 가로지르는 것을 지켜보며 메리 패트는 조지가 울타리를 넘어 뒷마당을 통해 어머니의 집에 뒷문으로 슬쩍 들어가리라 추측한다. 이 의혹은 몇 분 뒤 로렌 던바 집 2층에 있는 구석방에 불이 들어오자 사실로 확인된다.

30분 후, 불이 꺼진다. 메리 패트는 조지가 다시 나올 경우를 대비해 그 자리에서 10분 더 머물지만 그는 나오지 않는다. 잠들었다고 그녀는 꽤 확신한다. 새벽 2시다. 상식적인 사람이라면 누구나 잠들어 있을 시간이다.

메리 패트는 베스를 몰고 이스트 2번가로 올라가 다시 창고로 향한다.

주차장과 그 주변 거리는 떠나올 때처럼 어둡고 조용하다. 이 야심한 시각에 이곳에 오는 사람들 역시 좋은 일을 하러 오는 것은 아닐 테다. 빨리 도망쳐야 할 경우를 대비해 베스를 가까이에 두는 편이 낫겠다고 생각한 메리 패트는 차를 주차장에 세운다.

조지가 차고 문에 매달은 맹꽁이자물쇠는 매우 간단한 것인데도 더키의 자물쇠 따개에 버틴다. 그게 아니라면 자물쇠 따개를 사용하는 메리 패트에게 저항한다고 해도 무방하다. 창피한 일이다. 메리 패트는 자신의 자물쇠 따는 능력에 대해 막 시건방을 떨기 시작한 참이었다. 마음속으로 죽은 더키에게 핀잔을 주기도 했다. 더키가 평소 자물쇠를 따는 '기술'이 있다는 것을 일반 사람들이 인정하지 않는다고 불평했기 때문이다. 결국 메리 패트는 네 번의 실패 끝에 자물쇠 따개를 포기하고 볼트 절단기를 집어든다.

볼트 절단기의 날이 자물쇠 윗부분을 꽉 물자 잘린 밑부분이 땅에 떨어진다. 그녀는 생각한다. 빌어먹을 기술 따위.

하지만 노바의 트렁크 자물쇠를 자물쇠 따개로 단번에 따자 다시 마음을 바꾼다.

"나 아직 쓸 만해, 더키."

트렁크를 열고 손전등을 비추면서 그녀는 말한다.

지퍼를 열자 가방 안이 바로 들여다보였지만, 지금 무엇을 보고 있는지 말이 되지 않는다. 당연하지만(달리 또 어떤 것을 생각할 수 있을까?) 그래도 당연하지 않다. 사우디에는 규칙이 있었다. 하지 않는 것들이 있었다. 이를테면 이런 것이다.

밀고하지 않는다.

절대 가족을 등지지 않는다(설사 몹시 싫어하는 사람이더라도).

동네 밖 사람에게는 그게 누구한테든 동네에서 무슨 일이 일어나는지 절대 말하지 않는다.

그리고……

마약을 팔지 않는다.

한 번도.

절대.

가방에는 마약이 채워져 있었다. 갈색 가루와 하얀 가루가 몇 킬로그램씩 있고, 벽돌 크기만 한 마리화나와 알약이 들어 있는 플라스틱 통이 있다.

조지 던바의 마약이 아니다. 조지 던바에게 주어진 것이다. 그에게 위탁됐다. 브라이언 셰이에 의해.

마티 버틀러의 마약이다.

그간 마티와 그 패거리가 왜 사우디에서 마약을 없애지 못하는지 모두 궁금해했다.

이제 그 답을 안다. 바로 그들이 마약을 들여오고 있기 때문이다.

그들이 자기 사람들을 죽이고 있었다.

그들이 모든 세대의 아이들을 알약의 노예, 거울과 돌돌 말린 지폐의 노예, 바늘과 숟가락의 노예로 만들어 왔다.

노엘을 죽인 건 마약이 아니었다.

노엘을 죽인 건 버틀러 패거리였다. 노엘의 아버지를 죽였던 꼭 그대로. 노엘의 여동생을 죽였던 꼭 그대로.

버틀러 패거리가 메리 패트의 가족을 죽였다.

메리 패트는 차고의 뒤쪽 벽에 기대 곰곰이 생각한다. 어떤 이유에선지 눈물이나 분노 대신 마른 웃음만 새어 나온다.

마티 버틀러의 별 특징 없는 카탈로그 모델 같은 얼굴이 메리 패트의 얼굴 바로 앞에 떠 있다.

"당신이 내 가족을 죽였어."

메리 패트는 차고의 정적에 대고 속삭인다.

그는 그녀에게 미소 짓는다.

"내가 당신 가족을 죽여 줄게."

그녀는 그에게 약속한다.

조지 던바는 아침 8시에 차고에 도착한다. 맨 먼저 자물쇠가 사라진 것을 알아챈다. 그는 자물쇠가 있었던 자리를 바라본다

조지 던바는 주차장을 둘러본다. 메리 패트는 더키의 쌍안경으로 그가 상황이 어떻게 흘러가는지 맞춰 보는 모습을 지켜본다. 어제는 마약을 도난당했고 오늘은 상황이 이렇다. 1 더하기 1이다. 그는 누군가의 표적이 되었다.

조지는 차고의 외벽을 손으로 짚는다.

토악질한다. 두 번.

토악질을 멈추자 입을 닦는다. 그러고는 몸을 숙여 천천히 차고 문을 끌어 올린다.

노바가 두고 간 그대로인 것을 보자 조지의 얼굴이 조금 풀린다. 그는 노바 뒤로 달려간다.

메리 패트는 베스에 기어를 넣고 차고 문에서 약 6미터 떨어진 지점까지 몬다. 그러고는 차에서 내려 보닛에 기댄다. 기다린다. 안에서 조지가 거의 빈 트렁크를 뒤적거리는 소리가 들린다. 그는 미친 듯이 껵껵대는 소리를 내고 있다.

조지는 트렁크를 닫고 혼잣말을 중얼거리며 차고 문 쪽으로 다가

온다. 그때 그의 시선이 그녀에게 닿는다.

그리고 깨닫는다.

그가 어떻게 그걸 알게 됐는지는 스스로도 아직 모르지만, 그래도 깨닫는다.

조지가 돌진한다. 『프랑켄슈타인』의 괴물처럼 양팔을 벌리고 곧장 메리 패트에게 달려온다.

메리 패트는 조지에게서 권총을 낚아채 총구를 가슴에 겨눈다.

"지금 당장 방아쇠를 당길 수도 있어. 그래도 나한테 유죄를 선고할 법정은 이 나라에 없어. 어쩌면 몹쓸 상을 줄지도 모르지. 자, 조지, 어떻게 하고 싶니?"

그는 손을 내린다.

차고 문을 닫은 뒤 메리 패트는 조지의 몸을 뒤적거리며 무기를 찾지만 오늘 아침에는 아무것도 가지고 오지 않은 모양이다. 한쪽 구석에 걸려 있는 주황색 플라스틱을 씌운 작업등이 연장 코드에 꽂혀 있는 것이 보인다. 메리 패트는 작업등을 가져와 자동차 보닛 위의 고리에 매달고 조지가 자신감을 얼마간 회복하는 모습을 지켜본다. 그건 눈에서 제일 먼저 나타나지만 꽃을 피우지 못하고 희미해진다. 자존심 말고는 모든 것을 빼앗기고 생기를 잃은 모습이다. 오래전, 노엘의 가장 친한 친구로서 페네시 가족의 아파트를 밥 먹듯이 들락날락하던 시절에도 조지의 자신감은 돋보였다. 마약은 물론 여자애에게도 관심을 가지기도 전이었다. 당시에 둘은 쉴 새

없이 운동 경기 이야기를 하고 트레이딩 카드를 놓고 논쟁을 벌였다. 그때도 조지의 침착성은 주목할 만했다. 다른 사람이 자신을 어떻게 생각하는지는 개의치 않아 했고, 자신을 표현할 필요도 느끼지 않았다. 자신을 표현하지 못하는 것은 사우디 아이들에게서 드문 모습은 아니었지만 조지의 과묵함은 무능력에서 비롯된 게 아니라 의지에서 비롯된 것이라고 메리 패트는 항상 느꼈다. 그리고 그에게는 내면의 오만함도 있었다. 그녀가 기억하는 한 조지는 자신이 누구보다 뛰어나다고 확신하는 듯 보였다. 즉, 더 똑똑하고, 상황 판단이 더 빠르고, 덜 감상적이었다. 조지 던바의 군살 없는 이목구비와 바싹 자른 금발, 조상들의 땅처럼 푸르고 차가운 눈과 함께 천성적으로 타고난 고요함은 그를 아는 사람들 대부분에게 그가 더 똑똑하고 상황 판단이 더 빠르다는 당혹스러운 느낌을 주었다. 그는 더 나았다.

조지는 아주 오랫동안 그렇게 처신해 왔고, 스스로도 그렇게 믿고 있었다.

조지가 말한다.

"재미있었겠네요."

그녀는 약간 재밌어하는 표정을 지어 보인다.

"아줌마는 이 일이 어떻게 흘러가면 좋겠다고 공상에 빠져 있잖아요."

"내가 어떤 공상에 빠져 있는데?"

"내 상품을 훔쳐 갔으니 이제 내가 딸에 관해 알고 있는 것을 말해 줄 거라는."

"그게 내 공상일까?"

메리 패트는 잠시 곰곰이 생각해 보는 척한다.

"하지만 진짜 일어날 일은 달라요."

그녀는 기분 좋은 미소를 지으며 기다린다.

조지는 천장을 향해 고개를 갸웃거리더니 심드렁한 태도로 자기 차에 뒤로 기댄다.

"내 걸 돌려주지 않으면 오늘이 가기 전에 공급업자들이 아줌마를 죽일 거예요. 그러면 아줌마 딸에 대해 뭘 알아낸들 뭐가 중요하겠어요."

"계속 '딸'이라고 하네. 걔 이름을 모른다는 듯 말이야."

그는 한숨을 내쉰다.

"하지만 내 상품을 돌려준다면 공급업자들한테는 한마디도 안 할게요."

조지는 차에서 몸을 떼며 눈을 뜨지만 눈빛은 불친절하다.

"그러면 아줌마는 돌아갈 수 있어요. 아줌마의…… 삶으로."

"'공급업자'라, 마티 말이니?"

그는 얼굴을 찡그린다.

"뭐래."

"그러니까 날 살려 주고 내가 마약을 훔쳤다는 사실을 마티에게 알리지 않을 테니 거래하자는 건가……. 넌 너그러우니까?"

메리 패트는 그들 사이의 거리를 약간 좁힌다.

"마티나 그 패거리 누구에게든 하루에 두 번씩이나 물건을 잃어버렸다는 사실을 들키면, 음, 네 목숨이 좀 치지 않을까?"

그녀는 키득거린다.

조지 역시 웃음으로 응수하지만 시선은 다소 다급히 움직인다.

"좋아요, 내 일자리가 없어질 거라는 거 인정해요. 하지만 난 대학으로 돌아가면 그만이에요."

그녀는 천천히 고개를 저었다.

"오, 조지. 조지. 넌 마티를 두 번 실망시켰어. 게다가 사우디로 들어오는 마약의 근원이 마티라는 것을 경찰이 입증하는 데 도움을 줄 수도 있지. 그 경로와 공급책들도 알고 있겠고. 어쩌면 마티 돈을 받는 경찰을 적어도 몇 명은 알고 있을지도 모르고."

그 말에 조지는 크게 충격을 받는다. 메리 패트는 숨결이 조지의 얼굴에 닿을 만큼 가까이 다가간다.

"조지, 마티가 가장 최근에 공급해 준 약을 잃어버렸다는 말이 새어 나가고 24시간이 지난 후에도 네가 살아 있다면 세상 돌아가는 방식에 대해서 내가 그동안 가졌던 믿음이 깡그리 무너질 거야."

"우리 엄마는……."

"그래, 마티의 정부지. 알아. 그래도 널 구하지는 못할 거야. 마티는 섹스를 좋아하지만, 돈을 사랑하는 것에 비할 바는 아니거든."

조지는 잠시간 말이 없다. 그리고 그녀의 손을 내려다본다.

"그 총이 없으면……."

그녀는 뒤로 물러난다. 총을 들어 올린다.

"이 총?"

그러고는 총을 잘록 들어간 등에 넣는다.

"이제 없네."

조지는 메리 패트 뒤의 문을 쳐다본다. 움직이지는 않는다.

"나만 제치면 돼."

메리 패트의 말에 조지는 방을 곰곰이 살펴본다.

"그냥 날 옆으로 밀쳐, 조지."

"못 할 것 같아요?"

그녀는 크게 웃는다. 웃음을 참을 수 없다.

"맞아. 내 생각은 그래, 조지. 시간이 없어."

"기다려요."

"아니. 움직여 봐. 날 제치고 가 봐."

"상품 내놔요."

"약은 집어치워."

"달라……"

그녀가 다시 그에게 다가선다.

"내가 원하는 걸 다 얻고 나갈 때까지 넌 마약을 돌려받지 못할 거야. 그러니 당장 나와 싸우든지, 아니면 연기는 집어치우고 다음 단계로 넘어가든지 해."

조지의 눈은 다시 생기를 잃는다. 수년 동안 어머니 집에서 거울을 앞에 두고 그 모습을 연습했을 조지의 모습이 눈에 훤하다.

"난 사업가예요. 협상하죠."

"애송이 새끼. 트렁크에 뭐가 있는지 봤니?"

"내 상품은 아니었어요."

"그 약들은 트렁크에 없지, 그래. 하지만 그 안에 뭐가 있는지 알 겠어?"

그는 생각한다.

"운동 가방이 있었어요."

"그걸로 넌 뭘 하게 될까?"

"몰라요."

그녀는 고개로 가리킨다.

"네가 그걸 내던졌잖아, 조지. 바로 뒤에 있어, 가서 가져와."

조지는 경멸에 가득 찬 얼굴이다.

"아줌마가 가져오든지요."

메리 패트는 등 뒤에서 권총을 꺼내 개머리판으로 조지의 이마를 때린다.

눈에 눈물이 고이며 조지가 뒤로 비틀거린다.

"씨발!"

"다음은 네 잘 빠진 코야."

그는 가방을 가져온다.

"보닛에 놓고 열어."

그는 하라는 대로 한다. 안을 응시한다. 뭘 보고 있는지 말이 안 된다는 듯하다. 잠시 후, 조지가 머뭇거리는 표정을 짓는다. 여느 혼란과는 대조적이다. 가방 속 물품들이 무엇을 의미하는지 아는 것이라는 확신이 제법 든다.

갑자기 눈을 찌르듯 강렬한 불빛을 받아 가방 안의 물건들에서 약간 누런 빛이 번쩍인다…….

주사기, 숟가락, 라이터, 고무 튜브 한 토막, 물을 채운 점안기, 갈색 가루가 든 작은 비닐봉지.

"네놈 물건은 알아보겠지?"

그는 그것을 쳐다본다.

"그래서요?"

그녀는 한숨을 내쉰다.

"난 항상 네가 머리 굴릴 줄 안다고 생각했는데. 가슴은 없을지 몰라도 머리는 있다고."

그녀는 권총을 까딱거려 그 물품들을 가리킨다.

"네놈이 파는 그걸 지금 해 봐. 그렇지 않으면 '상품'은 다시 보지 못할 거야."

그는 웃는다. 조롱을 의도했겠지만 겁에 질린 듯이 들린다.

"절대 안 돼요."

메리 패트는 그의 발치에 총을 쏜다. 조지는 펄쩍 뛰어오르며 두 귀를 움켜잡는다.

그녀는 귀를 잡지 않지만 이제 빌어먹게도 소리를 들을 수 없다. 금속 문이 달린 세로 2미터, 가로 1.3미터짜리 상자에서 총알을 발사하면 그렇게 된다. 멍청해, 메리 패트. 바보, 멍청이, 똥멍청이.

하지만 조지가 가방에 손을 뻗고 있으니 대화는 끝났는지도 모른다. 그는 고무 튜브를 이두박근에 감고 묶는다. 혈관을 찾기 위해 팔꿈치 안쪽 관절의 살을 찰싹 때린다. 해 봐서 아는 게 아니라 돈을 빌어다 준 불쌍한 얼간이들을 수년간 관찰한 걸 따라 하는 것이라 아주 능숙하지는 않다.

마침내 말을 할 수 있을 정도로 귓속 울림이 진정된다.

"도와주지."

메리 패트는 권총을 다시 그녀의 척추 밑부분에 넣는다. 숟가락에 가루를 올린 뒤 물을 받고 라이터로 조리한다. 집 안에 훔쳐 갈 만한 물건이 남아나지 않아 노엘을 쫓아낸 다음 거의 마지막 무렵, 노엘이 약을 하는 것을 본 적이 있었다. 그때 노엘은 멍한 상태로 반쯤 부서진 가로등 아래의 놀이터 벤치에 앉아 있었다. 메리 패트는 놀이터 맞은편에 노엘에게는 보이지 않는 제퍼슨 빌딩에 몸을 기댄 채, 엄마가 지켜보고 있다는 것을 알면서도 자신을 죽이는 아들을 지켜보았다. 몇 달이 걸릴 수도 있고 몇 주가 걸릴 수도 있었지만(실제로 그사이 얼마쯤 걸렸다), 어쨌거나 계획적인 자기 살해였다. 그 무렵 노엘은 재활 시설을 들락날락하면서 메리 패트에게서 도둑질했고, 여동생에게서 도둑질했고, 켄 펜에게서도 도둑질했고, 친구가 남지 않을 때까지 친구들에게서도 도둑질했다.

조지는 예외였다. 노엘에게 약을 공급해 주던 놈.

조지가 팔꿈치 안쪽 주변의 살을 다시 톡톡 두드리는 것을 보고 메리 패트는 손을 뻗어 비명이 나올 정도로 세게 살을 꼬집는다.

"이봐요!"

"그래야 혈관을 찾지."

조지는 주사기를 잡고 숟가락에서 혼합물을 빨아들인다. 그러고는 채워진 주사기를 그녀에게 내민다.

메리 패트는 고개를 젓는다.

"난 돕지 않아. 네가 만든 독은 네가 직접 넣어."

조지는 네 번이나 주저하다가 쉬익거리는 소리를 내며 주사기를 혈관 속으로 찔러 넣는다. 피스톤 위에 엄지를 대고 조지는 그녀와 눈을 마주친다. 메리 패트는 그가 일을 끝내기를 기다린다.

조지가 피스톤을 누른다.

그리고 주사기 바늘을 잡아 빼서 주사기를 그녀에게 건넨다.

"이제 뭐 해요?"

"기다려."

가족과 함께 살면서 욕실에서 마약을 하던 무렵, 도취 상태에 빠지기 시작하면 노엘은 아무 소리나 지껄이곤 했다. 눈빛은 몽롱했고 몸은 풀려 있었으며, 메리 패트와 부엌 테이블에 앉아 10분 정도 무방비 상태로 이런저런 말 같지 않은 소리를 지껄였다. 그러다 메리 패트는 다시 아들을 잃곤 했다. 그녀가 기다리는 것은 바로 그 달콤한 (5분쯤 지나 시작되어 15분 이상은 지속되지 않는) 지점이다.

"네가 어기 윌리엄슨을 죽인 후 줄스는 어떻게 된 거니?"

그는 어깨를 으쓱한다.

"조지. 무슨 일이 있었어?"

다시 어깨를 으쓱한다.

"몰라요. 그 애는 프랭크와 가 버렸어요."

"그 후엔?"

"말했잖아요, 모른다고."

그녀는 가만히 바라본다. 조지가 헤로인을 처음 맞은 상태에서 거짓을 꾸며 낼 만큼 교활한가? 조지에게, 여느 사람에게 그런 의지가 있을까?

조지는 그녀를 보며 웃는다. 몽환적이고 거리감이 느껴지는 미소다. 다 안다는 듯하지만 거만하지는 않은.

"콘크리트 어떻게 붓는지 알아요?"

"섞어서 붓는 거지."

그는 한숨을 내쉰다.

"한 번도 안 해 봤죠?"

"맞아, 조지. 해 본 적 없어."

"대부분 쉽게들 생각해요. 시멘트 한 봉지를 물하고 섞는다. 흙손으로 펴 바르고 마르기를 기다린다."

아무렇게나 이 얘기를 꺼낸 게 아니다. 제2차 세계대전 직후, 조지의 삼촌들과 그의 죽은 아버지는 시멘트를 가업으로 삼았다.

"하지만 쉽지 않다는 거지?"

조지는 느릿느릿 고개를 끄덕인다.

"한 번도 시멘트를 섞어 본 적이 없거나 뭘 하는지 모른다면요. 여름날 지하실 온도가 30도나 되는데 잘못 섞기까지 했다면 지랄 같죠. 그러면 씨발 마른 지 5분 만에 벌써 금이 가는데, 펴 바른 지 5분 만에 말라 버린다고요. 그럼 결국 엉망진창이 되는 거예요. 덮으려고 했던 걸 다시 파낼 수도 없는데 완전히 덮은 것도 아니죠. 내 말은, 덮으려고 했던 그게 거기에 있다는 거예요. 얼음 속에 갇힌 빌어먹을 벌레처럼. 그리고 기절할 만한 냄새가 나죠."

조지는 차의 옆면을 따라 주저앉으며 타이어에 기대앉더니, 아무것도 보지 않는 듯한 멍한 눈빛을 보인다.

"이 세발자전거를 한 번 탄 적이 있어요. 금속제죠. 무겁고. 빨간 안장이 있었죠."

그녀는 좀 더 (아마도 중요한 사실을) 기다리지만 더 나오는 건 없다.

"조지."

"네에?"

"뭘 덮으려고 한 거니?"

"네에?"

"더운 지하실에서 뭔가를 덮으려고 했다고 말했잖아."

긴 터널의 끝에서 표류하는 듯하던 조지에게 마침내 그녀의 말이
가 닿은 것 같다.

"내가 망친 게 아니에요."

"아니야?"

조지는 또다시 천천히 고개를 젓는다.

"난 시멘트로 개 같은 실수를 하지 않아요. 그들이 그랬죠."

"누구?"

그는 여러 번 입술을 핥는다.

"알잖아요."

"아니, 난……."

"마티와 프랭크."

그는 눈을 반쯤 뜨고 그녀를 쳐다본다.

"그들이 뭘?"

"그녀를 지하실에 묻으려고 했어요. 하지만 시멘트를 잘못 섞는
바람에 전부 다시 해야 했죠."

메리 패트의 후두 양쪽에 하나씩 두 개의 굵은 정맥이 고동치기
시작한다.

"이름을 말해."

"줄스."

헤로인이 머리부터 발끝까지 조지의 몸속을 휘감자 그는 나른하게 미소 짓는다.

"그 애는 두 번 묻혀야 했어요."

23

말을 할 수 있기까지 시간이 좀 걸린다.

마지못해 평원에 갔던 날이 기억난다. 래리 포일과 위즈는 자랑이라도 하듯 더러운 티셔츠를 입고 있었고 땀에 전 몸에서는 고약한 암내가 진동했다. 피부에 분필 가루 같은 것이 묻어 있던 브라이언 셰이는 마티의 집을 개조하는 중이라고 말했다. 뒤쪽 동굴같이 생긴 곳에는 커다란 쇠망치가 공구함에 세워져 있었다. 브라이언은 메리 패트가 자기 집에 가서 아내에게 줄스가 실종된 일에 대해서 물어봤다고 화를 냈다. 담배를 휙 던지면서 위협하기도 했다.

메리 패트가 나쁜 이웃이라는 듯 말했다.

독선적으로 행동했다고.

그런데 그러는 내내 지하 저장고에, 고작 6미터 거리에 딸아이가 누워 있었다.

고등학교 때 그의 어머니 침실에서 축축하고 별로 특별할 것 없는 섹스를 나눴던 브라이언 셰이.

마티 버틀러와 어울리며 뭣 좀 얻어 보려고 애쓰던 아이에 불과했을 때 더키가 마티에게 좋게 말해 주었던 브라이언 셰이.

한 번은 더키에게 돈을 빌리고서는 갚지 않아 쫓아다니고 나서야 돈을 갚았던 브라이언 셰이.

줄스의 세례식 기념 파티에 참석했던 브라이언 셰이.

그들의 집에서, 그들의 식탁에서 함께 음식을 먹고, 그들의 술과 맥주를 마셨더랬다.

개 같은 브라이언 셰이.

"왜 울어요?"

노바에 기댄 조지 던바가 나른하고 졸린 시선으로 메리 패트를 지켜보고 있다.

"내가?"

그녀는 볼록한 손바닥으로 눈 아래를 누른다.

조지는 그녀의 대답을 듣지도 않고 벌써 다시 떠다니고 있다.

메리 패트는 옆에 쪼그려 앉아 조지의 얼굴 앞에서 손가락을 부딪쳐 소리를 낸다.

"그 애를 봤어?"

"누구요?"

"줄스."

"언제요?"

"지하실 바닥을 다시 깔 때?"

"누구의?"

"마티."

"아니, 아니, 아니에요. 음, 우리는 퀴크레트를 가져갔어요. 처음부터 그걸 썼어야죠. 콘크리트지만 모래도 들어 있는 거요. 괜찮은 편이죠, 빨리 마르고……."

고개를 숙인 조지는 잠이 든 듯 보인다.

메리 패트가 얼굴을 갈기자 조지는 두 눈을 활짝 뜨고 그녀와 시선을 마주한다.

"줄스를 보지는 못했지?"

"아니, 아니요. 그 애는…… 그니까, 바닥에 구멍이 있었는데 그 사람들이 헝겊 같은 걸로 위를 덮고 질 나쁜 시멘트 혼합물을 부었어요. 그래서 그걸 다 부쉈죠. 그리고 우리가 가서 퀴크레트를 발랐어요. 거기에 그 애가 있어요."

"퀴크레트 아래."

조지는 대답 없이 또 한 번 고개를 끄덕인다.

그녀는 다시 그를 때린다.

"조지! 그녀가 퀴크레트 아래 있어?"

"네. 거기 있어요. 거기예요."

이제 그의 말은 둔탁해지고 불분명해졌다.

메리 패트는 그를 놓치기 전에 묻는다.

"조지. 이 차고에 너 말고 오는 사람 있어?"

그는 미소 지으며 고개를 떨군다.

"여기는 아무도 몰라요."

"아무도?"

"단 한 명도."

그가 불분명하게 말한다.

메리 패트가 차 문손잡이와 연결된 수갑을 손목에 채우는 걸 알아차린다 한들 조지는 신경도 쓰지 않을 것 같다.

메리 패트는 노바 뒷좌석에서 잠을 좀 잔다.

잠에서 깨자 차고 안이 몹시 덥다. 금속으로 된 차고의 문이 반대쪽에서 두드려 대는 태양 광선을 전도체처럼 전달하는 탓이다. 시계를 확인해 본다. 2시 30분. 헤로인은 투약 후 6시간이 지난 뒤부터 혈류에서 사라지기 시작한다. 조지는 딱 예정대로다.

메리 패트는 안전벨트를 조수석 뒤로 한 번 빙 두른다. 그 뒤 수갑을 풀고 조지를 끌고 와 좌석에 밀어 넣는다. 조지는 몇 번 신음을 내뱉으며 뭐 하냐고 묻지만 무시당한다. 조지의 엉덩이 근처로 걸쇠를 가져오려면 벨트를 세게 잡아당겨야 한다. 그래도 한 번 당기는 데 성공하자 단번에 수갑을 걸쇠 구멍에 딱 들어맞게 채울 수 있다.

"아직 안 끝난 거 알지."

조지는 고개를 젓는다. 아직 약간 혼미한 상태다.

"너와 브렌. 커플처럼 안 보여."

차 뒤에서 잠들면서 계속 거슬리던 부분이다.

"아니에요."

그녀는 더 내려갈 곳이 있을지 궁금해하며 잠시 눈을 감는다.

"럼이 프랭키 투미의 대역이었다면, 넌 누구야?"

"누구일 거 같아요?"

어둑한 차 안에서 그녀는 잠시 아무 말도 하지 않는다. 그리고.

"마티."

조지는 고개를 끄덕이지 않는다. 하지만 가로젓지도 않는다. 그저 시선을 맞출 뿐이다.

"조지? 마지막 질문이야. 그놈들이 그 애들과 언제부터 친해진 거니?"

조지가 생각을 정리하는 데 1분이 걸린다.

"프랭크는 그 나이대를 신입생(Freshman year)이라고 부르는 이유가 바로 그때가 가장 신선해서라고 말하곤 했어요."(Fresh는 신선하다는 뜻이다 — 옮긴이)

나중에 이 순간을 돌이켜본다면 어떻게 그를 죽이지 않을 수 있었는지 궁금해할 것이다.

메리 패트는 시내로 차를 몬다.

"그 애가 어떻게 죽었는지 아니?"

조지는 몸이 불편해서 기분이 언짢다. 눈에 쏟아지는 햇빛을 가리려고 계속해서 수갑 찬 손을 들어 올리려 한다. 왼손으로 바꿔 들어 보지만 한 손으로 막기엔 여전히 햇빛이 너무 세다.

"프랭키는 그녀가 자정 넘은 시간에 집에 전화해서는 사람들에게 말하겠다고 위협한 것 때문에 잔뜩 성이 났어요."

"사람들에게 뭘 말해?"

그는 조심스러운 표정을 지어 보인다.

"그 애가 임신한 상태였다고 벌써 럼이 말했어."

"그렇다면 좋아요. 임신한 걸로 협박하고 있었어요."

어쩌다 반대 차선으로 흘러 들어간 메리 패트는 힘껏 방향을 틀어 마주 오는 택시를 피한다. 조지가 한 말 때문은 아니다. 줄스와 함께 보낸 마지막 날의 기억이 떠올라서다. 그들은 올드 콜로니를 함께 걷고 있었고, 줄스가 점점 이상해지고 어두워지더니 성질을 부리길래 메리 패트는 생리 전인지 물었다. 줄스의 대답은 이랬다.

아니에요, 엄마. 절대.

그 애는 내게 말하려고 했어. 메리 패트는 생각한다. 그런데 내가 듣지 못했지. 내가 보지 못했고, 듣지 못했어. 내가 원하지 않았으니까. 진실은 아프고, 대가를 요구하고, 세계를 뒤집어엎으니까.

버싱 반대 시위로 다리가 폐쇄되어 브로드웨이 다리에서 우회해야 한다. 우회로를 따라가며 버싱 반대 피켓, 개리티 반대 피켓, 흑인 반대 피켓을 들고 A가(街)를 따라 다리 쪽으로 행진하는 군중을 지나친다.

그들은 교차로에 멈춰 서서 두꺼운 시위 행렬이 다 지나가기를 기다린다.

"그 애를 왜 죽인 거야?"

메리 패트는 부드럽게 말한다. 그러고는 자신이 무슨 말을 했는지 놀란다. 사람을 죽였는데 무슨 타당한 이유가 있겠는가.

"아이 키울 돈을 원했으니까요."

"프랭크는 돈이 많잖아."

"그렇다고 나누고 싶어 한다는 뜻은 아니죠. 게다가 돈을 많이 달라고 했다고 들었어요. 자기가 자랐던 대로는 자기 아이를 키우고 싶지 않다면서."

마음속이 움찔했지만 메리 패트는 얼굴에 드러내지 않으려고 노력한다.

"그 돈을 받지 못하면?"

"그의 아이라고 사람들한테 말하겠다고 했어요."

"누구한테 들었어?"

"래리 포일. 래리는 꽤 실망한 것 같았어요. 옳지 않다면서, '이제 우리가 어린 여자애들을 죽이는 거야?'라고 말했죠."

"넌 어땠니?"

"정말 슬펐죠."

메리 패트는 그를 건너다본다. 조지는 여전히 태양을 피하려고 애쓰며 손 아래로 머리를 움직인다.

"아니, 넌 슬프지 않았어."

그는 한숨을 내쉰다.

"네, 맞아요."

"조지, 너한테 감정이라는 게 있니? 늘 그게 궁금했단다."

그는 유리창에 비친 자기 모습을 보며 얼굴을 찌푸린다.

"감정을 느낀다는 게 매력적이라곤 생각하지만 아뇨. 솔직하게 말하면요. 엄마 말고 다른 누구에게는 아무것도 느낀 적이 없어요."

"적어도 솔직은 하네."

조지는 A가를 천천히 행진하는 시위자들을 가리킨다. 무리에 뒤 처진 사람들이지만 여전히 꽤 많다.

"이 우라질 멍청이들을 봐요. 깜둥이들이 올해 사우디 고등학교 의 복도를 걷건 말건 우리는 이미 다 진 건데. 무슬림들은 우리에게 그냥 뒈져 버리라고, 기름을 더 많이 줄지 말지 자기들이 결정할 때 까지 걸어 다니고 있으라고 했어요. 하지만 저 사람들은 깜둥이들에 게 싸움을 걸겠죠. 자기들만큼이나 가난하고 형편없는 깜둥이들에게. 그러고는 신념을 가지고 행동했다고들 할 거예요."

차들이 움직인다. 그들은 신호등이 노란불에서 빨간불로 바뀔 때 교차로를 통과한다.

"조지, 어떤 것도 개의치 않는다면 여기 윌리엄슨에게는 왜 싸움을 건 거니?"

조지는 손을 내리고 그녀를 쳐다본다. 메리 패트가 운전하는 동안 튕기고 꺾인 강한 노란 햇살이 그의 옆얼굴을 휩싼다.

"약했으니까. 그게 눈에 보였죠."

"그냥 겁에 질린 것일지도 모르지."

"뭘 두려워한다는 게 약하다는 거죠. 난 약한 사람을 좋아하지 않아요."

그는 태양을 향해 다시 손을 들어 올린다.

"약한 게 아닐 수도 있어. 그냥 친절을 베풀려고 그러는 걸 수도 있지."

조지는 메리 패트가 진심으로 그렇게 말하는 것인지 확인한다. 그녀가 진지하다고 결론짓자 그는 웃음을 터트린다.

"음, 그럼 엿 먹으라 해요."

메리 패트는 그를 잠시 바라본다. 그토록 오랜 세월이 흐른 후에야 마침내 그가 이해된다.

"이제 알겠네. 너에겐 분노가 없어, 조지. 증오심뿐이지."

신호등을 두 번 지나는 동안 누구도 말하지 않는다.

콩그레스가로 방향을 틀며 메리 패트가 말한다.

"그 애 시신은 왜 보관했던 거지?"

"네?"

"프랭크 투미가 그 집에서 내 딸애를 죽였다면, 왜 그 시신을 거기에 남겨 뒀냐 말이야."

"감시당하고 있으니까. 어쨌거나 마티가 한 말이에요."

그는 어깨를 으쓱한다.

"감시? 누구한테?"

"마약단속국."

"마티는 어떻게 그걸 알지?"

"FBI에 연줄이 있어요."

"그럴 리가?"

메리 패트는 눈을 크게 뜬다. 무의식적으로 입에서 휘파람 소리가 흘러나온다.

"옙. 마티가 무적인 이유죠."

그녀는 잠시 머릿속으로 곰곰이 생각해 본다.

"어디 가는 거예요?"

"네 마약이 있는 곳."

"그래요?"

그는 메리 패트의 말을 다 믿지는 않는다.

"우리 거래를 했잖아. 내 몫을 지키는 거지."

"말하지 않겠다고 약속 안 했는데."

"마티한테? 내가 네 마약을 훔쳤다고?"

"네."

"약속 안 한 건 알아. 괜찮아, 조지."

그는 이해가 잘 안 되는 모양이다.

"자, 가자."

그녀는 말하고는 항구 옆에 있는 다리에 차를 세운다.

그는 물이 내려다보이는 빨간 미늘 벽 건물을 바라본다. 항구로 내려가는 통로를. 통로 밑에 있는 노란 배를.

"여기서 뭐 해요?"

"저 배가 뭔지 알아?"

"네."

조지는 짜증스럽게 말한다.

"말해 봐."

"그 배의 복제품이죠."

"무슨 배?"

"지금 뭐, 초등학교 수업 시간이에요?"

"그냥 말해, 조지."

그는 10대 아이처럼 눈을 치켜뜬다.

"1770년대쯤에 영국 차를 전부 항구에 버렸을 때 자유의 아들들이 탔던 배의 복제품이요."

그녀는 조지의 무릎을 찰싹 때린다.

"정말 잘했어요! 그 사람들이 왜 차를 버렸을까, 조지?"

"세금에 항의하려고. 아줌마, 그냥……."

"세금이 아니야. 대표 없는 세금. 그게 핵심이야, 조지. 영국인들에게 돈을 지불했지만, 영국인들은 그 돈을 가져가고도 뭐 하나 하지 않았어. 그래서 소중한 영국인의 차를 항구에 던졌지. 조지, 네가 내 것을 가져가면 나는 네 것을 지랄 떨면서 가져간다고 주장하려는 거야."

그는 제자리에서 그녀를 바라본다.

"도대체 무슨 말을 하는 거예요?"

메리 패트는 턱으로 물을 가리킨다.

"마티의 마약은 저기 있어, 조지."

조지는 이해하지 못한다.

"배에요?"

그녀는 고개를 젓는다.

"물속에."

조지의 입이 떡 벌어진다. 앞 유리를 응시하며 계속 눈만 깜박인다. 차 밖에 있는 사람들은 그 안에서 무슨 파괴 행위가 벌어지고 있는지 눈치채지 못하고 인도를 지나다닌다.

마침내 조지가 입을 연다.

"제발요. 아니죠?"

애원하는 작은 목소리는 끝에 가서 갈라진다.

"난 어젯밤 저 다리 한가운데, 바로 저기에 서 있었어……."

"제발요?"

조지는 앞유리 너머로 항구를 응시한다.

"저기서 봉지들을 잘라 열었어, 하나씩."

"그만…… 멈춰요."

그가 나지막이 말한다.

"알약과 가루들을 전부 저 물속에 쏟아부었어."

그가 뭔가 중얼거린다.

"뭐야, 조지? 안 들려. 더 크게 말해 봐."

끙끙거리는 것과 신음 사이에 있는 소리를 낸다.

"난 죽었어요."

"마약이 없어서?"

"제기랄, 난 죽었어."

"그래. 넌 확실히 죽은 목숨이야."

메리 패트는 38구경 리볼버의 총구를 조지의 몸통에 댄 채 손을 뻗어 안전벨트 걸쇠에서 수갑을 푼다. 그 뒤 총구를 복부에 더 깊숙이 파묻고 그의 눈을 들여다본다. 코와 코 사이의 거리가 1.3센티미터에 불과하다. 메리 패트는 조지의 손목을 잡아끌어 수갑을 핸들에 채운다.

그녀는 편히 앉아 총을 다시 셔츠 밑에 넣는다.

"조지, 지금 널 봐. 내 눈에는 겁에 질려서 두 번째 기회를 원하는 어린 소년이 보여. 하지만 저 사람들은 성인인 너에게 두 번째 기회를 주지 않을 거야. 이 주변에선 그래. 나도 한 아이의 어머니니 널 안아 주면서 귀에 다 괜찮을 거라 조용히 속삭여 주고 싶구나."

그는 마치 메리 패트가 그렇게 해 줄지도 모르겠다는 듯이 갈구하는 눈빛으로 그녀를 쳐다보고 있다.

"그럼, 그럼 도와줘요. 페네시 아줌마. 제발요."

"그러고 싶어, 조지. 기꺼이."

메리 패트는 조지의 뒤통수를 어루만지며 잠시 이마를 맞댄다. 그러고는 친절하고 자애로운 목소리로 말을 꺼낸다.

"그렇지만 네가 내 아들에게 마약을 팔아 죽였고, 그저 집으로 돌아가고 싶었던 불쌍한 흑인 청년을 죽였고, 내 딸을 지하실에 묻는 걸 도왔다는 게 바로 생각나서 말이야."

메리 패트는 이마를 떼고 조지의 증오에 찬 시선을 마주한다.

"그러니 네가 오늘 밤 죽든, 아니면 감옥에서 지옥 같은 삶을 연명하게 되든 상관 안 해. 네 얼굴이 다시 내 눈에 뜨이지 않는다면 그거야말로 신의 축복이겠지."

그녀가 차에서 내리자 조지는 계속 핸들에 묶인 수갑을 힘주어 잡아당겨 댄다.

메리 패트는 차 사건 박물관 옆의 공중전화에서 지난주 받은 명함에 있는 번호로 전화한다.

상대는 세 번째 벨 소리에 전화를 받는다.

"코인 형사입니다."

그녀는 조지 던바를 어디서 찾을 수 있는지 말하고 전화를 끊는다.

24

OPEC발 오일 쇼크는 공식적으로 다섯 달 전에 종료됐지만, 1973년의 가스 부족을 겪으며 나타난 주요 부작용은 모두 연료 탱크를 절반 이상은 채우고 다니려고 한다는 것이다. 아랍인들이 또 언제 오일을 볼모로 잡을지 알 수 없는데 오도 가도 못 하며 빌어먹을 줄에서 몇 시간씩 앉아 있고 싶은 사람은 없다.

그래서 그날 밤 아덴라이 평원 앞에 주차된 모든 차의 연료 탱크에는 연료가 못해도 3분의 2는 차 있는 상태다. 마티 버틀러의 아메리칸 모터스 코퍼레이션 마타도어를 비롯해 대부분은 연료가 가득 차 있다. 성냥, 강한 통제력, 그리고 좆 같은 타조알만 한 배짱만 있으면 누구라도 남성 셔츠(나중에 방화 수사관들은 그 셔츠가 미 육군 상병의 제복이라는 것을 알아낼 것이다)를 갈가리 찢어 그 조각들의 한쪽 끝에 작은 돌을 묶고 거기 주차된 모든 차의 연료 탱크에 떨어뜨리면, 여기에 불지옥을 밝힐 수 있을 것이다.

그리고 실제로 그 일이 일어난다.

술집 안의 남자들이 창문에서 어른거리는 불빛을 알아차린다. 흡사 크리스마스 전구 같다. 가로등에 걸린 가랜드에 매달려 겨울바람에 너울대는 크리스마스 전구. 하지만 지금은 겨울이 아니다. 그러니 크리스마스 전구일 리가 없다. 그들 모두 인도로 나올 때쯤엔 세계의 종말이라도 닥친 것 같다. 차량 여섯 대(모여 있는 차의 절반이다)가 연달아 불에 타고 있다. 연기와 열기가 기름내 나는 파도를 일으키며 껍데기를 흔들어 댄다.

화염이 술집에 번지지 못하도록 남자들은 술집 뒤에서 호스를 끌어오고 손에 닿는 대로 소화기를 잡는다. 하지만 지옥의 열기와 같은 화기에 차창들이 터지기 시작하며 그들은 자갈만 한 유리 파편 세례를 받는다. 불쌍한 위즈는 이미 얼굴이 망가져 있는데도 그걸로는 부족하다는 듯 오른쪽 귀에 파편을 한 움큼 맞아 간 돼지고기 같은 꼴이 된다. 사람들은 그를 술집으로 다시 잡아끈다. 누군가 핀셋을 찾으러 간다.

소방관들이 출동했을 때쯤엔 지붕에서는 이슬비처럼 불꽃이 떨어지고 외벽을 따라 커다란 푸른 불꽃이 춤을 춘다. 마티와 프랭키, 브라이언 셰이, 그리고 도시 남부에서 가장 두려움을 사는 패거리의 열다섯 명 정도가 모두 거리에 대피해 있다. 전부 검댕칠을 하고 얼떨떨해하고 있다. 소방관들은 그들을 평범한 시민, 보통의 얼간이 다루듯 밀어낸다.

술집 지붕 너머의 건물 꼭대기를 보고 브라이언 셰이가 입을 연다.

"맙소사."

소방관들 역시 같은 걸 발견하고는 가리키며 큰 소리로 지원을 요청하기 시작한다.

모두 술집에만 불이 붙었다고 생각했지만, 거기에서는 불꽃과 화염을 두엇 정도만 진압하면 됐다. 그리고 그마저도 이미 물이 공세를 퍼붓자 죽어 가고 있다. 하지만 술집 뒤에 있는 집, 즉, 마티가 거래를 하고, 밤에는 뉴잉글랜드 전역의 마피아 족속들을 위해 매춘업과 카지노를 벌였던 그 집에서는 불길이 3.5미터는 치솟으며 화염으로 된 탑을 만든다.

사람들은 그곳에 가려고 하지만 소방관들에게 밀려난다. 이제 경찰이 도착하고, 구급차와 엿 같은게도 채널 4, 5, 7, 「글로브」, 「헤럴드」, 「아거스」, 「패트리엇 레저」의 기자들까지 도착한다.

마티는 전소되는 집을 지켜보며 프랭키에게 말한다.

"이게 내가 생각하는 그것의 짓이라면 자네에게 맡기지, 툼스톤. 전적으로 자네가 알아서 처리해."

다음 날 아침 보비는 책상 램프에 붙여진 메시지를 발견한다.

수신: 형사 마이클 코인 경사

발신: 대단한 사우디 계집

메시지: 미안, 토스트를 태웠어요. 그녀는 플로리다에 가지 않았어요. 지하
　　　실을 떠난 적 없죠.

메시지를 작성한 필체는 코라 스턴스의 것이다. 보비는 평상복을 입고 여성 탈의실에서 나오는 코라를 발견한다. 코라는 직장에 1초라도 더 머물고 싶어 하지 않기에 주차장으로 향하는 그녀 옆에서 보비는 서두른다.

"전화 언제 왔어요?"

"새벽 3시요."

"그녀가 자기를 '사우디 계집'이라고 했어요?"

"'대단한 사우디 계집'이라고 했죠."

"그리고 토스트를 태웠다고 말했고요?"

코라는 문을 밀고 주차장으로 들어간다.

"그 말을 메시지에 꼭 넣어야 한다고 고집했어요. 전 '부인, 형사님의 아침 식사를 망친 것은 직장에 전화해서 말하기에 적절하지 않은 개인 용무처럼 들리네요.'라고 답했죠. 하지만 그녀는 받아 적으라고 했어요."

"고마워요."

"매춘부한테 직장 번호는 뿌리지 마세요, 형사님, 누이들한테 맡겨요."

"그러죠, 코라."

그녀는 자기 차로 걸어가면서 호의적이기도 하고 아니기도 한 가운뎃손가락을 들어 보인다.

20분 후, 보비는 지난밤 사우디에서 일어난 화재 소식을 듣고 마침내 메시지를 이해한다.

방화 수사관들은 발화점을 추적하여 지하실에서 불이 시작됐음을 알아낸다. 그리고 보비에게 산소마스크와 탱크를 건네며 지하실 바닥을 최근 시멘트로 마감했는데, 아직 자리를 잡아 가는 중이라 유독 가스를 뿜는다고 설명한다. 그들은 보비를 끌고 검게 그을린 계단을 내려가 바닥 중앙에 있는 짙은 갈색 타원에 불빛을 비춘다. 바닥의 나머지 부분은 점성이 있는 청회색이다. 갈색 타원 위로 청회색 물질로 막을 씌웠지만, 그 막은 얇다.

마스크 사이로 들리는 방화 수사관의 목소리는 욕조 속에서 올라오는 것 같다.

"찾고 있던 겁니까?"

보비가 고개를 끄덕인다.

시신을 빼내는 데 반나절이 걸린다. 저 아래에서는 모두 마스크와 흰 방호복을 착용하고 팬티가 다 젖도록 구슬땀을 흘리고 있고, 머리 위로 지하실이 무너지지 않도록 소방관들이 애써서 골격을 떠받치고 있다. 시신을 파내기 위해 적합한 도구를 찾아 특수 장비 창고까지 가서 주걱을 가진 착암기처럼 보이는 것을 가져와, 그것으로 관처럼 생긴 완벽한 직사각형 모양으로 바닥을 잘라 낸다.

사람들은 계속 계단을 오르내리며 그 안팎을 오간다. 마스크와 산소탱크를 지참하긴 했지만 아래에 있다 보면 어지러워지기 십상이기 때문이다. 브라이언 셰이와 버틀러 패거리 여섯은 술집 뒤편 밖에 있는 작은 테이블에서 그들을 지켜보며 왜 진짜 범죄가 일어나는 곳에 가서 싸우지 않냐고 묻는다. 목요일에 깜둥이들이 들어와 학교를 비롯한 빌어먹을 다른 것들을 모두 망칠 수도 있으니 그러기 전에 단속하든지 하라고.

보비는 함께 담배를 피우고 있는 과학수사대원 그레고르에게 왜 시체를 감싼 부드러운 시멘트와 흙을 같이 파내는 거냐고 묻는다.

"증거죠. 뭔가 스며 나왔을지 모르니까요."

그레고르가 말한다.

그들이 거기 앉아 있는 동안 검시실 소속 사람들은 검은 가방에 시신을 담아 밖으로 운반한다. 보비와 그레고르는 시체 안치소의 밴에 시신을 싣는 동안 옆으로 비켜선다. 보비는 건너편에서 그 모습을 지켜보고 있는 브라이언 셰이를 발견한다. 브라이언이 냉정하고 굉장한 포커 선수라는 이야기를 늘 들어 왔지만, 지금 그는 속이 꽤 쓰려 보인다.

보비는 활짝 웃으며 인사를 건넨다.

시체 안치소에서 시신으로부터 떼어 낸 시멘트와 흙을 모두 봉지에 담는다. 그런 다음 시신을 깨끗이 닦고 다리와 팔을 최대한 펴 준다.

"사인은?"

보비가 묻자 근무 중인 검시관 드루 커런은 얼굴을 찌푸린다.

"지금 처음 보는 거예요. 시간 좀 주시죠."

보비는 한숨을 내쉬며 담배에 손을 뻗는다.

"여기선 피우면 안 돼요, 형사님."

몇 분 후 드루가 말한다.

"오, 그래. 알겠어요."

보비가 의자에서 일어난다.

드루는 왼쪽 흉곽 바로 아래에 있는 주름진 구멍을 접어 올린다.

"13센티미터쯤 되는 칼날을 갈비뼈 바로 아래 밀어 넣어서 그대로 심장을 찔렀어요. 그 짓을 하면서 눈을 들여다보고 있었을 수도 있겠네요."

지금 보비는 그녀를 쳐다본다. 메리 패트 페네시의 자궁에서 나온 지 18년도 안 된 아이. 부패가 시작되고 있긴 하지만 그 아이가 얼마나 예뻤을지 알 수 있다. 그냥 예쁜 게 아니다. ……부드럽다. 그 아이의 어머니는 단단하고 각졌으며, 턱선에는 반발심이 영원히 자리 잡은 듯하다. 비웃는 건지 아닌지는 모르지만 얇은 입술의 꼬리가 한쪽으로 올라가 있어 그렇게 보인다. 싸우려고 태어난 사람 같다. 반면 그 딸은 죽어 있는 모습조차도 동화 속에서 튀어나온 것처럼 보인다. 죽었다기보다는 보비와 드루가 거기 서 있는 동안에도 원정을 마치고 이 건물에 다가오고 있는 왕자가 해 주는 부활의 키스를 기다리고 있는 듯하다.

여기는 공주님들을 위한 곳이 아니란다. 보비는 생각한다.

"뭐라고 했어요?"

드루가 묻는다.

"아뇨. 아무것도."

"필요한 거 얻었어요?"

"네."

보비는 말하고는 떠난다.

근무 시간이 반쯤 지나갈 즈음 메리 패트가 전화를 걸어온다.

"당신 집에 갔었어요."

"지금 거기서 지내지 않아요."

"다행일지도 모르겠네요."

"최근에 불탄 건물에서 시신 한 구를 가져갔다면서요."

"그랬죠, 맞습니다."

"가장 가까운 친척이 신원 확인을 했나요?"

"가장 가까운 친척이 오기를 기다리고 있습니다."

"가장 가까운 친척은 체포를 걱정해야 할까요?"

"뭐 때문에요?"

"모르겠는데요."

잠시 어느 쪽도 말이 없다.

결국 보비가 입을 연다.

"우리 아버지는 제일가는 가옥 도장업자셨습니다. 집 안이든 밖이든 상관없었죠. 붓과 롤러를 든 마법사. 하지만 사람들은 아버지에게 목재 부식과 내력벽, 심지어 전기에 관해 묻곤 했어요. 아버지는 말씀하셨죠. '난 다른 일에는 전혀 관심을 두지 않아서 한 가지 일을 누구보다 잘하는 거라오.'"

"멋진 분이신 것 같네요."

"정신이 말짱하실 때는, 네, 그러셨죠."

보비는 그 순간 자기가 그 지랄맞은 노친네를 얼마나 그리워하는지 깨닫는다.

"난 살인 사건 수사관입니다. 방화는 수사하지 않죠. 그건 방화 수사관들이 할 일이에요. 폭행과 구타도 수사하지 않고요. 총구를 들이밀고 억지로 헤로인을 정맥에 주사하게 했다는 사람이 누구인지도 관심이 없다고 말하고 싶네요."

"음, 그거 미친 얘기네요."

"그렇죠? 거세하겠다는 협박을 받았다는 녀석 얘기도 들어 봐야 하는데."

보비가 키득거린다.

"여기? 미국에서요?"

"우리도 그 점이 의심스럽습니다. 그렇다네요."

"세상에 무슨 일이 일어나고 있는 거죠, 형사님?"

"모르겠습니다, 페네시 부인. 정말요."

전화 선상으로 편안한 침묵이 이어지지만 보비는 반창고를 떼어 버리고 만다.

"2시간 후, 헤스터가(街) 212번지에 있는 시내의 시체 안치소에서 만날 수 있습니까?"

메리 패트의 목소리는 어두워지고 새까매진다.

"가죠."

드루 커런이 시신을 머리부터 발끝까지 시트로 가린 채 침대를 대면창까지 밀고 오는 동안 복도에서 보비는 메리 패트 옆에 서 있다. 창으로 다가온 드루는 시트의 모서리를 잡고 유리 너머로 보비를 쳐다본다.

"준비됐습니까?"

보비가 묻는다.

"이런 일에 준비될 사람은 없어요."

그녀는 숨을 좀 들이마신다.

"네. 좋아요. 됐어요."

보비가 드루에게 고개를 끄덕인다.

드루가 시트를 어깨까지 걷는다.

"아. 아아아아. 아아아아. 아아아."

먼저 얼굴이 무너지고 그다음 몸이 무너진다. 메리 패트가 바닥
으로 쓰러지기 전에 보비가 그녀를 붙잡는다. 그녀의 입에선 구슬
픈 '아' 한 음절만 계속해서 흘러나온다.

유리 너머로 딸의 시신을 응시하던 메리 패트는 얼굴로 유리를
짓누른다. 아주 빠르고 거센 몸부림에 보비는 단번에 유리까지 끌
려간다. 메리 패트는 어깨로 그를 뿌리치고는 유리창에 손바닥을
대고 울면서 딸의 이름을 속삭인다.

보비는 메리 패트가 떠나는 모습을 보지 못한다. 그녀는 서류를
작성하고는 양해를 구하고 화장실에 간다. 잠시 후 보비는 그녀가
화장실에서 나오는 모습을 보지 못했다는 사실을 깨닫는다. 여성
과학수사대원을 보내지만 화장실에 그녀는 없다. 뒤쪽 주차장에도
그녀의 차가 보이지 않는다.

머릿속에서 '아' 소리가 울린다. 그 소리가 사라지긴 할지 의문
이다.

아덴라이 평원의 뒤에 있는 집은 마티의 명의가 아니다. 1969년 포터컷에 있는 암트랙 기차역의 장기 주차장에 있던 차의 트렁크에서 시신으로 발견됐던 남자의 명의다. 남자의 이름은 루 스피로 였고, 당시 살아 있는 친척이 없어 주의 깊게 그의 재산을 살핀 사람이 아무도 없었다. 하지만 루는 사우디 주류 판매점, 메드퍼드 세차장, 서머빌의 금속 압축 회사, 리비어의 스트립 클럽 두 곳 등 돈방석을 깔고 앉아 있었다. 오랫동안 모두가 마티 버틀러의 것으로 생각해 온 것들이었다.

보스턴 경찰국은 지하실에서 발견한 시신을 마티나 프랭크 투미와 직접 연결 짓지는 못하지만 사망한 루 스피로의 모든 자산을 동결시키고 압류 조치를 밟을 수는 있다. 그렇게 아덴라이 평원 뒤에 있는 집에 일어난 방화 사건은 버틀러 패거리에게 가장 처참한 (엄청나게 개큰) 재앙으로 닥치게 된다.

"도시를 벗어나 있으세요. 아니, 이 나라를요."

메리 패트가 다음에 전화를 걸어오자 보비가 말한다.

"근데 왜요?"

그녀는 짐짓 모르는 척하며 묻는다.

"당신은 표적이 됐어요."

"그래요."

메리 패트가 담배를 한 모금 빨아들인다.

"럼과 조지가 자백했어요. 내일이나 모레에 신문에 날 겁니다. 지금 그 애들이 말한 내용을 하나하나 확인하려고 이리저리 뛰어다니고 있어요. 당신이 이겼어요."

보비가 그렇게 말하자 유선 너머로 분노에 차고 축축한 웃음소리가 들린다.

"이겼다뇨? 저 새끼들은 자유롭게 돌아다니고 있어요."

"조지 던바가 프랭크와 마티에게 고용돼 퀴크레트로 지하실 바닥을 다시 포장했다고 증언했어요."

"그래서요?"

"그 증언으로 그 사람들을 그 시신과 엮을 수 있죠."

"그놈들은 줄스가 죽은 날 밤에 대해 엿 같은 알리바이를 스무 개는 댈걸요. 최소한 그렇다는 얘기예요. 페르시아에서 그 인간들을 봤다고 할 증인도 있을걸요. 그들에게 불리한 증거는 전혀 없어요."

"여기 윌리엄슨 관련해 프랭크가 지시한 게 있어요."

"그 '지시' 들었어요. '일을 마쳐라'는 건 어떤 뜻이나 될 수 있었어요. 법정에서 그렇게 말하겠죠. 알잖아요."

보비는 알고 있다.

"이번 일에서도 그들은 걸어 나가겠죠. 항상 그랬잖아요."

"어차피 실패할 일을 하겠다고 인생을 망치지 마세요, 메리 패트."

"내 인생은 딸이었어요. 그 인간들이 아이를 앗아 갈 때 내 인생도 같이 뺏어 간 거죠. 더 이상 난 사람이 아니에요, 보비. 증거죠."

"네?"

"유령이 그런 거잖아요. 절대 일어나서는 안 될 일이 있었다는 증거죠. 그 유령은 일을 바로잡아야지만 이 세상을 떠날 수 있어요."

"메리 패트, 당신은 도움이 필요해요."

키득거리는 웃음소리가 음울하다.

"도움이 필요할 사람은 내가 아니에요. 정말이에요."

"내가 마지막으로 확인했을 땐 당신은 이미 그 사람들의 마약 사업에 훼방을 놨고 본거지에 일격을 가했어요. 사업체도 적어도 다섯 곳은 망쳐 놨고요. 최악은 따로 있어요. 당신이 그 인간들을 당황시켰다는 겁니다. 당신 때문에 그 사람들은 좆 같은 멍청이로 보였죠."

"그 인간들은 여전히 거리를 걸어 다니고 있다고요!"

보비는 잠시 전화기를 귀에서 떼어 놓는다. 수화기를 다시 귀에 대자 메리 패트의 목소리는 다시 침착해졌다.

"조지가 록스버리에서 흑인 남자들에게 소총을 넘겼다고 얘기하던가요?"

보비는 수첩을 잡는다.

"아니요."

"워런에서 멀지 않은 모얼랜드 거리에서였어요. 작은 공원과 놀이터 옆이요. 거대한 아프로 머리에 염소수염을 한 남자 셋이었어요."

보비는 그 머저리들을 안다. 조현병에 걸리기라도 한 듯한 정치 단체로, 스스로를 세계 라이베리아 해방 전선이라고 칭한다. 거리에서는 무어록스로 통용된다. 서로 상충하는 이념들을 미친 것처럼 섞어 둔 단체다. '스토클리 카마이클'이랑 '맬컴 엑스'가 '백투아프리카 운동'과 결합한 뒤 '웨더 언더그라운드'와 '서독 적군파'와 교배한 듯하다. 그리고 이 모든 것에는 자금이 필요하므로 자기들이 '해방시키고' 싶다고 주장하는 바로 그 사람들에게 엄청난 양의 마약을 판다.

"그 총들로 뭘 하려는 건지 압니까?"

"브라이언 셰이는 소동을 일으키기 좋겠다고 하던데요."

제길, 메리 패트를 5년 전에 만나서 그녀가 거리에서 이렇게 작업해 줬다면? 난 지금쯤 부서장이 돼 있을 텐데. 보비는 생각한다.

"도시를 떠나 있어요."

"오, 보비. 아무도 고향에서 날 쫓아내지 못해요."

메리 패트는 약간 당황한 어조로 말한다.

그리고 그녀는 전화를 끊는다.

25

보비와 카르멘의 첫경험은 어색하다. 서툰 손길로 만지작거리며 리듬이라고는 없다. 마치 음악을 끄고 춤을 추는 사람 같다. 보비는 그녀의 몸이 어떤 반응을 보일지 도통 모르겠어서 어쭙잖은 추측만 몇 가지 해댄다. 하지만 그때 "그래, 바로 거기예요."라고 속삭이며 빨라지는 숨소리가 귓가에 들린다. 그녀가 발꿈치로 그의 종아리를 쓸어내리고, 그가 엉덩이를 약간 왼쪽으로 움직이자 그녀의 입에서 나온 "옙"은 그가 그 주에 들은 소리 중 가장 좋은 소리다.

결국 그들은 통하는 리듬을 찾아낸다. 불꽃 같지는 않지만 다음을 기대할 정도는 된다. 다음 절정에서 폭죽을 쏘아 올릴 수도 있다. 다음번에 찾아낼 것이다.

관계 후, 9월 초의 습한 밤에 보비는 그녀와 함께 침대에 누워 세 층 아래 챈들러 거리에서 들려오는 소리를 들으며 전쟁에서 돌아온 이후 절대 질리지 않던 감정을 받아들인다. 살아 있다는 것은 멋진 일이야.

그녀가 침대에서 일어난다.

"물 좀 마실래요?"

"좋죠."

카르멘이 알몸으로 부엌에 가서 물 두 잔을 갖고 돌아온다. 보비는 그녀의 젖가슴 한쪽이 다른 쪽보다 약간 크다는 것과 그녀의 초록색 눈이 어둑어둑한 어둠 속에서 희미하게 빛난다는 것을 알아챈다. 그녀는 침대에 앉아 그에게 물을 건넨다. 둘은 잠시 아무 말 없이 서로를 바라본다.

"당신은 참 사려 깊은 사람이라 좋아요."

"언제요?"

"보통 때도 그렇지만 침대에서도. 당신은 내 몸에 귀를 기울였어요. 그러는 남자가 많지 않죠."

"남자 많았어요?"

"그럼요. 당신은?"

그녀가 술술 말한다.

"남자요? 아뇨. 하지만 여자라면 네."

"그럼 우리 서로의 과거는 재지 않는 건가요?"

"그렇게 해 봤자 좋을 게 하나 없죠."

카르멘은 물을 높이 들고 그의 옆으로 미끄러져 들어가 긴 키스를 건넨다. 그녀의 머리카락이 그의 옆얼굴을 간질인다. 키스는 따뜻하고 서두름이 없다. 느긋한 키스. 인생의 또 다른 축복이지. 그는 생각한다.

카르멘이 몸을 떼며 침대 옆 협탁에 있는 시계를 흘깃 본다.

"오늘 밤 TV에 나온다고 하지 않았어요?"

"TV에 나올 수도 있다고 했죠. 그 애들을 기소사실인부절차에 데려가는 것을 찍더라고요."

그녀는 침대를 기어 내려가 서랍장 위에 있는 작은 흑백 텔레비전을 켠다.

WCVB 채널은 도입부를 마무리하고 있다. 스튜디오로 화면이 전

환되고 앵커 책상이 확대되더니 갑자기 앵커인 쳇 커티스의 오른쪽 어깨 위 작은 네모 칸 안에 보비가 나타난다. (톱뉴스라니, 젠장.) 두 공립 고등학교에서의 인종 차별 폐지 조치가 시행되기 직전 흑인 청년이 사망하며 도시의 논란이 된 사건에 대한 주요 속보를 쳇이 보도하는 동안 화면 속에 보비와 빈센트, 그리고 고개를 숙이려고 애쓰는 럼 콜린스와 조지 던바가 얼어붙어 있다.

그러다 갑자기 화면은 최근 브로드웨이역 옆에서 열린 버싱 반대 시위 장면으로 전환된다.

"TV 스타가 새 남자 친구라니."

"내가 새 남자 친구?"

"아니에요?"

"그냥 그 자리가 내 게 될 수 있을지 잘 모르겠었어요."

"당신이 바로 그 사람이에요. 내 남친."

화면 속 시위는 예상대로 폭력적으로 바뀌고 카메라 앵글이 휙휙 움직인다. 학교 위원회 소속의 살집 있는 남자가 확성기에 대고 '폭정'과 '지배' 같은 단어들을 외친다.

"애초에 몇 년 전 학교 위원회가 일을 방해하려 하지 않고 진실하게 행동했다면 아마 상황이 이렇게 되진 않았을 거예요."

"확실히 당신 말이 틀리지는 않아요. 하지만 맛이 어떻든 좋은 음식을 먹어야 한다고 이야기를 듣는 사람은 왜 항상 가난한 사람들인 걸까요? 부자 동네에서는 이런 문제를 얘기하지 않잖아요."

"부자들은 보스턴 공립학교에 다니지 않으니까요."

"맞아요. 부자들은 공립학교 시스템에 속하고 싶어 하지 않죠. 그리고 자기들이 사는 소도시로 지하철이나 버스 노선이 들어오는 것도 원하지 않아요. 가난한 일반 사람들, 특히 흑인들과 섞이기를 원하지 않으니까. 아니면 겉으로만 그렇게 보이는 걸지도 모르지만요."

"교외 지역들이 다 백인 동네는 아니죠."

"아닌 곳 하나만 대 봐요. 딱 하나만."

카르멘은 시도한다.

"음……."

그는 기다린다.

"표정에 다 보여요. 아주 잘나셨네요."

"교외 지역은 인종들을 섞어 둔 용광로에서 벗어나기 위해서 만들어진 거예요. 그런데 지금은 거기서 떠난 사람들이 남겨진 사람들에게 어떻게 섞여야 하는지 말하고 있는 거예요."

"하지만 그 학교들은 분리되어 있어요."

"그래요. 그러면 안 되죠. 그 점에 관해선 반박할 생각 없어요. 인종 차별주의자의 개짓거리이고, 용서받을 수 없는 짓이에요. 그래도 이게 답은 아니죠."

"그렇다면 답이 뭔데요?"

보비는 계속 토론할 기세로 입을 연다. 그러다 얼어붙는다.

"모르겠어요."

"바로 그게 문제예요. 아무도 해결책을 생각해 내지 못하고 있잖아요. 뭐라도 해결책이 나오면 그게 자동으로 최선이 되는 거죠."

그는 잠깐 말이 없다.

"확신하는 것 같지는 않네요."

"공식적인 자리에서는 뭐라고 말하든, 실제로는 돈이라는 게 유일한 법이자 신이라는 걸 모두가 알고 있지 않나요? 돈이 많으면 어떤 일이 닥치든 고통받을 필요가 없어요. 자기 이상 때문에 고민할 필요도 없죠. 그냥 다른 사람에게 떠넘긴 다음, 자기 의도는 고귀했다며 으스대면 그만이죠."

"쳇. 당신 냉소적이네요."

"회의적이라고 해 주면 더 좋은데."

"여기 공립학교를 교외 지역의 사립학교와 비교할 수는 없어요. 그럴 수 없는 문제예요."

"왜 안 되죠?"

"왜냐하면 사람들이 돈을 내는 이유는……."

카르멘은 침대에서 몸을 돌려 그를 바라본다.

"어우, 이 나쁜 사람."

"그렇죠?"

"날 함정에 빠트렸네요."

"아니에요."

잠시 후, 그녀가 말한다.

"하지만 무슨 일이라도 해야 했어요."

보비는 요전 날 시체 안치소에서의 메리 패트 페네시를 불현듯 떠올린다. 결과가 좋지 못하더라도 무언가를 해야 한다고 믿는 사람과의 대화. 세상에.

"그래요, 뭐라도 해야 했죠."

"지금 안 하면 또 언제 하겠어요?"

그는 한숨을 내쉬며 담배를 비벼 끈다.

"그것이 문제로다."

"뭐…… 물어봐도 돼요, 민감한 건데?"

"단단히 각오해야겠네요."

"당신은 사빈 힐 출신의 아일랜드계 경찰이죠."

보비는 그녀가 뭘 묻고 싶은 건지 정확히 안다.

"근데 어째서 인종차별주의자가 아니냐고요? 그 질문이에요?"

"그렇다고 할 수 있죠."

그는 물을 좀 마신다.

"우리 부모님은, 그러니까, 어려운 분들이셨어요. 두 분 모두 결혼하면서 당신의 꿈을 포기하셨죠. 그래서 그분들의 자식은, 어, 재미없었죠. 부모님은 서로에게 화를 내고 미워하시면서도 서로에게 화를 내고 미워했다는 사실을 스스로 인정할 수 없으셨어요. 그래서 술을 마셨고, 싸웠고, 당신들이 만든 전장에서 자식들을 무슨 군인처럼 대리로 보내서 싸우는 백만 가지 기술을 터득하셨더랬죠. 그러다 어머니가 편찮으셔서 돌아가셨어요. 아버지는 어머니를 미워했던 만큼 사랑하셨다는 걸 깨달으셨고요. 그러면서 아버지는 더 심하게 망가지셨어요. 뭐, 우리 부모님은 성자는커녕 좋은 사람이라고도 할 수 없었다고 할 수 있겠어요."

그녀는 호기심 어린 미묘한 미소를 지으며 그를 지켜보고 있다.

"그런데요?"

"하지만 부모님은 인종 차별주의자도 아니셨어요. 인종 차별이라는 개념의 뭔가가 불쾌하다고 하셨죠. 그 순수한 부조리가 말이에요. 꼭 흑인이 좋은 사람이라고는 생각하신 건 아니에요. 오해는 하지 말아요. 피부색이 어떻든 사람이라면 다 개같을 수 있다고 생각하셨던 거니까. 당신 피부색이 더 밝다고 덜 나쁜 놈이라고 말하는 건 우리 부모님께 비난받을 일인 거죠. 그렇게 말했다간 말하는 사람이 더 나쁜 놈이 될 뿐이죠."

보비는 아주 별나고 핵심적인 모순을 떠올리며 미소 짓는다.

"터틀가에 있던 집에서 큰 죄는 두 가지뿐이었어요. 자기 연민과 인종 차별. 그게 동전의 양면 같다고 생각할지도 모르겠어요."

"난 당신 부모님을 좋아했을 것 같아요."

"술 다섯 잔 마실 때까진 굉장히 재밌을 수도 있는 분들이긴 했죠."

"그분들 꿈이 뭐였어요?"

"음?"

"그분들이 꿈을 포기하셨다면서요."

"아버지는 화가였어요. 집을 칠하는 사람이 아니었죠. 뭐, 그런 일도 하기는 했지만요. 하지만 순수한 예술가였어요."

"그러면 어머니는 뭐가 되고 싶으셨어요?"

"엄마만 아니면 뭐든. 아니, 가정주부도 빼고요. 어머니는 그저 자유로워지고 싶으셨던 것 같아요."

보비는 오랜 시간 자신에게 관심을 보여 왔던 그 누구보다도 그녀가 더 자신을 깊이 들여다보고 있음을 느낀다.

"당신 부모님은요?"

"내가 결혼을 잘해서 교외에서 살기를 바라셨어요. 일할 필요 없이요. 난 늘 내가 부모님을 실망시켰다고 꽤 확신했죠. 하지만 어머니가 돌아가시기 직전 말씀하셨어요. '우린 인정한 적 없지만, 네가 항상 자랑스러웠다.' 자식에게 하기 이상한 말 아니에요?"

그는 그 말에 관해 생각한다.

"멋진 말 같은데요. 어머니 말씀은 당신이 스스로 길을 선택했다는 거예요. 어머님이 선택한 길과는 달랐어도 잘했다는 거죠."

그는 어느새 다시 메리 패트 페네시를 떠올린다. 아이들을 모두 빼앗긴 한 여자. 젠장, 궁금해진다. 그녀는 아침에 침대에서 일어날 힘을 무엇에서 얻을 수 있을까?

분노.

괴로움.

격노.

"당신은 중상류층 출신이면서 사람들을 돕기 위해 모든 걸 버렸어요. 이 세상에서 정말 중요한 사람이 될 수 있게 말이죠. 내가 당신 부모라면 당신을 자랑스러워할 겁니다."

카르멘은 검지로 그의 코를 톡톡 두드린다.

"내가 당신 엄마라면 당신이 자랑스러울 거예요."

"알몸으로 나누기엔 이상한 대화네요."

"그래요?"

카르멘이 돌아눕자 보비가 그녀의 등을 꽉 껴안는다. 그들은 밤을 향해 창문을 열어 두고 TV를 켜 놓은 채 잠이 든다.

26

메리 패트는 크리스천 사이언스의 모교회 바로 맞은편에 있는 헌팅턴로의 한 모텔에서 밤을 보낸다. 이 모텔은 현금을 받으면 신분증을 요구하지 않는다. 무엇보다 기름 냄새 나는 어두운 구석에 베스를 집어넣을 수 있는 지하 차고가 있다는 게 중요하다. 메리 패트는 아주 캄캄한 모텔방에 앉아서 건너편 교회가 있는 광장을 쳐다본다. 그녀는 건축이나 크리스천 사이언스교에 대해서는 잘 모르지만 모교회 건물은 인상적이다. 건물은 총 두 개다. 화강암으로 만든 뾰족한 탑이 있는 더 작고 날카로운 건물은 파리에서나 볼 법하게 생겼다. 그 뒤에 더 큰 건물이 있는데 사진으로 봤던 로마가 떠오른다. 커다란 돔이 넓은 아치와 두꺼운 기둥을 덮고 있다. 그리고 이 모든 것이 광장에 가로로 길고 좁게 뻗어 있는 연못에 비친다.

2주 전만 해도 줄스가 크리스천 사이언스인지 뭔지로 개종하겠다고 했다면 메리 패트는 그 애와 연을 끊었을 것이다. 페네시 일가와 플래너건 일가는 대대로 로마 가톨릭 신자였다. 항상 그래 왔고 앞으로도 그럴 것이다. 이야기 끝. 하지만 이제는 신을 다르게 해석하기로 했다고 그 사람하고 연을 끊겠다는 생각이 말이 안 된다는 것을 안다. 줄스가 지금 크리스천 사이언스 교도가 섬기는 신이든 불교의 신이든 성공회 신이든 딸이 그 품 안에 누워 있다면, 신의 품에 안겨 있다는 사실에만 신경을 쓸 것이다. 그리고 딸이 이제는 두려움 혹은 증오로부터 멀어졌다는 사실에도.

서랍장 위의 작은 TV를 켠 메리 패트는 안테나를 만지작거리며 5번 채널을 선명하게 조정한다. 전에 본 「해리 오」의 후반부 30분이 방영 중이다. 거기에 앉아 자기가 어디로 가는지, 혹은 어디로 갔는지에 대해 전혀 의식하지 못하고 떠다니던 그녀는 뉴스가 시작되자 갑자기 그 자리로 돌아온다.

최근에 이런 일이 잦다. 안에서 기억들이 간간이 사라진다. 잠이 들거나 깜박 조는 것도 아닌데 시간이 사라진다. 그리고 그와 함께 그녀도 사라지는 것 같다.

뉴스가 절반쯤 지나가고 스포츠 뉴스가 시작되기 직전에 '오거스터스 윌리엄슨의 장례식이 내일 오전, 서드 침례교회에서 열린다. 그가 컬럼비아역에서 비극적으로 사망하며 학교 내 인종 차별 철폐 조치가 시행되기 직전 인종 간의 긴장이 한층 고조되었다.'라고 언급된다.

메리 패트는 노엘이 죽었을 때 드리미가 준 카드를 떠올린다. 만약 드리미의 반만큼이라도 글을 쓸 수 있었다면 아마도 직접 카드를 쓰려고 했을 것이다. 하지만 그럴 수 없다. 메리 패트는 문법뿐 아니라 글씨도 형편없다.

어느새 메리 패트는 길 건너편에 다른 몇몇 지역 건물들과 함께 기다란 연못에 비친 그 눈길을 끄는 건물들을 다시 바라보고 있다. 우리가 간 뒤에도 저 건물들은 남아. 그리고 이처럼 장엄한 건물도 결국은 무너지지.

난 죽는 게 두렵지 않아. 조금도. 그녀는 그 건물들, 그 방, 신에게 말한다.

그렇다면 뭐가 두려워?

그 애 없는 세상에 사는 것.

어쩌면 그녀도 같은 느낌일지도 몰라.

줄스 말이야?

아냐, 바보. 드리미 말이야.

블루 힐에 있는 서드 침례교회는 마타펜의 중심지인 호스머가
(街)의 작은 땅에 자리 잡고 있다. 메리 패트가 아주 어렸을 때 마타
펜에는 유대인들과 가난한 아일랜드계 사람들이 위태로운 휴전 상
태로 살아가고 있었다. 그러다 흑인들이 들어오기 시작하면서 아
일랜드인들은 도체스터나 사우디로 옮겨 갔고, 유대인들은 교외
나 브루클라인으로 향했다. 유대교 회당과 빵집들은 치킨 가게와
미용실에 자리를 내주었다. 주차할 곳을 찾아 모턴가(街)를 헤매는
동안 미용실이 얼마나 많은지 숫자를 세기도 힘들다. 미군 모병 광
고판과 멘톨 담배 광고판, 주류 가게 입간판은 말할 것도 없다. 술
집은 사우디가 마타펜보다 많지만 집에서 마실 술을 파는 곳은 마
타펜이 더 많다. 사우디만큼이나 차 댈 곳을 찾기 어렵지만 여기 사
람들도 이중 주차에 아랑곳 않는 듯하다. 하지만 건물 벽과 가게 앞
은 사우디보다 더 다채롭다. 사우디에서 결코 볼 수 없는 활기찬 벽
화가 많다. 밝은 차양을 단 곳이 많고 남녀를 가릴 것 없이 열대 지
역을 연상케 하는 색의 옷을 입고 다닌다. 밝은 노란색, 그린 망고
색, 솜사탕 같은 분홍색. 피부색만 바꿀 수 있다면 여기로 이사 와

서 행복하게 살 수 있을 것 같은 느낌이 들고, 순간 쿰바야(미국 흑인 영가 —옮긴이)에 빠져들 뻔하지만 메리 패트는 다른 것을 알아차린다. 가게 전면의 위쪽에는 격자창이 수두룩하고, 창에는 창살이 달려 있기 일쑤다. 골목은 움푹 팼고 갈라져 있으며 내려앉은 담이 풀 사이로 간신히 머리만 삐쭉 내밀 수 있을 정도로 마당에는 풀이 웃자라 있다.

자긍심을 가져. 메리 패트는 갑작스럽게 거만한 긍지를 느낀다.

우린 같지 않아. 메리 패트는 주차 공간으로 후진하면서 가상의 판사에게 자기 입장을 진술한다. 그냥 같지 않은 거야.

시동을 끄자 불량해 보이는 우락부락하고 거대한 젊은이가 그녀를 응시하며 지나간다. 그녀의 지갑에 뭐가 들었을지 생각하고 있을지도 모른다. 어쩌면 더 어두운 생각을.

그녀는 자기도 모를 행동을 한다. 그에게 활짝 미소 짓는 것이다. 다정하게. 그리고 소심하게 손 인사를 건넨다.

사실 그렇게 크지도 않고 그렇게 불량하지도 않으며 단지 가난해서 몸에 잘 맞지 않는 옷을 입었을 뿐인 그 젊은 남자가 미소로 답한다. 약간 어리둥절해하는 것일 수도 있고 망설이는 것일 수도 있지만 상냥하다. 그러고는 심지어 고개를 끄덕여 그녀의 손 인사를 받아 주기까지 한다. 그리고 가던 길을 간다. 그는 사실 고작해야 열네 살인 소년이다.

메리 패트는 차에 앉아 갑자기 자신에 대한 새로운 공포를 느낀다. 딸이 죽고, 어기 윌리엄슨이 죽고, 그날 밤 승강장에 있던 10대 몇 명의 삶이 엉망이 됐는데, 그녀의 마음은 여전히 추잡하게도 자기가 저들보다 우월하다고 생각하고 싶어 아등바등하고 있다.

누군가에게 우월감을 느끼려고. 그게 누구에게든 말이다.

메리 패트는 교회의 맨 뒷자리에 앉는다. 그녀는 살짝 놀란다. 어기 윌리엄슨의 장례식에 참석한 백인이 그녀 말고도 더 있기 때문이다. 총 100명 정도 되는 사람 중에 아홉에서 열쯤은 되어 보인다. 복장을 보아하니 대부분이 정치인이나 운동가인 것 같지만 그래도 인상적이다. 이 사건은 처음에는 사고로 보였지만, 이제는 인종 차별의 온상지인 사우스 보스턴 출신의 인종 차별주의자 10대 네 명이 저지른 인종 차별 범죄가 되어 온 신문에 다 실려 있다.

도시의 유색 인종 행동위원회의 회장은 목요일이 되어 아이들이 사우스 보스턴행 버스에 오르면 '린치'를 당할 것이며, 어기 윌리엄슨의 죽음은 그 첫 사례에 불과할 것이라는 의문을 제기하고 있다. 저명한 지역 사회 위원은 혐오가 종식되었는지 물었고, 록스버리 크로싱 중소기업 협동조합 대변인은 컬럼비아역을 오거스터스 윌리엄슨역으로 개명하든지 아니면 최소한 역의 문 옆에 그를 기리는 명패를 달아 달라는 청원서를 작성했다.

교회에는 계속 사람들이 들어온다. 필렌스나 조던 매시 백화점이 아니라 시어스나 제이어에서 산 옷을 입고 있는 것으로 보아 대부분 노동자 계층이나 중하류층이 분명하다. 메리 패트는 눈에 띄지 않게 조용히 나갈 수 있게 오른쪽 끝자리에 앉았지만 어느 일행이 다가와 보행기를 쓰는 노부인이 끝자리에 앉을 수 있게 눈빛으로 안으로 들어가 달라고 요청한다. 메리 패트가 안으로 들어가자 거의 동시에 반대쪽에서 다섯 명이 들어와 그녀는 한가운데 갇힌다. 다시 주변을 둘러보니 교회 전체가 꽉 찼다. 찬송가집이나 장례식 팸플릿으로 부채질하며 뒤에 서 있는 사람들도 있다.

장례식이 시작되기 직전, 보비 코인 형사가 왼쪽으로 올라가 스테인드글라스 유리창 사이에 자리를 잡고 벽에 기댄다. 메리 패트의 시선을 포착한 그는 그녀를 알아보고 놀란 듯 눈을 깜빡이며 친절한 미소를 짓는다. 그리고 그녀를 향해 눈을 가늘게 뜬다. 이렇게 말하는 눈빛이다. 장례식 끝나고 어디 가지 마세요.

관과 함께 가족이 입장한다. 메리 패트는 관 속 소년과 시체 안치소에 있는 딸을 마음속에 그린다. 상실감과 비통함이 넘치도록 느껴지지만, 그뿐만 아니라 뭐라 구체적으로 말하거나 완벽하게 정의 내릴 수 없는 죄책감도 찾아든다. 그러나 죄는 죄다. 의식을 잃을 것 같아 두렵다. 어째서인지 공기가 너무 희박한 동시에 너무 짙은 느낌이 든다. 그녀는 앞 좌석의 등받이를 움켜잡고 현기증이 가라앉을 때까지 자신을 진정시킨다.

가톨릭교회의 장례 미사는 혼인 미사나 성탄 미사에 버금가게 길다. 메리 패트는 그 긴 장례 미사에 참석한 적이 있지만 침례교의 장례식이 얼마나 길지는 전혀 예상되지 않는다. 흑인 영가를 네 곡 부르고 나서야 성경을 낭독한다. 성경을 읽은 후에 목사인 티보도 조사이아 하트스톤 3세가 자기 이름의 유래에 대해 사람들에게 말해 준다. 그의 성은 100년도 지나지 않은 과거, 정당한 임금을 요구하며 파업한 흑인 사탕수수 노동자들의 집까지 백인 민병대가 찾아와, 공평한 대우와 최저 생활임금을 요구했다는 죄목으로 150명이 넘는 흑인 남자와 여자들, 아이들, 노인들을 죽였던 루이지애나의 티보도 마을에서 비롯됐다. 파업에 참여했던 그의 조부모들도 그때 죽었다. 사람들은 '아멘'을 합창하고 큰 신음과 '도와주세요, 예수님!', '도와주세요, 주님!' 같은 소리가 드문드문 들린다.

"사우스 보스턴의 이 백인 아이들 네 명이 그와 같은 민병대가 아니라면 뭐란 말입니까? 집으로 돌아가려고 했다고 우리의 소중한 아들 오거스터스를 살해한 이 그릇된 폭력배 네 명과 오래전 민병대가 어떤 차이가 있습니까? 오거스터스의 죄는 운전하던 차가 고장 난 죄입니까? 제이어의 관리자 육성 프로그램으로 더 나은 자신이 되려고 노력한 죄입니까? 저들의 길을 건너고, 저들의 인도를 걷고, 저들의 지하철 승강장을 사용한 죄입니까? 이것이 선하신 주 예수님이 말씀하신 따뜻한 인정인가요?"

메리 패트는 다시 어지럽고 속이 울렁거린다. 여기 윌리엄슨을 위한 추도 연설이지만 어떤 의미에서는 줄스를 위한 것도 같다. 부모로서 메리 패트가 남긴 유산을 보내는 추도 연설이다.

"아니요!"

"아니죠!"

그는 한 손을 들어 올리며 포효한다.

"아닙니다! 형제자매 여러분, 여기는 저들의 세계가 아니니까요. 우리의 세계죠. 신의 세계예요. 그리고 신의 세계에서 신의 아이를 데려갈 권리가 저들에게 없었어요. 신이 그에게 주신 피부색이 자기들 맘에 들지 않았다는 이유로 말입니다!"

메리 패트는 고개를 숙이고 목을 넘어오는 뜨겁고 씁슬한 담즙을 계속해서 삼킨다. 귀 뒤에서 셔츠 깃으로 땀방울들이 흘러내린다. 척추 아래까지 내려간다. 그녀는 고개를 계속 숙이고 심호흡한다.

"하지만 신은 선하십니다."

"아멘!"

"신은 공정하십니다!"

"으흐흠!"

"신은 오거스터스가 지금 나와 함께 있다고 말씀하십니다."

"예수님께 찬양하라!"

"주님이자 구세주인 나는 우리 형제 오거스터스를 해친 자들에게 심판을 내릴 것입니다! 왜냐하면 내가 주님이기 때문입니다!"

"주님께 찬양하라!"

티보도 조사이아 하트스톤 3세 목사가 지옥의 업화를 마무리하며 「그날은 지나가고 사라졌네」를 선창하자 기쁨과 분노, 신의 사랑, 비통함과 열정이 어우러진 가운데 신도들이 열정적으로 동참한다. 메리 패트는 이런 열기를 어디에서도 본 적이 없다. 바닥이 흔들리고 좌석이 흔들리고 벽이 흔들린다.

「그날은 지나가고 사라졌네」를 찬송한 후 어기의 아버지, 레지널드가 앞쪽에서 일어나 성서대 뒤에 자리를 잡는다. 레지널드는 키가 크고 기품 있는 사람이다. 지난 세월 만난 적이 몇 번 있는데, 그가 보여 주는 존중심과 엄숙함은 늘 인상이 깊었다. 하지만 그녀는 지금 맨 뒷자리에서조차 그 끝이 보이지 않는 눈 속의 절망에 충격을 받는다. 희망이 없는 자의 절망이 아니다. 버림받은 자의 절망이다. 전자는 약한 것이지만 후자는 칼날이다. 그만두는 사람은 희생자가 되지만 버림받는 사람은 복수심을 기른다.

"어기는 평범한 아이였습니다."

레지널드는 이야기를 시작하며 마이크에 대고 목소리를 낮춘다.

"10대 시절엔 반항할 때도 있었지만 진심으로 걱정할 정도까지는 전혀 아니었어요. 엄마를 사랑했고, 여동생들과는 싸웠죠. 항상요."

그는 싱긋 웃는다.

"고등학교를 졸업했지만 흑인 남자아이가 대학 장학금을 받을 수 있을 정도의 성적은 되지 못했습니다. 그래서 그 백화점에 일하러 갔죠. 관리자가 되기로 결심한 다음에는 언젠가 뉴잉글랜드 지역 전체를 총괄하는 매니저가 되고 싶어 했습니다."

레지널드는 신도들 머리로부터 몇십 센티미터 위에 시선을 두고 둘러본다.

"옷을 참 좋아했죠, 어기는."

군중 속에서 웃음소리가 낮게 웅웅거린다.

"그렇죠? 어기는 옷을 '의상'이라고 불렀어요. 심지어 아이일 때도 옷에 대해 아주 까탈스러웠습니다. 모자들, 새 10센트 동전처럼 반짝거렸던 신발들, 칼라가 큰 셔츠들. 그 애가 좋아하는 것들이었죠. 몇 주 전이었나? 문설주에 걸려서 바지가 찢어지자 손수 꿰매고 있더군요. 그래서 제가 그랬어요. '아들아, 작업복 바지를 사면 그럴 일 없잖니?' 그랬더니 어기의 대답은 이랬습니다. '작업복 바지는 죽어도 싫어요, 아버지, 아시면서.'"

레지널드는 잠시 말이 없다. 교회 전체가 다음 이야기가 어떻게 이어질지를 궁금해하며 기다리고 있는 게 느껴진다.

레지널드는 마이크를 향해 몸을 숙인다.

"어기는 죽어도 입기 싫은 작업복 바지를 입지 않았을 겁니다."

그는 입을 벌리고 무거운 숨을 내쉰다.

"대신 어기는 죽어도 있기 싫었을 사우스 보스턴에 있었죠. 음, 살아서요. 하지만 그들이 어기를 죽였습니다. 주님은 말씀하십니다. 죄인을 용서하라고요. 죄는 아니더라도 망할 죄인을 용서하라고 하시잖습니까."

신도석에 있는 사람들 상당수가 웅성거리며 주위를 둘러본다. 제단 위에 있는 목사는 보란 듯이 딱딱한 미소를 띄우지만 곧 마이크로 달려들 것처럼 앞으로 몸을 숙이고 있다.

레지널드 윌리엄슨은 나지막이 말한다.

"뭐가 달라질까요? 언제 달라질까요? 어디가 달라질까요? 어떻게 달라질까요? 인간은 동료 인간을 죽이지 않습니다. 쉽지 않은 일이죠. 그냥 그런 겁니다."

그는 성서대에서 물러나 한 손을 입으로 가져간다. 마치 그 말을 영원히 간직하려는 듯 손으로 입을 가린 채 잠시 그렇게 움직이지 않는다. 그러고는 다시 성서대로 다가가 말한다.

"저들은 그냥 쉽게 다른 인간을 죽입니다. 그러니까, 그래서, 그래서 저들이 우리를 동료 인간으로 보지 않는다면 이건 바뀔 수 없습니다. 우리를 타인으로만 본다면 바뀔 수 없어요."

그는 고개를 늘어뜨린다.

"그럴 수 없습니다."

하지만 타인이 맞잖아. 그 생각은 죽일 틈도 주지 않고 메리 패트에게 찾아든다. 머릿속에 맴도는 단어들을 억누르려고 애쓰는 와중에 다음 생각이 그 사이를 헤집고 나온다. 그냥 그런 거야.

위장으로 밀어냈던 담즙이 다시 솟구쳐 오르더니 뜨거운 알갱이가 줄줄이 식도를 타고 넘어온다. 그녀는 다시 고개를 숙이고 천천히 심호흡한다.

어기의 관이 호송을 받으며 통로를 따라 내려가자 앞에서부터 차례대로 사람들이 신도석을 떠난다. 메리 패트가 교회를 나설 때쯤엔 관은 이미 영구차에 실린 다음이었고 드리미와 레지널드는 그 뒤 리무진에 타 있다. 메리 패트는 드리미에게 짧은 애도를 전하고 빠르게 다음으로 넘어가려던 계획이 한낱 백일몽이었음을 깨닫는다. 보비 코인은 암행 중인 경찰차를 길가에 아무렇게나 주차하고 급하게 말을 걸어온 파트너와 이야기 중이다. 보비는 고개를 끄덕이면서 주변을 둘러보는데 그녀를 찾는 듯싶다. 메리 패트는 삼삼오오 모여 서성이는 사람들로 몸을 가린다. 보비는 곧 빠르게 걸어 파트너와 함께 암행 경찰차에 올라탄 뒤 떠난다.

공동묘지에 가자 레지널드와 드리미, 가까운 친지들, 그리고 정치 운동가들이 관 앞에 서 있다. 메리 패트와 다른 백인들은 대부분 맨 뒤 길가에 서 있다.

윌리엄슨 가족은 마타펜에 자기 집을 가지고 있다. 이타스카가(街)에 자리한 2단 박공지붕의 작은 집. 메리 패트가 꿈꾸는 백인의 집 같다. 말쑥하다. 잔디는 잘 깎여 있고 테두리는 최근에 손을 본 듯하다. 옅은 오크 목재 바닥에선 윤이 나고 온 집 안에서 목재 보호제 냄새가 난다. 현관의 넓은 홀은 어기와 여동생들, 아이들의 조부모로 생각되는 백발의 사람들 사진으로 꾸며져 있다. 아치형 입구를 지나면 오른쪽에는 거실이, 왼쪽에는 스테인드글라스 창문이 있는 작은 식당이 있고 식당은 주방과 연결된다. 주방 너머에는 작은 마당이 내려다보이는 갈색 나무 데크가 있어 조문객들은 대부분 그 데크와 마당에 모여 있다.

메리 패트는 드리미를 찾아 두리번거리며 주방으로 간다. 그저 애도만 전하고 가고 싶을 뿐이다. 하지만 먼저 마주친 사람은 드리미가 아니라 레지널드다.

"난 그냥……."

그녀가 말하기 시작한다.

"염병, 무슨 말을 하고 싶다는 거야?"

메리 패트는 자기가 아는 그 레지널드가 맞는지 상대를 찬찬히 살핀다. 솔직히 확신이 들지 않는다. 오늘 추도 연설을 듣기 전까지 그녀는 레지널드가 욕을 한마디라도 하는 걸 들은 적이 없다. 욕을 전혀 하지 않는 사람일지도 모른다고 생각했다.

"무슨 말을 하고 싶냐고, 이 미친년아."

메리 패트는 그의 넥타이에 시선을 고정한다. 레지널드가 교회 안에서 아들의 관과 함께 그녀가 앉아 있던 자리를 지나갈 때 그 넥타이를 봤다. 짙은 파란색과 옅은 파란색이 교차하는 무늬. 틀림없이 그다.

방금 나한테 미친년이라고 했어?

"음, 애도를 전하고 싶었어요."

"오."

그는 친절한 말투로 말한다.

"오. 고마워라. 고마워서 아주 큰 힘이 되네요."

레지널드는 커다랗고 까만 손을 그녀의 팔에 가져다 대고, 가볍게 움켜잡는다.

"내가 뭘 원한다고 생각했어요?"

그녀의 팔을 쥔 손에 힘이 좀 더 들어간다.

"당신의 멍청한 깜둥이 혐오자 딸내미가 내 똑똑하고 성실한 아들을 왜 죽였는지 설명하고 싶어 한다고 생각했소만."

"팔을 놔주겠어요?"

그는 훨씬 세게 움켜잡는다.

"당신 팔을 내가 잡고 있다고요?"

"네."

"정말?"

"네."

"그냥 상황이 그렇게 된 게 아닙니까? 이를테면 당신이 당신 팔을 내 손에 넣어서, 난 당신이 내 손안에 밀어 넣은 것을 잡을 수밖에 없었던 거 아니고? 그럴 가능성도 있지 않나?"

"아니에요."

"아니라고?"

그는 고개를 그녀 쪽으로 기울인다.

"글쎄, 내가 그렇다잖소. 내가 무슨 얼토당토않은 생각을 하든 말든 이 집에서는 그게 곧 빌어먹을 법이요, 페네시 부인. 항의하고 싶어요? 나한테 해요. 바로 여기서, 바로 지금. 내가 당신이 강하다는 걸 모를 줄 압니까? 눈만 봐도 당신 강한 거 알아요. 당신이 남자도 대부분 때려눕힐 수 있는 년인 걸 알지만, 난 당신이 그럴 수 있는 사람이 아니오. 그리고 지금은 당신이 그걸 확인해 볼 수 있는 상황도 아니고. 젠장, 지금 당장 내 아이를 죽인 악마를 낳은 어미의 숨통을 으스러트릴 수 있다면? 외아들의 장례를 치른 날 내 집에 무단 침입한 여자의 숨통을? 메리 패트 페네시 부인, 그러면 난 자유를 잃겠죠. 하지만 감옥에서 당신을 죽인 공을 인정받아 남은 나날들을 빌어처먹을 왕처럼 살 거요."

레지널드의 손가락은 오각 소켓 렌치가 볼트를 조이듯 그녀의 팔을 꽉 움켜쥔다. 그 고통보다 훨씬 심각한 것은 눈 속의 증오다. 평생 증오의 주변에서 살아온 메리 패트는 그에 대해 어느 정도 전문가 수준이라고 할 수 있는데, 그녀를 향한 레지널드의 증오는 정말로 그 깊이를 알 수가 없다.

"레지널드!"

그들은 몸을 돌려 주방에 들어오는 드리미를 본다.

"지금 당장 그녀를 놔요."

이 순간은 메리 패트의 인생에서 가장 위험했던 몇 초로 기억에 남을 것이다. 레지널드는 두 갈래 갈림길 중에서 하나를 선택할 것이다. 아내의 말을 듣거나 아니면 극도로 빠르게 극단적으로 폭력적인 행동을 하거나. 그 순간 이 남자가 그녀를 죽이겠다고 마음먹는다면 성공하리라고 메리 패트는 확신한다.

그는 팔을 놓는다.

"내 집에서 꺼져."

그러고는 아내를 지나쳐 데크로 걸어간다.

조문객들이 돌아다니는 집 앞을 피해 드리미는 메리 패트를 블록 끝까지 데리고 가 파란 페인트가 바래고 비바람에 노출되어 부서지고 있는 우체통 옆에 멈춰 선다.

드리미가 말한다.

"유감이에요…….."

"사과할 필요 없어요. 레지널드는 화가 났잖아요. 자기도 뭐라고 말하는지 몰랐을 거예요."

드리미는 눈살을 찌푸린다.

"레지널드 일을 사과하려는 게 아니에요. 내가 레지널드를 막아선 건 그래야 내 딸들이 거지 소굴 같은 감옥이 아니라 집에서 아빠랑 있을 수 있어서죠."

드리미도 욕을 해? 메리 패트에게는 이런 생각이 든다.

"당신이 아이를 잃은 것이 안타깝다는 말이었어요. 당신이나 당신 딸을 안 좋게 생각하지만, 자식을 잃어 마땅한 어미는 없잖아요. 둘은커녕 하나라도."

"아들의 명복을 빌어요."

메리 패트가 가까스로 말한다.

"빌지 말아요."

드리미가 한 손을 들어 올린다.

"내 아들을 입에 올리지 마요. 그 애는 당신 때문에 죽었으니까."

워, 젠장. 잠깐만.

"난 당신 아들을 죽이지 않았어요."

"아니라고요? 당신은 아이를 신이 만든 피부색이 다르다는 이유로 다른 사람을 증오해도 괜찮다고 생각하도록 키웠어요. 당신이 그 증오를 허락한 거라고요. 어쩌면 당신이 가르친 걸 수도 있죠. 당신 자식과 꼭 당신 같은 인종 차별주의자 부모에게서 자란 그 인종 차별주의자 친구들은 자기들이 가진 증오와 어리석음을 이 세계에 수류탄처럼 내던졌던 거예요. 그래요, 그러니, 그러니까 엿이나 먹어요, 메리 패트. 잠깐이라도 내가 괜찮아할 거로 생각했다면, 아니 내가 용서하리라 생각한다면 말이에요. 용서하지 않아요. 그러니 당신 동네로 돌아가 괴물 친구들과 앉아서 우리가 당신들의 소중한 학곤지 뭔지에 다니는 것을 막겠다고 핏대를 세워 봐요. 하지만 나쁜 년, 당신들이 좋아하든 말든 우린 갈 거예요. 당신들이 떠날 때까지 계속. 우리가 떠나진 않을 거라고요. 그때까지 씨발 내 동네에서 꺼져요."

그렇게 끝이 났다. 드리미는 가 버렸다. 메리 패트는 우체통 옆에 서서 칼리오페 윌리엄슨이 블록을 걸어 올라가 깔끔하고 잘 관리된 그녀의 집으로 사라지는 것을 본다. 그러며 자신이 울고 있다는 사실, 진짜 눈물이 뜨겁게 얼굴을 타고 흘러내린다는 것을 깨닫고 몹시 당황스러워한다.

27

세계 라이베리아 해방 전선, 즉 GLLF의 본부는 록스버리의 더들리가(街)에 어반 아메리칸 드림의 잿더미처럼 보이는 옛 유대교 회당 안에 있다. GLLF의 리더 셋은 뿔테 안경을 쓰고 높고 풍성한 아프로 머리에 검은 목폴라와 체크무늬 바지를 입고 반 다이크 스타일의 염소수염을 길러 똑똑한 척 허세를 부리지만 보비는 그들 모두 교도소 도서관에서 읽기 자료를 처음 접했다는 것을 알고 있다. GLLF가 '더 숭고한 목적'에 자금을 대는 수단으로 마약 거래를 감행했는지, 아니면 마약 거래를 덮기 위해 '더 숭고한 목적'을 생각해 냈는지는 중요하지 않다. 결국 그들은 쓰레기 마약 판매상이다.

주요 지도부 밑에서 일하는 남녀들이야말로 이 조직의 실상을 드러낸다는 소문이 있다. 무어록스라는, 더 진실되게 느껴지고 갱단 이름 같기도 한 이름도 바로 그들 때문에 붙었다. 그 아이들은 대부분 목폴라나 염소수염, 뿔테 안경 같은 것에는 관심이 없고 대신 검은색 가죽 반코트와 챙이 넓은 모자, 8센티미터 굽이 있는 신발을 걸친다. (무어록스란 허버트 조지 웰스의 창작물인 몰록스를 따서 붙인 것으로 어둡고 작은 외형을 가진다 — 옮긴이) 그들은 록스버리와 마타펜, 자메이카 플레인 전역에서 마약을 거래하고 방해가 되는 사람은 누구든 조진다. 아무것도 거칠 게 없는 악덕한 년놈들이다. 이 무모함 때문에 위험하긴 하지만, 반대로 진짜 한판 하려고 들면 그들을 읽기는 쉬워진다.

다른 남자들이 「허슬러」(성인 잡지 — 옮긴이)를 읽듯 「건스 앤드 아모」(총기 잡지 — 옮긴이)를 읽고, 영화를 너무 많이 보고 사는 빈센트는 무슨 가짜 무장단체를 불시 급습하듯 GLLF 건물에 쳐들어가고 싶어 한다. 총을 쏘아 대며 진입, 그리고 작전 성공. 수년간 주요 무기 회사 여럿이 도시 경찰국에 강화된 군용 무기를 보내고 있다. LA와 뉴욕에서는 '전투 대기 경찰'이라는 특수팀을 설립하고자 하는 법 집행론이 나오기 시작했다. LA의 특수팀에는 SWAT이라는 이름이 붙었는데, 흑표당과 공생 해방군을 상대로 끝내주는 총격전을 벌였다. 안락의자에 앉아서 자기들이 존 웨인(마초적인 이미지로 유명한 미국의 배우 — 옮긴이)이라도 된 것처럼 구는 치들은 그러한 총격전을 벌이면 법 질서가 돌아올 것이라고 믿고 싶어 안달이 났지만, 실제로는 엄청난 재산 손해만 이어지는 데다가 직감도 없고 대인 관계 기술도 형편없고 지적 능력도 부족하지만 고성능 무기만 있으면 어떻게든 될 것이라고 믿는 표준 이하의 새로운 경찰들만 양성하고 있음을 보비는 알고 있다.

언젠가는 빈센트 같은 사람들이 그 이론이 옳은지 아닌지 증명할 기회를 얻게 될 것임을 안다. 그리고 그 이론이 옳든 그르든 램프의 요정 지니가 병 밖으로 나오면 다시 넣기가 불가능하지는 않더라도 어려울 것이다. 하지만 그날이 오기 전까지는 보비가 빈센트보다 상급자다. 보비는 부서의 모든 형사로 특별팀을 꾸리고 거기에 마약반까지 동원해 한 놈도 새지 않고 모든 작전 상황을 철저하게 통제할 때까지 GLLF의 본부를 샅샅이 감시하는 무어록스 작전을 고안한다.

목요일 아침, 마약반으로부터 필요한 것을 전부 얻은 후, 보비와 빈센트, 그리고 다른 두 형사 콜슨과 레이는 GLLF의 문을 두드린다. 루퍼스 버웰이 그들을 맞이한다. 다른 지도부인 오지 하워드와 시메온 셰퍼드는 마리화나와 향 냄새가 나고 책이 몇 권 꽂힌 선반이 있는 큰 서재에서 기다리는 중이다.

"총 때문에 왔어."

어렸을 때 중국계 미국인 형사 찰리 챈의 영화를 너무 많이 봤는지 루퍼스는 그처럼 염소 수염을 어루만진다.

"우리에게는 총이 없소만."

"아니, 갖고 있잖아. 이봐, 왔다 갔다 하면서 너희들을 경찰서로 끌고 간 다음 며칠 조서 작업을 하면서 너희랑 관련 있는 곳들을 헤집어 둘 수도 있어. 원한다면 그렇게 해도 돼. 그게 싫으면 브라이언 셰이와 마티 버틀러에게 받은 총을 포기하고 왜 그들이 총을 줬는지 말해 주는 방법도 있지. 그러면 그 일에 대해서는 더 언급하지 않을게. 너희가 감옥에서 밤을 보낼 일도, 기소될 일도 없지."

루퍼스, 오지, 시메온은 거만하고 나른한 눈빛을 교환한다. 그 뒤 루퍼스가 보비를 향한다.

"당신의 진의가 뭔지, 아니, 솔직히 당신한테 그런 힘이 있는지 아직 확신이 들지 않소."

"좋아."

보비는 주머니에서 루퍼스의 조카, 오지의 여자 친구, 시메온의 남자 친구라는 소문이 도는 노란 눈의 아이가 찍힌 머그샷을 꺼낸다. 그리고 코카인 가루로 뒤덮인 커피 테이블에 사진을 내려놓는다.

"30분 전에 찍힌 사진들이야. 마약 밀거래 혐의로 모두 잡아들였지. 소지 혐의가 아니야, 루퍼스. 소지 혐의가 아니라고, 오지. 배포 혐의도 아니지, 시메온. 정말 옛날 방식의 전형적인 개호로 같은 미국식 밀거래 혐의지. 전과를 고려하지 않아도 5년 형은 받을 거야. 가장 가깝고 소중한 사람이 있는 감옥을 오가면서 앞으로 10년을 보내고 싶어? 그러면 계속 총이 없다고 말해 봐."

루퍼스와 다른 둘은 몇 번 시선을 나눈다.

"지하실에 있소."

루퍼스가 말한다.

빈센트와 콜슨, 레이가 오지, 시메온을 따라 지하실에 가는 동안 보비는 루퍼스와 이야기를 나눈다.

"그 총으로 뭘 하기로 했지?"

"아직 기소하지 않겠다는 말은 유효한 거요, 형사 양반?"

"그렇지."

"경찰들이 약속 어기는 게 한두 번도 아닌데."

"난 전에 그런 적 없어. 루퍼스, 레드 타일러 밑에서 도박일 할 때 나랑 아는 사이였지? 내가 당신을 함부로 대한 적이 있던가?"

"항상 처음은 있는 법이오."

이미 불법 자동 소총 은닉 혐의가 있는데, 루퍼스 이 개자식은 전과 있는 흑인을 교도소에 집어넣기 위해 뭐가 더 필요하다고 생각하는 건가?

"그 총들의 용도가 뭔지 말해."

보비가 아주 느릿느릿 말한다.

루퍼스는 보비의 눈빛에서 대답을 재촉하는 뭔가를 본다.

"우리더러 고등학교에서 총을 난사하라던데."

"어느 고등학교?"

"사우스 보스턴 고등학교."

"언제?"

"내일. 그럴 마음이라면 백인 애들을 쏘라고 했소."

루퍼스는 잠시 손거스러미를 씹는다.

"진짜 할 거였어?"

"그건 대답하지 않겠소, 형사 양반."

"그러면 뭘 준다고 했지?"

"멕시코제 흑갈색 헤로인 2킬로그램."

"누가 너희를 고용했지?"

루퍼스는 콧방귀를 뀐다.

"그 질문 못 들은 걸로 하지."

"대답할 때까지 얼마든지 해 볼 수도 있어."

"그렇게 해요, 형사 양반. 차라리 죽거나 월폴 교도소에 10년 갔다 오는 게 낫지, 아니면 다른 걸 대 보시든지. 그래도 그 사람에 대해서 입 잘못 놀리는 일 없을 거요."

"그의 수하가 당신한테 무기를 건네주는 걸 봤다는 목격자가 있는데."

"그 사람이 누구 밑에서 일한다고 했소?"

보비는 아무 말 하지 않는다.

루퍼스는 "으흠." 하고 말한다.

콜슨, 레이, 빈센트가 각자 M16 소총을 들고 계단을 올라온다.

"그거야?"

"예. 일련번호는 긁어 냈고, 완전 자동이에요. 어디에 쓰려고 했답니까?"

빈센트가 말한다.

"인종 전쟁을 시작하라고 했다던데."

보비가 부끄럽지 않은 표정을 지으려는 루퍼스에게 시선을 둔 채 말한다.

"젠장. 지금 하고 있는 게 인종 전쟁이 아니라면 대체 뭔데요?"

28

사우디에서 프랭크 투미에 관해 통용되는 말이 있다. 찾기가 그렇게 어렵지는 않다는 것이다. 누가 제정신에 그를 찾으러 가겠는가? 하지만 메리 패트 경보가 발령되어 모두가 경계에 들어간 지금 상황에서 프랭크 투미의 유명한 단골집이나 사업장 근처를 서성일 수는 없다. 저들이 메리 패트의 방문을 예상하고 있을지, 그의 집으로 가는 길에 접근할 수는 있을지 의문이다.

하지만 얼굴과 어깨는 새와 같고 체구는 마른, 그의 아내 애그니스는 SWAB의 자매단체인 '우리의 소외된 권리 회복(Restore Our Alienated Rights), 즉 ROAR에서 꽤 열성적으로 활동한다. 그 단체는 '백인 시민의 사라지는 권리'를 보호하기 위해 보스턴 학교 위원회의 위원인 루이스 데이 힉스에 의해 창설되었다. SWAB와 ROAR이 병합하지 않은 유일한 이유는 SWAB의 리더 캐럴 피츠패트릭과 ROAR의 리더 루이스 데이 힉스가 유치원 시절 싸웠던 일로 서로를 미워하기 때문이다. 이 평생의 적대감이 부러진 크레용에서 비롯됐다는 소문은 사실 확인이 되지 않았다. 어쨌든 메리 패트가 회원들의 이를 몇 개 날려 버리고 코를 최소한 하나 부러뜨린 뒤 SWAB는 현재 적잖이 혼란스러운 사태라 집회를 계획할 만한 상태가, 메리 패트의 할아버지의 어록을 빌자면 '시합할 만한 몸 상태'가 아닌 것으로 보인다. 하지만 ROAR은 한 달 동안 집회를 계획해 오고 있다. 그리고 애그니스 투미는 남편의 부하들을 모조리 동원해서 입

소문을 냈다. 무시무시한 남편의 그늘에서 평생을 보낸 애그니스는 오늘 밤 집회에서 가장 중요한 곳에 자리할 것이다. 버틀러 패거리가 입소문을 내는 데 많은 시간과 인력을 썼으니 프랭키가 명분을 입증하기 위해 집회에 모습을 드러내리라는 것은 가능한 일이다. 개연성은 없을지 몰라도 그런 일이 벌어질 수는 있다.

메리 패트는 마티가 준 피 묻은 돈으로 플린스 베이스먼트 백화점에 쇼핑하러 간다. 재클린 케네디 오나시스가 쓰고 다니는 것같이 렌즈가 타원형이고 커다란 선글라스를 산다. 검은 가발과 황갈색 머릿수건을 담고, 연푸른색 개버딘 바지 정장과 하얀 블라우스, 간호사 신발도 산다. 그리고 큰마음 먹고 검은 가발과 어울리는 화장품, 립스틱이나 블러셔, 파운데이션, 인조 속눈썹을 산다. 총을 넣을 새 가방에도 많은 돈을 투자한다.

값을 치른 후 메리 패트는 탈의실에서 옷을 갈아입는다. 간호사 신발에 발뒤꿈치가 쓸리는 게 좀 의외다. 간호사 신발은 편하고 길들일 필요가 없다는 이야기를 항상 들었던 탓이다. 그거 말고는 한껏 지른 이번 쇼핑은 대성공이다. 여성 탈의실의 거울 속에서 낯선 이가 메리 패트를 마주 보고 있다. 메리 패트로서의 모습이 어찌나 쉽게 사라졌는지 당황스러울 정도다. 그래도 선글라스를 벗자 그녀가 있다. 바로 가까이에서 살펴보면 메리 패트의 파란 눈이 확실히 보이지만 다시 선글라스를 쓰면 열심히 살펴야 그녀라는 사실을 알 수 있다. 메리 패트는 바로 신경을 끈다. 그녀는 완전히 다른 사람이다.

켄 펜과 헤어지던 해 브로드웨이의 버그 하우스에서 헨리 폰다와

테런스 힐이 나오는 저예산 B급 서부극 영화 「무숙자」(원제는 'My Name is Nobody'로 '나는 아무도 아니다'라는 뜻 — 옮긴이)를 봤다.

지금 거울을 들여다보는 그녀는 꼭 그 영화의 주인공 같다. 그녀는 아무도 아닌 사람이다.

그녀는 유령이다.

총을 가진 유령.

플린스에서 쇼핑을 마친 후 메리 패트는 일명 토니 채프라고 불리는 앤터니 채프스톤의 법률 사무소를 향해 몇 블록을 걸어 웨스트가(街)로 접어든다. 더키의 변호사였던 토니 채프는 그에게 잘해주었다. 뭐 종이 클립으로 정리된 서류를 들먹일 일이 없다면 거기 쓰인 클립 비용을 청구하거나 하는 일은 없었다. 켄 펜과 교회에서 결혼할 수 있도록 더키가 법적으로 사망 선고를 받을 수 있게 도와준 사람도 토니 채프였다. 더키의 말대로 가격은 합리적이고, 불확실하거나 예상하지 못했던 청구서를 내밀지는 않았다.

6년의 세월이 흘러 그 작은 사무실에서 그를 다시 만난 셈이다. 토니 채프는 정말 이상하고 고독하게 사는데, 메리 패트는 그에 새삼 충격을 받는다. 그는 누구와도 관계를 맺지 않는다. 아내도, 가족도 없다고들 한다. 사무실에 있는 사진 액자에는 작은 개 사진과 그가 가 봤던 곳인 듯한 잎이 무성한 산악 지대 사진뿐이다. 늘 그렇듯 완벽하게 옷을 입고 있지만 적어도 15년은 지난 스타일이다. 좁은 옷깃의 양복 재킷, 그 안에는 멜빵과 실크 나비넥타이. 그는 예의 바른 사람이고 눈빛도 친절하다. 메리 패트는 오래전에 토니 채프가 정직한지 아닌지 그만 궁금해하기로 했는데, 그렇지 않다는 것을 알 수 있을 것 같다. 나이는 마흔 살에서 쉰다섯 살 사이지만 정확히 몇 살인지는 모른다. 그런데 얼굴은 여전히 전구처럼 매끄럽고 주름이 없다.

토니 채프는 메리 패트를 의자로 안내하고 줄스에 대한 애도를 표한다. 그리고 모든 서류가 확실히 준비되었다고 장담하며 자신과 처음부터 지금까지 함께 일해 온 비서인 늙은 매기 휠록을 들어오게 해 모든 것을 지켜보고 서명하게 한다.

세 통에 사인과 서명을 하고 모든 절차가 끝나자, 메리 패트는 피묻은 돈이 든 가방에서 자신이 쓸 돈을 조금 꺼낸 뒤 가방을 토니 채프에게 맡긴다.

현금을 두고 가면 주저하게 될지도 모른다고 생각했다. 50킬로그램은 가벼워진 기분이다. 더 깨끗해진 기분. 침례반에서 막 몸을 씻어 낸 듯하다.

폭정 반대 집회는 사우스 보스턴의 이스트 브로드웨이에 있는 서퍽 카운티 지방법원 밖에서 해가 지기 시작하는 7시에 열린다. 법원은 이스트 브로드웨이와 웨스트 브로드웨이가 교차하는 지점의 동쪽에 있는데 교차로에는 이미 사람들이 북적거린다. 지나가는 차량은 없고 사람들은 법원 밖의 차도와 인도를 따라 늘어선다. 다양한 분야의 지도자들이 법원 계단에서 연설한다.

다섯 번째 연사인 애그니스 투미는 평소에는 속삭이는 수준으로만 말하지만 확성기가 있어 목소리를 내는 데는 문제 없다. 그녀는 군중들에게 버싱은 신의 계획에 어긋나는 일이라고 말한다. 너무 약하거나 게을러서 자기 앞가림을 못하는 사람들을 받아 주겠다고 하나의 이웃, 하나의 문화, 자랑스럽고 명예로운 하나의 장소를 억지로 바꾸는 것은 말이다.

메리 패트는 군중의 바깥쪽을 따라 움직이며 사람 죽이는 일을 생업으로 하는 남편을 둔 여자가 과연 신의 말씀을 빌려 말하고 싶을까 생각한다.

군중들은 그 모순을 깨닫지 못하고 그대로 받아들인다.

"저들이 더 나은 학교를 원한다면 그런 걸 지으라고 하세요. 누가 막겠습니까."

애그니스가 확성기에 대고 외친다.

브로드웨이 거리 위아래로 경적이 울린다.

"저들이 더 나은 삶을 원한다면 궁둥짝을 떼고 일하라고 하세요."

궁둥짝?

군중들은 환호한다. 경적이 계속 울린다.

"아메리칸드림은 정부 지원금으로 만드는 것이 아닙니다."

군중들이 개 같이 미쳐 날뛴다.

"아메리칸드림은 소매를 걷어붙이고 스스로 길을 만드는 것입니다. 복지가 아니에요!"

박수갈채의 파도가 일렁인다.

"정부의 도움 없이! 정부의 명령 없이!"

한 무리의 남자들이 창백한 하얀 시체, 아니 시체로 보이는 것을 팔에 끼고 메리 패트 옆을 지난다. 가까이 보고 나서야 그것이 실물 크기의 인형이라는 걸 알게 된다. 덩치 큰 남자들은 공기처럼 가볍게 그걸 나르고 있다. 군중들은 남자들에게 길을 비켜 준다. 남자 중 한 명이 테러 매콜리프, 즉 빅 펙의 남편이다. 그는 정면에서 메리 패트를 얼굴에서 가슴까지 위아래로 두어 번 훑더니 걸어간다.

그녀를 알아보지 못한다.

"프랜시스와 전 아이가 넷이고 그중 셋이 사우디 고등학교에 다니죠. 하지만 내일 그 애들은 학교에 가지 않을 겁니다. 왜냐하면 제가 보내지 않을 거니까요. 사우디는 자식을 학교에 보내지 않습니다! 맞습니까? 사우디는 가지 않는다!"

애그니스가 외친다.

구호를 외치느라 브로드웨이가 들썩인다.

"사우디는 가지 않는다! 사우디는 가지 않는다! 사우디는 가지 않는다!"

애그니스는 뒤로 물러나 활짝 미소를 지으며 메리 패트가 서 있는 지점에서 50미터 정도 오른쪽에 있는 군중 속 누군가에게 시선을 돌린다. 그쪽 사람들 속에서 곱슬곱슬한 검은 머리카락이 언뜻 눈에 띈다.

변장하면서 얻었던 자신감이 갑자기 거짓된 것 같다. 술집에서 부리는 허세였던 것 같다. 언제든, 누구든 고개를 돌려 그녀의 옆모습을 코앞에서 본다면…….

어떻게 될까?

그녀의 이름을 외치겠지.

그거면 될 것이다.

이제 톰 오로크가 확성기를 받는다. 톰은 학교 위원회 위원이기
도 하다. 늙은 톰은 재미없는 연설로 사람들의 불면증을 치료하는
재주가 있다. 폭정, 역인종 차별, 공동체와 문화의 붕괴 등 일반적
으로 가장 반응 좋은 주제를 돌아가며 얘기하는데도 모두의 눈꺼
풀이 처진다. 그때 군중 속에서 거친 환호성이 터진다. 수십 여 명
이 고개를 돌린다. 따라가 보니 인형을 들고 있던 남자들이 가로등
과 법원 옆 깃대 위로 밧줄을 돌려 던지고 있다. 익숙한 것 같지는
않다. 처음으로 시도했을 때는 밧줄 하나만 걸릴 뿐이다. 하지만 군
중 속에서 남자들을 지지하는 아주 많은 목소리가 터져 나온다. 톰
오로크가 그에 연단에서 내려오자 또 한 차례 환호성이 터진다.

프랭크 투미를 보았다고 생각한 곳에 가까워졌을 때 해가 지고
만다. 아직 완전히 어둡진 않지만 깊은 그림자가 들쭉날쭉 무리 지
어 선 군중 위로 드리워진다. 완전한 어둠 속에서는 눈이 적응이라
도 하지 이맘때는 얼굴을 알아보기가 더 어렵다. 그리고 선글라스
는 확실히 도움이 안 된다. 가까이서 머리가 검은 사람이 지나간다.
그를 가린 한 쌍의 남녀를 지나 모습이 보인다. 두 겹인 턱에 수염
을 기르고 있는 남자다. I가(街)에 사는 클라크 집안의 사람이다. 군
중 속에서 몸을 돌리자 그가 다가오고 있는 것이 보인다. 프랭크 투
미, 바로 그가. 그는 완력과 남성미를 물씬 뿜어내며 사소한 부탁보
다는 대단한 명령같이 '실례합니다.'라는 말을 무뚝뚝하게 연발하
며 군중을 헤치고 걸어온다. 메리 패트와 시선이 맞물리자 곧장 그

녀를 향해 다가오는 모습에 몸을 움직일 수 없다. 그 순간 법원에
서 어떤 일이 진행되는지 보려고 사람들이 몸을 돌리며 거칠게 밀
치는 바람에 간격이 너무 빽빽해졌다. 하지만 프랭키가 거의 옆에
오고 나서야 메리 패트는 오른쪽 엉덩이 뒤쪽에 구겨져 있는 손가
방에 손을 넣어야 한다는 것을 너무 늦게 깨닫는다. 숨결도 느낄 수
있을 정도로 가까워지자 프랭크가 입술을 잔인하게 휘며 말한다.

"실례지만 지나가겠습니다."

메리 패트가 최대한 오른쪽으로 몸을 돌리자 프랭크가 그 옆을
스치며 지나간다. 커다란 곰 같은 몸이 그녀의 몸에 스친다. 구레나
룻에 찾아들기 시작한 아주 작은 새치도 알아볼 수 있다. 그리고 그
는 나아간다. 이 여름밤에 재킷 주머니에 손을 넣고 있는 조니 포크
와 법시 굴드가 바로 뒤를 따른다. '사우스 쇼어 샌드 앤드 그래블'
과 환락가에서 포르노 상점을 여러 개 운영하는 두개골 파괴범들
이다.

프랭크가 물살을 가르는 선박의 뱃머리처럼 두 발 앞서 군중들
을 갈라놓으면 메리 패트는 사람들이 간격을 좁히기 전에 발을 내
디디며 뒤에서 바짝 쫓는다. 연푸른색 바지 정장 말고 다른 걸 입을
걸 그랬다. 사람들이 기억할 수도 있다. 하지만 메리 패트는 자기에
게는 다른 결말이 없다는 걸 떠올린다. 그녀의 목표는 프랭크 투미
를 죽이고 탈출하는 것이 아니다. 그냥 프랭크 투미를 죽이는 것이
다. 지금 당장이라도 그 일을 할 수 있는 건 거의 틀림없다. 총을 빼
서 개자식 셋의 등을 모두 쏘기만 하면 되니까. 하지만 그랬다간 누
가 진짜로 망하게 될지 모르는 일이다. 총알이 그들의 몸을 관통할

수도 있다. 공포에 빠진 사람들이 몰려와 짓밟힐 수도 있다. 총알이 빗나갈 수도 있다. 이곳은 적당한 장소가 아니다.

군중들이 한 몸처럼 우르르 앞으로 돌진하는 바람에 메리 패트는 본의 아니게 반쯤 돌아 다시 법원을 마주 보게 된다. 이제 실물 크기의 인형들은 목에 팻말을 건 채 깃대와 가로등에 매달려 있다. 하나엔 **케네디 상원의원**, 또 하나엔 **개리티 판사**, 세 번째엔 **K. 화이트 시장**이 적혀 있고, 네 번째엔 그녀는 알지 못하는 사람인 **윌리엄 테일러**가 적혀 있다. 인형을 옮겼던 사람들은 손에 라이터를 들고 그 아래에 서 있다. 군중들이 찬성이라고 외치자 그들은 인형에 불을 붙인다.

1분쯤 걸린다. 인형의 윤곽을 따라 불꽃이 어떤 곳에서는 파랗게, 어떤 곳에서는 노랗게 춤춘다. 개리티 인형에 붙은 불이 꺼져서 다시 불을 붙여야 한다. 하지만 그때……

화염이 법원에 가장 가까이 서 있는 사람들을 비춘다. 빨갛고 노랗고 파란 빛이 마치 액체처럼 머리와 얼굴 위로 넘쳐흐르며 사람들을 휩싼다. 라이터 기름과 분노의 냄새가 난다. 인형들은 밧줄에 몸을 비틀며 타오른다.

군중들은 구호를 외친다.

"사우디는 가지 않는다!"

군중들은 구호를 외친다.

"깜둥이는 구려!"

군중들은 구호를 외친다.

"우리는 하나다!"

순간 망원경으로 보는 것처럼 멀리 있는 것이 가까워지며 쭉 늘어진 목들, 앞으로 돌진하는 얼굴들, 침으로 번들거리는 붉은 입술들, 쇠스랑처럼 허공으로 솟구치는 팻말들, 부모가 어깨에 둘러메느라 가슴 아래쯤에서 달랑거리는 아이들의 다리가 보인다. 밀집한 군중과 그 두꺼운 분노를 뚫고 나아가는 것은 갓 쌓은 벽돌 사이를 버둥거리며 나아가는 것과 같다. 담배 대여섯 개비를 연달아 피운 것처럼 폐가 아프고 머리는 몽롱해진다.

기절할지도 모르겠다는 생각이 들기 시작할 때 앞이 뻥 뚫린다. 웨스트 브로드웨이와 이스트 브로드웨이가 만나는 모퉁이가 별안간 튀어나온다.

브로드웨이를 건넌 프랭크 투미는 하얗고 단단한 플라스틱으로 지붕을 만든 다홍색 캐딜락에 다다른다. 그는 조니 포크, 법시 굴드와 한가롭게 담소를 나누며 얼굴을 우스꽝스럽게 찡그리기도 하고, 함께 웃기도 한다. 프랭크가 뭐라 하자 두 사람 모두 고개를 갸우뚱한다. 그가 몇 번 고개를 끄덕이자 그들은 그 말을 진심으로 했다고 받아들인다. 곧 캐딜락에 올라탄 프랭크는 길을 떠나 유턴하여 웨스트 브로드웨이로 향한다.

조지와 법시가 뭘 할지 지켜보고 있자니 빌어먹게 고통스럽다. 그들 스스로도 갈피를 못 잡는 듯하더니 서로에게 고개를 끄덕이고는 세 집 건너에 있는 술집으로 들어간다.

메리 패트는 두 블록을 내달려 베스의 운전석에 뛰듯이 올라탄 다음 페달을 밟는다. 베스가 부르릉거리는 소리를 내며 주차 공간에서 빠져나온다. 속력이 붙는다. 빨간불이 가까워진다. 메리 패트는 목을 길게 빼고 주위에 아무도 없는 것을 확인하고는 신호를 무시한다. 다음 신호도 무시하고 여세를 몰아 웨스트 브로드웨이에 도착한다. 이제 추리해야 한다. 프랭크가 집에 간다면 도체스터가와 나란한 길을 달려 웨스트 9번가(街)로 향했을 것이다. 하지만 그러지 않았다. 그는 브로드웨이를 올라가는 다리를 향해 차를 몰았다. 그가 그야말로 도시, 그러니까 시내로 향하고 있다는 데 메리 패트는 모든 걸 걸기로 한다.

그날 밤 누가 불붙인 차를 브로드웨이와 E가의 교차로에 세워 두지 않았더라면 메리 패트는 프랭크 투미를 놓쳤을 것이다. 교차로에 도착하자 메리 패트는 불타는 차 주변으로 꿈틀대며 움직이기 시작한 차들 가운데에서 화염을 지나가는 흰색 지붕과 다홍색 차체를 발견한다. 오늘은 모든 게 불타는 듯 싶다. 메리 패트는 I-93 진입 차선에서 우회전할 때까지 차를 지켜본다.

프랭크 투미의 캐딜락이 노스역에서 빠져나가 다리를 건너 찰스타운으로 향한다. 메리 패트는 그로부터 차 세 대 정도 떨어진 곳에 있다. 시청 광장에서 그 사이에 있던 차 두 대가 길가에 차를 댄다. 그녀는 신중을 기하기 위해 프랭크를 훨씬 앞세워 보낸다. 너무 멀리 앞서가게 둔 것 같긴 하지만 그래도 당황하지 않는다. 두려움에 잡아먹히지 않는다. 찰스타운에 도착한다. 거기는 넓이 2.6제곱킬로미터의 땅덩어리에 덮개 있는 차고가 없다는 곳이다. 프랭크가 찰스타운에 머무른다면 그를 찾아낼 수 있다.

그리고 그렇게 된다.

음, 정확히는 그의 차를 찾아낸 것이다. 커먼가(街)의 트레이닝 필드 공원 건너편 이발소 앞에 주차되어 있다. 이발소 문은 닫혔고 불은 꺼졌다. 그 주변은 집들뿐이다. 독립전쟁 시대까지 거슬러 올라가는 집도 있지만 대부분은 1800년대 초에 지어진 것들이다. 빨간 벽돌이나 적갈색 사암, 판자 연립 주택으로 집들 사이 공간이 2.5센티미터도 되지 않는다. 프랭크 투미는 그중 어디에도 있을 수 있다. 아니면 어디에도 없을 수 있다. 찾아낸 주차 자리에 차를 놓고 모퉁이를 돌아갔을 수도 있다. 나가서 찾아다녀 볼까 생각하지만, 사우디보다 더 배타적인 곳이 있다면 찰스타운밖에 없다. 그녀가 창문을 들여다보며 주변을 걸어 다니기 시작하면 거리를 반도 못 가서 프랭크의 귀에 들어갈 것이다.

프랭크가 캐딜락으로 돌아오면 좋을 것이다. 트레이닝 필드, 즉 훈련장이라는 이름의 공원은 남북 전쟁 당시 연합군이 집결하여 훈련했던 곳이어서 그런 이름이 붙었다. 그 공원 건너편에 캐딜락을 확실히 관찰할 수 있는 곳이 있다. 메리 패트는 백미러로 가발과 화장을 확인한다. 거기에 느긋하게 자리 잡고는 지치지 않았다고 되뇐다. 마지막으로 잠다운 잠을 잤던 게 언제인지 기억나지 않는다. 어젯밤 모텔에서도 가장 많이 잔 게 3시간이었다. 있는 힘껏 허벅지를 꼬집는다. 뺨을 몇 차례 때린다. 담배를 피우고, 또 담배를……

언젠지 모르게 잠들었다 자정 무렵 깨어난다. 대여섯 번 눈을 깜박이고 다시 뺨을 때리니 트레이닝 필드 건너편이 선명히 보인다. 캐딜락은 주차되었던 곳에 그대로 있다.

빌어먹을.

바보 멍청이 같긴. 운이 좋았다. 그 이상은 아니다.

칼로 자기를 베어서라도 깨어 있겠다고 결심하지만 다음 담배를 반쯤 태워 갈 때쯤 눈꺼풀이 감긴다. 메리 패트는 차에서 내린다. 공기는 축축하다. 담배를 피우며 베스의 지붕에 손목을 기댄다. 반 블록 위에 있는 모퉁이에 공중전화 부스가 보인다. 프랭크의 차를 감시하기에도 각도가 완벽해서 그녀는 터벅터벅 걸어 그 안에 들어가 문을 닫는다. 이렇게 밤늦은 시간에 전화할 수 있는 사람이 누굴까. 아니, 꼭 이 시간이 아니더라도 누구에게 전화할 수 있을까. 메리 패트는 추방된 자의 고통을 실감한다. 그러고는 구멍에 10센트짜리 동전을 넣고 다이얼을 돌린다.

"내가 밤 근무인지 어떻게 알았어요, 메리 패트?"

보비에게 연결된다.

"아일랜드인의 행운이죠, 형사님."

"오늘 오전 거리에서 위험한 자동 소총 세 정을 압수했습니다."

"그랬어요?"

"확실히요. 고맙습니다."

"오전에 일했다면서 왜 아직도 일하고 있어요?"

"집에 가서 자고 다시 출근했어요. 여기 전부 다 그랬죠. 이 도시에 있는 경찰 절반이 내일을 대비하고 있어요. 오늘 밤에는 그쪽 지역 곳곳에 많은 경찰이 평화 유지 목적으로 배치됐어요."

"어기 윌리엄슨의 장례식에 온 거 봤어요."

"나도 당신을 봤어요."

"왜 급하게 갔어요?"

"기다리고 있던 영장이 나와서요. 여자친구를 죽인 개자식이 또 사람을 죽이기 전에 막아야 했죠."

"만족스러웠겠네요."

"그다지. 위생 관리를 하고 있는 것 같은 기분이 들 때가 많아요."

보비는 지쳐서 나오는 하품을 참아 보려고 하지만 실패한다.

"어기의 부모님하고 이야기를 나눴다고 들었어요."

"으으음."

메리 패트는 간신히 입을 연다.

"유쾌하지는 않았을 것 같은데요."

"그랬죠."

그는 메리 패트가 말했던 변명을 대 본다.

"아들을 잃었잖아요. 끔찍하게. 판단력이 흐려지죠."

공중전화 부스 안에서 메리 패트는 젖은 숨을 크게 들이마신다. 그르렁거리는 소리가 난다.

"아니에요. 그 사람들은 괜찮아 보이던데요."

그녀는 더러운 유리 너머로 트레이닝 필드를 내다본다. 한때 이곳에선 병사들이 노예를 해방시키기 위해 전투를 준비했다. 감수성이 예민한, 어린 병사들. 몹시도 겁에 질려 있는 어린 병사들. 여름의 열기에 들판의 풀은 거의 하얗게 질려 있다. 이번 여름에는 사실 전혀 비가 오지 않았다. 가로등 불빛 아래로, 그리고 때 묻은 유리 사이로 들판은 마치 눈밭처럼 보인다. 이렇게 길을 잃은 듯한 느낌이 든 적이 있었던가.

아니다. 그녀는 길을 잃은 게 아니다.

돌아갈 집이 없는 거지.

메리 패트는 목을 가다듬고 마이클 '보비' 코인 형사에게 뭔가를 설명해 보려 한다. 그녀조차 이해하지 못한 것을 본질적으로 완벽한 이방인인 그에게 말해야 할 것 같다. 이해되든 말든 그가 들어 줬으면 좋겠다.

"어른들이 어린애한테 거짓말을 할 때는, 절대로 거짓말이라고 하지 않아요. 그냥 원래 그렇다고 할 뿐이에요. 그게 산타클로스 얘기가 됐건 신에 관한 내용이 됐건 결혼이 됐건 앞으로 성공할 수 있을지 말지가 됐건 말이에요. 폴란드계는 이렇고, 이탈리아계는 저렇다는 식이죠. 스페인계와 깜둥이에 대해서는 아예 말도 안 꺼내요. 하지만 당신은 어른들의 말을 믿을 수 없다고 쳐요. 그런데 어른들이 그게 세상 돌아가는 방식이라고 하는 거예요. 그러면 당신은, 그 쪼다 같은 꼬마는 생각하겠죠. 나도 저 사람들의 일부가 되고 싶어. 벗어나고 싶지 않아. 평생 이 사람들하고 살 거잖아. 그리고 그 공동체 안은 따뜻해요. 너무나도 따뜻하죠. 다른 세상은? 우라지게 춥죠. 그러니까 그냥 그걸 받아들이는 거예요. 무슨 말인지 알죠?"

"압니다."

"그러다 아이가 생기면 그 아이가 따뜻함을 느낄 수 있기를 바라며 꾹 참고 견디는 거죠. 그래서 자식들에게 똑같은 거짓말을 퍼뜨리고 핏속에 그걸 주입해요. 불쌍한 청년을 지하철역으로 쫓아가서 돌멩이로 머리를 후려갈기는 그런 사람이 될 때까지."

"괜찮아요."

보비는 부드럽게 말한다.

"괜찮지 않아요!"

메리 패트가 공중전화 부스 안에서 비명을 지른다.

"괜찮지 않아요. 내 딸은 죽었고 여기 윌리엄슨도 죽었어요. 내가 딸에게 거짓말을 했기 때문이죠. 그 애는 그게 거짓말이라는 걸 알지만 결국 받아들였어요. 애들은 늘 알죠. 다섯 살 꼬맹이도 알아요. 하지만 우린 거짓말을 계속 되풀이해서 애들을 꺾어요. 그게 최악이죠. 애들의 마음에서 좋은 것을 모조리 몰아내고 그 자리에 독이 채워질 때까지 꺾는 거죠."

얼마나 오래 울었는지 모르겠다. 어느 시점에 전화기에 10센트짜리 동전을 더 집어넣긴 했지만 여전히 울음을 멈출 수가 없다.

보비는 그 시간 내내 수화기를 들고 그녀와 함께한다.

흐느낌이 잦아들자 수화기 너머로 보비의 목소리가 들린다.

"당신이 뭘 하려든 간에 하루 쉬었으면 좋겠어요."

그녀는 아직 말을 할 수 없다. 짠 물과 점액이 목에 들어차 있다.

"메리 패트? 제발. 24시간 정도 쉬세요. 아무것도 하지 말고. 당신이 오라고 하면 내가 어디든 당신을 만나러 갈게요. 경찰로서 말고. 그냥 친구로."

"당신이 왜 친구예요?"

그녀는 마침내 가까스로 입을 연다.

"우린 둘 다 부모니까요."

"그랬었죠. 난 이제 아니에요."

"아뇨, 당신은 여전히 부모예요. 앞으로도 그럴 겁니다. 모든 부모는 실패하죠. 그 점만은 확실해요. 그래요, 그러니까 당신 딸 줄

스는 당신이 말한 것과 같은 단점이 있었어요. 맞아요. 하지만 내가
만나 본 사람들이 어떻게 얘기했는지 아세요? 그들 모두 줄스가 얼
마나 친절한지, 얼마나 재밌는지 얘기하더군요. 정말 좋은 친구가
될 수 있었다고."

"뭘 말하려는 거예요?"

"그런 자질들도 당신이 줄스에게 물려줬다는 겁니다, 메리 패트.
우리는 물건이 아니에요. 사람이죠. 가장 나쁜 사람도 안에 좋은 점
을 가지고 있고, 가장 훌륭한 사람도 마음속에 빌어먹게도 순수한
악을 가지고 있다는 겁니다. 우린 싸우죠. 그게 최선이에요."

"난 싸움을 잘해요."

"그 싸움을 말하는 게 아니잖아요."

"내가 유일하게 잘하는 걸 말하는 건데요."

"그거 말고도 틀림없이 잘하는 게 아주 많을 겁니다."

"당신 지금 날 전화기에 계속 묶어 두려고 알랑거리고 있군요."

"전화는 당신이 했어요."

"그래서요?"

"당신이 계획하고 있는 일에 대해 내가 조언해 주길 바라는 것 같
은데요."

메리 패트가 마른 웃음소리를 낸다. 보비를 훈계하는 듯하다.

"내가 바라는 건 아무 말도 하지 말라는 거예요."

"그러면 왜 전화했습니까?"

"언젠가 누군가는 이 일을 이해해야 하니까."

"'이 일'이 뭔데요?"

"내가 곧 하려는 일이요."

"하지 말아요."

"그리고 내가 했던 말을 그들에게 얘기해 주길 원해요."

"듣고 싶지 않아요."

"말했잖아요, 코인 형사님. 누군가에게서 모든 것을 가져갈 수는 없다고. 뭔가는 남겨 줘야죠. 조금이라도. 돌봐 줄 것이나 보호해야 할 것을요. 살아갈 목표를. 아무것도 남겨 주지 않으면, 그 사람은 대체 뭘 가지고 협상해야 하는 걸까요."

보비가 5분 전에 전화를 추적했어야 했다는 생각을 할 때쯤 전화가 끊긴다.

보비는 그대로 앉아 전화기를 바라보며 애당초 헤로인을 시작하게 된 이유를 떠올린다. 헤로인에 취해 있을 땐 세상이 아주 멋져 보인다. 취해 있지 않을 때는 염병할 절망적인 난장판처럼 보이는 세상이.

메리 패트는 전화를 끊고 부스에 등을 기댄 채 차를 몰고 바로 그녀 앞을 지나는 프랭크 투미를 경악스럽기도 하고 두렵기도 한 마음으로 지켜본다.

메리 패트는 그가 어디로 가는지 다시 한번 도박을 걸며 사우디로 돌아온다. 프랭크 투미를 바싹 따라붙지 않아도 되게.

프랭크는 웨스트 9번가에 있는 자기 집 앞에 차를 세운다. 상을 받은 듯하다. 거리는 아주 고요해서 한 블록 밖에서 누군가 코를 푸는 소리도 들을 수 있다. 프랭크가 캐딜락의 문을 열자 경첩이 삐걱거리는 소리도 들릴 정도다.

베스는 이미 굴러가는 중이다. 메리 패트는 가속 페달에서 발을 떼고, 차 자체의 추진력이 계속 차를 삐걱대며 굴러가게 놔두고 있다. 프랭크가 캐딜락 문을 닫고 열쇠로 잠그려고 몸을 숙일 때까지 기다리다가 그제야 가속 페달을 밟는다.

이게 그거지. 마지막이라고. 그를 존나게 치고, 필요하다면 후진해서 박는 거야. 일을 마치면 차를 몰고 가 버리면 돼. 내가 가진 돈하고 행운을 모두 써서 갈 수 있는 데까지 가는 거지. 솔직히 멀리는 못 갈 거야. 경찰이나 버틀러 패거리가 쏜 총에 맞아 죽겠지. 감옥에는 가지 않을 거니까. 버틀러 버러지들이 나한테 손대지 못하게 할 거야.

하지만 프랭크는 몸을 돌려 자기를 향해 다가오는 차를 보더니 몸을 낮추고 땅을 굴러 캐딜락 밑으로 몸을 숨긴다. 거의 성공할 뻔한다. 그럴 뻔하지만 한쪽 다리가 타이어에 밟혀 으스러진다. 캐딜락 아래에서 날카로운 비명이 울린다.

그녀는 끽 소리를 내며 베스를 세우고 내린다.

불이 켜진다. 처음에는 옆집에서, 그다음엔 프랭크의 집에서. 프랭크는 캐딜락 밑에서 기어 나와 인도에 한 발로 일어서려고 한다. 그리고 총을 꺼내려고 재킷에 손을 넣는다. 하지만 벌써 메리 패트가 총을 겨누며 캐딜락 앞쪽을 돌아서 오고 있다. 가발은 오른쪽으로 반쯤 흘러내린다. 그리고 발사한다. 총알이 빗나가 길 아래쪽에 있는 쓰레기통 같은 것을 맞추는 소리가 들린다. 재킷에서 나온 프랭크의 손에 확실히 뭔가가 들려 있다. 메리 패트는 더 잘 조준해서 두 번째 총알을 발사한다. '쌍!' 하는 프랭크의 외침이 들려온다. 프랭크는 총을 떨어트리며 몸을 웅크리고 새하얀 가로등 불빛 아래로 구멍 난 배에서 손가락 사이로 피가 쏟아지고 새하얀 바지 앞춤으로 흘러내리는 모습이 보인다.

몸에 총알이 박힌 상태에서도 프랭크는 메리 패트를 공격하려고 하지만 왼발이 짓이겨져서 무리다. 그는 실수로 왼발에 무게를 실으려고 하다가 비명을 지른다. 비명이라는 말은 약과다. 프랭크는 무릎을 꿇고 쓰러진다. 메리 패트가 그의 정수리에 총구를 겨눴을 때는 프랭크는 그녀의 발아래를 네발로 기고 있다.

"아빠!"

고개를 들어보니 현관 계단 위에 여자아이가 보인다. 애그니스가 쭈그리고 앉아 뒤에서 아이를 막고 있다. 프랭크의 막내딸 케이틀린이다. 몇 달 전 첫영성체를 모셨던 아이.

"우리 아빠 아프게 하지 마세요. 제발, 아주머니. 제발요!"

케이틀린이 소리 지른다.

프랭크가 다리를 붙잡자 메리 패트는 리볼버의 개머리판으로 그를 갈긴다.

"우리 아빠 놔둬요!"

케이틀린이 울부짖는다.

그들의 옆집에 사는 이웃인 로리 트레스코트가 방망이를 치켜들고 달려온다. 메리 패트가 한 발을 빗나가게 쏘자 그는 땅바닥에 납작 엎드린다.

옆으로 털썩 쓰러진 프랭크의 배에 난 구멍에서 피가 약한 분수처럼 뿜어져 나온다.

메리 패트는 프랭크의 권총을 잡아채 자기 허리띠에 넣는다.

애그니스는 케이틀린 투미를 막으려고 애쓰며 팔을 휘두르지만, 그 바람에 오히려 케이틀린이 현관에서 떨어진다.

"씨발, 애 잡아!"

메리 패트가 날카롭게 소리친다.

애그니스가 딸을 붙잡는다.

메리 패트는 기름지고 축축한 프랭크의 머리채를 양손으로 단단히 움켜잡는다. 그리고 그를 질질 끌며 아스팔트 포장도로를 건넌다. 우라지게 무거워서 냉장고를 끄는 것 같다. 가발이 프랭크의 피로 물든 거리에 떨어진다.

"너 누군지 알아, 메리 패트! 내가 안다고!"

애그니스가 외친다.

메리 패트는 차 뒷문을 연다. 프랭크의 손을 등 뒤로 홱 잡아당겨 오른손과 왼손에 차례로 수갑을 채운다. 그리고 말아 올린 양탄자라도 되는 듯이 프랭크를 뒷좌석에 밀어 넣는다. 안에 들어갈 때까지 무조건 민다. 문을 쾅 닫고 차 옆으로 뛰어간다.

"널 알아! 널 안다고! 내가!"

애그니스가 다시 외친다.

메리 패트는 운전석에 올라타 기어를 주행에 넣고 거리로 나선다. 몇 블록쯤 가니 뒷좌석에 있는 프랭크가 신음하며 말한다.

"출혈이 심해."

"알아."

"출혈로 죽을 수도 있어."

"웃기지 마, 프랭크. 네가 벌써 죽으면 빌어먹을 내 마음이 아프지 않을까?"

29

사우스 보스턴의 캐슬 아일랜드는 섬이 아니다. 한때는 섬이었지만 말이다. 데이 대로라는 간선 도로로 연결된 반도로, 도로는 주차장까지 이어지고 거기서 두 갈래의 산책로가 슈거볼까지 이어진다. 마티 버틀러가 돈가방 하나로 메리 패트에게 아이가 이 땅을 더 이상 걸어다니지 않음을 알린 이래 영원히 더럽혀진 곳이다. 아일랜드가 섬이 아니듯 캐슬이라는 이름이 붙었지만 성이 아니라 요새다. 구체적으로 말하면 인디펜던스 요새다. 현재 그 자리에 있는 화강암 건축물은 1800년대 중반 건축되었는데 원래 그곳은 식민지 시대에 지어진 두 요새가 있던 자리였다.

에드거 앨런 포가 여기서 근무한 적이 있는데, 그때의 경험이 가장 유명한 단편 소설 중 하나에 영감을 주었다고 한다. 하지만 메리 패트는 에드거 앨런 포의 작품을 읽어 본 적이 없어서 뭐라 내세울 의견은 없다. 그래도 처음에는 순례자들의 본거지였던 이곳이 영국의 요새가 되었다가 미국의 요새가 되고 마지막으로 매사추세츠 소유의 역사 기념물이 되는 내내 성벽에서 군사 행동이 벌어지거나 해서 총을 쏠 일은 없었다는 사실을 학교에서 배워 알고 있다. 그럼에도 가까이 다가가자, 사우디의 다른 모든 것과 마찬가지로 싸움을 위한 것이라는 생각이 바로 든다.

주차장 끝에 있는 설리번스 음식점 옆에 있는 인도 위로 차를 모는 몇 분 동안 기절해 있던 프랭크가 악을 쓰며 깨어난다. 정신을 제대로 못 차리는데 아마도 피를 많이 잃어 정신이 반쯤 나간 듯하다. 손목이 수갑에 묶여 있는 것을 깨달았는지 수갑에서 달그락거리는 소리가 난다. 요새 북쪽 굽은 길은 울퉁불퉁해서 프랭크는 연신 앓는 소리를 낸다.

베스의 수명은 이제 거의 다해 간다. 메리 패트는 꾸준히 가속 페달을 밟는다. 북서쪽 성벽 가장자리에 다다를 즈음에는 자리에서 거의 벗어나 페달 위에 서다시피 한다. 베스의 뒷바퀴가 옆으로 미끄러지는 바람에 프랭크가 비명을 지르며 뒷좌석에서 떨어진다. 메리 패트는 이를 악물고 으르렁거리며 망할 페달을 힘껏 밟고 베스를 언덕 위로 곧장 밀어내기 위해 최선을 다한다. 하지만 거의 정상에 이르자 뒷바퀴가 무너진다. 성공하지 못할 것이다. 뒤로 미끄러지다 빙그르르 돌고는 옆으로 다시 미끄러지겠지. 그러다가 기울어지고 전복되어 구를 것이다.

"같이 가는 거야, 프랭크!"

그녀가 외친다. 프랭크 역시 이렇게 되받아치는 것 같다.

"메리 패트, 이 미친년."

그러나 신이 오래된 노부인의 심장을 가호해 주기라도 했는지 베스가 마지막 숨을 되살리며 최후의 힘을 폭발시킨다. 뒷바퀴가 풀 대신 흙을 딛더니 언덕 꼭대기 위로 차체가 불쑥 올라간다.

반들반들한 타이어 네 개는 습한 여름밤에 최대의 속력을 내는 상태에서 축축한 풀에 부딪는 데 적합하지 않다. 요새의 문으로 이어지는 들판에서 차는 이리저리 미친 듯이 흔들린다. 문에 충돌하기 직전에 메리 패트가 간신히 차를 제어하자 베스는 완전히 멈추더니 생을 마감한다. 엔진이 덜덜거리다 멈추고 보닛 아래에서는 여기저기서 작은 금속성의 탱 소리와 쉭 소리가 나더니 심장 마비라도 온 듯 차체가 요동친다. 차 뒤쪽에선 갈색 연기가 솟아오르고 보닛 아래에서도 연기가 솟구쳐 오른다.

잠시 반려동물을 잃은 기분이다. 메리 패트는 차에서 내려 베스의 옆을 토닥거린다. 적절한 말을 생각해 보려 하지만, 그 끝에 떠오른 말은 온전히 그녀 소유였던 유일한 차에게 '고맙다'는 간단한 말뿐이다.

베스의 숨이 고통스럽게 끊어지는 동안 메리 패트는 요새 정문의 녹슨 자물쇠를 따고 문을 밀어 연다. 그리고 차에 돌아와 프랭크의 머리채를 잡고 뒷좌석 바닥에서 끌어 내린다.

메리 패트는 프랭키가 더 격렬하게 분노할 줄 알았다. 무법자다운 말투로 위협할 거라고. 하지만 그는 애처롭다. 메리 패트가 행하는 잔혹한 짓에 놀란 것 같다. 땅에 떨어지자 그는 울부짖는다.

"진정해! 제발! 메리 패트, 제발, 젠장 지금 내장이 쏟아질 것 같다고!"

메리 패트는 프랭크를 일으켜 세운다. 그러고는 미친 듯이 비틀거리는 그를 문으로 밀어 넣는다. 프랭크는 망가진 다리에 무게를 싣자마자 다시 쓰러지더니 움직이지 못한다. 메리 패트는 그를 잠시 그대로 누워 있게 두고는 그의 머리를 풀에 짓이긴다.

요새 내부는 타원형으로 아래쪽에 연병장과 창고가 있다. 난간과 대포 구멍은 위에 있다.

처음 보이는 방으로 프랭크를 끌고 간다. 주 연병장 바로 옆에 있는 방들은 간신히 방의 형태를 하고 있다. 문도, 가구도, 아무것도 없다. 감방 같은 느낌이지만, 아주 오래전에 화약과 무기, 음식을 저장했던 곳이라고 들은 기억이 제법 확실하다. 메리 패트는 벽에 등을 기댄 채 프랭크를 내던진다. 그는 또 기절한다.

약골 새끼.

메리 패트는 그에게서 빼앗은 권총을 꺼낸다. 콜트 M1911 45구경이다. 케빈 삼촌이 2차 세계대전이 끝난 후 가져왔던 것과 거의 똑같다. 어렸을 때 삼촌의 아파트에 놀러가면, 삼촌은 그녀를 무릎에 앉히고 권총을 꺼내 분해한 다음 약실을 점검했다. 삼촌은 두 가지 이유로 권총을 보관한다고 했다. 첫 번째는 인간이 다른 인간에게 어떤 야만 행위를 저지를 수 있는지 늘 잊지 않게 해 주기 때문이고 두 번째는 어느 밤 깜둥이들이 찾아올 경우를 대비해서다.

결국 삼촌은 그 권총을 자신에게 사용했다. 1962년 크리스마스 아침에.

메리 패트는 프랭크의 몸을 뒤진다. 주머니에서 여분으로 있는 45구경 탄약의 탄창을 찾아내 자기 가방에 넣는다. 그리고 그의 코트를 벗겨 뭉친 다음 상처를 누른다. 프랭크의 입에서 웅얼거리는 소리가 새어 나오지만 깨어나지는 않는다. 뭉친 코트를 상처에 대고 테이프로 최대한 단단히 감싼다.

프랭크의 다리는 토가 나올 지경이다. 세상에. 당연히 저 다리로는 서 있을 수가 없겠지. 발은 반대 방향으로 돌아갔고 정강이뼈들은 부러진 막대기처럼 피부를 뚫고 튀어나와 있다. 그래도 덕분에 남아 있는 부츠를 벗겨야겠다는 생각이 든다.

그렇게 부츠에서 칼을 발견한다.

곰곰이 생각해 본다. 그 칼인가? 그 애의 가슴뼈 아래를 파고들어 심장까지 박아 넣었던?

프랭크가 그녀를 쳐다보는 게 느껴진다. 숨소리가 아주 얕다.

"넌 이제 죽은 목숨인 거 알지?"

그녀는 어깨를 으쓱한다.

"나보단 네가 먼저 지옥에서 걸어다닐 아차, 실례, 기어다닐 거야. 믿어 봐."

"날 병원에 데려다 주면 넌 무사할 텐데."

그의 목소리는 친절하고 합리적이다.

그녀는 엄지로 자기 어깨 너머를 휙 가리킨다.

"차가 없어, 프랭크. 차도 죽었지 뭐야."

"걸어서 언덕을 내려가면 설리번스 옆에 공중전화가 있어."

친절한 목소리에 기꺼이 도움이 되려 하는 미소가 더해진다.

"뭘…… 하라고? 다시 말해 봐."

"구급차를 불러 줘. 아니면 마티에게 전화하든지."

메리 패트는 대답하기 전에 잠시 뜸을 들인다. 그의 눈 속에 희망의 꽃이 피어날 때까지 충분히.

"프랭크. 넌 오늘 밤 죽을 거야."

그녀는 최대한 부드럽게 말한다.

프랭크가 입을 열려고 하지만 그녀가 막는다.

"넌 그 운명에서 벗어날 수 없어. 협박, 약속, 뇌물, 이딴 걸 들이대 봤자 하루도 더 살 수 없어."

프랭크는 그 직전까지도 기회가 있다고 생각했지만, 이제는 자신이 악몽에 빠졌음을 깨닫는다. 진실로 이해한다.

메리 패트는 프랭크가 그녀의 두 눈을 잘 살피도록 해 준다. 요새의 성벽 너머 어디선가 바닷새가 울부짖는다.

프랭크 투미의 얼굴이 어두워지더니 분노로 차갑게 굳는다.

"아냐!"

그는 손목에 있는 수갑을 홱 잡아당긴다.

"내 말 들려, 쌍년아? 안 돼! 넌……."

메리 패트가 볼록한 손바닥으로 프랭크의 이마를 세게 친다. 그는 화강암 벽에 뒤통수를 박는다.

프랭크의 거지 같은 뇌에서 새가 지저귄다. 그것을 없애려고 노력하는 그에게 메리 패트가 말을 건다.

"어때? 너도 나한테 영혼의 분노가 느껴져? 넌 내 아이를 빼앗아 갔어. 내 아이를 앗아 갔다고, 프랭크. 그리고 그 애가 품고 있던 아기도. 넌 그 애를 이용했어. 더 살 수도 있었던 그 애의 삶을 갉아 먹고 갈비뼈 아래로 심장을 찔러? 그러고도 네가 인간이야?"

메리 패트는 프랭크가 가지고 있던 칼을 그의 얼굴에 들어 올린다.

"이게 그 칼이야?"

프랭크는 생기 없는 눈으로 그녀를 응시한다.

"그따위 염병할 눈으로 날 보지 마. 내가 겪는 고통에 아무 상관 없다는 듯이 굴지 마. 내 고통을 느껴 봐."

메리 패트는 그의 뺨을 벤다.

"젠장!"

"지랄맞을 눈 깔라고 했어."

그는 칼날에 묻은 자기 피를 흘긋 보고는 무릎을 내려다본다.

"지금 네가 살아 있는 유일한 이유는 내가 듣고 싶은 답이 있어서야. 솔직하게 말해. 넌 어떻게 아이들을 키우는 거야? 어떻게 사랑을 알면서 아이를 죽일 수 있냐고."

"살면서 난 많은 사람을 죽였어, 메리 패트."

"알아. 하지만 걔는 애잖아, 프랭크?"

프랭크는 수갑 찬 손을 벽으로 향하며 어깨를 으쓱하는 동작을 한다.

"그런 건 생각하지 않아."

그의 뺨에서 커다란 핏방울이 후드득 떨어진다. 툭. 툭. 툭.

"뭘 말이야?"

"그 어떤 것도. 누군가를 죽이는 건 눈 치우는 거나 다름없어. 좋아서 하는 건 아니지만 해야 하면 하는 거지. 그리고 내 아이들은 그거랑 아무 상관 없어. 걔들은 그저 내 애들일 뿐인 거야. 별개의 문제야. 너의 딸은……."

"이름을 말해."

"줄스. 걘 골칫거리였어. 자기가 임신했다고 내 아내에게 말하겠다는 개소리나 지껄이고, 그놈을 죽여서……."

"그 애가 죽인 게 아냐. 같이 있었던 것뿐이야. 그때……."

프랭크는 고개를 가로젓는다.

"줄스가 그놈에게 돌을 휘둘렀어."

그녀는 산산조각 난 그의 다리를 주먹으로 내리친다. 그가 내지르는 비명은 마치 동물의 왕국에서 들려오는 것 같다. 높은 풀밭에서 산 채로 잡아먹히는 먹잇감이 내지르는 새된 소리 같다. 그는 흙바닥에 쓰러진다. 충격으로 입을 벌리고 눈을 크게 뜬 채 누워 있다.

"그 애가 돌을 휘두른 게 아니야. 그건 네가 지어낸 개소리야. 넌 그날 승강장에 있지도 않았잖아."

"내가 왜 이야기를 지어내겠어?"

프랭크는 헐떡거린다. 말할 때 눈물이 두 눈에 차오른다.

"다시는 내 다리를 건드리지 마. 내가 왜 이야기를 꾸며 내겠어? 그런다고 내게 어떤 도움이 되지? 그리고 당연하게도 난 그 승강장에 있었어."

메리 패트는 오랫동안 말이 없다. 그는 반달의 달빛이 비치는 연병장을 내다본다.

"내 생각엔……."

프랭크는 다시 앉아 보려고 애쓰면서 간신히 입을 연다.

"작은 자비였던 것 같아."

그녀는 다시 그를 쳐다본다.

"뭐?"

"아마 그런 것 같다는 얘기야."

"대체 뭐가 자비란 거야?"

그는 잠시 말이 없다.

"무슨 자비냐고?"

"난 애들한테 그놈을 튀기라고 했어."

"응?"

"세 번째 선로에 던져서 튀기라고 했지. 그 자식들이 우리 동네로 내려오면 어떻게 되는지 나머지 깜둥이들에게 보여 주라고."

프랭크는 자신의 피가 코트와 메리 패트가 감아 둔 테이프를 천천히 먹어 치우는 모습을 바라본다. 그의 피부는 고등어같이 하얗고 파랗다.

"줄스는 그게 별로인 것 같았어. 계속 걔를 보내 주자고 했지."

그는 코웃음을 친다.

"그럴 수 없었어. 안 되지. 내가 말했지. '좆까. 튀겨.' 남자애들은 말을 들었어. 하라는 대로 그 자식을 들어 올려서 걔네가 두 번째와 세 번째 선로 사이에 막 던지려던 참이었어. 그래, 그때 줄스가 그를 쳤어. 그 죽음이 빌어먹을 사고였으리라는 생각도 못 하게 해 버린 거야. 눈물 나게 고마운 일이지. 그 자식은 땅에 부딪히는 순간 죽었어."

메리 패트는 미동도 하지 않고 프랭크를 지켜 본다. 가장 몹쓸 악인들과 가장 선한 사람들이 다르지 않은 모습을 하고 있다는 것이 참 이상한 일 같다. 누군가의 아들, 누군가의 남편, 누군가의 아빠처럼. 사랑받고. 사랑할 수 있는. 인간.

"그래서 그 애를 용서할 수 없었던 거야? 그 자비를?"

그는 잠시 고통에 쌕쌕거린다.

"거기서 그렇게 물렀는데 또 어디에서 물러질 것 같아? 경찰서에서? 증인석에서? 메리 패트, 미안하지만 여기 관례인 거 알잖아. 우리는 관례에 의해 살고 죽어."

메리 패트가 가방에서 자신의 38구경 권총을 꺼내 뒤쪽에 있는

화강암으로 프랭크의 빌어먹을 뇌를 날려 버리려고 할 때다. 차가
다가오는 소리가 들린다.

차는 요새 안으로 곧장 들어선다. 문이 열린다. 전조등 불빛이 연
병장을 휩쓸고 지나간다.

마티 버틀러가 고함친다.

"심판의 시간이야, 메리 패트."

30

보비는 앞으로 일이 주 사이에 버틀러 패거리와 관련해 폭력 상황이 발생하면 어떤 것이든 자신에게 알려 주면 고맙겠다고 부서 전체에 일러둔다.

오래 걸리지는 않는다.

보비는 웨스트 9번가에 있는 툼스톤 프랭키 투미의 집 앞에서 증인들, 즉, 이웃, 프랭크의 부인과 여덟 살짜리 딸의 진술을 듣는다. 이웃과 애그니스 투미 모두 가해자이자 납치범이 메리 패트 페네시라고 단호하게 신원을 확인한다. 납치라면 문제가 되는데, 납치 사건의 경우 즉시 FBI에 통지하고 수사권을 넘겨야 하기 때문이다.

아마 내일 할 일이다. 보비는 결정한다. 오늘 밤은 아니다.

보비는 인도에서 핏자국을 찾고 도로에서 프랭크의 부츠를 찾아낸다. 도로에는 피가 더 많다. 차가 부딪힌 충격 때문이다. 메리 패트가 프랭크를 끌고 간 흔적도 있다. 피 웅덩이에 내려 앉은, 머리카락이 덥수룩하게 자란 잘린 머리처럼 보이는 것이 가발이라는 걸 깨닫는 데 시간이 좀 걸린다.

보비는 무전기로 본부에 있는 빈센트에게 사우디에 정보원이 있는 사람들에게 말을 전하라고 시킨다. 날뛰는 금발 여자가 뒷좌석에 총을 맞은 남자를 태우고 1959년식 포드 컨트리 똥차를 몰며 밤을 질주하는 모습을 본 누군가가 있을 것이다.

경찰국으로 돌아오자 시티 포인트에서 근무하는 순경이 보비에게 전화를 걸어 약 20분 전 버틀러 패거리로 보이는 사람들로 꽉 찬 차 한 대가 데이 대로를 질주하는 것을 보았다고 말한다

데이 대로의 끝에 있는 곳은 단 하나다.

"그들이 캐슬 쪽으로 가고 있었습니까?"

"음, 거긴 사실은 요새죠, 형사님."

보비는 눈을 감았다가 뜬다. 숨을 고른다.

"그들이 요새로 가고 있었습니까, 경관?"

"네, 형사님."

"고맙습니다."

보비는 전화를 끊고 부서장 사무실로 빠르게 걸어간다.

31

마티가 재차 외친다.

"시간 끌어 봤자 고통만 길어질 뿐이야."

프랭크가 대답하려고 하자 메리 패트가 38구경의 총구를 그의 코에 들이밀고 눈썹을 치킨다. 그는 입을 닫는다.

전조등 불빛의 세기와 마티의 목소리 크기, 방향 없이 이리저리 질질 끄는 발소리들로 판단하건대 꽤 가까운 거리에 있는 듯하다. 아마 15미터. 그 이상은 아니다. 차 문이 열리고 닫히는 소리가 네 번 났으니 적어도 네 명, 차를 꽉꽉 채워 왔다면 여섯 명은 된다는 뜻이다. 하지만 여섯 명을 데리고 왔다면 눈에 띄었을 것이다. 마티는 이목을 끄는 일을 피한다.

그렇다면 넷이다.

사람들이 퍼져 나가는 소리가 들린다. 제각각 다른 거리에서 연병장의 흙 위를 걷는 발소리가 들린다. 그리고 발소리 하나는 아주 가까워지고 있다.

메리 패트는 프랭크를 멀쩡한 발 쪽으로 일으켜 세워 문간으로 이끈다.

문밖의 발걸음이 멈춘다. 그 주인이 메리 패트와 프랭키의 소리를 들은 듯하다.

메리 패트는 프랭크 투미의 목에 총을 대고 나간다.

깜짝 놀란 브라이언 셰이가 총을 들어 올린다. 그는 메리 패트에게서 1미터 정도 떨어진 곳에 있다.

"아니, 아니, 안 돼."

메리 패트가 말한다.

브라이언은 프랭크 투미를 한번 살핀다. 망가진 다리, 피 칠갑한 허리를 테이프로 감싼 피투성이 코트. 그는 총을 내린다.

"총을 땅에 떨어트려. 이제부터 경고만 하진 않을 거야."

브라이언 셰이는 메리 패트의 눈을 들여다본다. 프랭크의 눈도. 그는 권총을 떨어트린다.

나머지 셋은 브라이언의 10미터쯤 뒤에서 초승달 모양으로 펼쳐져 있다. 초승달 왼쪽을 차지한 래리 포일은 가장 멀리 떨어져 있다. 마티는 휘어진 부분의 한가운데 서 있는데, 추악한 미소 아래 드러난 썩은 이빨 같다. 위즈는 맨 오른쪽에서 어정거린다. 그들 모두 옆구리에 느슨하게 권총을 차고 있다.

"괜찮나, 프랭크?"

마티가 묻는다.

"그런 것 같지는 않습니다."

"바로 처치해 주겠네."

"믿고 있습니다, 마티. 감사합니다."

"정말 그렇게 생각해?"

메리 패트가 방아쇠를 당겨 프랭크 투미의 목에 터널을 뚫어 버린다.

그들은 일상적으로 폭력을 접하는 남자들이지만 이 순간에 대비된 사람은 아무도 없어 보인다. 래리와 위즈는 충격을 받아 입을 떡 벌리고 있다.

마티는 태어나서 처음으로 가슴이 찢어지는 듯 절규한다.

"아아아아안 돼!"

브라이언 셰이가 권총에 손을 뻗는다.

프랭크는 땅으로 무너져 내린다. 몸은 기능하지 않는 장기를 담는 가방에 지나지 않고, 영혼은 이미 지옥으로 반쯤 가 있다.

메리 패트가 브라이언의 몸통 어디쯤 쏘자 그의 비명이 들린다.

마티가 피스톨을 들어 올리자 메리 패트는 바로 총을 발사한다. 탕! 탕! 탕!

명중시켰는지는 알 수 없지만 더 이상 마티는 그곳에 없는 듯하다. 그때 래리와 위즈가 응사한다. 하지만 그들은 엄호를 위해 차 뒤로 달려가는 중이라 조준이 맞지 않는다. 총알들은 그녀 뒤에 있는 벽의 높은 곳을 때린다.

메리 패트는 브라이언 셰이의 목깃을 움켜잡는다. 등을 웅크린 브라이언이 뒤꿈치로 땅을 차댄다. 시끄럽게 깽깽대고 캥캥대며 짖는다. 메리 패트는 자세를 낮춘 채로 브라이언의 몸으로 최대한 자신을 가리며 그를 창고로 끌어당긴다. 그 안으로 들어가자 브라이언은 메리 패트의 무릎께를 붙잡고 복부에 머리를 들이받는다. 그녀는 무거운 38구경을 든 손으로 브라이언의 뺨을 갈겨 그를 뿌리친다.

그 뒤 그를 구석으로 몰아 찍소리도 못할 정도로 걷어찬다. 말 그대로 걷어찬다. 계속해서, 빠르고 잔혹하고 닥치는 대로. 그가 더 이상 위험하지 않다는 것을 알고도 한참을 멈추지 않으며 그를 힐난한다.

"후레자식, 네놈들이 날 이해한다는 게 고작 이거야? 이 정도 수준이냐고."

브라이언 셰이는 공처럼 몸을 말고 있다. 메리 패트는 그가 토할까 봐 잠시 기다렸다가, 다가가 뒤에서 그를 바짝 당겨 그 위로 올라 앉으며 자기 다리로 브라이언 셰이의 다리를 옭아맨다. 그러고는 총알을 다 쓴 38구경 권총을 내던지고 가방에서 프랭크의 45구경 권총을 꺼낸다. 안전장치를 푼 다음 여분의 탄창을 흙바닥에 놓는다. 이제 출구는 없다. 입구 하나뿐이다. 저들이 그녀에게 오고 싶다면 그 문에 머리를 들이밀어야 한다. 메리 패트는 브라이언을 앞에 둔 채로 45구경 권총을 그 문에 향한다.

"젠장, 방금 네가 그를 죽였어."

툼스톤 프랭크 투미의 죽음이라는 비극을 이해할 수 없다는 듯 결국 브라이언 셰이가 입을 연다. 세상이 온화하다고 여겼던 환상이 막 부서진 사람 같다.

"내가 그랬지."

"그리고 내 빌어먹을 엉덩이를 날려 버렸고."

"음, 브라이언. 네가 여기서 빠져나간다면 발은 되게 절겠지만 좋은 이야깃거리 하나 생긴 셈이지."

밖에서 질질 발을 끌며 걸어 다니는 소리가 더 들린다. 거리로 보아 차 옆에 있을 듯하다.

"젠장, 방금 네가 그를 죽였다고."

"왜 그딴 걸로 충격받는 건데? 항상 사람을 죽이는 놈이."

"우리는 그래. 넌 아니잖아."

문 너머에서 차의 트렁크가 열린다.

메리 패트는 브라이언의 복부를 팔로 감아 당기고 커다란 45구경의 총구를 그의 가랑이에 댄다.

"씨발, 뭐 하는 짓이야?"

"내 딸이 살해됐을 때 너도 거기 있었어?"

그녀는 그의 귀에 속삭인다.

"없었어. 나중에 불려 갔지."

지친 듯한 목소리다.

밖에서 땅바닥에 쿵 하고 부딪히는 소리가 들리더니, 금속과 금속이 철컥 맞물리는 소리가 뒤따른다. 밖을 살피려면 브라이언을 떼어 내고 문밖으로 머리를 내밀어야 한다. 그러면 빌어처먹을 머리가 당장이라도 날아갈 수 있다. 위험을 감수할 바에야 밖에서 뭘 하든 내버려 두기로 한다. 하지만 호기심이 일기는 한다.

"내 딸이 살해될 때 누가 그 자리에 있었어?"

"프랭크. 마티는 다른 방에 있었어."

"그래서 무슨 일이 있었어?"

"그 애와 프랭키가 싸웠다고 들었어. 그 애가 계속 덤벼들었고 그가 불쑥 칼을 꺼냈어. 그리고, 알지."

"'알지.'"

그녀는 씁쓸하게 말한다.

"그래."

메리 패트는 브라이언의 가랑이에서 총을 치운다.

밖에서는 질질 끌며 걷는 소리와 금속과 금속끼리 미끄러지는 듯한 소리가 더 많아진다. 그러고 나서 마티의 목소리가 들린다.

"삼각대를 잡아."

삼각대?

브라이언은 코로 깊이 숨을 내쉰다. 고통을 참으려는 행동일까 싶다.

"2학년 때 기억해? 우리가……"

"추억 여행이라도 하자는 건가?"

그는 낄낄 웃는다.

"아니, 아니, 재밌었잖아. 교사용 화장실의 모든 변기에……."

"폭죽. 그래, 기억나."

"그땐 우리 참 많이 웃었는데."

"확실히 그랬지. 그게 날 지켜 줄 것 같아?"

그는 말이 없다.

그녀는 고개를 끄덕인다.

"그럼 대체 왜 그게 널 지켜 줄 것 같은데?"

브라이언의 얼굴이 다시 생기를 잃는다.

"이제 마티는 널 살려 두지 않을 거야. 프랭크를 형제처럼 사랑했으니까."

"형제처럼?"

"그래. 달리 뭐겠어?"

"프랭크를 죽였을 때 비명 지르던 그 모습이? 난 모르겠다."

좀 생각해 보는 듯하던 브라이언은 겁에 질린 낯을 한다.

"너 미쳤구나?"

그가 맞은편 벽에 침을 뱉는다.

"아주 바닥을 쳤어, 씨발."

메리 패트는 소리 내 웃는다.

"넌 우리 동네에 헤로인을 쏟아붓고 있는데? 또 돈을 받고 낯선 사람하고 떡치라고 여자들을 빌려줘. 아이들을 성추행하고. 다른 아이들을 너보다 더 몹쓸 새끼로 키우기도 해. 강도질도 하지. 그리고 사람도 죽이지. 하지만 내가 미치고 내가 바닥을 쳤다고? 잘 알겠어, 브라이언."

어둠 속 어딘가에서 마티가 외친다.

"메리 패트, 이쁜이."

"마티, 이쁜이!"

그녀가 받아치자 마티가 키득거리며 웃는 소리가 가벼운 바람에 실려 온다.

"내 친구 브라이언을 놔주면 여기서 걸어 나가게 해 주지."

"아니, 당신은 그러지 않을 거야."

잠시 밤의 소리뿐이다.

"그래. 안 그럴 것 같아. 뭐 물어봐도 되겠나?"

마티가 또다시 키득댄다.

"물론."

"내가 꽤 많이 쳤잖아."

"그랬지."

"왜 그거 가지고 떠나지 않은 거지?"

"떠나서 뭘 하라고?"

"자신을 위해서 더 나은 삶을 살 수도 있었잖나."

"난 더 나은 삶을 살았어. 그런데 프랭크가 그걸 파괴했고."

"하지만 내가 그런 게 아니야. 그런데도 넌 내 조직 전체에 덤벼들었고."

마티는 완전히 정직하고 결백하다는 듯이 말한다.

"오, 마티. 오, 마티."

"왜 그러는데, 메리 패트?"

"당신이 이 모든 것의 원흉이야. 역겨운 쓰레기만큼이나 더러운 모든 것 말이야. 당신이 그것들을 움직이고, 그것들이 당신을 움직이는 거야."

"뭔 소린지. 뭐가 날 움직인다고, 이쁜이?"

"두려움."

그가 콧방귀를 뀐다.

"두려움? 내가 뭘 두려워하는데, 메리 패트?"

"빌어먹을 마티, 그건 신만이 아시겠지. 하지만 그 목록은 꽤 길고 슬플걸."

침묵이 오래 이어진다. 해안가에 파도가 부드럽게 철썩이는 소리가 멀리서 들린다.

"전쟁 때 내 보직이 뭐였는지 아나?"

무슨 일이든 이제 곧 일어날 것이라는 걸 메리 패트는 알고 있다.

"아니, 마티. 몰라."

"소총병이었어."

"으흠?"

"더 중요한 건 저격수였다는 거야."

총알이 오른쪽 겨드랑이를 뚫고 지나간 후에야 총성이 들린다. 메리 패트가 지금껏 지녀 온 생존 본능으로 즉각 몸을 돌리는 바람에 다음 총알은 브라이언 셰이의 얼굴을 체리파이로 만든다.

브라이언은 소리도 내지 못한다. 아마 자신이 죽었다는 것을 깨닫지도 못했을 것이다.

그녀는 재빨리 방구석으로 물러나 권총을 발사한다. 날아온 두 발의 총알이 브라이언 셰이를 맞힌다. 한 발은 가슴을 관통하고 또 한 발은 오른쪽 무릎을 터트린다.

"사격 중지."

래리와 위즈가 사격을 멈추지만 귀가 계속해서 울린다.

"방금 뭐에 당했는지 아나, 이쁜이?"

마티가 다시 외친다.

그녀는 말을 할 수 없다. 숨을 쉴 수 없다. 크고 차가운 손이 심장을 있는 힘껏 쥐어짜는 것처럼 몸속 모든 게 굳은 듯하다.

"마하 1.6의 속도로 날아가는 7.62 밀리미터의 강철 외피 총알이었어, 메리 패트. 아마 곧 충격과 아드레날린이 사라질 텐데, 그러면 몸이 손상에 반응하기 시작하지. 숨쉬기가 어려워진다고 하더군. 피가 차가워질 테고. 말하기가 어려워질 거야. 생각하기 어려워질 수도 있고. 그래도 거기 누워서 시도는 해 봐. 네가 저지른 모든 실수를 생각해 보라고. 무엇보다도 내가 자비와 우정을 베풀었는데 전혀 그걸 존중하지 않았던 실수에 대해서 말이야. 잘 생각해 봐. 널 죽이지 않을 테니까. 네가 피를 다 흘려 죽을 때까지 난 여기 앉아서 담배와 밤공기를 즐길 거야. 이 개쓰레기 배신자 년아."

메리 패트의 목구멍 뒤쪽에 갑자기 뜨거운 가래가 차오른다. 기침하고 나서야 그게 가래가 아니라는 것을 깨닫는다. 피다.

이런, 젠장.

마티가 돈가방을 건네던 순간부터 딸의 죽음과 관련된 모든 사람을 단죄할 때까지 자신이 멈추지 않으리라는 것을 알았다. 마티에게는 이르지 못했다. 너무 안타까운 일이다. 하지만 왕에게 다다르기는 어렵다. 늘 그런 법이다.

하지만 왕의 궁정은 제대로 망쳐 놓았다.

이제 그는 그녀에게 여기에 누워 있으라고 명한다. 피를 흘려 죽으라고. 쥐새끼들을 기다리라고.

더키를 다시 만나게 되는 건 기쁘다. (켄 펜을 계속 그리워하는 것과는 별개의 일이다.) 아마도 맥주를 몇 잔 마시며 결혼 초기에 얼마나 즐거웠는지 되새길 수 있을 것이다.

"이봐, 마티."

자신의 목소리가 이렇게나 힘이 빠져 있을지 몰랐다.

"응, 이쁜이?"

일어서자 방이 빙빙 돌아 메리 패트는 옆으로 기우뚱대며 벽으로 쓰러진다.

"어떻게 믿지……?"

그녀는 진정하려고 애쓴다. 폐가 마치 접착제에 잠긴 것 같다.

그리고 노엘. 노엘을 만나면 반갑지 않을까?

"무슨 말이야?"

"믿는 거냐고. 내가 그 말을 따를 거라고…….."

그녀는 재차 말하며 왼쪽 벽에 딱 붙는다. 그리고 브라이언 셰이와 그의 사라진 얼굴을 넘어간다.

"안 들려."

"내가 그 말을 따를 거라고 믿어? 배짱도 없는…… 당신의 말을?"

집으로 돌아오렴, 줄스. 집에 돌아와, 내 아기.

메리 패트는 문간을 넘어 반달이 비추는 달빛 속으로 걸어 들어가며 총을 든다. 사람들이 응사하기 전에 한 발 발사한다. 어쩌면 두 발이었을지도.

32

1974년 9월 12일 목요일 아침, 보스턴 공립학교에 대한 연방 정부의 차별 철폐 조치가 시행된다. 흑인 학생들을 사우스 보스턴 고등학교로 실어 나르는 버스들은 경찰의 호위를 받는다. 경찰은 폭동 진압복을 입고 있다. 버스들이 학교에 가까워지자 몇백 명의 백인 시위자들, 어른과 아이들이 길거리에 줄지어 서 있다. '깜둥이는 집에 가라'는 구호가 '깜둥이는 구려'로 바뀌고, '좆 까, 우리는 가지 않는다'로 바뀐다. 몇몇 시위자들은 원숭이 사진을 들어 올린다. 한 사람은 올가미를 휘두른다.

웨스트 브로드웨이의 공사장에서 벽돌이 날아온다. 다른 사람들은 돌멩이를 던진다. 가장 큰 소음을 내며 버스 유리창에 가장 큰 피해를 입힌 건 벽돌들이다. 버스에 탄 아이들은 좌석 밑이 가장 안전하다는 것을 알게 된다. 그날 보고된 유일한 부상은 10대 한 명의 눈에 유리가 들어간 것인데, 치료가 필요하지만 눈을 잃을 정도는 아니다.

사우스 보스턴 고등학교 안에서 흑인 아이들은 자기들 학교에서는 아주 오랫동안 익숙한 일이지만 여기서는 예상하지 못했던 상황을 맞닥트린다. 백인 아이들이 없다.

학교 첫날, 백인 학생은 단 한 명도 사우스 보스턴 고등학교에 등교하지 않는다.

이 사실이 시위대에 전해지자, 구호가 **'승리, 승리'**로 바뀐다.

몇 시간 전, 새벽 4시, 메리 패트 페네시의 시신이 캐슬 아일랜드의 인디펜던스 요새 연병장에서 서퍽 카운티의 검시관실로 운반되었다.

보비와 빈센트, 그리고 형사들과 순찰 대원들로 급조된 팀은 메리 패트가 죽은 지 5분쯤 후에 인디펜던스 요새에 도착하여 마티 버틀러와 그 부하들이 자기들이 사용한 탄피를 모으고 떠날 채비를 하는 것을 발견한다. 그들은 순순하다. 사용한 총은 합법적으로 등록되어 있다. 메리 패트 페네시가 프랭크 투미를 살해한 후에 그들에게 발포했다. 브라이언 셰이는 마티에 따르면 '아군의 포격'으로 전사했다.

보비는 그들을 체포하고 무기들과 마티가 소총을 받쳐 놓은 삼각대를 압수하지만, 범죄 현장 조사 결과가 마티가 말한 그대로 나올 것임을 별 의심하지 않는다. 아니라 하기엔 그의 태도가 너무 의기양양하기 때문이다. 이 사건을 법정에 세울 수는 있다. (그럴 수도 있다는 거다.) 명목이래 봐야 세 명의 시민들이 사적 제재를 가하다가 브라이언 셰이가 죽었다는 것이다. 하지만 배심원 재판까지 갈 가능성은 브라이언 셰이에게 얼굴이 다시 생겨날 수준이다.

검시관실에서 메리 패트 페네시의 시신에서 총알 다섯 개를 뽑아낸다. 결정적인 총알은 심장의 정가운데에 박힌 7.62밀리미터 총알 하나이지만, 드루 커런은 같은 소총에서 발사되어 오른쪽 겨드랑이로 몸에 파고든 다른 총알 한 발 때문에 어차피 10분 안에 죽었을 것이라고 확언한다.

"그 인간들은 심장에 쐈어야 했어요. 달리 어딜 쏘겠어요? 메리 패트는 계속 다가갔을 텐데."

며칠 후 보비는 카르멘에게 말한다.

메리 패트가 사망한 다음 날, 보비는 칼리오페 윌리엄슨에게서 전화를 받는다. 몇 가지 밀린 얘기를 나누고, 보비는 어기의 장례식이 끝난 후 그녀의 집에 가지 못했던 것을 사과한다.

"괜찮아요. 당신은 좋은 사람이에요."

보비는 생각한다. 내가?

"사실인가요? 내 아들을 죽인 아이들을 붙잡는 걸 그녀가 도왔다는 게?"

"페네시 부인이요?"

"네."

"어디서 들으셨습니까?"

"직장에서요. 그녀의 친구였던 여자들이 다 페네시 부인이 자기 사람들을 배신했다며 밀고자라고 하던데요."

"부인과 페네시 부인 사이에 언쟁이 있었다고 들었습니다."

"맞아요, 그때 내가 한 어떤 말에 대해서도 사과하지 않을 거예요."

"그러라는 게 아닙니다. 어떤 말을 하셨든 간에 그녀가 들을 만한 말이었겠죠."

"하지만 당신이 내 아들의 살인범들을 잡는 걸 그녀가 돕기도 했다는 거죠?"

"그냥 도운 정도가 아니었습니다."

"이해가 안 돼요."

"아드님께 일어났던 일에 가장 크게 관여했던 남자는 더 이상 누구에게도 그런 짓을 저지를 수 없을 겁니다."

"그녀 때문에요?"

"네. 여기를 위해 정의를 실현하려고 그랬다고는 하지 않겠습니다. 그렇게 생각하진 않으니까요. 하지만 결과적으론 그렇게 됐죠."

칼리오페가 그 정보를 받아들이는 동안 침묵이 흐른다.

"그녀의 장례식에 갈 건가요?"

그녀가 묻는다.

"언제 하느냐에 따라서요. 일하는 중이라면 못 가고, 아니라면 갈 겁니다."

또다시 긴 침묵이 이어진다. 그리고.

"어쩌면 그곳에서 볼 수도 있겠네요."

그녀가 전화를 끊는다.

빅 펙 매콜리프는 동생이 죽은 뒤 장례식에 올 가족들을 찾느라 며칠을 보낸다. 폴리버에 있는 도니는 참석하겠다고 하며 빌이 지금은 뉴멕시코가 아니라 하트퍼드에 있다는 말을 들었다고 알려준다. 사촌 몇 명과 이모 한 명은 참석해 보겠다고 말한다.

동생과 나눈 마지막 말이 뭐였는지 기억나지 않아 계속 거슬린다. 마지막 그녀의 모습, 그리고 그들이 나눈 내용은 안다. 줄스의 실종에 관한 것이었다. 문까지 같이 걸어갔던 것까지 기억하지만 그때 한 말이 기억나지 않는다. 그게 계속 신경이 쓰인다. 누군가에게 마지막으로 무슨 말을 했는지는 기억할 수 있어야 한다.

코먼웰스 주변에서 몇몇은 빅 펙을 낯선 눈으로 쏘아본다. 그녀의 여동생이 살아 있던 마지막 몇 주간 감염됐던 바이러스인지 뭔지에 빅 펙도 전염될 수 있다는 듯하다. 메리 패트가 가족의 평판에 저지른 짓을 알아 짜증스럽다. 그 명성을 회복하려면 시간이 걸릴 것이다. 어쩌면 많이.

다시 전화를 걸어온 도니에게 빅 펙은 이렇게 말한다.

"그래, 줄스에 대한 처사가 잔인했다는 건 인정해. 하지만 알잖아. 그 애는 불을 갖고 놀다가 화상을 입은 거야."

"애였잖아."

도니의 그 말에 펙은 거의 휩쓸려 넘어갈 뻔하지만 떨쳐 버리고 입을 연다.

"너라면 어쩔 건데?"

"난 이길 수 없는 싸움엔 덤비지 않아야 한다는 걸 알아."

"어쩔 수 없는 일이지."

"인정."

"그리고 메리 패트가 어떻게 나올지는 뻔하잖아."

도니는 코웃음 치며 웃는다.

"그 눈빛이었지? 그럴 때는 뭐라 해도 안 듣지."

"전혀 안 듣지."

"응, 빌리가 장례식에 참석한대."

"그래? 가족 모임 같네."

펙은 담배에 불을 붙이며 이렇게 오랜 시간이 흐른 후 형제 둘을 보게 된다는 사실에 기분이 너무 좋아져 놀란다.

"응."

"응."

"자, 그럼."

도니는 전화를 끊으려고 한다.

"좋아, 그럼."

빅 펙은 동의한다.

전화를 끊는다.

빅 펙은 잠시 창가에 앉아 담배를 피우며 주택 단지를 내다본다. 어렸을 때 메리 패트와 잭 놀이(공기놀이와 비슷한 놀이 ─ 옮긴이)나 사방치기를 하고 줄넘기하던 곳을 본다. 가장 친한 자매 사이라고는 절대 못 하겠지만 즐겁게 지냈다. 그곳에 그들 두 사람이 보인다. 그 순간 주택 단지 벽에 메아리치는 그 아이들의 웃음소리와 잡담 소리가 들린다. 격렬한 통증이 그녀의 몸통과 심장, 폐, 위를 움켜잡는다. 외로움이라는 폭탄이 폭발해 위쪽으로 잔물결을 퍼뜨리더니 결국 뇌에 이른다.

어쩌다 동생을 잃게 됐을까?

메리 패트의 영혼은 지금 어디 있을까?

일이 어쩌다 이 지경이 된 거지?

빅 펙은 건너편 비둘기에 집중한다. 비둘기는 창턱을 쪼아 댄다. 뭘 쪼아 대는지 모르지만(껌인가? 다른 비둘기의 똥?) 계속 고개를 숙이고 있다. 제 할 일을 한다.

가슴의 통증이 지나가고 충격도 사라진다.

일이 이렇게까지 된 것은 메리 패트가 선의를 지니고 있었기 때문이라는 생각이 든다. 솔직히 메리 패트는 결코 대단한 어머니는 아니었다. 그 집은 아이들 위주로 돌아갔다. 메리 패트가 응석받이로 키웠기 때문이다. 간단하다. 말대꾸하게 하고, 좀처럼 때리지 않고, 아이들이 달라고 하면 마지막 10센트까지 주었다. 버릇없이 다 받아 주면 아이들은 부모에게 고마워하지 않는다. 감사함을 모른다. 자기들이 특권을 지녔다는 듯 군다. 요구할 권리가 없는 것들을 요구하기 시작한다.

유색 인종들과 학교처럼.

노엘과 마약처럼.

줄스와 다른 여자의 남편처럼.

메리 패트의 단점이 자기 탓이라고 생각하며 죄책감에 빠질 수는 없다. 메리 패트가 길을 벗어나 잡초가 무성한 늪지를 배회하는 동안에도 그녀는 선량한 시민으로 정도를 걸어 왔으니까.

마침내 동생에게 했던 마지막 말이 기억난다. 아이에 관한 말이었다. 돌이켜보니 예언처럼 느껴진다.

아이들이 네 인생을 지배하게 해선 안 돼.

메리 패트가 매장되기 전날, 보비의 아들 브렌던은 다리가 세 군데 부러져 병원에 입원한다. 엄마 집 주변의 경사가 가파른 길에서 친구들과 스케이트보드를 타다가 그렇게 됐다. 움푹 팬 구멍을 피하려다가 뷰익 차와 충돌해 보닛 위를 날았다. 왼쪽 발꿈치와 발목, 종아리뼈가 부러졌다.

다행히 모두 깨끗하게 부러졌다. 수술은 별 탈 없이 진행된다.

보비와 섀넌은 아들과 함께 카니 병원에 앉아 있다. 깁스는 아이의 몸보다 더 커 보인다. 무릎에는 크고 하얀 부속물이 튀어나와 있고 침대 위에 있는 거꾸로 된 U자 모양의 금속 구조물 끝에 매달려 있다. 브렌던은 정신이 맑지만, 약물 때문에 약간 몽롱한 상태로 계속 어리둥절해하는 듯한 미소를 짓는다. '내가 왜 여기 있지?'라고 생각하는 듯하다. 고모들과 팀 삼촌은 모두 장난감과 카드, 책을 가지고 병문안을 와서 깁스에 유치한 메시지를 남긴다. 병실 안이 너무 왁자지껄하자 간호사들이 계속 조용히 시킨다. 결국 그들은 쫓겨나고 섀넌, 보비, 브렌던만 남는다.

브렌던은 부드럽게 코를 골며 잠에 들고 섀넌은 아이의 건너편에서 보비를 쳐다보며 말한다.

"우리 아들."

뭔가 부서진 목소리다. 브렌던의 무언가가 처음으로 부러졌기 때문이다. 지금까지 브렌던은 거의 아프지 않았고, 어디 꿰매거나 뼈가 부러진 적도 없었다. 심지어 삐끗한 적도 없었다.

보비는 고개를 끄덕이며 평온하고 힘이 되는 표정을 유지한다.

그녀는 녹초가 된 듯하다. 브렌던을 병원으로 데려왔고 보비가 도착할 때까지 2시간을 혼자 있었다. 보비는 그녀에게 집에 가서 좀 쉬고, 샤워를 하든지 잠깐 좀 씻으라고 권한다.

섀넌은 망설이지만 브렌던이 계속 잠자고 있고 밤도 깊어지자 자기 소지품을 챙긴다. 섀넌은 아들의 이마에 입을 맞추고 보비에게 손가락을 차례로 작게 흔들어 인사한다. 촉촉한 눈이 흔들린다.

그녀가 병실을 떠나자 보비는 이곳에 도착한 이래 얼굴에 계속 들러붙어 있던 미소를 지운다. 치어리더 같은 미소, 잘 안다는 아빠의 미소, 다 괜찮아질 거라는 듯한 미소. 깁스 속에서 검보라색으로 물들었을 다리를 상상한다. 부어오르고 검은 봉합사로 길게 꿰맨 자국으로 흠집 난 다리. 외과 의사들은 아들의 살을 크리스마스 햄처럼 얇게 썰고 열어 몸속에 도구를 넣고 막대 비스킷처럼 부러진 뼈를 융합했다. 보비는 현대 의학의 이런 조치에 감사하다. 정말 존나 감사하다. 그런데도 뭔가 폭력처럼 느껴진다.

훨씬 더 나쁠 수도 있었다. 위로 날아오른 후 브렌던은 머리로 떨어질 수도 있었다. 목으로 떨어질 수도 있었고, 척추의 밑부분으로 떨어질 수도 있었다.

항상 이보다 더 나쁠 수도 있다. 보비의 가족이 자라는 동안 늘 읊었던 주문이었다. 그 역시 동의한다.

성 마가레트의 산부인과 병동에서 아들을 처음 안았던 순간부터 머리로는 이해했던 사실을 이제 직시하고 마음에 받아들여야 할 것이다. 원해서가 아니다. 깁스가 선택의 여지를 남기지 않았다.

난 널 지킬 수 없어.

내가 할 수 있는 것을 할 수 있고 내가 아는 만큼 널 가르쳐 줄 수 있어. 하지만 세상이 널 해치려 할 때 내가 그곳에 없다면, 내가 그걸 막아 줄 수 있다는 보장은 없어. 심지어 곁에 있더라도 그러지 못할 수도 있겠지.

난 널 사랑해 줄 수 있고, 지지해 줄 수 있지만 안전하게 지켜 줄 순 없어.

그래서 내 심장은 떨어져. 매일, 매분, 호흡하는 매 순간.

"아빠?"

보비는 아들의 목소리에 깜짝 놀란다.

그는 깁스에서 눈을 들어 아들의 졸린 얼굴을 본다.

"어, 아들?"

"그냥 다리 다친 거예요."

"알아."

"근데 왜 울려고 해요?"

"알레르기?"

"알레르기 없잖아요."

"입 다물어."

"진짜 꼰대."

보비는 빙긋 웃지만 말은 하지 않는다. 잠시 후, 의자를 침대에 바짝 당기고 아들의 손을 잡아 들어 올려 손가락 마디에 입 맞춘다.

메리 퍼트리샤 페네시의 장례식은 9월 17일 아침 9시에 열린다. 참석자는 듬성듬성 교회를 채운다. 뒤에 선 칼리오페 윌리엄슨은 앞쪽에서 모두 목욕을 시켜야 할 것 같고 제멋대로인 아이들과 함께 서 있는 크고 뚱뚱한 메리 패트를 발견한다. 그 근처에는 그 뚱뚱한 여자와 메리 패트와 닮게 생겼고 머리카락 숱이 적은 노인 둘이 있다.

그렇다면 가족이다.

메도우 레인 매너 요양원에서는 수녀가 몇 명 참석했지만 동료는 없다. 그밖에 10여 명 정도 되는 추모객들이 1000명은 거뜬히 수용

할 수 있는 성당에 흩어져 있다.

보비 코인 형사의 모습은 보이지 않는다. 그가 할 수 있었다면 참석했을 것을 그녀는 안다. 그런 면에서 레지널드와 비슷한 사람이니까. 약속을 지키는 사람.

칼리오페의 바로 맞은편, 뒤쪽 신자석에 친절한 눈을 가진 잘생긴 거인이 서 있다. 몸에 잘 맞지 않는 정장을 입고 넥타이를 매고 있는데 매듭이 뭉쳐져 있고 쭈글쭈글하다. 손수건을 손에 쥐고 조용히, 하지만 자주 눈물을 훔친다.

전에 본 적이 있다. 때때로 퇴근하는 메리 패트를 데리러 오곤 했다. 그녀의 남편. 공식적으로 소개받은 적은 없지만 이름이 케니라는 것, 그리고 모두 켄 펜이라고 부른다는 것을 알고 있다.

미사가 끝난 후 칼리오페는 성당 계단에서 자신을 소개하고 그의 상실에 대해 슬픔을 표한다. 아내뿐 아니라 의붓딸에 대해서도.

그가 말한다.

"당신이 드리미군요."

그녀는 고개를 젓는다.

"아무도 그렇게 부르지 않아요."

"난……."

"직장 여자들이 저에 대해 기억하는 거라곤 어렸을 때 아버지가 날 드리미라고 부르셨다고 한 얘기죠. 아무도 그 이후로 그렇게 날 부르지 않았다고 하는데, 그 부분은 듣지 않은 거예요. 자기들 애완동물이라도 된 듯이 날 그런 이름으로 부르는 거죠."

그는 한숨을 내쉰다.

"음, 당신의 상실에 조의를 표합니다."

마치 누군가가 쇠꼬챙이를 심장에 찔러 넣기라도 한 것처럼 그녀의 눈이 고동쳤지만, 칼리오페는 아무 말도 하지 않는다.

"요즘 죽는 사람이 많네요."

다른 조문객들이 줄지어 나온다. 아무도 잠시 걸음을 멈추며 그에게 애도를 표하지 않는다. 칼리오페와 켄 펜이 한센병 환자라도 되는 양 그 둘을 피해 갈 뿐이다.

모두 가고 난 후에도 아무 말도 하지 않고 둘은 한참 동안 계단에 그대로 서 있다. 그런데 이상하게도 편안하다.

"한잔하실래요, 칼리오페?"

"존나 한잔하고 싶네요."

칼리오페는 표지판과 낙서를 일부러 보지 않고 가장 가까운 술집으로 걸어간다. 굳이 그것들을 보고 저들의 추함을 느낄 필요는 없다. 어차피 여기 도처에 있다. 공기에 맴돌고, 가로등 기둥에도 걸려 있다. 심지어 빌어먹을 맛도 난다. 이빨 사이에 낀 은박지 덩어리같이.

발전소에서 3교대로 일하는 남자들을 대상으로 영업하는 술집으로 매일 18시간 개장한다는 곳이다. 오전 10시치고는 꽤 붐비는데 바텐더 두 명과 홀의 종업원 한 명이 일하고 있다.

켄 펜과 칼리오페는 10분 동안 앉아 있다. 그동안 단 한 명도 그들을 보고 알은체하지 않는다. 거인 같은 사람 한 명과 흑인 여성

한 명이 사우디 술집에 있으니 안 보이는 척해 주는 게 차라리 나을
지도 모른다. 종업원이 그들을 네 번 지나친다. 바텐더 둘 다 그들
과 눈을 마주친다. 하지만 아무도 주문을 받지 않는다.

종업원이 마지막으로 지나가자 켄 펜이 머뭇거리며 손을 다시 들
어 눈길을 잡으려고 한다. 그녀는 바로 지나친다.

그는 칼리오페를 돌아보며 피곤한 듯 웃으며 눈썹을 치켜올린다.
그러고는 정장 재킷에서 휴대용 술병을 꺼낸다.

"가져오길 잘했네요."

칼리오페도 마주 웃어 보인다.

"저도요."

그녀는 가방에서 레지널드가 아홉 번째인지 열 번째 결혼기념일
에 선물한 휴대용 술병을 꺼낸다.

칼리오페와 켄 펜은 테이블 위로 각자의 술병을 들어올린다. 켄
펜이 묻는다.

"무엇을 위해 마셔야 할까요?"

"물론 죽은 사람들을 위해."

"그렇죠."

그들은 건배하고 술을 마신다.

"한 잔 더 하죠."

"전 한 잔보다 더 마실 건데요."

칼리오페의 말에 켄 펜은 빙그레 웃는다.

"건배. 한 잔 더 건배."

그녀는 다시 몸을 숙인다.

"살아 있는 사람들을 위해."

켄 펜이 말하자 칼리오페가 따른다.

"살아 있는 사람들을 위해."

그들은 마신다.

서퍽 카운티의 검시관실에서 나온 줄리아 '줄스' 페네시의 시신은 자메이카 플레인의 포레스트 힐스 묘지에 안치된다. 어머니의 마지막 유언에 따라 줄스 시신은 부지 내 남쪽 구석, 얕은 경사면에 자리한 묘소에 안치된다. 메리 패트 페네시의 유산에서 매달 묘소에 놓을 꽃을 살 돈이 지출된다. 그 돈은 기묘한 조항을 이행하는 데에도 사용된다. 성당의 부관리인 윈즐로 제이컵스는 지역 클래식 방송국 WJIB에 주파수를 맞춘 트랜지스터 라디오를 갖고 평일하루에 한 번, 30분씩 묘소 안에서 시간을 보낸다.

이 땅에서 살아오며 윈즐로 제이컵스는 이런저런 이상한 일을 했지만 이 일이 가장 이상할 것만 같다. 하지만 불평하지 않는다. 관리 책임자인 가브리엘 해리슨에게 주당 15달러를 추가로 받으니까. (즉, 가브리엘은 30달러를 벌게 된다는 뜻이다.) 그리고 사실 윈즐로는 한 달도 안 돼 하루 중 그 휴식 같은 시간을 좋아하게 됐다. 거기다 음악도 점점 마음에 든다.

시간이 흐르며 윈즐로는 줄리아 페네시와 이야기하는 일상에 빠져든다. 그는 대개 오후에 그 일을 한다. 윈즐로는 줄리아 페네시에게 캘리포니아의 도로포장 회사에서 일하는 아들 이야기, 자란 곳에서 멀지 않은 곳에서 가정을 꾸린 두 딸 이야기, 상은 못 타겠지만 그에게는 썩 괜찮은 아내의 집밥 이야기를 한다. 장담컨대 자기를 전혀 사랑하지 않았던 아버지, 그것을 메꾸기 위해 두 배로 열심히 사랑해 준 어머니 이야기도 하고, 자기 삶에서 기억하는 모든 것을 말해 준다. 가장 좋았을 때와 가장 안 좋았을 때를 넘나드는 모든 순간, 내동댕이쳐진 꿈들과 놀라운 기쁨들, 작은 비극들과 사소한 기적들에 대해서도.

〈끝〉

감사의 말

무한한 감사를 전합니다.

좀 더 정확하고 경제적인 작가가 되도록 독려해 준 편집자, 노아 이커.

가장 처음 이 책을 읽어 준 캐리 앤톨리스, 브래들리 토마스, 리처드 플레플러, 데이비드 셸리.

뒤에 읽어 준 마이클 코리타, 게리 루헤인, 매켄지 피에작, 데이비드 로비쇼.

나의 아내, 치사. 용광로처럼 뜨겁던 루이지애나의 여름, 코로나 19가 창궐하고 벼락이 치던 그때, 뉴올리언스에서 TV 프로그램을 진행하면서 이 소설을 대부분 썼죠. 아, 그때 허리케인도 왔고요. 그 모든 시간 동안 당신은 내가 감히 바랄 수 있는 것 이상의 사랑과 지지, 현명한 조언을 해 주었습니다. 이 소설을 당신에게 바칩니다, 내 사랑.

옮긴이 | 서효령

이화여자대학교 과학교육과를 졸업하고 3년간 교직 생활을 한 뒤 외국계 기업에서 오랫동안 근무했다. 어렸을 때부터 관심이 있던 번역에 뜻을 두고 글밥아카데미를 수료한 후 현재 바른번역 소속 전문 번역가로 일하고 있다. 옮긴 책으로「아르네 앤 카를로스」시리즈와『약혼 살인』,『페닉스』,『열세 번째 배심원』,『식물 예찬』,『위험한 유산』,『악의 심장』,『악의 사냥』등이 있다.

작은 자비들

1판 1쇄 찍음 2024년 11월 13일
1판 1쇄 펴냄 2024년 11월 20일

지은이 | 데니스 루헤인
옮긴이 | 서효령
발행인 | 박근섭
책임편집 | 정미리
편집인 | 김준혁
펴낸곳 | 황금가지

출판등록 | 2009. 10. 8 (제2009-000273호)
주소 | 06027 서울 강남구 도산대로 1길 62 강남출판문화센터 5층
전화 | 영업부 515-2000 **편집부** 3446-8774 **팩시밀리** 515-2007
홈페이지 | www.goldenbough.co.kr

도서 파본 등의 이유로 반송이 필요할 경우에는 구매처에서 교환하시고
출판사 교환이 필요할 경우에는 아래 주소로 반송 사유를 적어 도서와 함께 보내주세요.
06027 서울 강남구 도산대로 1길 62 강남출판문화센터 6층 민음인 마케팅부